MIROIR OBSCUR

LA MÉCANIQUE GÉNÉRALE EST UNE MAISON D'ÉDITION VINTAGE DE LIVRES DE POCHE, AU FAÇONNAGE INSPIRÉ DES CARNETS DES PREMIERS COMPTOIRS COMMERCIAUX DU MIDWEST AMÉRICAIN. NOS COUVERTURES SONT TRACÉES DE PARTICULES SYNTHÉTIQUES DE CUIR, TYPIQUES DES PÉRIODIQUES FRANÇAIS DE L'INDIANA DES ORIGINES.

FONDÉ EN 1732 PAR DES PIONNIERS FRANÇAIS SUR UNE TERRE PEUPLÉE D'INDIENS, L'INDIANA A IMPRIMÉ SES PREMIERS CARNETS SUR UNE MACHINE CRÉÉE PAR NOS ANCÊTRES, SELON LES RÈGLES PRIMITIVES DE MÉCANIQUE GÉNÉRALE.

LMG EST L'HÉRITIÈRE DE CETTE CONFECTION ORIGINALE FRANCO-AMÉRINDIENNE, COUVRANT TOUS LES GENRES LITTÉRAIRES ET TOUTES LES COLLECTIONS. CHAQUE OPÉRATION DE NOTRE « FAÇONNAGE INDIANAPOLIS » GARANTIT LE CARACTÈRE EXCLUSIF DE NOTRE PRODUCTION ET SON INTÉGRITÉ DANS SA TRAVERSÉE DU TEMPS.

LA MÉCANIQUE GÉNÉRALE
PARIS
2013
MIDWEST
LMG
FAÇONNAGE INDIANAPOLIS

IVAN ZINBERG

MIROIR OBSCUR

Thriller

LMG

LA MÉCANIQUE GÉNÉRALE

www.lamecaniquegenerale.fr

–

–

PROLOGUE

194 North Carmelina Avenue, Los Angeles, Californie
Mardi 21 juin 2016, 21 h 07

Le docteur Stephen Barr s'enfonça dans son fauteuil favori, le Louis-Philippe en palissandre que lui avait offert sa femme Wanda deux ans plus tôt, pour son soixante-cinquième anniversaire. Elle ne s'était pas trompée en choisissant cette pièce de collection. Le médecin à la retraite s'y installait tous les soirs, savourant son bois chaud et son assise généreuse. Il aimait sentir sous lui ce meuble massif, témoin d'une histoire européenne foisonnante, l'une de ses passions de toujours.

Il tenait entre ses mains un recueil de témoignages de soldats de la Seconde Guerre mondiale, de ceux débarqués sur les plages françaises en juin 1944. Cette période l'intéressait plus que toute autre, car ce conflit d'une insondable complexité avait posé les fondations du monde actuel. Les lignes de force contemporaines s'étaient façonnées sous cette voûte commune, cet héritage sans frontières fait de bombes et de sang.

Depuis trois ans qu'il ne travaillait plus à la clinique, Stephen occupait son temps libre à dévorer des livres d'histoire, assis dans le salon du rez-de-chaussée, en sirotant de vieux whiskies. À cet instant, Wanda n'était pas là. Elle se rendait deux soirs par semaine au très classe Barrington Bridge Club, sur Santa Monica Boulevard, pour y retrouver d'autres bourgeoises des environs. Stephen détestait le bridge, convaincu que les jeux de cartes constituaient par essence une perte de temps irréversible.

Il allongea ses jambes sur un repose-pieds et trempa ses lèvres dans un verre de *blend* Hankey Bannister, quarante ans d'âge, qu'il venait de se servir. Une pépite, mais une réussite prévisible pour une bouteille à 1 500 dollars composée avec les meilleurs fûts de la région des Highlands. Il commença à parcourir son livre en poussant un soupir de contentement. Il se sentait serein, heureux, blotti dans ce salon cossu décoré avec goût par son épouse.

Ils avaient acheté cette maison dans le quartier chic de Brentwood à la fin des années 70. À l'époque, Stephen travaillait comme chirurgien-obstétricien au célèbre Centre médical Cedars-Sinaï, et les dollars rentraient par dizaines de milliers tous les mois. Il avait accompli toute sa carrière là-bas, s'occupant de la maternité de nombreuses célébrités et femmes de la haute société, parmi lesquelles Olivia Newton-John ou, plus récemment, Julia Roberts. Stephen appréciait sa vie de nanti des beaux quartiers. Il n'avait jamais manqué de rien et ne cachait pas son goût de l'entre-soi et des relations de caste.

Il se plongea pour de bon dans la lecture, concentré sur sa période historique de prédilection, quand il entendit un bruit étouffé provenant du couloir, dans son dos. La porte du salon n'était pas fermée, mais simplement poussée. En aucun cas ce ne pouvait être Wanda, car celle-ci avait pris son taxi une demi-heure plus tôt et ne rentrait jamais avant 23 h 30. À moins qu'elle n'ait oublié quelque chose, ce qui ne lui ressemblait pas, en femme organisée qu'elle était. Il jeta un coup d'œil dehors, à travers la fenêtre, pour voir si un taxi stationnait devant la grille, au bout de l'allée. Il plissa les yeux et n'aperçut aucun phare de véhicule dans la pénombre. Le soleil avait tiré sa révérence depuis une bonne heure maintenant.

— Wanda, c'est toi ? lança-t-il.

Pas de réponse.

Il pensa, l'espace d'une demi-seconde, qu'il pouvait s'agir de leur vieux chien Spot, mais le labrador, épuisé par un diabète, était mort trois semaines plus tôt. Le cerveau de Stephen n'avait pas entièrement intégré cette réalité et certains réflexes persistaient – phénomène psychologique normal –, comme l'envie de lui donner un peu de nourriture sous la table ou, comme en ce moment, l'imaginer en train de fureter et de gratter derrière la porte.

— Wanda ? C'est toi, chérie ? renouvela-t-il.

Rien. Il commençait à penser qu'il avait peut-être rêvé et que ce bruit ne représentait finalement pas grand-chose quand, à nouveau, il perçut un son plus sec, comme le claquement d'une porte. Là, il décida de se lever pour en avoir le cœur net. Il s'appuya sur les accoudoirs de son fauteuil et se redressa avec peine. Une sciatique le handicapait ces derniers jours. Il grimaça tandis qu'une douleur vive se réveillait sous sa fesse gauche et plongeait jusqu'à son pied. Le mal irradiait dans sa jambe, comme si une lame lui déchirait les muscles. Il se retourna et fit quelques pas jusqu'à la porte, qu'il tira vers lui.

Il avança et le vit, en retrait dans l'obscurité du couloir.

Un homme vêtu de noir, debout, à quelques mètres.

Stephen bafouilla, saisi par la stupeur :

— Mais... que... qu'est-ce que c'est ?

La silhouette ne broncha pas.

Le médecin essaya de ne pas paniquer, malgré l'accélération très nette de son muscle cardiaque. *Garde ton calme, Stephen, garde ton calme.* Il lui fallait réfléchir, analyser la situation et trouver le meilleur moyen de réagir.

Il observa celui qui le toisait, en tout cas ce que les ténèbres du corridor lui permettaient d'entrevoir. L'intrus portait un sweat sombre dont la capuche lui dissimulait la tête, elle-même coiffée d'une casquette. La visière courbe s'avançait au-dessus de ses yeux. Il ne sut pas avec certitude s'il s'agissait d'un homme de type africain ou non – les ombres épaisses de la nuit envahissaient la maison et dévoraient son visage –, mais il lui sembla que c'était le cas. Il distingua ses dents et le blanc de ses yeux, ainsi qu'un bouc grisonnant qui cernait sa bouche.

Le scan rapide opéré par Stephen ne dura qu'une volée de secondes. Il décida de s'imposer et de montrer – bien que cela ne corresponde pas à la réalité – combien cet inconnu ne l'impressionnait pas. Il se composa la voix la plus autoritaire possible :

— Qu'est-ce que vous faites là ? Qu'est-ce que vous voulez ?

Aucune réaction de son vis-à-vis.

Stephen pensait avoir affaire à un cambrioleur, l'un de ces voyous des quartiers sud qui détroussaient parfois les riches en s'introduisant chez eux. Wanda et lui n'avaient jamais craint les voleurs. Ils ne disposaient pas d'arme à feu et aucune alarme ne protégeait leur maison, en dépit des conseils réitérés de leurs voisins.

Le médecin, le souffle court, se préparait à reculer pour refermer la porte et se retrancher dans le salon tandis que l'individu se mouvait légèrement vers l'avant. L'anxiété de Stephen Barr croissait de façon exponentielle, et celle-ci connut un pic quand il discerna dans l'ombre le canon chromé d'un pistolet. Pourtant, ce qui le décontenança davantage fut la voix funeste de l'homme en noir :

— Il y a vingt ans, docteur Barr…

Le timbre était brisé, éraillé à l'extrême, comme si l'homme souffrait d'une extinction de voix et produisait tous les efforts du monde pour réussir à parler.

Stephen ne sut que répondre.

— C'est un triste anniversaire, docteur Barr, reprit la voix d'outre-tombe.

Le médecin réfléchit intensément pour éclaircir le sens de ces mots.

— De quoi parlez-vous ? répliqua-t-il en amorçant un repli.

L'autre s'approchait en relevant le bras.

— Il y a vingt ans, grinça la voix de rocaille.

Stephen, tétanisé par la dimension irréelle de la séquence, finit par se figer sur place sans parvenir à reculer. Ses jambes, dont la gauche l'élançait toujours, refusaient de répondre aux commandes cérébrales. Ses méninges tournaient à plein régime, en mode « alerte rouge », autant pour chercher une échappatoire qu'une explication aux paroles mystérieuses de l'intrus.

— Ne faites pas de bêtise, dit-il en plaçant ses paumes moites en écran devant lui.

À présent, une peur panique possédait chacun de ses sens. Face à lui, l'homme en noir demeurait noyé dans l'ombre du corridor. Seuls son bras tendu et l'arme serrée dans son poing ganté captaient le clair-obscur du salon. Stephen perçut alors deux sensations distinctes. La première relevait de l'ouïe. Il entendit deux brefs sons étouffés (*plop-plop*), qui retentirent quand l'index de l'homme en noir se contracta sur la détente du pistolet. La seconde fut une terrible onde de douleur, double et aigüe : deux piqûres lancinantes au milieu du thorax, deux aiguilles qui transpercèrent ses chairs, diffusant une souffrance endémique.

Ses genoux ployèrent. Au-delà de la frayeur et du mal qui le frappaient, le docteur Stephen Barr eut assez de lucidité pour comprendre qu'il ne s'en tirerait pas. Ses connaissances en anatomie étaient celles d'un médecin, et il pouvait conclure sans hésiter que les projectiles avaient touché une zone vitale.

Pronostic négatif. Aucun espoir de survie.

Les secondes s'écoulèrent. Il ne s'effondrait pas, toujours à genoux, suspendu entre la vie et le néant. Puis, l'homme en noir se rapprocha et colla la bouche du canon contre son front. Il tira une dernière fois et la balle traversa le crâne de part en part dans un *plop* discret, avant d'achever sa course dans le dossier du somptueux fauteuil rustique situé derrière lui.

Là, Stephen Barr s'écroula en arrière.

Aussi mort que les yeux de son assassin.

PREMIÈRE PARTIE

CHAPITRE 1

10413 Lou Dillon Avenue, Los Angeles, Californie
Mercredi 22 juin 2016, 11 h 16

Singer poussa le portillon et fit quelques pas pour rejoindre le seuil de la maisonnette, dont le crépi terne et le style quelconque ne se singularisaient pas dans cette rue de Watts, quartier déshérité au cœur de South L.A. Il pressa la sonnette. Après trente secondes et une deuxième tentative, ne percevant aucun mouvement, il crut que personne n'allait venir ouvrir malgré le rendez-vous convenu avec la locataire.

Il patienta encore, debout sous la marquise, observant autour de lui le petit jardin grillagé – ou plutôt la petite cour, puisque celle-ci était pavée de béton brut et ne contenait pas la moindre végétation – dans lequel régnait le désordre. Sur le sol gris, les jouets pour enfants disputaient le terrain aux appareils électroménagers hors d'usage. Une gamelle remplie d'eau se trouvait non loin du perron, où dormait un caniche étique et malodorant qui releva à peine les yeux.

Mike était sur le point de partir quand Marbella finit par ouvrir. Marbella Jones était une jeune Noire de vingt-sept ans, élevée aux mamelles de la drogue et de la violence. Elle avait accepté de lui raconter son histoire et ses liens passés avec les gangs de South Central. Aujourd'hui mère de deux bambins, ancienne toxicomane et réinsérée loin des trafics grâce à un emploi de nounou, elle désirait apporter son témoignage pour mettre en garde contre les pièges du ghetto.

— Bonjour, Marbella.

— Bonjour, monsieur Singer. Entrez.

Mike s'avança dans un couloir encombré de jouets et repéra les deux garçonnets, de trois et quatre ans, cachés derrière les jambes de leur mère. Leurs yeux inquiets observaient le journaliste. Le plus jeune des frères – qui arboraient tous deux une coupe de cheveux bouffante à la Jackson Five – tenait en bouche une tétine jaune estampillée « Los Angeles Lakers ».

Marbella Jones conservait l'allure et le style vestimentaire des filles de quartier, avec un maquillage prononcé, beaucoup de bijoux – dont d'imposantes boucles d'oreilles créoles – et un soin particulier apporté à la cohérence de l'ensemble : jean à la mode très – ou trop – près du corps, veste à capuche rose *flashy,* ceinture large à reflets étincelants. *Dans la cité, on aime ce qui brille et ce qui se remarque*, avait-elle expliqué à Mike quand il avait pointé – avec la délicatesse requise – son look très voyant, deux jours plus tôt, tandis qu'il la rencontrait pour la première fois. Cet entretien préalable, rendu possible par le truchement d'une association ayant soutenu Marbella lors de sa cure de désintoxication, avait permis de nouer le contact et de programmer l'interview d'aujourd'hui.

— Bonjour, les enfants, lança Mike en souriant.

Les deux garçons se crispèrent encore plus derrière leur mère, et le plus âgé déguerpit au fond du couloir, disparaissant par une porte, peut-être celle de sa chambre.

— Ils n'ont pas l'habitude de voir des... des gens comme vous, dit Marbella, affichant un air gêné.

Mike comprit l'idée.

— Des Blancs ? suggéra-t-il d'une voix bienveillante.

— C'est ça, répondit-elle.

— J'espère ne pas trop les effrayer, plaisanta-t-il.

Marbella lui renvoya son sourire et l'invita à pénétrer dans un salon à la décoration bon marché, sans cachet, mais propre et bien rangé contrairement à l'extérieur. Le deuxième petit garçon en profita pour prendre le large à son tour. La jeune femme et le journaliste s'installèrent dans des fauteuils en simili cuir beige. Sur le grand écran plat fixé en hauteur sur un mur, Mike aperçut ce qui ressemblait à une version *screener* – et donc piratée – du dessin animé *Le Monde de Dory,* sorti en salles quelques jours plus tôt.

— Je vous remercie de me recevoir, dit-il à Marbella.

Il lui était reconnaissant d'avoir accepté, car beaucoup de portes se refermaient quand il évoquait son projet de reportage. Une omerta régnait dans ces terres de gangs, et les craintes de représailles pour avoir osé parler à des étrangers entraînaient inexorablement des refus. En théorie, dans ce milieu, ce qui appartenait au quartier devait rester dans le quartier.

Elle lui répondit, tout en allumant une cigarette :

— C'est normal. Je suis sûre que ça peut aider d'autres femmes à ne pas commettre les mêmes erreurs.

Mike enchaîna avec les aspects techniques.

— Je vais vous filmer en permanence avec ça.

Il pointa la caméra GoPro qu'il portait autour du cou.

— Pas de souci. Je sais ce que j'ai signé, dit-elle.

Lors de la première entrevue, elle s'était engagée par écrit à ce que Michael puisse utiliser toute la matière documentaire recueillie, audio et vidéo, et à ne réclamer aucune suppression ou censure par la suite.

Il précisa sa méthode :

— Notre échange ne sera pas une simple succession de questions et de réponses. Je vais vous laisser parler. Ce sera une discussion libre et naturelle, avec les temps morts et les pauses que vous souhaitez.

— C'est d'accord.

Michael la mit à l'aise autant que possible pendant quelques minutes, puis elle donna l'impression d'oublier la caméra. Elle se laissa aller à une auto-analyse tout en sincérité, évoquant sa vie, son quotidien, ses souvenirs. Le journaliste intervenait peu et les idées s'enchaînaient parfois confusément, sans lien logique, mais le propos – brut et non orienté – y gagnait en authenticité.

À un moment, elle fit mine de regarder vers la fenêtre.

— J'entends beaucoup de coups de feu depuis chez moi. Et je sais que là, dehors, un jour, mes deux garçons seront exposés à ces putains de gangs. Je ne veux pas qu'ils vivent comme ça. Je ne veux pas avoir à m'inquiéter pour eux dès qu'ils passent le seuil de la porte.

Elle s'arrêta et alluma une cigarette (la quatrième d'après le décompte de Mike), avant de reprendre :

— À chaque coup de feu, je serai obligée de regarder par la fenêtre et d'appeler tout le monde pour savoir s'ils ne se sont pas fait tirer dessus. Les gars des gangs flinguent sans arrêt. Les hommes, les femmes, les jeunes, les vieux, les flics... Des innocents, qui passent juste dans la rue ou qui vont faire leurs courses et qui prennent des balles perdues. Je veux me casser d'ici, je ne veux pas que mes garçons vivent dans cette merde.

Elle temporisa, puis continua, intarissable :

— Avant, c'était moins violent, mais ça empire année après année. Quand j'avais quinze ou seize ans, ma mère m'a foutue dehors parce que je baisais avec un membre de gang. Mais c'est comme ça, ici. Les négros veulent maîtriser leur territoire et, pour ça, il y a les gangs, et les filles en font partie aussi. Si on ne veut pas y aller, il faut changer de vie et fuir. Alors un jour, ce type m'a demandé si je voulais gagner beaucoup d'argent, et, comme j'étais amoureuse de lui, j'ai dit « oui ». Et sans comprendre ce qui m'arrivait, je me suis retrouvée à faire la pute sur Broadway. Une pute à 100 dollars la passe. Je vivais chez lui, dans un appartement sur Hoover. Il continuait à me baiser et, quand il en avait marre, il m'envoyait sur le trottoir avec ses autres filles. C'était un maquereau. Il s'est fait buter il y a trois ans. Bien fait.

Elle arrêta de parler, les yeux dans le vague. Voilà près de quarante minutes que Marbella poursuivait son quasi-monologue en décrivant l'enfer éternel de South Central, à grand renfort de détails et d'anecdotes personnelles. Mike la laissa respirer, sans la relancer. La GoPro filmait, saisissant toute la palette d'expressions de son visage, des nuances que Michael et Alison sauraient sélectionner lors du montage pour obtenir le meilleur rendu possible.

Singer sentit son portable vibrer dans sa poche et décida de proposer à Marbella de faire une pause. Elle accepta et appela ses deux garçons, qui vinrent la rejoindre. Ils avaient pointé leur nez à deux reprises pendant l'interview, à l'angle du couloir, sans pour autant oser entrer dans le salon. À présent, ils semblaient avoir accepté la présence de cet homme blanc, fait si inhabituel dans leur maison.

— Vous voulez boire quelque chose ? proposa Marbella.

— Un Dr Pepper ou un Pepsi, si vous avez.

— J'ai du Pepsi. Je vais vous chercher ça dans la cuisine et je reviens. Eddy et Sam, vous voulez boire quelque chose ? lança-t-elle à l'intention de sa progéniture.

Les deux enfants répondirent dans leur barbe et suivirent leur mère, qui sortait du salon. Michael en profita pour consulter son portable et découvrit un texto d'Alison Kostas, son assistante.

Alison ne l'avait pas accompagné, car elle avait pris une demi-journée de repos cet après-midi. Elle voulait faire des emplettes et se préparer dans la perspective d'un rencard, vendredi soir, avec un représentant commercial qu'elle avait connu sur un site de rencontres. Depuis ses débuts aux côtés de Singer, six mois plus tôt, Alison donnait l'impression de démarrer une autre existence. Ancienne policière dévouée corps et âme aux forces de l'ordre pendant des années, elle s'accordait désormais du temps pour elle, notamment pour flirter, ce que Mike n'aurait jamais imaginé chez cette célibataire endurcie. Peut-être la crise de la quarantaine...

Le journaliste lut le SMS de son assistante :

Les flics sont là. Ils veulent t'interroger sur une enquête en cours. Rappelle-moi.

Les flics ? Le journaliste était sur le point d'envoyer un texto à Kostas pour signifier qu'il l'appellerait d'ici quelques minutes, quand Marbella reparut dans le salon, un plateau à la main. Eddy et Sam la suivaient de près, puis ils allèrent se serrer sur le canapé avec chacun une canette de Pepsi à la main. Leur mère relança la lecture du *Monde de Dory* et ils se concentrèrent sur le film, les yeux émerveillés.

— Voilà votre Pepsi, annonça Marbella.

Elle avait posé sur la table basse un plateau en bois, sur lequel se trouvaient sa canette de Pepsi et une carafe de jus d'orange, ainsi qu'un verre. Elle se servit une rasade de jus et Mike prit son soda.

— Merci, dit-il en ouvrant la canette.

— Est-ce que plusieurs séances comme celle d'aujourd'hui seront nécessaires ? demanda Marbella.

— Une deuxième, si vous n'y voyez pas d'inconvénient.

Marbella sourit, révélant de belles dents très blanches.

— Aucun problème, j'ai du temps libre. Je bosse à mi-temps. Est-ce que ça vous convient, jusqu'à présent ?

— Oui, c'est super, Marbella. Vous pourrez continuer comme ça. Écoutez, je sais que vous m'avez dit que vous ne vouliez pas être rémunérée, mais...

Elle le coupa :

— C'est exact, je ne le fais pas pour l'argent.

— Je tiens quand même à vous dédommager. Je sais que ça pourra vous aider et vous le méritez. Vraiment.

Il acheva sa phrase en tirant de sa poche une liasse de billets de vingt. Il y en avait cinquante. Il les posa sur la table.

— Je vous prie d'accepter ces 1000 dollars. Il n'y a aucune raison pour que vous les refusiez. Votre témoignage a de la valeur et il aidera vraiment ceux qui l'écouteront.

Marbella ne répondit pas et Mike vit dans ses yeux que ces dollars, malgré tout, la séduisaient. « L'argent achète tout » était l'une des devises du journaliste. De son expérience, il savait qu'il n'existait pas meilleur levier pour parvenir à ses fins, même s'il se retrouvait à cet instant face à un contre-exemple. La plupart du temps, pour ne pas dire toujours, il obtenait ce qu'il voulait (témoignages, renseignements, contacts...) en offrant de généreuses rémunérations. Il n'aimait pas l'argent en tant que tel, mais le considérait comme un fabuleux outil de persuasion.

— C'est d'accord, finit-elle par acquiescer.

— Vous faites bien.

La jeune Black sourit en allumant une autre Marlboro. Elle se comportait en mère de famille aimante et attentionnée, mais fumer dans la même pièce que ses enfants ne semblait pas la déranger. Le salon, drapé d'un voile grisâtre, empestait le tabac.

Le smartphone de Singer vibra une nouvelle fois : Kostas.

— Est-ce que je peux vous laisser un instant ? Je dois téléphoner, dit Mike.

— Je vous en prie.

Il sortit et lança son appel depuis le perron. Près de lui, le caniche maladif et désœuvré se leva pour venir renifler le bas de son pantalon. Puis, mollement, il retourna se coucher dans son panier crasseux.

Deux sonneries. Alison décrocha.

— Oui, Mike. Merci de rappeler.

— Qu'est-ce qu'ils veulent, les flics ?

— J'ai peu de détails, c'est à toi qu'ils souhaitent parler. Ils sont là, ils attendent. C'est à propos d'une affaire de meurtre sur laquelle ils travaillent.

Une affaire de meurtre, répéta Mike mentalement, intrigué.

— OK. Tu en sais plus ? Quelle affaire de meurtre ?

— Une histoire de toubib tué chez lui hier soir.

— Ça ne me dit rien... Bon, j'arrive.

CHAPITRE 2

10413 Lou Dillon Avenue, Los Angeles, Californie
Mercredi 22 juin 2016, 12 h 34

Singer remonta la rue jusqu'à son 4x4, garé non loin de la maison de Marbella. Il venait de prendre congé de la jeune femme après l'avoir remerciée pour ce premier entretien particulièrement convaincant. Finalement, il aurait pu s'arrêter là avec elle, mais l'ancienne membre des Bloods voulait témoigner à nouveau pour détailler encore son parcours de vie et montrer à tous le chemin à ne pas suivre.

Il grimpa dans son SUV et apprécia, comme chaque fois, d'en retrouver le confort et le luxe. Jusqu'à l'année précédente, il y avait travaillé en permanence, son véhicule lui tenant lieu de moyen de transport autant que de bureau. Il y avait parfois passé des journées et des nuits entières.

Le nouveau format de son travail – davantage de documentaires et des investigations désormais en binôme avec Alison – entraînait un changement important de ce point de vue. Il délaissait son cher Audi Q7 et investissait bien plus régulièrement le quartier général établi au rez-de-chaussée de sa maison de West Hollywood, auquel Kostas et lui avaient attribué les surnoms de « bureau » ou « agence ».

Longtemps paparazzi pur jus, Michael cumulait à présent deux casquettes : celles de « journaliste sérieux » et de « chasseur de scoops *people* », selon ses propres formules. Depuis plusieurs mois, il tentait de faire progresser en volume la première de ces deux activités – au détriment de la seconde – pour gagner en respectabilité et en satisfaction personnelle. Des reportages de fond comme celui auquel contribuait Marbella participaient de cette volonté de réorientation, aussi bien morale qu'intellectuelle. Vendre des documentaires se révélait néanmoins compliqué, au contraire des informations *people,* qui trouvaient très vite preneur.

Soucieux de savoir ce que les policiers lui voulaient, il démarra et remonta Lou Dillon Avenue au pas, veillant à ne pas renverser un gamin au passage. On occupait les rues de façon un peu anarchique à Watts, où piétons et véhicules se mélangeaient facilement.

Il lui faudrait trois quarts d'heure pour rentrer chez lui. Une trentaine de kilomètres à parcourir, exclusivement en milieu urbain. Cela donnait une idée de la taille considérable du Grand Los Angeles, si l'on considérait que ses points de départ et d'arrivée se trouvaient encore loin des frontières de la ville.

Michael adorait L.A. pour ça. Une matrice omniprésente et sans limites. Au lieu de lui donner le vertige, cette créature aux tentacules démesurés le rassurait parce qu'il ne s'y sentait jamais perdu. Il pouvait rouler des heures le long de ses artères, traverser ses organes les uns après les autres, y errer de l'aube jusqu'à la nuit sans jamais sortir du corps bouillonnant de la pieuvre californienne tant ses dimensions ne le permettaient pas. Il demeurait toujours serein à Los Angeles, car il y était chez lui. Beaucoup d'*Angelenos* connaissaient la même fascination.

Il attrapa l'autoroute 110 et la suivit du sud vers le nord dans un trafic encore supportable, qui se densifierait à la sortie des bureaux. Non loin des *buildings* de Downtown, à hauteur de l'échangeur en forme de huit, il s'engagea sur la Santa Monica Freeway, qu'il remonta sur dix kilomètres jusqu'à Venice Boulevard. De là, il parcourut de sublimes avenues résidentielles baignées de soleil pour atteindre celle de sa maison.

Michael Singer vivait au sud de Melrose Avenue, dans une résidence en duplex de style Cape Cod qu'il louait pour une petite fortune. Cette belle demeure – qui devait bien valoir dans les 2 millions de dollars – se situait dans un quartier bourgeois fourni en végétation. Haies, arbustes, roseraies et parterres de fleurs transformaient l'espace en une bulle de nature éclose au cœur de la ville. Le journaliste aimait la sensation de bien-être éthéré que lui procurait cette débauche de verdure.

Il se gara dans l'allée qui longeait son terrain, puis franchit le portillon et traversa la pelouse jusqu'au perron.

Le premier des deux policiers patientait là, fumant l'un de ces cigarillos à l'arôme artificiel. Celui-ci dégageait des effluves chimiques et infects de vanille.

— Bonjour, je suis Michael Singer, commença le paparazzi.

— Inspecteur Philip Newman, dit le policier en exhibant son badge du LAPD.

Les deux hommes se serrèrent la main. Newman était un bonhomme de grande taille en costume, plutôt élégant, la cinquantaine. Cheveux de jais peignés vers l'arrière, tempes grisonnantes, menton et épaules carrés : il en imposait. Michael entra dans le vif du sujet :

— Mon assistante m'a dit que vous vouliez me parler. Une affaire sérieuse, d'après ce que j'ai compris.

— C'est exact. L'inspecteur Wasson et Mme Kostas nous attendent à l'intérieur. Si vous le voulez bien, nous pourrons discuter chez vous.

— Bien sûr.

Newman s'écarta – en écrasant son mégot dans un cendrier de poche argenté – et laissa Michael entrer. Ce dernier l'interrogea :

— J'imagine que c'est important ? Sinon, vous n'auriez pas pris la peine de m'attendre si longtemps.

— Oui. Nous avons besoin de vous entendre aujourd'hui.

Ils pénétrèrent dans le vestibule et Mike franchit la première porte à gauche, qui ouvrait sur l'*open space* du rez-de-chaussée. C'était là qu'Alison et lui montaient les clips vidéo destinés aux chaînes de télévision, triaient leurs photos ou exploitaient les tuyaux.

Mike vivait à l'étage. Il se réservait tout le niveau supérieur à titre privé : second salon, deux chambres, salle de bains, bureau, bibliothèque. Il pouvait se permettre d'établir le siège de sa société en bas tant la maison était grande et l'espace disponible pour un homme seul.

En cet instant, Alison travaillait face à son ordinateur, concentrée, sans faire cas du second policier. Le dénommé Wasson se tenait assis dans un fauteuil et pianotait avec habileté sur son smartphone, le sourire aux lèvres. Tous deux tournèrent la tête vers les arrivants.

L'inspecteur rangea son iPhone et se leva :

— Inspecteur Craig Wasson, annonça-t-il, insigne en main.

Celui-ci était plus jeune que Philip Newman. Singer lui donnait autour de trente-cinq ans. Aussi classe, avec un costume encore mieux taillé que celui de son aîné. Signes particuliers : de beaux yeux bleu céleste, mais surtout des cheveux blonds, coupés court et très frisés. Un véritable mouton humain.

— Mike Singer, dit le journaliste en lui serrant la main.

Newman se chargea de la suite des présentations.

— L'inspecteur Wasson et moi-même sommes de la Section Spéciale Homicides du LAPD. Nous interrogeons depuis ce matin un certain nombre de témoins à la suite d'un meurtre commis hier soir.

Michael opina du chef. Le nom de cette unité ne lui était pas inconnu. Il avait en effet eu affaire, l'année précédente[1], à deux enquêteurs de la SSH. Il se souvenait du nom du premier : l'inspecteur Madden. Celui de l'autre, un gros Latino-Américain sympathique, lui échappait. Il déclara :

— Je connais cette section. Sean Madden, ça vous parle ?

— Oui. Pourquoi ?

— J'ai eu l'occasion de coopérer avec lui l'année passée. Je lui ai communiqué des infos sur un dossier.

— Quel dossier ?

— La journaliste Naomi Jenkins. Le conseiller municipal Mark Chavez. Vous vous rappelez ?

Wasson et Newman hochèrent tous deux le menton.

— On s'en souvient, confirma Newman.

Il jeta un coup d'œil en direction de Kostas.

— Nous voudrions nous entretenir seuls avec vous, monsieur Singer, précisa-t-il.

Michael tiqua sur le fait qu'Alison soit mise à l'écart.

— Mon assistante pourrait participer ? On partage toujours nos informations.

— Il s'agit d'une enquête judiciaire, nous préférons une entrevue privée. Vous pourrez toujours en discuter avec elle après, répondit Newman.

— Bien. Dans ce cas, allons dans mon bureau, en haut.

Alison – dont le caractère s'accommodait mal de ce genre d'affront – se tourna face à son écran d'ordinateur, sans dire un mot. Le trio formé par les deux inspecteurs et Singer suivit le couloir et s'engagea dans l'escalier.

1. Voir *Étoile morte*, Points, 2017.

Le bureau de Michael se trouvait sous un toit en pente. Il invita les enquêteurs à s'installer dans de gros fauteuils agencés autour d'une table basse. Il leur proposa du café. Ils déclinèrent. Mike s'en fit couler un. Il récupéra sa tasse brûlante, la posa sur la table et s'assit face aux deux hommes.

Wasson, qui semblait jusque-là plus en retrait, prit la parole, muni d'un carnet et d'un stylo.

— Vous avez une pièce d'identité ?

Mike acquiesça, tout en sachant qu'ils devaient déjà connaître son état civil. Il fouilla dans la poche intérieure de sa veste et lui tendit son passeport. Wasson lut à haute voix :

— Michael Albert Singer, né le 11 mars 1987 à Burbank, Californie, nationalité américaine.

Il prit des notes et lui rendit le document.

— Le nom de vos parents, s'il vous plaît.

— Alec Singer et Sherlyn Moore.

— Vous habitez cette maison depuis longtemps ?

— Deux ans.

— Locataire ou propriétaire ?

— Locataire.

— Votre profession ?

— Journaliste-reporter d'images.

— Vos revenus annuels ?

Mike s'étonna de la question.

— Vous avez besoin de savoir ça ?

— C'est la procédure. On enrichit les fichiers.

Le paparazzi n'aimait pas s'ouvrir là-dessus à des inconnus, policiers ou non. Il donna donc un chiffre erroné :

— Environ 50 000 dollars par an.

Il fallait multiplier ce chiffre par deux pour approcher de la réalité. L'exercice en cours s'annonçait moins bon, car davantage orienté sur les documentaires, plus longs à concevoir et moins lucratifs que ses paparazzades, comme il aimait les appeler. Le jeune inspecteur posa deux ou trois questions de plus à Singer, puis il lui donna les informations juridiques d'usage avant d'annoncer :

— Bien, ce sera suffisant pour les formalités.

Wasson rangea son calepin et poursuivit :

— Pour être honnêtes, nous avons déjà pris des renseignements sur vous auprès de l'inspecteur Madden. Nous savions que vous le connaissiez. Bon point pour vous. En temps normal, on vous aurait fouillé, menotté et emmené au commissariat. Là, c'est différent.

Mike ne se démonta pas :

— Merci pour le traitement de faveur. Bon, est-ce que vous pourriez m'en dire plus, maintenant ?

Newman l'interrogea :

— Stephen Barr, ça vous dit quelque chose ?

Le journaliste fit appel à sa mémoire.

— Non, pas du tout, répondit-il.

— Vous en êtes sûr ?

Michael fronça les sourcils, cherchant honnêtement au fond de ses souvenirs les traces d'un tel nom.

— Non, non, ça ne me rappelle rien. Qui est cet homme ?

— Le docteur Stephen Barr est un chirurgien à la retraite résidant à Brentwood. Il l'était jusqu'à hier, en tout cas. Au moment où nous parlons, son corps repose dans un tiroir réfrigéré à la morgue de Mission Road, en attente d'autopsie.

Mike réfléchit à nouveau. Dr Stephen Barr. Brentwood. Ça ne lui évoquait absolument rien.

— On l'a abattu chez lui hier soir, précisa Wasson. Entre 21 heures et 22 heures, pendant que son épouse jouait au bridge au club du coin. C'est elle qui l'a découvert en rentrant.

Newman fit un résumé :

— Il n'y a pas de témoins directs, pas de pistes. Rien n'a été volé. Stephen Barr n'avait pas d'ennemis. Le mobile reste pour l'instant un mystère.

Singer intégra ces éléments et posa la question qui comptait vraiment :

— Je vois. Et en quoi ça me concerne ?

— On y arrive, calmez-vous. Où étiez-vous hier soir dans le créneau que je vous ai indiqué ?

Mike comprit qu'on le soupçonnait.

— Entre neuf et dix heures du soir ?

— C'est cela, confirma Newman.

— J'étais dans un bar à Long Beach, le *Crow's*. J'avais rendez-vous avec une connaissance et j'y suis resté une bonne partie de la soirée.

— Une connaissance ?

— Oui, un informateur. Je rencontre mes sources où elles le souhaitent, c'est elles qui décident. Le type dont je vous parle a choisi ce lieu. Après son départ, je suis resté au comptoir toute la soirée, où la barmaid m'a vu et servi. On a discuté et j'ai même pris son numéro.

Les deux flics opinèrent. Newman indiqua :

— Vous nous donnerez le nom et les coordonnées de cette personne pour qu'on puisse vérifier votre alibi.

— C'est d'accord. Je suis donc suspecté ?

— On doit faire des vérifications, se contenta de répondre Wasson.

Mike fournit le numéro de téléphone à l'inspecteur. Ensuite, Newman manipula son propre smartphone et une photo s'y afficha. Il présenta l'écran à Michael par-dessus la table.

— Vous reconnaissez ça ?

Le paparazzi distingua un sachet en plastique transparent photographié sur fond blanc. À l'intérieur, il y avait l'une de ses cartes de visite, du modèle de celles qu'il remettait à d'éventuels contacts ou à des professionnels du métier.

— Oui. C'est une carte de visite à mon nom, confirma-t-il.

Newman rangea le smartphone dans sa poche.

— Si on est là, c'est parce que cette carte se trouvait chez le docteur Barr au moment de sa mort.

Wasson regarda fixement Mike avant de préciser :

— Et elle n'était pas n'importe où. On l'a retrouvée sur un guéridon, à proximité du corps de Barr.

Singer avala sa salive avec peine (sa pomme d'Adam fit un mouvement vers le haut, puis vers le bas). Il allait parler, mais Wasson ne lui en laissa pas le temps :

— Maintenant, je vais passer quelques coups de fil pour vérifier que cette serveuse existe et qu'elle peut témoigner de votre présence dans ce bar hier soir. J'espère que vous dites la vérité. Ça vous évitera d'avoir à nous suivre et à goûter à nos salles d'interrogatoire.

CHAPITRE 3

LAPD/Section Spéciale Homicides
Dossier : Stephen Barr – homicide
Référence : 2016/SSH/72

Objet : Rapport d'interrogatoire de Michael Singer – Extraits
Date : Vingt-deux juin deux mille seize – douze heures dix
Rédacteurs : Inspecteur Philip Newman – LAPD/SSH
Inspecteur Craig Wasson – LAPD/SSH

Déclarons nous rendre ce jour au domicile du nommé Michael SINGER, sis au 8923 Dorrington Avenue, West Hollywood, CA (dernière adresse connue extraite de nos bases de données et vérifiée positivement ce jour par une patrouille de secteur).

Disons arriver sur place à l'heure figurant en tête du présent rapport. Il s'agit d'une maison individuelle cossue implantée dans un quartier aisé de West Hollywood. Aucun véhicule n'est stationné aux abords de la propriété. Le portillon, situé dans une allée perpendiculaire à l'avenue, est déverrouillé.

Pénétrons dans celle-ci et actionnons la sonnette de la porte d'entrée. Disons agir et nous positionner de façon permanente en application de la doctrine d'intervention en vigueur au LAPD en matière de sécurité des agents en opération.

Une femme d'une quarantaine d'années nous ouvre. Exhibons nos insignes, déclinons nos qualités d'officiers de police du LAPD et exposons brièvement l'objet de notre venue. L'intéressée déclare se nommer Alison KOSTAS et être l'assistante de Michael SINGER, lequel se trouve en déplacement professionnel pour la journée.

Alison KOSTAS produit à notre demande une pièce d'identité. Constatons qu'il s'agit d'un permis de conduire californien affichant les informations suivantes :

N° N2148974
Expire le 03-07-2022
Alison Kathy KOSTAS
800 N Mariposa Avenue
Los Angeles CA 90029-3405
Date de naissance : 26-07-70
Sexe : F
Cheveux : roux
Yeux : bleus
Taille : 1,69 m
Poids : 64 kg

Mme KOSTAS consent à contacter téléphoniquement Michael SINGER compte tenu de l'urgence des investigations en cours. Ce dernier, journaliste-reporter, indique se localiser à South L.A. pour reportage et consent à prendre la route sans délai pour nous rejoindre à son domicile.

Michael SINGER se présente à nous à treize heures quinze et accepte d'être interrogé sur les faits que nous lui résumons. Disons lui notifier qu'il fait déjà l'objet d'une pré-enquête diligentée par nos services, avec notamment prise en compte des déclarations de l'inspecteur Sean Madden de la section, ayant déjà eu à traiter avec l'intéressé l'année précédente, dans le cadre de la procédure judiciaire n° 2015/SSH/87.

[...]

***Sur les faits* :**

Je prends acte des faits dont vous me donnez connaissance ce jour concernant la mort par homicide volontaire du nommé Stephen Douglas BARR.

Je consens à répondre à vos questions et à vous suivre au besoin dans des locaux de police pour investigations à l'issue du présent interrogatoire.

Je prends acte qu'à ce stade de la procédure, je ne suis pas considéré comme suspect au regard de la loi pour les faits suscités et que, par conséquent, mes droits ne me sont pas notifiés. Ils le seraient si le présent interrogatoire apportait tout élément susceptible de faire évoluer cette position.

Je consens à répondre à l'ensemble des questions qui me seront posées dans le cadre de cet interrogatoire, et je jure de ne faire aucune déclaration biaisée, ou mensongère, ou de nature à travestir tout ou partie de la réalité des faits examinés, ou de compromettre l'objectif ultime de manifestation de la vérité.

[...]

Question : Depuis combien de temps utilisez-vous ce modèle de carte de visite ?

Réponse : Depuis le début de l'année. Je l'ai fait modifier parce que j'ai engagé une assistante, Mme Alison Kostas, en janvier. Son numéro apparaît aussi sur les cartes après le mien. Comme ça, si je ne peux pas répondre, elle est joignable.

Question : Combien de ces cartes de visite avez-vous distribuées ?

Réponse : Il faudrait regarder exactement ce qu'il reste du stock de départ. Je crois que j'en avais commandé cinq cents, il doit en rester plus de la moitié. Alison pourra vous faire un décompte plus précis.

Question : Vous êtes-vous déjà rendu dans le secteur de Brentwood ? Si oui, quand ?

Réponse : Évidemment. Je travaille comme paparazzi et il y a des résidences de stars partout à Brentwood. Vous avez Schwarzenegger, Spielberg, Jim Carrey ou Cindy Crawford. J'ai planqué dans le secteur des dizaines de fois. La dernière, ça devait être en avril. J'avais un tuyau sur Steven Seagal qui recevait un agent immobilier pour faire estimer sa maison avant sa mise en vente.

Question : Vous êtes-vous précisément rendu sur Carmelina Avenue, lieu de résidence de Stephen Barr ?

Réponse : J'ai pu y passer, peut-être, difficile à dire. Je sais que vous devez tout vérifier et que vous n'avez aucune raison de me croire sur parole, mais je peux vous assurer que je n'ai rien à voir avec cette affaire de meurtre.

Question : Possédez-vous des armes à feu ? Ou en avez-vous possédé dans le passé ?

Réponse : Mon assistante et moi possédons plusieurs armes à feu stockées dans une armoire forte, ici même, dans nos bureaux. Ce sont des Glock. Nous les utilisons quand nous nous rendons dans des zones sensibles pour nos reportages.

[Disons que ces armes seront saisies ce jour. Il sera aussi effectué un tamponnage des mains de Michael Singer aux fins de recherches d'éventuels résidus de tir sur celles-ci.]

Question : Avez-vous déjà fait usage d'une arme de poing ?

Réponse : Oui. Je m'exerce une ou deux fois par an dans un stand de tir. C'est de l'entraînement. Le dernier doit remonter à six mois.

Sur son activité professionnelle *:*

Question : En quoi consiste votre activité professionnelle de journaliste-reporter d'images ?

Réponse : Je partage mon temps entre un travail basique de paparazzi et un travail plus élaboré de documentariste.

J'ai bossé uniquement sur les scoops people *pendant une dizaine d'années. Depuis l'an passé, j'ai monté une structure spécialisée dans le reportage en immersion sur des thèmes de société. Du vrai journalisme, si vous voulez. Le but, à terme, serait de réussir à abandonner le* people.

Question : Pourquoi cette volonté d'abandonner la presse* people *?

Réponse : J'en ai marre de l'artifice, marre de la superficialité, marre du fric facile. J'ai envie de faire quelque chose de plus sérieux. J'en ai assez des mensonges et des manipulations. Le people, *c'est du flan. Il y a d'autres choses plus gratifiantes à faire.*

Question : Pourquoi continuez-vous alors ?

Réponse : Parce que c'est ce qui me rapporte le plus. Pour l'instant, je ne peux pas vivre uniquement avec le reportage. Cette partie de mon travail est financièrement fragile. Le people *reste mon activité principale, mais j'arrêterai complètement un jour, j'en suis sûr. Écoutez... Ces questions sont vraiment nécessaires pour votre enquête ?*

Question : C'est nous qui posons les questions, monsieur Singer. Contentez-vous d'y répondre. Vous avez dit avoir embauché votre assistante, Mme Alison Kostas, en janvier dernier. Quelles sont ses fonctions à vos côtés ?

Réponse : Elle est polyvalente. Avant tout, elle est vidéaste. Elle filme tous les reportages quand elle vient avec moi, et elle se charge du montage et de la mise en images. Elle fait du secrétariat et m'assiste dans la gestion des informations à traiter. Elle a un carnet d'adresses bien fourni, ce qui m'aide beaucoup. Depuis un mois, elle s'est lancée dans un premier reportage, qu'elle dirige entièrement, sur la cause animalière.

Sur sa vie personnelle :

Question : Êtes-vous endetté ?
Réponse : Pas du tout. J'ai même plutôt pas mal d'argent de côté.

Question : Consommez-vous de l'alcool ou des stupéfiants ?
Réponse : Pas de stupéfiants. Un peu d'alcool de temps en temps.

Question : Avez-vous des problèmes de santé, physiques ou psychiatriques, ou des traitements médicaux en cours ?
Réponse : Rien de tout ça.

[Disons que l'inspecteur Craig Wasson (après appels passés à la serveuse mentionnée par M. Singer et à son patron, qui corrobore l'identité et la fonction de celle-ci au sein de l'établissement, ainsi qu'aux services techniques qui authentifient l'abonnement téléphonique de l'intéressée au numéro fourni par Singer) confirme la validité de l'alibi de Michael Singer, sous réserve de vérifications complémentaires. Ces actes d'investigation feront l'objet d'un rapport distinct rédigé par l'inspecteur Wasson.]

Question : Voyagez-vous à l'étranger ?

Réponse : Rarement. Je suis allé au Canada il y a trois ans. Aucun voyage depuis.

Question : Vous engagez-vous à demeurer les prochains mois sur le territoire américain, et particulièrement en Californie, pour déférer à toute convocation des services de police ?

Réponse : Bien sûr. Je ne compte pas bouger de L.A.

Question : Avez-vous quelque chose à ajouter ?

Réponse : Je vous répète que je n'ai rien à voir avec cette affaire. Je ne connais pas l'homme qui a été tué et je suis certain de ne jamais lui avoir remis de carte de visite. Je suis prêt à vous aider dans votre enquête. En tant que journaliste, je m'interroge sur cette histoire et je vous informe donc dès maintenant que je n'exclus pas de faire moi-même des recherches, étant indirectement concerné à cause de cette carte.

Question : Acceptez-vous de signer votre déposition ?

Réponse : Oui.

Inspecteur P. Newman
(Signature)

Inspecteur C. Wasson
(Signature)

M. Michael Singer
(Signature)

CHAPITRE 4

8923 Dorrington Avenue, West Hollywood, Californie
Mercredi 22 juin 2016, 18 h 10

— Tu sais tout, conclut Singer.

Le paparazzi venait de raconter en détail à Alison le déroulement de son entretien avec les deux inspecteurs du LAPD plus tôt dans l'après-midi. Elle commenta :

— Les gars de la Section Spéciale Homicides s'occupent des crimes complexes ou à gros potentiel médiatique. C'est étonnant qu'ils soient saisis dès le départ. C'est la Crim' du commissariat de West L.A. qui devrait être sur le coup.

Kostas connaissait sur le bout des doigts l'organisation de la police californienne et ses règles de compétences territoriales pour y avoir passé plus de vingt ans, jusqu'à sa démission afin de rejoindre Mike en début d'année. Le paparazzi eut envie d'en savoir plus :

— Tu ne regrettes pas d'avoir arrêté quand tu vois tes anciens collègues ?

— Pas une seconde. J'avais fait le tour de la question, et tu sais bien que j'étais coincée. Je suis plus heureuse aujourd'hui.

Mike était convaincu de sa sincérité. Lui-même constatait que Kostas, malgré son humeur orageuse et changeante, paraissait plus épanouie depuis qu'elle travaillait avec lui.

Kostas était entrée dans la police au début des années 90, à l'âge de vingt et un ou vingt-deux ans. Après une décennie de voie publique dans les quartiers sud de la ville puis dans Downtown, elle avait intégré la brigade des stupéfiants avant d'être mise au placard à la brigade financière.

Lors de son passage aux Stups, Kostas s'était fait remarquer par ses mauvaises habitudes pendant les interrogatoires – intimidations, menaces, violences. Son ultime écart, le plus important, avait conduit un jeune dealer asiatique aux urgences, où on lui avait posé une quinzaine de points de suture pour refermer une plaie au cuir chevelu.

Passée près de la révocation, elle avait atterri à la financière, où le travail de terrain était inexistant. L'administration s'assurait ainsi qu'elle ne commettrait plus d'erreurs sur la voie publique ou lors des interrogatoires. On la chargeait des investigations les plus ennuyeuses, et elle passait ses journées à éplucher des comptes bancaires et de la paperasse juridique. En la maintenant à ce poste de préretraitée, le LAPD espérait aussi qu'elle démissionne. Le signal se voulait clair.

Après cinq années de travail de bureau, Alison prit la décision d'arrêter. C'est Michael qui lui avait proposé

– avec succès – de travailler pour lui de manière officielle, alors qu'elle le renseignait déjà depuis longtemps en fouillant dans les fichiers de la police et les dossiers de ses collègues. Elle conservait par ailleurs d'excellents contacts au LAPD.

Mike avait imaginé la recruter sans vraiment hésiter, malgré le caractère volcanique de celle qui, au fil du temps, était devenue son amie et sa principale informatrice dans la police. Au naturel, Kostas se comportait souvent comme la femme la plus douce qui soit. Elle se montrait serviable et pleine de bonne volonté, et Singer l'appréciait pour ça. Plus rarement, la seconde Kostas pointait son nez – celle, plus imprévisible, des interrogatoires musclés –, et l'on assistait à l'expression d'une nervosité insoupçonnée. Selon elle, seule cette rugosité, forgée sur le terrain, permettait de faire le travail de flic de rue sans y laisser sa peau.

En dehors de sa thymie fluctuante, Alison faisait aussi montre d'une finesse intellectuelle et d'une ingéniosité que Mike n'avait pas décelées au premier abord. Quand elle évoluait dans la police, il la voyait plutôt comme un élément quelconque, efficace mais sans plus. Maintenant qu'il la fréquentait au quotidien, sa vision avait changé et Alison lui apparaissait comme beaucoup plus futée qu'il ne le pensait. Cela s'illustrait à travers sa profusion d'idées pour pénétrer dans des lieux sécurisés, ou réussir à filmer quand tout paraissait l'interdire, dans des configurations *a priori* impossibles.

Concernant son physique, son retrait de la police jouait aussi positivement sur Alison. Elle n'était pas vraiment un canon de beauté, avec ses cheveux roux et coupés court, ses traits ordinaires et sa silhouette en poire. Mais, ces derniers mois, elle faisait des efforts – maquillage, vêtements – et elle avait même perdu un peu de poids.

Michael comprenait ce qui se passait chez Kostas. Cette transformation arrivait à un moment de sa vie où elle réalisait que les années défilaient, qu'elle avait depuis toujours sacrifié son temps et son énergie au LAPD – sans rien gagner en retour – et qu'à quarante-cinq ans, elle n'avait ni fondé de famille ni même connu de vie de couple.

Il observait justement ses vêtements – un jean et un chemisier blancs plutôt à la mode, qu'elle n'aurait sûrement pas portés par le passé –, quand elle le tira de ses pensées en revenant au sujet qui les préoccupait :

— J'ai envie d'activer un ou deux contacts pour en apprendre plus sur cette affaire.

— Excellente idée.

— Imagine qu'on ait retrouvé cette carte dans la main de Barr et que tu n'aies pas d'alibi.

— Oui, et alors ?

— Eh bien, en ce moment même, tu serais dans une cellule.

— Mon alibi est solide. La serveuse a confirmé en direct et on pourrait sûrement trouver d'autres clients pour témoigner, pas de soucis de ce côté-là. Mais j'aimerais quand même en savoir plus. Tu pourrais cuisiner qui, pour ça ?

Singer connaissait les inspecteurs Sean Madden et Carlos Gomez – il se souvenait désormais du nom de ce dernier –, mais ils n'étaient pas du genre à donner des « biscuits » à la presse *people*. Il fallait que Kostas trouve la taupe qui pourrait avoir accès aux dossiers traités par cette section.

— J'ai deux pistes, dit-elle. Un flic qui vient d'être affecté là-bas et que je connais bien, et mon indic habituel au service informatique. Il peut consulter les procédures sur l'intranet.

Kostas s'empara de son portable et sortit sur le perron. Elle faisait partie de ces personnes qui préfèrent être seules pour téléphoner.

Singer en profita pour faire un peu de rangement autour de son ordinateur, où régnait pas mal de désordre. Dans l'*open space* du rez-de-chaussée, les deux bureaux – le sien et celui d'Alison – se tournaient le dos, séparés par une vitre en Plexiglas. Cette configuration présentait deux avantages : elle autorisait une proximité propice à un travail efficient, en synergie, sans pour autant avoir en permanence la tête de l'autre en face de soi.

Mike se coiffa d'un casque audio et réécouta l'enregistrement de l'interview qu'il avait dû interrompre au moment où Alison l'avait appelé pour le sommer de revenir à l'agence. Il appréciait le rendu : Marbella se racontait avec honnêteté et détaillait sa vie au cœur des gangs des quartiers sud, parfois avec une sincérité touchante, parfois avec un orgueil de fausse dure à cuire.

Le reportage de Mike prenait forme. La matière récoltée était d'une incroyable richesse et le résultat vaudrait le détour. Le plus difficile résiderait dans le choix cornélien à opérer au milieu des d'heures d'enregistrement, car, par malheur, bien des séquences pourtant percutantes ne trouveraient pas leur place dans un format court de soixante minutes.

Mike entendit la porte d'entrée se refermer. Il cliqua sur « pause » et se retourna vers Alison.

— J'ai eu Charles Cox, dit-elle en s'asseyant sur sa chaise à roulettes, qu'elle fit tourner pour se retrouver face à Michael. Elle arborait ce sourire signifiant que l'appel avait porté ses fruits. Il demanda :

— Charles Cox, c'est le gars qui vient de s'engager à la Section Spéciale Homicides ?

— Oui, c'est lui. Il a lâché quelques trucs.

— Putain... Le gars arrive tout juste et il commence déjà à balancer des informations. Beaux débuts...

— Pas vraiment, corrigea Kostas. Il ne dira pas grand-chose de plus et il me devait ce service. Il faudra trouver quelqu'un d'autre pour la suite. Bref... Il a répondu à mes deux questions. La première : « Pourquoi avoir saisi la SSH ? »

— Et donc ?

— D'abord parce que le docteur Barr était le toubib des stars. Il a travaillé toute sa vie au Cedars-Sinaï comme obstétricien, où il a suivi les grossesses de dizaines de pouffiasses du showbiz comme Jessica Alba ou Gwen Stefani. (Kostas cultivait une aversion pour les starlettes, peut-être le fruit de la jalousie.) Son carnet d'adresses était bien fourni, c'est pour ça que le *District Attorney* a vu les choses en grand dès le départ.

— Je vois.

— L'autre information répond à ma deuxième question : « Est-ce qu'on a relevé une particularité dans ce meurtre ? » Elle explique aussi pourquoi la SSH a été saisie aussi vite.

— Je t'écoute.

— On a exécuté Barr de plusieurs coups de feu, mais pas seulement. On a aussi inscrit le chiffre « 1 » sur son front au moyen d'une lame. Pour les flics, ça sent très, très mauvais.

— C'est-à-dire ? demanda Mike, qui devinait la réponse.

— Cette numérotation pourrait marquer le début d'une série.

CHAPITRE 5

Journal de S. S.
Le 21 juin

J'ai décidé de franchir le pas.

J'ai aussi décidé de commencer ce journal.

Pour la première fois, je vais tuer quelqu'un.

Et il y en aura d'autres après lui, je le sais.

Je vais tuer cet homme, car c'est lui qui est à l'origine de cet enfer. Son visage hante mes jours et mes nuits depuis trop longtemps. Depuis vingt ans, exactement.

Même des années plus tard, il doit payer.

Ce soir, le docteur Stephen Barr va mourir.

Et je filmerai tout, pour la postérité.

S. S.

Journal de S. S.
Le 22 juin

Je l'ai fait et je ne regrette rien.

J'ai attendu que sa femme quitte la maison. Je savais qu'elle allait ce soir à son club pour jouer aux cartes, comme elle le fait au moins deux fois par semaine. J'ai enjambé la barrière, j'ai traversé leur propriété et je suis rentré chez eux. Je ne pense pas qu'on m'ait vu. J'ai regardé autour de moi, les lieux étaient calmes. J'ai visité deux pièces au rez-de-chaussée et j'ai repéré la porte du salon, où il passe la majeure partie de son temps.

J'ai dû faire du bruit, car il est sorti.

Il s'est approché dans le couloir et il m'a vu.

Alors, j'ai pointé mon arme sur lui.

Au début, il n'a pas compris. Il a paru surpris, puis terrorisé, mille fois moins sûr de lui qu'à l'époque. J'ai apprécié ce moment. Il n'était plus qu'un pauvre vieillard apeuré. Je ne sais pas s'il m'a reconnu, mais je lui ai rappelé que cela faisait vingt ans que tout était arrivé. Il n'a pas eu l'air de comprendre.

Je lui ai tiré deux balles dans la poitrine et j'ai souri pendant qu'il tombait à genoux. Puis je lui ai tiré encore dessus, dans la tête, et il a fini par chuter à la renverse.

J'ai alors su qu'il était mort.

Et j'ai eu l'impression de revivre.

S. S.

CHAPITRE 6

Mulholland Drive, Los Angeles, Californie
Vendredi 24 juin 2016, 12 h 16

Depuis deux heures, au volant de son SUV, Mike allait et venait sur les courbes serrées et sauvages de Mulholland Drive. Cette route de crêtes mystérieuse, longue d'une quarantaine de kilomètres, incarnait le mythe hollywoodien. Mis à l'honneur au cinéma – notamment dans le film de David Lynch portant son nom – et dans la littérature, ce serpent de bitume dissimulait dans ses replis canyons sombres, villas de stars et falaises abruptes. En y crapahutant, Singer percevait presque le parfum de scandales, de drames, de crimes passionnels ou d'accidents dont les récits fumeux avaient construit la légende.

Mike voulait consacrer un reportage à Mulholland Drive en l'abordant sous cet angle. Les visiteurs la connaissaient avant tout pour ses aires panoramiques. En plusieurs points de vue disséminés au fil de ses boucles, on découvrait la splendeur de Los Angeles et de son bassin, monumental, éblouissant. Pourtant, en jouant la carte inédite du

« tourisme noir » – cette mode consistant à présenter les sites touristiques à travers leur côté sombre –, Mike pensait tenir quelque chose.

Une source policière lui avait fourni plus de cent cinquante dossiers de meurtres, kidnappings, viols, suicides ou règlements de comptes – concernant aussi bien des vedettes hollywoodiennes que des quidams – survenus ces soixante-dix dernières années sur Mulholland Drive. Cette montagne de faits divers, trésor noir inestimable, retraçait à sa façon l'histoire obscure et cachée de la route.

Le journaliste prenait des photos et imaginait comment il pourrait mettre en scène ce décor et illustrer son propos. À cet instant, il marchait près de l'aire du Hollywood Bowl. Le temps était magnifique. Sous un ciel pur et sans nuages, Los Angeles se déployait comme une immense nappe urbaine avec, au nord, la vallée de San Fernando, au sud-est, les *buildings* du quartier d'affaires et, à l'est, les lettres HOLLYWOOD incrustées dans les collines.

Son iPhone carillonna. Un SMS de son assistante venait d'arriver :

Les flics ont appelé. Ils voulaient savoir si on avait du neuf sur l'affaire du toubib.

La réponse était négative.

Si l'on mettait de côté le coup de fil de Kostas à l'inspecteur Charles Cox – ce policier de la SSH qui lui avait révélé l'existence de la signature, le chiffre 1 gravé sur le front de Stephen Barr –, ils ne disposaient d'aucune nouvelle information à communiquer aux inspecteurs.

Au fond, seule la carte de visite rattachait le journaliste à cette affaire, rien de plus. Ce détail l'intriguait, forcément. Mais ni lui ni Alison ne savaient qu'en penser, même si l'hypothèse d'une carte remise au médecin par une connaissance, pour une raison indépendante du meurtre (peut-être la volonté de revendre un scoop à un professionnel), tenait la route.

Mike et Alison se concentraient davantage sur leurs missions en cours. Le travail ne manquait pas, entre le reportage sur les gangs et l'achèvement de celui de Kostas, consacré aux maltraitances animales et qu'ils ne parvenaient pas à vendre. *Dur, dur, les affaires.* En ce moment même et depuis plusieurs jours, au bureau, Alison s'occupait à monter le film définitif.

Deuxième carillon. Autre SMS. Toujours Kostas.

Ouvre le lien que je vais t'envoyer. Ça concerne les sœurs Barbi.

Les sœurs Shane et Sia Barbi, pensa Mike. Des jumelles âgées d'une cinquantaine d'années aujourd'hui, rendues célèbres dans les années 90 en s'affichant comme *pin-up* en couverture des magazines, tel *Playboy*. Elles ne valaient médiatiquement plus rien, mais, comme toutes les stars oubliées ou sur le déclin, elles revenaient de temps en temps dans les supports spécialisés. *Les amateurs de presse poubelle aiment la nostalgie. Ça les rassure de voir que même les plus grands peuvent chuter pour finir à leur niveau.*

Immédiatement après avoir lu ce SMS, un second atterrit dans le fil de discussion. C'était un lien Internet. Il cliqua dessus et le logo de TMZ apparut sur l'écran. TMZ était le meilleur site en matière d'actualités sur les célébrités. Depuis un an, c'était principalement à ce site que Mike revendait ses scoops, TMZ payant mieux que n'importe lequel de ses concurrents.

La page acheva de s'ouvrir et Singer put lire le titre figurant dans le cadre rouge, caractéristique de TMZ et symbolisant l'information exclusive :

SHANE BARBI EST MORTE À L'ÂGE DE 53 ANS

CHAPITRE 7

SHANE BARBI EST MORTE À L'ÂGE DE 53 ANS

2016-06-24 12:22 by TMZ staff
!! EXCLUSIVITÉ !!

Le mannequin et modèle de charme Shane Barbi, autrefois célèbre pour avoir formé, avec sa sœur jumelle Sia, le duo glamour surnommé « Les jumelles Barbi », a été retrouvée morte dans sa maison de Los Angeles, où elle vivait avec son mari Ken Wahl. L'acteur, connu pour son rôle dans la série culte Un flic dans la mafia *à la fin des années 80, a découvert le corps sans vie ce matin, vers 9 h 15.*

Selon les informations exclusives dont TMZ dispose, Ken Wahl aurait passé l'heure précédente à faire du jogging. Shane était vivante quand il a quitté la maison. C'est à son retour qu'il aurait trouvé le corps de sa femme, dans la cuisine.

Les agents du LAPD et du coroner *de Los Angeles sont à pied d'œuvre à l'adresse du couple, au 4236 Newdale Drive, dans le quartier de Los Feliz. Les équipes de terrain de TMZ sont en mesure de vous fournir cette autre information exclusive : un homme aurait été aperçu par des voisins s'échappant de la propriété de Shane Barbi et Ken Wahl.*

Bio express : Qui sont les jumelles Barbi ?

1963 : Naissance à San Diego de Sia et Shane Barbi, filles jumelles d'un agent immobilier et d'une ancienne Miss Ohio.

1965 : Déménagent avec leur mère à West Hollywood à la suite du divorce de leurs parents.

1970 : Débutent dans le mannequinat à l'âge de sept ans en posant comme modèles dans un catalogue de vêtements.

1977 : Premiers troubles graves du comportement alimentaire (boulimie) qui dureront des années.

1989-1991 : Modèles pour Chanel, Thierry Mugler, Jean-Paul Gaultier et John Galliano.

1991 : S'affichent comme pin-up *en couverture de* Playboy*, qui bat des records de ventes. Célébrité internationale.*

1993 : Publient un calendrier de charme, édité avec succès chaque année jusqu'en 2007.

*1997 : Shane épouse l'acteur Ken Wahl (*Un flic dans la mafia, The favor*).*

1999 : Publient leur premier livre, un guide d'alimentation.

2006 : Publient leur deuxième livre, consacré à la santé.

2016 : Mort de Shane Barbi chez elle à Los Angeles.

CHAPITRE 8

Mulholland Drive, Los Angeles, Californie
Vendredi 24 juin 2016, 12 h 32

Mike retourna s'installer au calme dans son 4x4.

Il composa le numéro de Kostas.

Deux sonneries.

— Oui, Mike.

— Il faut que tu appelles ton collègue de la SSH pour en savoir plus sur cette affaire de Shane Barbi.

— Déjà essayé. Il n'a rien à donner et il ne faudra plus compter sur lui. Il avait une dette envers moi, mais seulement une. Pas plus.

Michael réfléchit. Il passa en revue les éventuels informateurs qui pourraient le renseigner.

— Vois qui tu pourrais contacter, je vais faire la même chose de mon côté. On se tient au jus.

— OK.

Elle raccrocha.

Mike attrapa son Thermos dans la boîte à gants et se servit un arabica tout en réfléchissant. *Qui appeler pour ça ?*

se demandait-il. Un premier nom lui vint en tête. Mark McGrath, un jeune agent de police rattaché à la brigade responsable de la surveillance du bâtiment du LAPD, à Downtown. McGrath était un noceur né, qui dépensait des sommes folles en soirée dans les clubs d'Hollywood et de la vallée de San Fernando. En échange de quelques billets (qui lui permettaient de mener cette existence dispendieuse et lui assuraient une vie sexuelle riche en prestations tarifées), Mark fournissait à Singer des renseignements puisés dans les bureaux ou sur les serveurs informatiques du département de police.

Mike composa le numéro. Le jeune policier répondit et le journaliste lui exposa l'objet de sa demande. McGrath promit de s'intéresser à la question, mais sans garantie de pouvoir y donner suite à court terme. Il ne travaillait pas aujourd'hui et ne disposait d'aucun moyen de récupérer quoi que ce soit à distance.

Le paparazzi le remercia et poursuivit sa quête mentale d'un indic qui pourrait lui répondre rapidement. Au fond, aucune précipitation ne se justifiait. TMZ semblait très bien renseigné sur les circonstances de la mort de Shane Barbi et il ne faisait pas de doute que leurs informateurs travaillaient à plein régime. Mais, pour Singer, c'était l'instinct du chasseur qui prédominait. Peut-être pouvait-on y déceler un travers malsain, mais il aimait les histoires morbides quand elles concernaient des célébrités.

Récemment, même à trois mille kilomètres du Minnesota où Prince était décédé, Singer avait travaillé sur le sujet et plusieurs *news* publiées par TMZ reposaient sur un matériau qu'il avait personnellement recueilli depuis L.A. La recette était simple : passer les bons coups de fil et proposer les meilleures rémunérations. Même si ce constat lui déplaisait, il demeurait clair que son argent lui permettait de tout acheter, y compris l'âme et la probité des plus vertueux.

Il passa un deuxième appel. Conrad Walton.

— Salut, Mike ! lança une voix enjouée.

Conrad Walton exerçait depuis vingt-cinq ans comme assistant médico-légal à la morgue de Los Angeles. Le point faible de ce brave Conrad, c'était la maison que ce célibataire retapait dans un coin de l'Idaho, et qu'il espérait bien finir de rénover avant sa retraite dans l'espoir d'y couler ses vieux jours. Pour ça, il lui fallait un financement sérieux, que son ridicule salaire de troufion à la morgue ne lui permettait pas d'obtenir. Il renseignait donc Singer sur tout ce que ce dernier voulait savoir aussi souvent que possible, en se montrant particulièrement gourmand en matière de prix.

— Salut, Conrad. Il me faut des informations sur la mort de Shane Barbi.

— Qui c'est ? demanda Conrad.

— Une *pin-up* des années 90 connue pour ses calendriers et ses couvertures de magazines avec sa sœur jumelle. Je suis sûr que tu connais, non ?

— Ah oui ! les jumelles blondes en bikini, avec leurs grosses fesses, leurs seins en silicone et leurs chapeaux de cow-boy.

— C'est bien ça. Tu vois, tu connais. L'une des deux a été retrouvée morte par son mari ce matin, dans leur résidence de Los Feliz. Je voudrais des infos là-dessus.

— Quel genre d'informations ? Si on l'a retrouvée ce matin, l'autopsie n'a pas encore été pratiquée. Le corps n'est peut-être même pas arrivé chez nous.

— Oui, ça, je sais bien. Ce que je voudrais, c'est un tuyau sur les premières constatations et les hypothèses des flics et du *coroner*. Suicide. Pas suicide. Meurtre. Pas meurtre. Mari suspect. Pas suspect. Indices. Pas d'indices. Témoins. Pas de témoins, etc.

— Je comprends. Je vois ça et je te fais signe dans un moment.

— Merci, Conrad.

Cinq minutes après (juste le temps pour Singer de finir son café et d'écouter un flash info à la radio), Conrad rappelait. L'assistant-légiste ne perdait jamais une seconde quand il s'agissait d'argent.

— Oui, Conrad. Alors ?

Mike sortit du SUV et fit quelques pas.

— J'ai pu avoir des infos. Prépare ton chéquier. Le corps est toujours là-bas et les constatations sont en cours. Ce n'est pas un suicide, c'est certain. La fille a été flinguée de plusieurs balles. Le mari est maintenu sur place, mais il n'a rien à voir avec la mort de sa femme selon les premiers éléments.

— Autre chose ?

— Oui. Celui ou ceux qui ont tué cette femme l'ont aussi mutilée. Ils ont inscrit un chiffre sur son front, le « 2 ». Ils ont fait ça au couteau. Ou au cutter.

CHAPITRE 9

8923 Dorrington Avenue, West Hollywood, Californie
Vendredi 24 juin 2016, 14 h 23

Mike gara son Q7 dans l'allée et rentra chez lui.

Il déposa son sac dans son bureau et vérifia que Kostas n'avait pas laissé de message avec un Post-it collé sur le clavier de son ordinateur, comme il lui arrivait de le faire. Rien. Singer monta à son étage et s'allongea sur le sofa dans le salon privé. À présent, il lui fallait un peu de repos, afin de souffler et de réfléchir à l'organisation du reste de la journée.

Il comptait consacrer la suite de l'après-midi à deux activités. D'abord – rituel incontournable qu'il effectuait deux fois par jour –, contrôler ses multiples boîtes mail destinées à recevoir, de la part de ses indics, les tuyaux susceptibles d'être exploités. Il accomplissait souvent cette tâche toujours amusante depuis son téléphone, tranquillement affalé sur son canapé.

Il ne retint qu'une chose : une secrétaire, employée par un cabinet d'experts-comptables spécialisé dans le vedettariat hollywoodien et travaillant notamment pour l'acteur Johnny Depp, signalait des instructions envoyées en Europe aux fins d'estimation de ses biens immobiliers, dont un palais à Venise et un hameau du XIXe siècle en France dans la région de Saint-Tropez. Le scoop, s'il se révélait correct, pouvait rapporter gros : il démontrait que le divorce du beau Johnny et d'Amber Heard risquait de coûter très cher à celui-ci. L'acteur se préparait à casser sa tirelire.

Singer mit une option sur l'information en offrant à la secrétaire indélicate la somme de 10 000 dollars, montant qu'aucun autre chasseur de scoops sur le marché n'aurait pu lui proposer. Il s'assurait ainsi l'exclusivité, puis revendrait le tuyau à des médias *people* de grande envergure – sites Internet ou presse papier – comme tmz.com, people.com, *US Weekly* ou *Vanity Fair*. Ces derniers lui accordaient en retour bien plus d'argent, sachant pertinemment qu'ils traitaient avec un professionnel et que, par conséquent, le scoop serait fiable et non éventé. Le *business* fonctionnait et Mike continuait à amasser une petite fortune.

Le second objectif de l'après-midi concernait les meurtres du docteur Stephen Barr et de la sexy Shane Barbi, l'ex-*pin-up* des années 90. La signature fascinait Mike : tous deux avaient été retrouvés morts avec un affreux chiffre gravé dans leur chair, au milieu du front (« 1 » pour Barr, « 2 » pour Barbi), laissant supposer que le spectre d'un tueur en série planait au-dessus de ces deux forfaits.

Cette singulière affaire l'intéressait de plus en plus, au point d'envisager de lâcher ses autres reportages pendant quelques jours pour au moins trois raisons. D'abord, le mystère. Singer vouait un culte aux dossiers criminels, le substrat authentique de l'investigation. Ensuite, son implication personnelle. Dès le départ, il s'était retrouvé associé à l'enquête à cause de cette carte de visite découverte près du corps de Barr. Ce détail le taraudait, d'autant que les policiers avaient téléphoné au bureau le matin même et rappelé à cette occasion qu'ils ne l'oubliaient pas. Enfin, l'argent. Tout ceci commençait à prendre l'aspect d'une formidable machine à *cash*. Les ingrédients semblaient réunis pour donner lieu à un buzz d'enfer. Des meurtres en série, une victime célèbre, des chiffres tracés à même la peau des cadavres... Ce déballage, correctement traité, pourrait bien se transformer en une mine d'or. Car, au fond de lui, Mike nourrissait un rêve : trouver le moyen de devenir riche pour tirer un trait définitif sur son activité de paparazzi. S'il touchait un jour le gros lot, à travers cette affaire ou une autre, il pourrait intégrer le club respectable des journalistes dits « sérieux » et ne plus faire que du documentaire qualitatif.

Toujours allongé sur son sofa, il se décida à appeler le *boss* de TMZ, Harvey Levin, avec lequel il correspondait régulièrement pour parler *business*. Après cinq sonneries, le patron multimillionnaire prit la communication :

— Salut, Michael. Ça va ?

— Salut, Harvey. Oui, ça va. J'imagine que toi aussi. Sortir la mort d'une jumelle Barbi avant les agences de presse et les journaux généralistes, ça doit te faire bander, ricana Singer.

Deux mois plus tôt, de la même manière, TMZ avait mis dans le mille en annonçant la mort de Prince avant tout le monde, performance déjà réalisée en 2009 avec Michael Jackson, dont la disparition faisait l'objet d'une dépêche sur TMZ seulement dix-huit minutes après l'heure officielle figurant sur le certificat de décès.

— Oui, j'aime ça, lança Levin. On est les meilleurs et on le restera tant qu'on envisagera notre boulot comme une quête sincère de vérité. Qu'est-ce qui t'amène, Mike ? Je suis pressé, là.

— Je m'intéresse à l'affaire Barbi et à un autre meurtre commis mardi. Ça pourrait être le même tueur. Tu es au courant ?

— Oui. J'ai des gars aux premières loges pour ça, on ne veut rien rater. Pour l'instant, on a presque tout. Il y a une planche pourrie chez les flics qui nous balance les infos en temps réel. On prépare un papier du tonnerre pour bientôt. Tiens-toi prêt et programme une alerte TMZ sur ton téléphone, s'amusa Harvey.

Mike annonça son projet :

— Je pense travailler là-dessus ces prochains jours. À propos, je peux te filer un scoop sans intérêt. J'ai été cuisiné par les flics pour le premier meurtre.

— Ah ouais ? Pourquoi ?

— On a retrouvé l'une de mes cartes de visite chez le type abattu, Stephen Barr.

— Tu le connaissais ?

— Jamais vu ce gars de ma vie. Jamais entendu son nom. Je pense qu'on a dû lui filer ma carte.

Harvey Levin s'esclaffa au bout du fil :

— Ce gars avait peut-être le scoop du siècle. Imagine : il cherche un paparazzi pour lui vendre un truc de fou, mais on le flingue *in extremis* pour le faire taire.

Singer rit à son tour.

— Va savoir, avec un toubib de stars…

Harvey reprit :

— Bon, pour en revenir à nos affaires, j'ai déjà mis des équipes sur le coup. Le dossier Barr-Barbi est une priorité pour TMZ. Mais si tu as quelque chose pour nous, tu sais que j'achète au prix fort.

Harvey disait la vérité. Les enveloppes versées par TMZ pouvaient tutoyer les sommets, allant de 1 000 dollars pour le ragot de base (servant à remplir le site), à plusieurs millions pour les scoops exclusifs d'envergure internationale.

— Je vais me mettre à creuser, affirma Singer.

Harvey Levin, déjà épaulé par ses propres enquêteurs, aurait pu s'en désintéresser comme de son premier caleçon, mais il connaissait le CV et les compétences de Michael. Le paparazzi lui vendait souvent d'excellents tuyaux, notamment sur les frasques de ce crétin de Justin Bieber.

— Je suis disponible pour recevoir tes infos, mon cher Mike, indiqua le patron de TMZ. Sur ce, je dois te laisser.

Conférence de rédaction. À bientôt. Et surveille le site, tu vas apprécier.

Harvey Levin rit aux éclats avant de raccrocher.

Le *boss* et créateur de TMZ – acronyme signifiant Thirty-mile zone, soit le périmètre de cinquante kilomètres autour de Hollywood englobant l'ensemble des studios de cinéma au siècle dernier – pouvait fasciner autant qu'agacer. Nombre de célébrités le détestaient pour sa capacité hors-norme à voir à travers les murs des résidences de stars à L.A. Ses méthodes dérangeaient, son réseau de mouchards (voituriers, gardes du corps, avocats, policiers, salariés d'hôtels ou de compagnies aériennes) ulcérait, de même que son jusqu'au-boutisme et son agressivité dans le *business*. Le comble de l'histoire : Harvey ne supportait pas qu'on s'intéresse à sa vie privée. Il payait des gros bras pour faire peur aux paparazzis et autres curieux qui osaient traîner autour de chez lui.

Mel Gibson, dont la carrière avait souffert des indiscrétions de TMZ, avait juré publiquement – avec un brin d'ironie – qu'il était prêt à l'emmener dans le désert pour lui tirer dessus et le laisser crever. Alec Baldwin, autre cible de TMZ, avait déclaré vouloir le poignarder. Pareils exemples en disaient long sur la haine suscitée par le paparazzi le plus puissant d'Amérique.

Singer admirait le parcours de cet ancien avocat assez vite reconverti dans la production d'émissions à scandales. Né dans une modeste famille juive de Pasadena, au nord de L.A., Harvey Levin avait aussi exercé comme professeur de droit, avant d'embrasser une carrière télévisuelle qui allait lui ouvrir les portes du succès. Son premier fait d'armes notable – celui qui lui montra la voie à suivre – fut le procès d'O. J. Simpson en 1994. Avec talent, Harvey couvrit pour la télévision l'ensemble de la procédure, où tout était réuni pour donner lieu à un grand tapage : des Blancs contre des Noirs, des célébrités, du sexe, de l'argent, une enquête bâclée, un procès à rebondissements.

Singer pensait à celui qui était devenu un bon ami du métier, malgré ses travers, quand son portable vibra près de lui. Précisément, le nom de Harvey Levin s'afficha. *Qu'est-ce qu'il peut bien vouloir ? On était en ligne il y a cinq minutes.* Mike décrocha d'un glissement de doigt sur l'écran.

— Harvey ?

Levin était hilare.

— Je ne peux pas m'empêcher de t'appeler en direct. Je te parlais du putain d'article sur Barr-Barbi qu'on allait bientôt publier. Eh bien, il va arriver dans quelques secondes. J'ai voulu te rappeler, ça m'amuse d'être avec toi au moment où tu le verras. Tu vas aimer le savoir-faire et la réactivité de TMZ.

— Bien, dit Mike, sourire aux lèvres. On va voir ça ensemble.

— Tu peux ouvrir le site, l'article vient de tomber.

Singer attrapa au pied du sofa l'ordinateur portable qu'il conservait toujours à portée de main. Allongé sur le dos, il posa le PC sur son ventre et manipula le pavé tactile pour se connecter au site. Là, le titre lui explosa en pleine figure, comme une bombe atomique :

MEURTRE DE SIA BARBI,
LA SECONDE JUMELLE BARBI

— On est efficaces chez TMZ, non ? lança Levin à l'autre bout de la ligne. Allez, je te laisse. Bonne lecture !

— Putain..., souffla Mike.

CHAPITRE 10

MEURTRE DE SIA BARBI, LA SECONDE JUMELLE BARBI

2016-06-24 16:07 by TMZ staff

!! EXCLUSIVITÉ !!

Sia Barbi, sœur jumelle de Shane Barbi décédée ce matin, a été à son tour retrouvée morte dans sa maison de Santa Monica, cet après-midi. C'est un véritable coup de tonnerre dans le ciel de Los Angeles, les sœurs ayant toutes les deux été victimes d'un homicide : l'une par balles, l'autre par arme blanche, le même jour, à quelques heures d'intervalle.

Morte dans sa cave

Le corps sans vie de Sia Barbi, ancienne pin-up *de cinquante-trois ans et moitié du célèbre duo de charme « Les jumelles Barbi », a été découvert à son domicile par les services de police de Santa Monica. C'est une patrouille de secteur, venue annoncer à Sia Barbi le décès de sa sœur, qui a trouvé la victime dans sa maison, au 136 Esparta*

Way. Les agents, alors que personne ne répondait à leurs appels, ont constaté des traces d'effraction à l'arrière de la résidence. C'est à la suite d'une visite de sécurité des lieux qu'ils ont fait la sinistre découverte, dans la cave à vins de l'ancienne cover-girl.

Deux meurtres commis coup sur coup

Cette nouvelle intervient quelques heures après l'annonce exclusive par TMZ de la mort de sa sœur Shane, abattue de plusieurs balles à son domicile de Los Feliz, ce matin (voir nos articles consacrés). À la différence de Shane, Sia Barbi aurait succombé à la suite d'une agression à l'arme blanche. Une source policière indique que la mort pourrait remonter à la fin de matinée, soit deux ou trois heures après l'exécution de Shane. L'hypothèse d'un même tueur est dans toutes les têtes et, pour l'heure, aucun mobile ne paraît pouvoir éclairer l'origine de ce double drame.

Trois meurtres et des chiffres

Selon une information émanant du LAPD, les meurtres de Sia et Shane Barbi s'inscrivent dans une série de trois meurtres débutée mardi soir. Un médecin à la retraite, le docteur Stephen Barr, connu dans le show-business *pour avoir été le gynécologue du Tout-Hollywood à l'hôpital Cedars-Sinaï, est mort des suites d'un homicide volontaire commis à son domicile de Brentwood.*

TMZ vous annonce de façon exclusive le lien macabre établi entre ces meurtres : chaque corps portait sur le front un chiffre, gravé au moyen d'un objet coupant. Ces scarifications seraient post mortem *d'après les experts médico-légaux. Le chiffre « 1 » défigurait le visage de Stephen Barr, tandis que Shane et Sia héritaient respectivement du « 2 » et du « 3 ». La numérotation respecte l'ordre chronologique des meurtres et laisse supposer, selon un profileur de la Section Homicides du LAPD, que la série pourrait s'allonger.*

Un suspect, « l'homme en noir »

Les investigations policières s'intensifient, et au moins quatre inspecteurs du LAPD y travaillent à temps plein. Si la recherche de témoins et l'exploitation des images de vidéosurveillance se poursuivent, certains résultats d'interrogatoires qui nous sont parvenus permettent déjà d'établir le signalement d'un suspect. Une voisine de Shane Barbi déclare avoir aperçu un homme vêtu de noir sortir de la propriété de Shane et Ken Wahl dans un moment proche des faits, alors que Ken n'était pas encore rentré de son jogging quotidien. Une mère de famille, près de la résidence de Sia Barbi, aurait également croisé un individu suspect inconnu du quartier. L'homme, de type afro-américain et habillé d'un survêtement noir, porterait un bouc, des lunettes de soleil, une casquette et une capuche.

Quoi qu'il en soit, le retentissement médiatique de cette affaire s'annonce considérable. Le statut de célébrités des victimes, leur gémellité ainsi que la dimension sérielle et ritualisée de ces trois crimes en font d'ores et déjà un feuilleton hors-norme. TMZ, premier média à vous révéler ces faits en exclusivité, continuera à vous communiquer en temps réel les informations que vous ne devez pas manquer.

CHAPITRE 11

Journal de S. S.
Le 24 juin

Je me suis levé tôt, car je n'arrivais plus à dormir.

C'est aujourd'hui que je vais continuer. J'ai déjà tout préparé. Ces derniers jours, j'ai repéré les lieux et la maison de Shane Barbi. Elle vit là-bas avec son mari. C'est un ancien acteur. Je sais qu'il sort tous les matins pour aller faire du sport. C'est à ce moment-là que je vais le faire.

Je vais tuer Shane Barbi.

Après, j'irai tuer sa sœur, Sia.

C'est comme ça que les choses doivent se passer.

Je ne peux pas les laisser en vie.

Je ne sais pas vraiment pourquoi j'ai commencé ce journal. Je n'ai jamais aimé l'écriture, mais je crois que ça me fait du bien. Les mots que j'écris permettent de me libérer, d'exprimer ce que j'éprouve. Je ressens cette douleur depuis si longtemps...

Elles me manquent.

Elles me manquent tellement.

S. S.

Journal de S. S.

Le 24 juin

C'est fait.

Tout a bien fonctionné.

J'ai encore eu un grand sentiment de bien-être quand je l'ai fait. J'ai attendu dans la voiture et j'ai vu le mari de Shane qui partait de la maison. J'ai attendu qu'il soit loin, qu'on ne le voie plus au bout de la rue. Et j'y suis allé.

Je suis passé par-dessus la clôture et j'ai marché jusqu'à la porte. Je suis entré et j'ai cherché dans la maison. J'ai fini par entendre du bruit dans la cuisine. C'est là qu'elle était. Comme pour Stephen Barr, j'ai ressenti du plaisir au moment où elle est morte. Je suis ressorti.

Je n'ai pas fait attention aux gens, dehors. Peut-être que certains m'ont vu, peut-être même qu'ils ont appelé la police. Je ne sais pas. Ça ne m'intéresse pas. Je m'en moque.

En partant, j'ai eu l'impression d'avoir fait le bon choix. Ce que j'entreprends depuis le début, je le fais parce que ça me semble être juste.

Elles le méritent.

Je vais continuer.

Après, je suis allé chez Sia Barbi.

Pour que mon action prenne du sens, il fallait qu'elles meurent toutes les deux, sinon ça n'aurait servi à rien. Ce sont elles deux, ensemble, qui incarnent ce que je n'arrive pas à exprimer.

Où êtes-vous à présent ?

Je ne sais pas. Je ne saurai jamais.

Je pense tant à vous.

Mais, elles, les sœurs Barbi, sont bien là.

Ce n'est plus possible.

Sia habitait seule dans une grande maison à Santa Monica. Je l'ai tuée. Il m'a semblé, à cet instant, qu'un peu de justice était rendue. J'ai écrit le chiffre sur son front, comme pour les autres.

Maintenant, ils sont trois à avoir payé le prix.

Sia et Shane paient peut-être plus qu'elles ne le devraient.

Mais ça doit se passer comme ça.

Il n'y a rien d'autre pour apaiser ce mal qui me fait souffrir depuis vingt ans. En les tuant, j'arrive à atténuer ma douleur. Je punis ceux qui doivent l'être et je rends hommage aux absentes. Je vais continuer, c'est le meilleur chemin.

Il y a d'autres jumelles.

S. S.

CHAPITRE 12

8923 Dorrington Avenue, West Hollywood, Californie
Vendredi 24 juin 2016, 16 h 10

Sitôt la lecture de l'article de TMZ achevée, Mike bondit du sofa et descendit dans le bureau. L'affaire prenait une nouvelle dimension. Un médecin de stars abattu, cela pouvait à la limite faire un article de remplissage, mais au fond, le public s'en moquait. En y ajoutant deux homicides – des jumelles célèbres – dans ce qui apparaissait comme des exactions commises par un tueur en série, pour un paparazzi ou un limier de faits divers, on touchait au divin.

Mike s'équipa : il prit sa GoPro, ses téléphones et sa tablette. Puis il fila en direction de la dernière scène de crime. Il régla l'adresse sur le GPS : 136 Esparta Way, Santa Monica. Le logiciel annonçait un trajet de treize kilomètres pour vingt-six minutes. En théorie. Car, à cette heure-ci, les rues et les avenues seraient bondées.

En s'engageant sur Wilshire Boulevard, Singer tomba sur un premier ralentissement. Il en profita pour contacter Alison afin de la tenir au courant et de prendre des nouvelles.

— Salut, Mike. Tout roule ? lança-t-elle.

— Ça bouge sur l'affaire Barr. La deuxième jumelle Barbi s'est fait descendre aussi. Un truc de fou. Je suis en voiture, je file sur place.

— J'ai vu ça sur TMZ. C'est quasiment du jamais vu.

— Et toi, ça va ? En pleins préparatifs ?

Kostas ricana.

— Je stresse à fond, Mike. La dernière fois que j'ai eu un rencard avec un mec, c'était il y a six ans.

La voix d'Alison, chantante, trahissait une certaine excitation.

— Ça va le faire, dit le paparazzi. C'est du bon stress, c'est nécessaire.

— Espérons. Je l'ai juste vu en photo… Imagine qu'il ait mis les meilleures et qu'en fait il soit moche ?

Mike pouffa.

— Ça, tu verras bien. Et les fringues ? Les emplettes ont été bonnes ?

Cet aspect avait toujours frappé Mike : Alison s'habillait mal. Il était urgent qu'elle achète des vêtements et poursuive ses efforts. Il y avait du mieux, quand même, depuis qu'elle avait abandonné la police et tentait de se caser.

Elle répondit à la question :

— Je suis toujours au centre commercial. J'ai trouvé des trucs, mais je cherche encore un peu. Je serai OK pour ce soir, sois-en sûr.

Singer enchaîna :

— Sinon… je sais que le moment est mal choisi, mais est-ce que tu aurais des idées pour l'affaire Barbi ? Pour les indics, tu crois pouvoir choper quelque chose ?

— Je vais y réfléchir. Je passerai des appels si j'ai le temps. On se voit au bureau demain matin, de toute façon. On fera le point.

— Et tu me raconteras le rendez-vous, surtout.

— Bien sûr. Allez, à plus !

— Bonne soirée à toi, profites-en.

Il raccrocha et passa une série de cinq coups de fil. D'abord, à trois policiers. Trois balances qui le rencardaient régulièrement. Ils n'avaient rien à lui donner en direct, mais ils promirent de poser des questions. Singer fit miroiter les dollars, laissant entendre que la rétribution serait généreuse.

Il contacta ensuite deux secrétaires, l'une employée au bureau du procureur, l'autre à la mairie. Aucun résultat. Ce type de relations servait plutôt à obtenir des renseignements de seconde zone, des adresses ou des numéros de téléphone. Pour accéder au contenu d'un dossier judiciaire, il fallait le bon informateur, et celui-ci faisait défaut à Mike. Il comptait sur Kostas et ses anciens collègues.

Il roulait toujours au ralenti sur Wilshire, coincé dans le bouchon. Il finit par tourner à droite sur San Vicente Boulevard, au niveau de la tour Wells Fargo. Le paparazzi en était à peu près à la moitié du trajet. Il patientait en écoutant un incontournable des années 90, l'album *The Downward Spiral* de Nine Inch Nails. Il fredonnait les paroles ordurières du tube *Closer* quand il eut Esparta Way en point de mire. Enfin. Il sut qu'il arrivait à destination en raison de l'effervescence qui animait le boulevard.

Esparta Way était une voie qui partait sur la droite, et la police semblait l'avoir bouclée. Michael préféra se garer tout de suite afin de parcourir les trois cents derniers mètres à pied. Il mit son clignotant et se colla au trottoir, devant une propriété délimitée par des haies de laurier. Derrière, on distinguait de somptueuses pelouses et une résidence cossue qui ressemblait à un château. Ce coin de Santa Monica jouxtait Pacific Palisades et comptait par dizaines les habitations de ce standing.

Mike abandonna son Q7. Il actionna la GoPro autour de son cou et commença à remonter San Vicente à pied. Plus il s'approchait, plus se succédaient les camions de régie des chaînes de télévision, garés parfois sur le trottoir ou la piste cyclable. Il en dénombra quatorze, tous surmontés d'une parabole et arborant le sigle ostentatoire de la chaîne à laquelle ils appartenaient. Journalistes armés de micros, caméramans professionnels, vidéastes amateurs... Toutes ces personnes, agglutinées sous un soleil écrasant, démontraient combien l'affaire prenait des proportions hallucinantes.

Mike jouait des coudes et s'imposait pour trancher la foule.

— Pardon... pardon... Excusez-moi...

Il s'insinuait autant que possible entre les corps en sueur.

— Arrête de pousser, connard ! lança un type qui filmait avec son portable.

Au milieu d'un brouhaha sans nom, le reporter arriva assez près d'Esparta Way pour constater que les agents de police avaient tendu un cordon de non-franchissement d'un côté à l'autre de la rue, au bas de celle-ci, à l'intersection avec San Vicente. Il paraissait impossible d'approcher la maison de Sia Barbi puisque la rue était fermée au public. De nombreux policiers en uniforme surveillaient le périmètre. Aucun espoir d'y pénétrer.

Singer connaissait les méthodes de la police. Elle plaçait des agents directement dans les parcelles alentour, avec l'accord des riverains, pour qu'aucun badaud trop curieux ne contourne le dispositif en s'y introduisant. Les voisins acceptaient facilement cette présence, heureux que la police protège leur maison des dégradations.

Le paparazzi, lui, savait comment procéder. Il regagna sa voiture en écartant tous ceux qui se trouvaient sur son passage, récoltant une volée d'insultes émanant aussi bien de reporters sur les nerfs que de quidams avides de macabre. Là, il s'installa au volant et connecta sa tablette à Google Maps.

Son idée était simple : proposer une somme d'argent au propriétaire de l'une des maisons mitoyennes, espérant qu'il accepte de le laisser entrer en le faisant passer pour l'un des occupants. Classique. Au fond, l'argent importait peu, il n'existait ici que par principe puisque ces gens nageaient déjà dedans. Ce qui pouvait faire basculer l'un d'eux en faveur de Mike, c'était les notions de jeu, de transgression ou de curiosité que représentait pareille situation pour ces riches à la vie dorée, mais mortellement balisée.

Pourtant, il balaya très vite cette idée en étudiant le plan du quartier. Toutes les propriétés adjacentes au 136 posaient problème par leur situation géographique : soit elles donnaient sur la portion fermée de la rue, soit elles appartenaient à un lotissement clos à l'arrière. Avec cette configuration, Mike ne voyait pas l'intérêt d'insister. Certes, il aimait humer les lieux, les observer, les analyser afin de s'immerger dans une enquête ou un sujet, mais il savait cesser la lutte quand trop d'obstacles s'interposaient.

Il délaissa sa tablette et attrapa son Thermos de café dans la boîte à gants. Il s'en servit un mug qu'il posa sur le tableau de bord. Il jeta un coup d'œil autour de son 4x4. Plus aucune place de stationnement ne paraissait libre. Sur le trottoir, les curieux à pied continuaient à affluer, et, sur les quatre voies du boulevard, les voitures et les fourgons bouchonnaient plus que jamais.

Michael consulta son portable et vit une icône, en haut de l'écran, en forme d'enveloppe rouge. Ce logo signifiait qu'un mail était arrivé dans l'une de ses boîtes destinées aux informateurs. Le titre figurant en objet, écrit en majuscules, attira son attention :

VIDÉO MEURTRES

— Vidéo meurtres... C'est quoi, ce truc ? s'interrogea-t-il.

Singer ouvrit le message. Pas de texte dans le corps de celui-ci. Il ne tira rien de l'adresse d'expédition, dont le format provenait d'un générateur d'e-mails jetables. Anonymat complet. Il constata la présence d'une pièce jointe, dont le nom se composait d'une série de chiffres. Une vidéo.

Mike lança la lecture, intrigué.

CHAPITRE 13

1re vidéo anonyme analysée par Michael Singer.
Reçue le vendredi 24 juin 2016, à 17 h 07.

Les premières images montraient une rue résidentielle en pente descendante, légèrement incurvée, typique des collines de Los Angeles, où abondait une végétation colorée et variée. De part et d'autre de la voie, émergeant de derrière les haies et les palissades, des maisons spacieuses rayonnaient sous le soleil.

Le tout était filmé caméra à l'épaule – ou, dans tous les cas, au moyen d'un dispositif embarqué à même le corps – et proposait un rendu vibrant, saccadé, d'une netteté médiocre traduisant l'utilisation de matériel bon marché.

— C'est pas du boulot de pro, constata Mike.

Le vidéaste filmait en contrebas de la rue, fixant le centre du champ sur une propriété située à gauche, à environ cent mètres. Mike aperçut à un moment donné un morceau de tableau de bord et de volant. *C'est fait depuis une voiture*, songea-t-il.

Après une trentaine de secondes, on zooma sur la grille métallique qui s'ouvrait. Un homme en survêtement sortit pour se mettre à trottiner dans la direction opposée. Il s'éloigna jusqu'à une avenue transversale, tout au bout, où il disparut en tournant à droite.

Le cœur de Mike gagna en rythme, en même temps qu'il comprenait ce qu'il tenait sous les yeux. Ce type en survêtement, il devinait sans mal que c'était Ken Wahl, l'époux de Shane Barbi.

Il vérifia en vitesse sur Google Street View s'il s'agissait de sa résidence de Los Feliz en y entrant l'adresse révélée par TMZ, le 4236 Newdale Drive. La confirmation ne se fit pas attendre. Mike pressentait qu'on avait filmé ces images le matin même, avant le meurtre de Shane.

Mais qui avait pu faire ce film ?

Une idée le saisit : le tueur, en personne.

Michael déduisit que la caméra se situait sur la poitrine du vidéaste, car on voyait par intermittence ses mains gantées et ses manches noires tandis qu'il s'extrayait de la voiture et empruntait la voie jusqu'à la résidence. Il dépassa la grille et stoppa devant la porte du garage. Au contact de celui-ci, en guise de clôture, se trouvait une barrière en bois sur laquelle il grimpa pour atterrir dans la propriété.

Il marcha au milieu de quelques arbres, semblant se baisser pour éviter les branchages, et parvint sur le perron. Sans hésiter, il actionna la poignée. La porte s'ouvrit. Il avança dans un couloir bien décoré, propre, et une voix de femme retentit :

— *C'est toi, Ken ?*

Il ne répondit pas. Il se tourna vers la gauche, vers une première pièce, dont la porte était entrebâillée. Un salon, doté d'une large baie vitrée donnant sur le jardin, côté rue. Deux mètres plus loin, il jeta un œil à travers une autre porte béante : une buanderie, où des colonnes de linge, une table à repasser et une machine à laver étaient visibles. La voix féminine se fit à nouveau entendre :

— *C'est toi, Ken ? Tu as oublié quelque chose ?*

La caméra filma en direction de cette voix, au fond du couloir. L'intrus accéléra le pas et s'approcha d'une porte qui donnait l'impression d'être celle de la cuisine. On pouvait y distinguer le début d'un bar ainsi que le bout d'une table haute entourée de tabourets *design*.

Il s'engagea dans la pièce et se tourna vers l'espace invisible jusqu'alors. Deux évidences s'imposèrent. D'abord, il se trouvait bien dans la cuisine, vaste et étincelante. Ensuite, Shane Barbi était là, debout, à proximité de l'évier, une expression d'incrédulité peinte sur le visage.

— *Qu'est-ce que vous faites là ?*

Sa voix tremblait, exprimant une peur qu'on sentait à son paroxysme. Shane fit un pas de côté en direction d'une porte-fenêtre entrouverte, puis s'immobilisa, affichant un air épouvanté quand le bras armé se dressa. Elle hurla. On apercevait des larmes sur ses joues. Ses lèvres charnues, gonflées au Botox, paraissaient bouger toutes seules. Tout son corps se transformait en un gigantesque tressaillement.

La voix du vidéaste résonna à son tour :

— *Vous ne pouvez plus vivre, je suis désolé.*

Michael fut surpris, car le timbre du tueur se réduisait à un grincement rauque et lugubre, comme le son qui sort de la bouche de ces fumeurs malades à qui l'on a retiré un morceau de larynx – ou de pharynx, Mike n'en savait rien.

En réponse à ces mots, Shane fit à nouveau mine de se révolter en se dirigeant vers la porte-fenêtre, mais il ne lui en laissa pas le temps. Le feu jaillit du canon à cinq reprises et faucha Shane Barbi au ventre et au thorax. Elle tomba d'abord sur les fesses, comme hébétée, avant de s'effondrer sur le dos entre la table et l'évier.

— Nom de Dieu, murmura Michael.

Le journaliste n'en croyait pas ses yeux.

La caméra se rapprocha du corps de l'ancienne *pin-up*, dont les blessures laissaient échapper un sang abondant. Le film immortalisa la vie fuyant ce corps encore splendide à cinquante ans passés. Les yeux de Shane fixaient le vide. Sa bouche et ses traits, sur lesquels on lisait un abus de chirurgie esthétique, se figèrent dans une posture définitive. Le sang imprégnait ses vêtements – un jean et un débardeur gris moulant sa poitrine siliconée – et formait une large auréole autour de la dépouille, sur le carrelage blanc.

La main droite de l'assassin, gantée et munie de ce qui ressemblait à un cutter de bricolage, s'avança près du visage de la femme blonde. Là, d'un mouvement sec du pouce, le tueur fit jaillir la lame dans un cliquetis glaçant. Puis il grava le chiffre « 2 » au milieu du front de la *cover-girl.* Le sang coula, mais peu, comme si la suppliciée avait déjà rendu tout son fluide.

L'image tressautait tandis que le bourreau cheminait dans le couloir, en direction de la sortie. On le voyait passer la porte d'entrée, appuyant au préalable sur un interrupteur qui déverrouillait le portillon extérieur, au bout du chemin. Puis, il marcha jusque dans la rue, où la luminosité rendait l'image presque blanche.

La vidéo semblait s'arrêter là. L'écran vira au noir.

— Hallucinant, murmura Mike.

Il n'eut pas le temps de souffler puisqu'une deuxième séquence prit le relais.

Comme pour la première, la scène se déroulait dans un quartier résidentiel que Singer identifia sur-le-champ. Il le reconnut d'autant plus facilement qu'il l'avait étudié quelques minutes plus tôt, sur sa tablette connectée à Google Street View. Il découvrit ainsi Esparta Way, exposée en perspective depuis le croisement de San Vicente. Évidemment, le tueur – car c'était bien lui, Mike n'avait aucun doute – braquait son objectif sur la deuxième maison à gauche, celle de Sia Barbi, où l'ancienne star vivait seule, contrairement à sa sœur.

Comme dans une sorte de mimétisme inspiré de la vidéo précédente, le tueur sortit de sa voiture garée devant la première villa et se mit à marcher sur le trottoir. À hauteur du 136, il longea la barrière de bois blanc, la contourna, puis progressa sur l'impeccable pelouse étalée devant la résidence de plain-pied.

Un souci s'imposa à lui : la porte de devant était fermée à clé. Le tueur n'insista pas et emprunta l'étroit passage qui courait à droite du garage, entre la maison de Sia et celle du voisin. À l'arrière, le même problème survint avec la porte de service. Le tueur ramassa alors une pierre, cassa un carreau, passa la main dans l'interstice et put déverrouiller la porte.

À partir de là, tout s'accéléra. Il se mit à courir et la qualité de la vidéo en pâtit. L'image tressautait, entraînant une perte d'informations. On devinait qu'il pourchassait une Sia Barbi affolée, qui poussait des cris aigus dont le mauvais rendu sonore ne permettait pas de saisir le sens. L'intrus descendit au niveau inférieur en fondant à toute allure dans un escalier.

La netteté des images fit son retour peu après. On était dans une cave, ou un sous-sol, éclairé artificiellement par un néon. Sia se tenait debout au fond, adossée à un meuble patiné.

La ressemblance avec la séquence mettant en scène sa sœur, un peu plus tôt, était manifeste. D'abord, les deux femmes paraissaient ne faire qu'une. On avait là d'authentiques jumelles, visuellement identiques. Effet de gémellité renforcé par la similarité vestimentaire – jean et débardeur. Ensuite, les expressions physiques de la terreur, elles aussi, se répondaient. *J'ai l'impression de regarder la première vidéo*, pensa Mike. Sensation troublante...

Le tueur s'approcha de la blonde, qui recula et commença à pleurer. Là où sa sœur Shane avait tenté la fuite, aucune option de cette nature ne s'offrit à Sia dans cette cave sans autre issue que l'escalier. Le bourreau vint à son contact, le couteau à la main – une large lame de cuisine, brillante et effrayante – et frappa Sia, qui réussit à esquiver l'attaque.

De nouveau, l'image se transforma en un grand kaléidoscope. L'intrus sembla tomber au sol, et les vingt secondes qui suivirent ne proposèrent rien d'autre qu'un pêle-mêle indistinct et tremblotant. Le visage de Sia. Le couteau. Les bras du tueur. Les seins de Sia. Le sol. À nouveau le visage de Sia, mi-terrorisé, mi-rageur.

Enfin, le tueur immobilisa la *pin-up*, qui n'était plus que sanglots et panique. Il se tenait à cheval sur sa poitrine, ses deux genoux lui bloquant les bras et les épaules. C'est à cet instant qu'il articula ses seules paroles, de sa voix rocailleuse d'outre-tombe :

— *Je ne peux pas te laisser vivre.*

Elle criait à pleins poumons, et il n'attendit pas pour lui propulser la lame droit dans la gorge. Le hurlement s'éteignit et l'hémoglobine gicla en jets sinistres. Le tueur se releva, puis demeura une bonne minute sans réagir à regarder la mourante passer sur l'autre rive. Enfin, il grava, avec son couteau, un « 3 » au milieu du front.

L'horreur totale, se dit Mike.

Le film continuait tandis que son auteur remontait les escaliers et quittait la cave. Il traversa la maison et ressortit par l'arrière, sans nervosité apparente malgré l'exécution abominable qu'il venait de commettre. Il suivit le chemin inverse pour ressortir.

Peu après, il marchait sur le trottoir, croisant même une femme qui promenait son enfant. Il paraissait les ignorer totalement. Puis le film s'acheva. Rideau noir.

Cette fois-ci, on en était à la véritable fin.

La fin d'une vidéo à peine croyable.

Directement reçue sur sa boîte mail.

CHAPITRE 14

8923 Dorrington Avenue, West Hollywood, Californie
Samedi 25 juin 2016, 8 h 52

— Salut, Mike !

Kostas venait d'entrer dans le bureau. Michael travaillait déjà depuis l'aube sur son ordinateur. Ou plutôt, il essayait de travailler, incapable de penser à autre chose qu'à cette vidéo reçue la veille. Il n'en avait parlé à personne jusqu'à présent. Les interrogations se télescopaient dans sa tête. *Pourquoi m'envoyer ça, à moi ? Y a-t-il un lien avec ma carte de visite retrouvée chez Barr ? L'expéditeur est-il le tueur en personne ? Si ce n'est pas lui, qui est-ce ?* Cette affaire dépassait l'entendement. Mike n'y comprenait rien.

— Salut, Alison. Un café ?

Voir son assistante et amie lui faisait du bien, d'autant que son sourire laissait augurer que son rendez-vous s'était bien déroulé. Il lui posa directement la question :

— Alors, ce rencard ?

Le sourire de Kostas s'élargit. Singer se surprit à la trouver charmante avec son maquillage léger et sa coiffure à la garçonne. La rouquine dégageait une certaine classe.

— Ça s'est très bien passé. Mark est un type élégant et poli. Il est même carrément mignon !

La bonne humeur d'Alison faisait plaisir à voir.

— Aussi beau que sur les photos, alors ?

— Aussi beau, oui. Les photos n'ont pas menti, c'est un type honnête.

— Excellente nouvelle.

Elle posa son sac à main sur la table, un Montblanc de la dernière collection. Mike en connaissait un rayon sur les vêtements et accessoires de luxe, qui furent longtemps l'un de ses hobbies. C'était moins le cas aujourd'hui, mais il n'avait pas perdu le coup d'œil. Kostas s'installa à son poste et se laissa tomber sur sa chaise. Mike lui apporta son café.

— Merci, dit-elle.

— Ce sac Montblanc, c'est l'un de tes achats d'hier ?

— Oui. Il est superbe, non ? J'ai claqué 800 dollars en tout. Il va falloir que tu m'augmentes, je suis à sec.

Elle se mit à rire et Singer fit de même. Cet échange le détendait et lui permettait de déconnecter un peu par rapport aux meurtres. Ils burent tranquillement leur café en discutant du rendez-vous de Kostas. L'homme s'appelait Mark Davis. Il avait quarante-cinq ans, comme elle, et était père de trois enfants. Sa femme était partie avec un autre type un an plus tôt, précipitant un divorce prononcé avec perte et fracas. Il s'en relevait doucement et s'était inscrit sur un site de rencontres, où le sort l'avait conduit à échanger avec Alison. Le courant était passé : deux âmes en peine en recherche d'affection, d'altérité et, sans doute, d'amour.

— On a quoi de neuf, alors ? demanda Kostas.

Elle s'était déconnectée du travail depuis la veille, en milieu de journée. Mike ne l'avait appelée que pour lui parler en vitesse du décès de la deuxième Barbi. Il évoqua d'abord son reportage :

— Je commence à monter l'interview de Marbella.

— Ça se présente bien ?

— Plus que ça. Sur le fond et la forme, c'est parfait.

— Bien, je regarderai ça lundi et je m'y mettrai aussi.

Alison ne passait au bureau qu'en coup de vent pour saluer Mike et faire le point sur les sujets « chauds », comme chaque samedi. Le week-end était important dans le métier de paparazzi, car, statistiquement, il se passait toujours plus de choses en fin de semaine. Mike poursuivit à propos de Marbella :

— Elle est d'accord pour qu'on se voie une deuxième fois. Elle est motivée. La première interview aurait même largement suffi. Tout y est.

— C'est super. Ça va faire un reportage génial.

L'enthousiasme de Kostas regonflait Mike à bloc. Alison avait ce pouvoir sur lui de toujours réussir, au moment opportun, à l'apaiser ou lui insuffler l'énergie positive que son esprit réclamait. Car, à cet instant, cette vidéo des meurtres – une bombe à retardement, aussi bien du point de vue de la paparazzade que de la position à adopter vis-à-vis de la police – le stressait au plus haut point. Il lui fallait pourtant aborder le sujet. Inconsciemment, il prit un ton plus grave :

— Sinon, sur les sœurs Barbi, j'ai eu du nouveau.

— Intéressant ? Qui t'a tuyauté ?

— Je n'en sais rien. Mais c'est fou. Le mieux, c'est que tu regardes.

— Regarder quoi ?

— J'ai reçu une vidéo hier par mail. C'est anonyme, ça vient d'une adresse mail jetable.

Il lança la lecture sur son ordinateur. Alison fit rouler sa chaise de bureau jusqu'à lui et découvrit les premières images, intriguée.

— C'est mal filmé, analysa-t-elle en amatrice éclairée.

— On s'en fout, de ça. Attends la suite.

Elle se tut et tous deux se concentrèrent sur la vidéo, en silence, jusqu'à l'intrusion du tueur et son face-à-face avec Shane Barbi, dans la cuisine de la résidence de Los Feliz.

— Putain…, lâcha Kostas. C'est bien ce que je crois ?

Mike opina.

— Les meurtres des sœurs Barbi filmés en caméra portative. Sûrement par le tueur.

Kostas resta silencieuse. Elle continuait à suivre le déroulement de la séquence. Michael revoyait les images pour la dixième fois. L'effet sidérant fonctionnait toujours. On n'était plus dans les films de James Wan, qu'il aimait regarder pour se faire peur, mais dans la pure réalité. La réalité d'un épouvantable double meurtre, saisi en direct par un malade mental.

La vidéo s'arrêta. Elle durait 4 minutes et 48 secondes. Alison, qui s'était penchée en avant comme pour mieux appréhender le moindre grain de l'image, se redressa sur sa chaise, estomaquée.

— Je n'en reviens pas...

Elle ne dit rien d'autre, manipula la souris et relança la séquence à peu près au milieu, pour finalement figer le plan. On voyait le bras du vidéaste, qui tenait un pistolet dans sa main gantée.

— Aucun doute sur la personne qui a filmé. Vu les plans et l'orientation des images, on peut affirmer que c'est le meurtrier lui-même qui a mis ça en boîte. Il a utilisé le même genre de matériel que nous, mais bas de gamme, type caméra portative fixée sur la poitrine.

— On dirait qu'il a fait un peu de postproduction.

— C'est le cas. Il a sélectionné à la va-vite des morceaux qu'il a collés ensuite les uns aux autres. Il a dû partir de la version complète pour faire un condensé de ce qu'il voulait montrer.

Mike se tourna vers Kostas.

— C'est du délire. Tu imagines ce qu'on tient là ?

— Oui, le scoop de l'année. Peut-être de la décennie. Les jumelles Barbi, en 2016, c'est passé de mode, mais ça reste du costaud. On a du glamour, des jumelles, une série de deux meurtres, même trois avec le toubib, et la vidéo des crimes. Si on joue bien le coup, on est riches.

Singer ne savait pas si la remarque relevait de la boutade ou de la stratégie réellement envisagée par Alison, mais sur le fond, elle visait juste. Cette vidéo valait de l'or.

Un chèque à six chiffres. Depuis la veille, le paparazzi s'interrogeait sur la marche à suivre. Il comptait sur Kostas, qui se révélait toujours pertinente dans ses choix et ses conseils pour décider de la meilleure option.

— Alors, qu'est-ce qu'on va faire de ça ?

Michael était expérimenté et connaissait le métier, mais l'énormité de la situation lui sciait les jambes. Il n'avait jamais eu à gérer quelque chose d'aussi gros.

— Pour moi, il faut la vendre au plus offrant et la filer à la police après. C'est un putain de scoop hallucinant. C'est incroyable d'avoir ça entre les mains…

Alison jurait plus qu'à l'accoutumée.

— Mais qui a pu m'envoyer ça ?

— Sûrement le principal intéressé, dit Kostas.

— C'est dingue.

— Après ta carte de visite chez Barr, tu reçois cette vidéo. Quoi qu'on en fasse, tu vas avoir des comptes à rendre aux flics et tu peux déjà appeler ton avocat.

— Je sais bien.

— Pour en revenir à la question la plus urgente, pour moi, il faut vraiment vendre ce truc. Je suis sérieuse, c'est le jackpot garanti. Tu as maté les infos ce matin ?

— Oui. C'est l'affaire du jour.

— Plus que ça, Mike, plus que ça.

Alison saisit la télécommande et alluma le grand écran plat. Elle mit une première chaîne d'information en continu, CNN. On y voyait ce lieu désormais familier pour Mike, l'intersection de San Vicente et d'Esparta Way, la rue où vivait Sia Barbi. C'était en direct et la foule n'était pas moins dense. Le meurtre de Sia remontait à une vingtaine d'heures et les autorités maintenaient le quartier bouclé. Les journalistes se massaient dans le secteur et c'était l'effervescence dans ce coin habituellement tranquille de Santa Monica.

Sur NBC, même histoire, à la différence qu'ils faisaient les choses en plus grand, avec une vue d'hélicoptère diffusée en boucle montrant à loisir la maison de Sia Barbi, précisément au moment où l'on transportait le corps sous un drap blanc, allongé sur une civière, jusqu'à un fourgon. Dans un coin de l'écran, une journaliste dramatisait le tout sur fond de voitures de police et de camions de régie agglomérés aux abords de la rue.

— Tu vois ça. C'est un truc énorme sur toutes les chaînes.

Elle enchaîna avec Bloomberg TV. Là, l'image montrait la maison de Shane, à Los Feliz, filmée depuis les hauteurs alentour. Le périmètre établi semblait plus restreint qu'à Santa Monica. Un bandeau au bas de l'écran allait droit au but :

MORT DES JUMELLES BARBI : C'EST UN TUEUR EN SÉRIE

Fox News diffusait l'interview d'une voisine de Shane Barbi. La pauvre femme n'avait rien d'intéressant à dire, mais, comme la pratique le voulait sur toutes les chaînes d'informations, il fallait meubler et occuper l'antenne. Alors, on interrogeait le premier badaud venu pour qu'il donne ses impressions. Comme, en général, les gens se sentaient flattés de pouvoir passer à la télévision, il n'était pas difficile de trouver des postulants.

Il en allait de même pour HLN et Newsworld International. La première diffusait des vues aériennes et ensoleillées des deux maisons, alternativement exhibées, avec tout le défilé médico-judiciaire qui s'agitait autour. La seconde donnait dans le racolage massif, à l'aide d'un large bandeau anxiogène qui indiquait :

UN TUEUR EN SÉRIE MASSACRE À LOS ANGELES

Sur HLN, un jeune reporter de terrain résumait l'affaire dans un décor de gyrophares endiablés et de sirènes hurlantes :

« *Ce que l'on peut vous dire, au moment où je vous parle, c'est que celui que l'on surnomme désormais "l'homme en noir" est le suspect numéro un. Cet individu a été aperçu sur les lieux des deuxième et troisième meurtres, et l'un des témoins en donne une description précise. Les services de police devraient prochainement diffuser un portrait-robot. Nous vous rappelons que trois meurtres ritualisés ont été commis, sans doute par le même auteur, selon une source judiciaire. D'abord celui d'un médecin de Brentwood, mardi, puis ceux des jumelles Shane et Sia Barbi dans la journée d'hier. Le porte-parole du bureau du* District Attorney *devrait s'exprimer en début d'après-midi.* »

Alison coupa le son de la télévision.

— On ne parle que de ça, en national comme en local, précisa-t-elle.

— Par contre, ils n'ont pas beaucoup de nouveaux éléments. TMZ avait déjà tout ça hier après-midi.

— J'ai activé cinq anciens collègues pour qu'ils fouinent, et j'ai eu que dalle. Comme souvent, c'est TMZ qui assure un max.

Kostas voyait juste. Harvey Levin et sa pieuvre TMZ battaient la concurrence à plate couture. Toujours au top, avant tout le monde.

— Harvey a dû trouver *le* flic à soudoyer pour avoir les infos, dit Singer.

— Il est bon, on le sait. D'ailleurs, c'est lui qu'il faut appeler pour la vidéo.

— C'est ce que je compte faire.

— Levin va sortir le chéquier. On va pouvoir faire moins de *people* et tu pourras m'augmenter, avec une bonne prime à la clé !

Elle se mit à ricaner. Mike l'imita, mais moins exalté.

— On va l'appeler et voir ce qu'il propose. Je vais contacter Boris avant, pour évaluer les risques et préparer la suite avec les flics.

Boris Aliev était l'avocat de Michael, spécialisé en droit à l'image et de la presse. Un *killer*, expert réputé et convoité. Singer le traitait bien financièrement, et il pouvait ainsi le solliciter à volonté.

— Sinon, ajouta Alison, tu l'as bien regardée, cette vidéo ?

— Pas mal de fois, oui.

— Alors, tu l'as vue comme moi ou tu es devenu aveugle ? demanda-t-elle, malicieuse.

— Bien sûr que je l'ai repérée.

Mike relança la vidéo, avança jusqu'à la fin et repassa en mode lecture au moment où le tueur marchait sur le trottoir, en ressortant de chez Sia. L'image tressautait. On voyait qu'il croisait une femme avec son enfant. On apercevait ensuite une propriété située de l'autre côté de la voie, puis, passant fugacement à travers le champ de la caméra, une voiture blanche stationnée au bas de la rue. Mike mit le film en pause et déclara :

— On a ce véhicule et sa plaque d'immatriculation.

— Elle est illisible en l'état, mais, en traitant l'image, c'est sûrement jouable.

— On va filer la vidéo à Leon. Il a les outils pour analyser ça, annonça Mike.

Leon Nash, rasta et gros consommateur de haschich, était à la fois un très bon ami et un informateur de Mike. Le paparazzi faisait appel à lui pour tout ce qui touchait à la technique et aux ordinateurs, Leon jouissant de compétences exceptionnelles en *hacking*. Alison et lui avaient également sympathisé. Ils se voyaient souvent chez le *hacker,* et la rouquine, plus curieuse d'esprit que Mike ne l'imaginait avant son embauche, aimait affiner ses connaissances à ses côtés.

— Il s'en sortira les doigts dans le nez, confirma son assistante.

Mike, pensif, aborda ensuite le volet policier :

— Il faut vendre la vidéo et la donner aux flics après. Ils doivent aussi pouvoir l'exploiter.

Faire de l'argent ne dérangeait pas Michael, surtout si ça lui permettait d'abandonner le journalisme *people*, mais il refusait de faire perdre du temps aux enquêteurs en retardant leur accès à ces éléments.

— Eh bien, appelle Levin tout de suite. Et sois bon, c'est notre avenir qui est en jeu.

— Compte sur moi.

Elle ajouta :

— Bon, je me sauve. Si tu as besoin de moi, je suis joignable. Et j'essaierai de voir ce que je peux faire de mon côté.

Elle finit son café, prit son sac et quitta la maison en saluant Mike d'un signe de la main. Le reporter se concentrait déjà sur son appel à Harvey. Il savait d'ores et déjà deux choses. La première, c'est que Levin lui achèterait à coup sûr sa vidéo le jour même, car jamais il ne laisserait échapper une telle pièce. La seconde, c'est que TMZ serait d'entrée de jeu le média qui lui proposerait le plus gros montant, ce qui présentait l'avantage de ne pas être obligé de faire jouer la concurrence.

Ainsi, la suite des opérations s'articulerait de cette façon : un, appeler Boris Aliev, son avocat ; deux, appeler Harvey Levin, le patron de TMZ et l'homme qui le rendrait peut-être riche.

Et définitivement indépendant.

CHAPITRE 15

MORTS DE SHANE ET SIA BARBI
LA VIDÉO DES MEURTRES
2016-06-25 17:21 by TMZ staff
!! EXCLUSIVITÉ !! !! EXCLUSIVITÉ !!

C'est un document exclusif et exceptionnel que vous offre TMZ dans le cadre du suivi en temps réel de l'affaire des jumelles Sia et Shane Barbi. Rappelons que les deux sœurs au corps de sirène, pin-up *des années 90 célèbres pour avoir posé en couverture de* Playboy, *ont été tuées hier chacune à leur domicile.*

Le LAPD enquête sur ces décès, dont le retentissement médiatique est phénoménal. Ces meurtres constituent les deuxième et troisième d'une série commencée mardi, et dont la première victime est le docteur Stephen Barr, un gynécologue connu pour son travail à l'hôpital Cedars-Sinaï auprès de vedettes du show-business.

Hier, TMZ vous révélait en exclusivité le triste sort réservé à la seconde jumelle Barbi, Sia, et vous annonçait en détail les circonstances du meurtre et les avancées de l'enquête. Aujourd'hui, TMZ va plus loin en mettant en ligne un document exclusif, dont les services de police n'ont pas encore connaissance. Il s'agit d'un enregistrement vidéo original, réalisé par le tueur lui-même, alors qu'il exécutait les sœurs Sia et Shane Barbi.

Ce document exceptionnel, que TMZ vous offre en fin d'article, est issu d'une source confidentielle qui remettra sous peu cet enregistrement aux services d'enquête, conformément à nos souhaits. En effet, si notre mission demeure toujours l'information du public, TMZ désire avant tout, en dehors de toute autre considération, contribuer à faire triompher la vérité.

Pour le merchandising et les produits dérivés, cliquez ici.

!! VIDÉO EXCLUSIVE !!
PLAY ►

CHAPITRE 16

8923 Dorrington Avenue, West Hollywood, Californie
Lundi 27 juin 2016, 9 h 11

550 000 dollars.
550 000 dollars.
550 000 dollars.

C'était la somme que Singer avait empochée de Harvey Levin pour la vente de la vidéo morbide des sœurs Barbi. Le paparazzi avait beau se répéter ce montant astronomique depuis deux jours, il ne parvenait pas à prendre réellement conscience du coup qu'il venait de réaliser.

550 000 dollars.
550 000 dollars.
550 000 dollars.

Ce n'était pourtant pas un rêve.

Michael se fit couler un café et se posa dans son fauteuil, derrière son ordinateur, qu'il alluma. Kostas n'allait pas tarder à arriver. Il l'avait appelée samedi après la négociation avec Levin. L'ex-fliquette, elle aussi, avait cru mal comprendre en apprenant le montant.

Il repensa à ce fol après-midi où tout s'était enchaîné très vite.

Vers 10 heures, le reporter téléphona à Boris Aliev, son avocat, pour lui exposer les termes du problème. Boris le rassura immédiatement sur la faisabilité de l'opération et les risques judiciaires encourus, minimes en regard du bénéfice financier escompté.

Vers 11 h 15, Boris le recontacta pour lui présenter le premier jet du contrat rédigé et les modalités envisagées pour les futures négociations. Il proposa de participer à celles-ci, moyennant un petit pourcentage, ce que Singer accepta. Il conseilla aussi de ne rien dévoiler par téléphone, mais d'aller à la rencontre de Levin. *Le prix qu'on en tirera n'en sera que meilleur*, précisa-t-il.

Vers midi et demi, Boris se présenta chez Singer et ils appelèrent ensemble Harvey Levin. Le patron de TMZ accepta de les recevoir dans l'heure, devant soupçonner l'énormité du scoop, sachant que Singer se rapprochait de lui assisté d'un avocat spécialisé.

À 14 heures, Mike et Boris rejoignirent Harvey chez lui, à Venice, et s'installèrent autour d'une table dans son bureau. Boris prit la parole et décrivit le produit disponible à la vente. Il appuya sa proposition en exhibant des captures d'écran extraites de la vidéo et particulièrement éloquentes, où l'on voyait les sœurs jumelles dans des postures difficiles, leurs visages renvoyant toute la terreur du monde.

À 14 h 10, Boris prononça à l'adresse de Levin une phrase qui devait être à peu près celle-là : « La négociation ne se fera pas à moins de 800 000 dollars. » Ce à quoi le requin et redoutable homme d'affaires Harvey Levin répondit en riant : « Non, ce sera 200 000 maximum. » La suite ne fut que marchandage, discussions, oppositions d'arguments et cours d'arithmétique financière, auxquels Michael refusa volontairement de participer, laissant Boris Aliev, ce vieux renard rompu à toutes les batailles, exprimer tout son talent.

Vers 14 h 50, ils arrêtèrent un montant semblant satisfaire tout le monde : 550 000 dollars. Colossal. Bien plus que ce que Singer espérait.

Le contrat établi entre les deux parties comprenait des clauses essentielles, parmi lesquelles : le versement immédiat du prix payé par l'acheteur contre la remise du document vidéo, et également le droit de préférence accordé pour une durée illimitée à Harvey Levin et TMZ si le vendeur – soit Michael Singer – obtenait de nouvelles informations sur la série de meurtres en cours. En résumé, TMZ voulait l'exclusivité du travail de Mike.

Vers 15 h 15, un expert-comptable du service financier de TMZ les rejoignit. Celui-ci, un chauve à lunettes, s'installa devant son ordinateur tandis que Boris faisait de même. Les deux hommes étudièrent les garanties bancaires, validèrent la transaction et signèrent les papiers.

Vers 16 heures, les protagonistes se serrèrent la main et Boris indiqua à Mike que l'opération était effective. Le compte du cabinet d'avocats Aliev, Lemovitz & Hirschberg se vit approvisionné d'un virement de 550 000 dollars, que le service comptabilité allait reverser à Michael dans les prochaines minutes, amputé des 5 % de commission, soit 522 500 dollars. Boris remit à un technicien de chez TMZ une clé USB comportant le fruit de l'acquisition. L'employé vérifia sur un PC le contenu de la clé, visualisa la vidéo en intégralité et confirma à un Levin heureux et souriant – tout en bronzage et en autosatisfaction – que le produit acheté était *clean*.

Une demi-heure après, Singer et Boris prirent congé du patron de TMZ et se rendirent à West Hollywood, chez Mike, où ils débouchèrent une bouteille de Dom Pérignon pour arroser ce formidable coup de fusil. Peu après, sans surprise, le reporter obtint confirmation par sa banque que le transfert venait d'être effectué. Enfin, dans le même temps, TMZ publiait en vitesse un court article accompagné de la vidéo, à 17 h 21 précisément.

Fin de la cascade d'événements.

En l'espace de quelques heures, Singer avait peut-être décroché son ticket d'entrée au club des journalistes respectables. Ce pactole allait lui permettre de s'éloigner des paparazzades. Il but une gorgée de café. Alors qu'il rêvait à son existence future, Alison arriva au bureau. Il était presque 9 h 30, et ils commençaient généralement la journée à cette heure-là. Elle lui lança immédiatement :

— Alors, c'est agréable d'être plein aux as ?

Elle pouffa tout en s'installant à son poste.

— Ça va nous faire du bien, approuva-t-il en lui rendant son sourire.

Ils avaient déjà longuement parlé au téléphone la veille, et même l'avant-veille, après la transaction. Ils n'avaient pas évoqué la question de l'intéressement dont pourrait bénéficier Kostas en tant qu'investigatrice et collaboratrice habituelle de Michael – même si elle n'était pas à l'origine du coup. Depuis, le journaliste avait réfléchi et voulait lui annoncer la bonne surprise de vive voix ce matin :

— À ce propos, j'ai pensé à une chose.

— Quoi ? demanda-t-elle alors qu'elle se préparait un Nespresso.

Dans un angle de l'*open space*, Michael et Alison avaient aménagé un coin avec deux canapés, une table basse et une machine à café. Le journaliste alla s'y asseoir et elle le rejoignit.

— Je vais te verser une prime, dit Mike.

— Ah, ah ! s'exclama-t-elle, mi-amusée, mi-intriguée.

— Après un truc pareil, il est hors de question que je garde tout pour moi.

Singer ne plaisantait pas. Il lui paraissait impensable qu'Alison ne profite pas de cette manne. Face à lui, elle souriait, sa tasse à la main, enfoncée dans les coussins du sofa.

— Donc… 100 000, lâcha-t-il.

Sur le moment, Alison ne comprit pas.

— Quoi, 100 000 ?

Elle plissa les yeux, interloquée.

— Eh bien, 100 000 billets. C'est ce que je vais te verser. Le reste ira sur le compte de la boîte.

Sa silhouette s'immobilisa aussitôt.

— Qu'est-ce que tu me racontes comme connerie ?

Là, un sourire étira les lèvres de Singer.

— Oui. Sur ce que j'ai touché, c'est ce que je vais te donner.

— Sérieux…

Alison, stupéfaite, reposa sa tasse sur la table. Elle planta ses yeux – deux lasers bleus et pénétrants – dans ceux de Michael, puis relança :

— Tu déconnes, Mike. Arrête de me charrier.

L'information ne trouvait pas encore sa place dans son cerveau. Le morceau était trop gros pour être intégré directement.

— Non, non, sérieusement. L'ordre de virement est même déjà passé. Tu auras bientôt le fric sur ton compte. Pour l'instant, j'ai assez du reste et je veux que tu puisses en profiter aussi. Moi, j'ai reçu la vidéo, c'est tout. Je n'ai rien fait d'autre. Prends ce fric et fais-en bon usage, c'est tout ce que je peux te conseiller.

Mike scruta Alison, qui restait de marbre. La première manifestation qui suivit fut l'apparition d'une larme au coin de son œil, qui glissa sur sa joue et tomba sur le cuir de son blouson. Cette réaction ne surprit pas le paparazzi. Alison était émotionnellement fragile. Parfois triste. Parfois en colère. Parfois euphorique. Puis elle sanglota sans réfréner son bonheur, cachant ses yeux dans le creux de sa main.

— Merci, murmura-t-elle.

— Je t'en prie.

Alison renifla bruyamment, releva la tête et s'essuya les yeux d'un geste brusque, comme pour montrer que le moment de faiblesse avait assez duré.

— Excuse-moi, dit-elle.

— Ce n'est rien. Tu veux un autre café ? Ou un petit remontant ? Le bar est bien fourni.

— Non, ça va... Mais c'est sûr que tu me files ce fric ? C'est certain ?

— Oui, c'est sûr ! répondit Mike sur un ton de plaisanterie tout en haussant la voix.

Il rit et elle fit de même, effaçant d'un geste rapide une ultime larme accrochée sous son œil.

Elle regarda son collègue :

— C'est génial. Tu es génial, Mike !

Kostas se leva et s'approcha de Mike pour lui donner l'accolade. Cela ne dura que deux ou trois secondes, puis elle reprit sa place.

— Bon, on peut arroser ça, quand même, suggéra-t-il.

Il ressortit du réfrigérateur la bouteille de Dom Pérignon entamée le samedi après-midi avec Boris Aliev, et en servit deux coupes. Ils trinquèrent et Kostas revint sur cette rocambolesque fin d'après-midi :

— Et avec les flics, comment ça s'est passé ?

Dans la foulée du rendez-vous avec Harvey, il avait avisé la police de ce qu'il tenait entre les mains. Puis, Boris et lui s'étaient rendus au siège du LAPD, à Downtown, pour rencontrer les enquêteurs responsables du dossier Barr-Barbi.

— Sans difficulté, dit-il, mais ils m'ont gardé deux heures.

— Tu as vu qui ?

— Ceux qui étaient déjà passés ici mercredi.

— Craig Wasson et Philip Newman.

— Oui. Ils m'ont reproché d'avoir attendu pour leur donner la vidéo, et de l'avoir vendue à la presse.

— Normal.

— Le plus jeune est resté calme, mais Newman était fou de rage. J'ai cru qu'il allait m'en coller une. Heureusement que Boris était là pour surveiller.

— Newman est réputé pour être nerveux, mais pas violent.

— Je leur ai tout expliqué, sans rien cacher. Et ils ont la vidéo maintenant. À eux de jouer.

— Et Boris, qu'est-ce qu'il en pense ?

— Il dit qu'ils n'iront pas me chercher des noises. Ils ont le nez dans le guidon. Au pire, ce qu'on pourrait me reprocher, c'est d'avoir *trop* attendu avant d'aller les voir.

Kostas compléta le raisonnement :

— Si on établissait que ce retard a eu des conséquences négatives sur l'enquête, tu pourrais être poursuivi pour entrave volontaire aux investigations.

— C'est l'idée, mais Boris est confiant. Pour lui, ça ne peut pas aller très loin pénalement.

— Je suis du même avis, confirma Kostas.

— J'espère quand même que ce sera sans effet sur l'affaire...

— Pas le moment d'avoir des remords, Mike. Tu allais t'asseoir sur une somme pareille ? Non.

Alison avait raison. Il n'aurait jamais eu le cran de laisser passer une telle occasion de s'enrichir et de changer de vie.

— Je n'ai pas de remords, affirma-t-il.

— Bien.

Pendant les trois heures qui suivirent, Alison et Mike travaillèrent dans une curieuse ambiance, si tant est qu'il soit question de travailler. Ils discutèrent beaucoup. Des sentiments diffus les envahissaient autant l'un que l'autre. D'abord, ces centaines de milliers de dollars tombés par magie dans leur escarcelle les perturbaient. *Qui ne le serait pas, au moins au début ?* se demandait Mike.

Au-delà, ils s'interrogeaient également sur la conduite à tenir pour la suite. Ne devaient-ils pas tout suspendre ? Y avait-il un intérêt à continuer leurs recherches après le pactole très déstabilisant que l'affaire Barbi venait de leur rapporter ? Ne fallait-il pas prendre un peu de recul – voire quelques jours de repos – afin de revenir plus sereins ?

Enfin, ce qui au fond les troublait le plus, c'était le mystère entier – et assez inquiétant – qui demeurait autour de la réception de cette vidéo. *Qui m'a envoyé cette putain de vidéo ?* s'interrogeait Michael. Cette question l'obsédait autant que sa nouvelle situation financière lui donnait le vertige.

Tous leurs doutes furent relégués au second plan vers midi avec l'irruption surprise des flics dans la maison de Mike. Ils n'eurent pas besoin d'enfoncer la porte. Ils se contentèrent de frapper trois coups puissants, de rentrer en force à cinq ou six – en civil – et d'investir l'*open space* où lui et Alison vaquaient à leurs occupations.

Singer reconnut, en tête de l'escouade, Wasson et Newman, qui menaient le bal. Ce dernier vint à son contact :

— Vous allez nous suivre, monsieur Singer.

Mike avala sa salive, mal à l'aise.

— Qu'est-ce qui se passe ?

Dans le même temps, d'autres policiers allèrent parler à Alison.

— Nous allons aussi perquisitionner votre domicile. Vous pouvez appeler votre avocat. On ne vous met pas les menottes, mais vous avez intérêt à vous tenir tranquille, c'est d'accord ?

— OK, mais dites-moi, nom de Dieu : c'est quoi, le problème ?

— Il y a une nouvelle victime, monsieur Singer.

Le paparazzi ne sut quoi rétorquer, laissant Newman poursuivre ses explications. L'inspecteur, avec son costume gris et son air sombre, n'avait pas l'air de plaisanter du tout.

— Après votre carte de visite chez la première victime et la vidéo que vous nous avez remise, on continue à entendre parler de vous.

Mike n'en menait pas large.

— Comment ça ?

— Il y a encore l'une de vos cartes sur les lieux d'un crime. Laissée en évidence sur le cadavre cette fois. Et la femme qu'on a tuée est une célébrité, Ashley Olsen, l'une des jumelles Olsen. Les actrices. Ça commence à faire beaucoup vous concernant, non ?

CHAPITRE 17

100 West 1er Street, Los Angeles, Californie
Lundi 27 juin 2016, 13 h 19

— Est-ce que vous acceptez de vous soumettre au détecteur de mensonges, monsieur Singer ?

La question venait de Craig Wasson, cet inspecteur aux cheveux blonds et si frisés qu'ils lui donnaient des airs de mouton.

— Aucun problème, je ne mens pas.

Michael et les deux inspecteurs s'entretenaient maintenant depuis quarante-cinq minutes dans une salle d'interrogatoire. Le trajet jusqu'au siège du LAPD s'était déroulé sans encombre dans leur voiture banalisée.

Au fond, Mike ne s'inquiétait pas vraiment pour son sort. Il avait senti qu'ils ne croyaient pas à sa culpabilité. Les enquêteurs de cette unité, la Section Spéciale Homicides, étaient des professionnels triés sur le volet, dotés de flair et d'instinct. Kostas lui avait assuré qu'ils s'apercevraient vite de sa non-implication. C'était apparemment le cas.

Mike poursuivit :

— Écoutez, je vous répète que je suis étranger à tout ça. J'enquête sur ce genre d'affaires, oui, mais je serais incapable de faire du mal à qui que ce soit. Et je suis sûr que vous le savez.

— Vous n'êtes pas dans nos têtes, dit Newman. Ce qu'on veut, c'est comprendre pourquoi vous vous retrouvez mêlé à tous ces meurtres.

— J'aimerais le savoir aussi.

— Bon, pour l'instant, vous allez nous suivre. On va aller rejoindre l'opérateur au troisième étage pour le détecteur de mensonges, puisque vous êtes d'accord.

Mike était satisfait de pouvoir sortir de cette salle d'interrogatoire. C'était une pièce métallique éclairée au néon, puant la sueur et vide de tout objet, à part un bureau fixé au sol.

— Je vous suis, dit Singer.

Ils se rendirent à l'étage supérieur par l'ascenseur de service, puis se dirigèrent vers le local dédié. Un technicien, vêtu d'une blouse blanche, vint à leur rencontre. C'était un jeune homme au crâne rasé, robuste, qui portait de petites lunettes cerclées de fer.

— Voilà le client, Tom, annonça Wasson.

— D'accord. Vous allez me suivre dans cette pièce, dit-il à Singer en pointant du doigt une porte blanche.

— Très bien.

— On vous attendra à côté, ajouta Wasson. Et pas de bêtises, on vous observe à travers la glace sans tain.

— Il n'y aura pas de bêtises. Tout ce que je veux, c'est en finir et rentrer chez moi.

Le paparazzi emboîta le pas au technicien. Ils entrèrent dans une pièce où le matériel occupait une grande partie de l'espace. Pas mal de fils, d'appareils divers et tout l'attirail informatique habituel : imprimantes, scanneurs, moniteurs...

— Asseyez-vous là, s'il vous plaît.

Le prénommé Tom lui montra un siège.

— Comment ça fonctionne ? demanda Mike.

— Retirez votre chemise.

Mike s'exécuta. Il en profita pour se remémorer ce qu'il savait du détecteur de mensonges, car Alison l'avait déjà briefé à ce sujet. Les résultats obtenus, quels qu'ils soient, n'étaient pas recevables devant un tribunal. Ils contribuaient essentiellement à évaluer le niveau de sincérité des déclarations et des réponses du mis en cause, et ainsi permettre d'orienter l'enquête en donnant plus ou moins de poids aux pistes existantes. En aucun cas ce type de test n'autorisait à trancher sur l'innocence ou la culpabilité de quiconque.

— Je vais vous fixer deux électrodes sur la main droite.

Michael lui tendit la main et le technicien y apposa deux petites pinces grises, une sur l'index, l'autre sur l'annulaire. Puis il fixa un brassard autour de son bras. *Un tensiomètre*, se dit Mike.

— Levez un peu les bras, s'il vous plaît.

Mike se retrouva avec deux espèces de cordelettes en caoutchouc enroulées autour du thorax et de l'abdomen.

Une série d'électrodes circulaires parsemaient sa poitrine et ses bras. De ce dont le paparazzi se souvenait, ce matériel servait à mesurer des paramètres biologiques comme la tension, la sudation, la respiration ou le rythme cardiaque. Et, de toutes ces données, le spécialiste déduisait le niveau de crédibilité des propos tenus par la personne couverte de fils et de ventouses.

— Bien. Je vais vous poser quelques questions générales.

— Je vous en prie, soupira le reporter.

— Qu'est-ce que vous avez mangé hier soir ?

Mike eut un regard étonné.

— Du poulet... Et un hamburger.

L'opérateur observa sur son moniteur une série de courbes dynamiques, qui se formaient et ondulaient d'un bord à l'autre de l'écran. Puis, il interrogea à nouveau Mike :

— Quel est le prénom de votre père ?

— Alec.

— Est-ce que vous avez un animal domestique ?

— Non.

— Quelle est votre date de naissance ?

— Le 11 mars 1987.

— Quel est votre lieu de naissance ?

— Burbank.

— À quelle heure vous êtes-vous couché hier soir ?

— Deux heures du matin.

Ces questions – et les réponses qui en découlaient – visaient sûrement à étalonner la machine. Le technicien déclara :

— Bon, les vraies questions, maintenant.

Il récupéra dans l'une des poches de sa blouse une feuille froissée et sur laquelle on avait griffonné des notes au stylo. Il y jeta un coup d'œil rapide et débuta :

— Êtes-vous l'auteur du meurtre du nommé Stephen Barr ?

— Bien sûr que non. Je n'ai rien à voir avec ça.

Le jeune homme conseilla Mike :

— Pour les questions fermées, vous pouvez vous contenter de répondre par « oui » ou par « non », c'est suffisant.

— OK.

— Êtes-vous l'auteur du meurtre de la nommée Shane Barbi ?

— Non.

— Êtes-vous l'auteur du meurtre de la nommée Sia Barbi ?

— Non.

— Êtes-vous l'auteur du meurtre de la nommée Ashley Olsen ?

— Non.

Le technicien consulta à nouveau ses notes.

— Où étiez-vous ce matin, à huit heures ?

— Ce matin, à huit heures… J'étais chez moi, je venais de me lever.

— Quelle est votre adresse ?

— 8923 Dorrington Avenue, West Hollywood, Californie.

— Où étiez-vous vendredi dernier au matin ?

— Euh…

Singer opéra une rapide recherche mentale.

— J'étais sur Mulholland Drive.

— Que faisiez-vous là-bas ?

— J'ai fait des repérages pour un futur reportage.

— Quel est le thème du reportage ?

— La face cachée de Mulholland Drive.

— Où étiez-vous mardi soir dernier ?

— J'étais dans un bar à Long Beach, le *Crow's*, pour y rencontrer un informateur.

Le technicien opina, l'air satisfait, en tournant la tête vers l'écran. Les graphiques déroulaient des pics ou des courbes sans discontinuer.

— Utilisez-vous des cartes de visite ?

— Oui.

— Avez-vous remis une carte de visite à Stephen Barr ?

— Non.

— Comment expliquez-vous la présence de l'une de vos cartes de visite sur les lieux du meurtre de Stephen Barr ?

— Peut-être que Barr cherchait les coordonnées d'un journaliste et qu'une de ses connaissances lui a remis ce carton.

— Avez-vous remis une carte de visite à Ashley Olsen ?

— Non plus.

— Comment expliquez-vous la présence de l'une de vos cartes de visite sur le corps sans vie d'Ashley Olsen ?

— Je travaille avec des contacts dont certains m'ont déjà donné des tuyaux sur les sœurs Olsen. On peut penser que c'est l'un d'eux qui a laissé traîner une carte dans l'environnement d'Ashley Olsen. Mes indics travaillent au plus près des stars, il est possible que ça se soit passé comme ça. Et puis, qu'est-ce que vous entendez par « sur le corps » ? Elle avait la carte dans une poche quand elle a été tuée, ou il faut comprendre qu'on l'a déposée « sur le corps » au sens propre ?

Le jeune opérateur le regarda d'un œil sévère :

— Je ne suis pas habilité à vous répondre. Vous allez retrouver les inspecteurs Wasson et Newman dans un instant, vous verrez ça avec eux. Continuons. C'est presque fini.

— OK.

— D'où provient la vidéo que vous avez remise aux autorités ?

— C'est un envoi anonyme, par mail. Je n'ai aucune idée de l'identité de l'expéditeur.

— Quand avez-vous reçu cette vidéo ?

— Il y a trois jours. Vendredi.

— Pourquoi avoir attendu le samedi pour contacter les services du LAPD concernés par cette vidéo ?

— Je suis journaliste. J'exploite comme je l'entends les éléments d'information qui me sont transmis.

— Au mépris de la loi ?

La gorge sèche, le reporter repensa aux paroles de Boris pour se rassurer : *Ne t'inquiète pas, ça ne peut pas aller chercher loin pénalement.* Boris connaissait son affaire.

— Je n'ai pas enfreint la loi, affirma Michael.

Le technicien pianota sur son clavier, consulta les écrans multicolores et animés qui l'entouraient, puis décréta :

— C'est terminé.

Mike respira. Il aimait peu cette sensation d'endosser le costume d'un cobaye, avec ces électrodes et ces cordons qui l'espionnaient de l'intérieur.

— Alors, j'ai réussi le test ? demanda-t-il.

L'autre se tourna vers lui et asséna :

— Vous n'avez pas à savoir ça non plus, monsieur Singer. Je vais débriefer vos résultats avec les inspecteurs à côté. Attendez-nous ici et tenez-vous tranquille, on vous voit à travers la glace.

Mike ne répliqua pas, agacé par ce technicien désagréable. Wasson et Newman, de ce point de vue, valaient bien mieux que lui.

L'autre sortit de la pièce avec toute une liasse de feuilles qu'il venait d'imprimer. Cinq minutes plus tard, les trois hommes vinrent le rejoindre dans le local. Wasson se posta face à lui :

— Vous êtes bien sûr de dire toute la vérité ?

— Oui, tout à fait, rétorqua Michael.

Sûr de lui, le reporter avait répondu du tac au tac. À présent, il commençait à s'énerver de se voir retenu de nouveau entre ces murs après la séance d'interrogatoire de samedi à propos de la vidéo.

— Vous êtes certain ? lâcha Newman, directif.

Le paparazzi soupira fortement pour que les trois hommes qui le toisaient, alignés face à lui, puissent l'entendre et appréhender sa lassitude.

— Je suis absolument sûr d'avoir dit toute la vérité.

— Ce n'est pas ce qu'indiquent les résultats.

Michael savait ce qu'ils manigançaient. Kostas lui avait décrit la technique, qui consistait à annoncer au suspect qu'il avait raté les tests, indépendamment des résultats, dans le but de le ramollir, de lui faire perdre son assurance pour qu'il craque et se rapproche peut-être de la vérité. Mike s'en amusa et profita de son coup d'avance pour annoncer sur un ton ironique :

— Écoutez, si vous arrivez à la conclusion que j'ai menti, ça veut dire que votre matériel est détraqué. J'en suis désolé pour vous. Toutes mes réponses correspondent à la vérité.

Aucun des trois hommes ne répliqua. Ils demeurèrent avec la même expression sur leurs visages, neutre et professionnelle. Le paparazzi y alla de sa petite provocation :

— Bon, maintenant, j'en ai ma claque. Soit vous avez des éléments contre moi et vous me notifiez mon maintien ici, soit vous n'avez rien et, dans ce cas, je peux rentrer chez moi.

C'est Wasson qui répondit. L'homme se composa un sourire dans lequel Mike crut lire une certaine bienveillance.

— Vous allez pouvoir partir. Mais d'abord, on va redescendre dans notre bureau. Suivez-nous.

Wasson, Newman et Singer reprirent l'ascenseur. Le technicien à lunettes resta sur place. Il ne salua pas le journaliste, qui pourtant lui avait adressé un hochement de tête poli en guise d'au revoir. *Ce type est un vrai connard,* se dit Michael, tandis que la double porte de l'ascenseur se refermait sur eux.

Une heure plus tôt, ils avaient proposé à Mike de faire appel à son avocat, ce que le journaliste avait accepté. Lors du coup de fil donné à Boris Aliev, peu avant son passage en salle d'interrogatoire, ce dernier lui avait annoncé qu'il se mettait en route, lui conseillant, en l'attendant, de répondre aux questions avec honnêteté, sans paniquer. *Je viens t'assister pour la suite, mais je peux déjà te garantir que tu ressortiras aujourd'hui. Je suis presque sûr qu'ils n'ont rien contre toi*, avait-il affirmé. Boris, avec lequel Michael travaillait depuis plusieurs années, semblait convaincu de sa non-implication.

Quand ils arrivèrent dans le bureau climatisé de Newman et Wasson, Boris se tenait studieusement assis à une table de réunion, dans le fond, avec quelque paperasse ordonnée devant lui. C'était un homme petit et gros à la moustache fine, serré dans un costume strict, avec en permanence un rictus malin accroché aux lèvres.

Les trois hommes le rejoignirent. Michael s'installa près de Boris, qui lui avait désigné une chaise d'un geste du menton. Les inspecteurs s'assirent de l'autre côté de la table. Comme toujours, les traits de Newman affichaient davantage de dureté que ceux de son collègue.

— Bonjour, maître Aliev, dit-il. Est-ce que vous désirez vous entretenir un instant avec votre client ?

— Bonjour, messieurs. Non, ce ne sera pas nécessaire.

Il parlait avec des restes d'accent russe, en roulant les *r*. Aliev avait passé son enfance et son adolescence en Union soviétique. Lui et sa famille avaient pu quitter l'enfer communiste au moment de la vague d'émigration juive des années 70 pour s'établir ici, où le jeune homme avait fait son droit et embrassé une carrière de juriste, puis d'avocat.

— Bien, poursuivit Newman. Parlons de la situation de monsieur Michael Singer, ici présent. Conformément à la décision du procureur, aucune charge n'est pour l'instant retenue à l'encontre de votre client.

Singer soupira, soulagé. Boris, lui, fixait les deux hommes par-dessus ses lunettes de presbyte, penchant légèrement la tête en avant. Son rictus s'accentua, presque moqueur, comme pour indiquer : *Vous voyez, la bataille est déjà gagnée.*

— C'est ce que mon client et moi espérions, dit-il.

— Le *District Attorney* requiert toutefois à l'encontre de monsieur Michael Singer, par voie d'ordonnance juridictionnelle insusceptible de recours, une interdiction de quitter l'État de Californie pour une durée indéterminée.

— Mon client s'y soumettra, bien évidemment. Il ne désire aucunement se soustraire aux services de police et de justice, et se tiendra à leur disposition à tout moment.

Craig Wasson prit la suite en se tournant vers Mike :

— Nous avons auditionné votre assistante, Mme Alison Kostas. Aucun élément à charge n'est ressorti vous concernant. Nous avons pu établir grâce à ses informations qu'il ne reste que la moitié du stock de cinq cents cartes de visite que vous avez reçues en début d'année. Il y en a donc à peu près deux cent cinquante dans la nature, que vous et elle avez distribuées. Ça en fait assez pour que certaines aient pu atterrir entre les mains de personnes à qui vous ne les avez pas remises directement.

Mike approuva d'un geste de la tête.

— Oui, c'est ce que je crois. Les cartes de visite sont faites pour ça, pour circuler et faire connaître les coordonnées de tel ou tel professionnel.

Boris Aliev s'adressa aux deux hommes :

— Pourrait-on savoir, si cela ne porte pas préjudice à vos investigations, bien entendu, de quelle façon est morte Ashley Olsen ?

Le plus ancien des deux policiers répondit :

— Tuée par balles à son domicile, ce matin. Avec le numéro « 4 » gravé sur le front. Son garde du corps, un certain Max Vega, a aussi été abattu.

Newman poursuivit, la mine sérieuse :

— La carte de visite se trouvait dans la main de la victime. Comme on vous l'a dit, pour Stephen Barr, la carte était sur un guéridon, près du corps. Là, c'est différent. Soit Ashley Olsen tenait la carte en main au moment du meurtre, soit on l'y a déposée après.

Boris recentra l'échange sur Singer :

— Et les résultats de la perquisition réalisée chez mon client ?

— Perquisition négative, dit Wasson. Rien à signaler.

Boris approuva du menton, d'un air entendu. Newman fixa le journaliste :

— Nous avons fait des relevés sur les scènes de crimes. ADN et empreintes. Il faut qu'on puisse les comparer avec les vôtres. Avant de repartir, vous allez faire l'objet d'un prélèvement ADN par voie salivaire. On prendra aussi vos empreintes digitales et vous serez photographié.

— Bien.

— C'est la procédure, ajouta Boris à l'adresse de Mike.

— Concernant votre alibi, continua Newman, il est valable. Votre présence est confirmée dans ce bar de nuit, à Long Beach, mardi soir.

— Vous voyez bien.

— Idem pour le jour du meurtre des jumelles Barbi. Des caméras de vidéosurveillance vous ont filmé sur Mulholland Drive. Pour ce matin, au moins deux de vos voisins confirment que votre véhicule n'a pas bougé de votre allée.

— Tout ça paraît limpide, déclara Boris, souriant de toutes ses dents. Mon client n'est pas la personne que vous recherchez. Il reste néanmoins tout à fait disponible pour vous aider dans votre enquête.

Philip Newman eut un mouvement de recul dans son siège, l'air agacé. Il passa la main dans ses épais cheveux bruns.

— Ça, c'est des conneries, asséna-t-il. Des conneries d'avocat. Vous ne pensez qu'à votre cul, Singer, et qu'au pognon. Vous nous avez déjà fait chier une fois en gardant la vidéo vingt-quatre heures de trop. Ça veut dire que vous êtes capable de le refaire. Quitte à pénaliser l'enquête et à retarder l'arrestation du tueur.

Michael prit la remarque en pleine figure, conscient de la part de vérité contenue dans ces propos. Wasson l'enfonça :

— Vous devriez avoir honte. L'inspecteur Madden parlait de vous comme d'un type sérieux sur qui on pouvait compter. On est obligés de constater que vous êtes tout sauf ça. Le fric avant tout, hein ?

Le paparazzi resta muet. Depuis trois ans, il ressentait par intermittence des scrupules à faire ce travail. Des périodes de doute ponctuaient sa carrière, pendant lesquelles il n'assumait pas son *business*. Si l'affaire était tombée pendant l'une d'elles, peut-être n'aurait-il pas vendu la vidéo. Mais, cette fois, il l'avait fait. Ce *deal* pouvait précisément lui permettre de s'écarter à jamais de la presse *people*.

— Je vous ai quand même filé la vidéo, se justifia-t-il.

— Après que le pays entier s'est rincé l'œil en regardant deux femmes se faire massacrer, rétorqua Wasson. Belle mentalité. Bravo. Allez, dites-nous, combien vous avez touché pour ça ?

Boris intervint. Son rictus s'était un peu rétréci.

— Bien, je crois que cet entretien a suffisamment duré. Mon client n'a rien à vous communiquer sur les contrats qui le lient à ses partenaires professionnels et commerciaux. Il s'agit de la liberté d'informer, un droit fondamental dans ce pays. Vous semblez l'oublier, messieurs.

Il se tourna vers Mike :

— Ne répondez pas à cette question, monsieur Singer.

Wasson, gêné, tenta de calmer le jeu :

— C'est bon, tout va bien.

— Je l'espère, dit Boris. À l'avenir, je vous prierai de garder votre sang-froid, messieurs. À défaut, je me verrai obligé de transmettre mes remarques par écrit au bureau du *District Attorney*.

— C'est bon, ça va, intervint Mike par réflexe.

Il n'en voulait pas aux deux inspecteurs. Dans cette histoire, c'était plutôt lui qui se sentait pris en faute. Newman s'adressa à Singer :

— L'inspecteur Wasson va vous accompagner au service de l'identité judiciaire. Après, vous pourrez partir.

Mike se leva, de même que Boris, qui avait déjà rangé toute sa paperasse. L'incident n'avait pas entamé son optimisme habituel. L'avocat souriait toujours, un sourire qui avait dû énerver de nombreux policiers et magistrats au fil de sa carrière.

Ils suivirent Wasson jusqu'à une espèce de laboratoire au niveau moins deux, où un technicien accomplit sa besogne : il photographia Mike sous différents angles, prit ses empreintes digitales et préleva un peu de sa salive avec un coton-tige.

Ensuite, l'inspecteur les escorta jusqu'à la sortie du vaste bâtiment du LAPD. Sur le chemin, le long d'un couloir, Wasson en profita pour s'excuser, ignorant la présence de l'avocat :

— Désolé pour tout à l'heure, monsieur Singer. C'est une enquête difficile, avec cinq victimes en six jours, et chaque seconde est déterminante dans l'exploitation des indices.

— N'en parlons plus. Vous avez réussi à tirer quelque chose de ce film ?

— C'est en cours. On travaille sur deux axes. L'origine de l'envoi, sur la base du mail que vous avez reçu, et le contenu de la vidéo. Je ne peux pas vous en dire plus.

Singer lui passa la pommade :

— Vous, au moins, vous restez professionnel. Vous ne lâchez pas des infos à la première occasion. Je dis ça parce que certains sites Internet, comme TMZ, ont l'air d'avoir de bons contacts chez vous.

Wasson soupira.

— Je sais. On ne contrôle pas tout, même dans nos rangs.

Mike aurait aimé l'interroger sur le meurtre d'Ashley Olsen. Il n'en savait pas grand-chose puisqu'il avait été mis au courant par les policiers au moment où ils l'emmenaient dans leurs locaux. Il se refusait à jouer le *fouille-merde*, mais il posa quand même une question à Wasson :

— Alors, maintenant, vous cherchez un Tueur de jumelles ?

— C'est exact. C'est même son deuxième surnom. Au début, on l'appelait seulement « l'homme en noir ». Maintenant, la presse le surnomme aussi « le Tueur de jumelles ».

Le temps d'une seconde, il ne parla plus et sembla regarder le vide devant lui. Puis il ajouta :

— C'est une affaire compliquée et médiatisée. Il va falloir surveiller la seconde sœur Olsen comme le lait sur le feu.

Ils arrivèrent à l'entrée du siège du LAPD. Le hall grouillait de policiers, en uniforme ou en civil, reconnaissables à leurs badges ou à leurs brassards. L'inspecteur Wasson les accompagna jusqu'à la porte automatique.

— Je vous souhaite bonne chance, dit Mike.

— Au revoir, monsieur Singer, répondit Wasson.

Il n'eut aucune parole pour Boris, qui ne le salua pas non plus. Les deux hommes sortirent sur le parvis ensoleillé. L'avocat, qui fumait un paquet et demi de cigarettes par jour, alluma une Pall Mall.

— Bon, tout est OK, dit-il.

— Et le détecteur de mensonges ?

— Ils l'ont fait pour la forme. Aucun intérêt.

— Si tu le dis.

— Je te le dis, et tu peux me croire. Je suis garé juste là, derrière. Tu veux que je te dépose chez toi ?

Boris vivait avec sa femme et ses deux enfants dans une résidence à 3 millions de dollars – un bien immobilier qui lui appartenait, payé depuis longtemps –, située non loin de chez Singer sur Maple Drive, à Beverly Hills.

— Non, ça va aller, je te remercie. Alison doit m'attendre dans le coin.

— Comme tu veux.

Ils se saluèrent et Boris Aliev s'éloigna. Michael appela Alison, qui décrocha dans la seconde.

— Mike ! Alors, tu en es où ?

— Je viens de sortir. Tu passes me récupérer ?

— Je suis à deux rues, dans ma voiture. J'arrive.

CHAPITRE 18

555 West 1st Street, Los Angeles, Californie
Lundi 27 juin 2016, 14 h 32

— Deux *Tropic Lush*, s'il vous plaît, commanda Mike.

La serveuse, une blonde élégante, la quarantaine, vêtue d'une robe noire près du corps qui lui seyait à la perfection, s'exécuta en lui rendant son sourire. Depuis un an, il avait pris ses habitudes au *Seven*, un bar lounge de Downtown, dont il appréciait le chic et la tranquillité. La première fois qu'il y était venu, on lui avait conseillé le *Tropic Lush*, un cocktail à base de fraises, de coco et de Malibu. Conseil avisé.

— Merci, fit-il en récupérant les deux verres *design* et colorés.

Il rejoignit Kostas, qui l'attendait au fond de la salle, où plusieurs alcôves recouvertes de cuir brun et capitonné se succédaient. Une lumière tamisée filtrait depuis des lampes à abat-jour disposées en hauteur, assurant une ambiance feutrée et sereine.

— Qu'est-ce que c'est que ça ? demanda Alison.

— *Tropic Lush*, cocktail maison. Tu vas aimer.

Il s'installa auprès d'elle et déposa les verres sur la table basse et arrondie, où des lampions coniques renfermant des bougies jetaient des nuances ambrées autour d'eux.

— Sympa, l'endroit, en tout cas, remarqua-t-elle.

— Discret et agréable, compléta Mike.

Climatisé, parfumé à l'encens, agencé avec goût et manifestant un attrait pour les tendances récentes, le *Seven* comblait les sens. Un fond musical électro, mélodieux et aérien, parachevait le tableau.

— Ça s'est passé comment ?

— Moins difficile que prévu, je m'attendais à pire. J'ai eu droit au détecteur de mensonges. J'aurais pu refuser, mais je m'en fous. Boris est sûr de lui.

Il but une gorgée de cocktail.

— Et pour toi, ça a donné quoi ?

— J'ai été auditionnée au bureau. Ils m'ont posé des questions sur toi, sur ton emploi du temps, sur nos activités. Ils ont aussi cherché à savoir combien on avait de cartes de visite en réserve.

— Je sais. Ils les ont saisies ?

— Oui. Ils ont tout embarqué. Et ils ont pris d'autres choses.

Kostas goûta à son cocktail.

— Quoi ? demanda Mike.

— Les données informatiques. Ils ont branché des disques durs sur les ordinateurs, les tablettes et les téléphones et ils ont tout copié. Même les données supprimées et les historiques Internet. C'est ce que m'a dit l'un des techniciens.

— C'est pour essayer de retracer le mail que j'ai reçu.

— Oui, c'est ça. Ils ont fait des prélèvements dans la maison, pendant que d'autres flics interrogeaient les voisins. Ils vont voir ce qu'ils peuvent trouver concernant la vidéosurveillance.

— Il n'y a pas de caméras municipales dans ma rue.

— Ils cherchent aussi du côté des surveillances privées.

Mike approuva, pensif.

— Et toi, tu es tranquille pour l'instant, alors ? demanda Alison.

— Oui. Mais je m'en veux un peu.

— Laisse tomber avec ça. Tu es journaliste, pas flic.

— C'est ce que j'essaie de me dire.

Alison et Mike poursuivirent leur discussion pendant un moment, tentant de parler d'autre chose que de travail, même si celui-ci persistait en toile de fond et se rappelait à eux à la moindre occasion. D'abord, ce fut une alerte presse qui apparut sur le portable de Kostas, accompagnée d'un carillon – un riff de guitare heavy métal –, qui les avisa de l'important dispositif policier mis en place autour de la villa de Mary-Kate Olsen, la jumelle survivante. Selon la dépêche, que l'on devait à l'incontournable site TMZ, les services de police avaient investi le quartier – dans les collines d'Hollywood – et contenaient la multitude de journalistes et d'anonymes qui avaient pris les lieux d'assaut.

Puis, quelques minutes après, ce fut le smartphone de Mike, alors posé sur la table basse, qui se manifesta. Il regarda l'écran : un mail.

Il saisit le téléphone et consulta sa boîte électronique :

— Putain... Je crois que ça recommence, lâcha-t-il.

— Quoi ? Tu as reçu autre chose ?

— Oui. Ça vient d'une adresse mail jetable. Rien de noté en objet. Exactement comme le mail avec la vidéo.

Il ouvrit. Cette fois-ci, il y avait un message.

Bonjour, monsieur Singer.

J'espère que le premier envoi vous a plu.

En voici un nouveau.

Bon visionnage.

— Nom de Dieu...

Kostas s'était collée à Mike pour regarder.

— Il y a une pièce jointe, dit-elle.

— Nom de Dieu..., répéta Mike.

Il inspira fortement. Son cœur s'emballait.

Puis il lança la vidéo.

CHAPITRE 19

2e vidéo anonyme, analysée par Singer et Kostas.
Reçue le lundi 27 juin 2016 à 14 h 56.

Le cadrage d'introduction montrait une porte d'entrée ouvragée, qu'une main gantée de noir poussait lentement. La façon de filmer et le grain de l'image ressemblaient en tous points à la première vidéo, si bien qu'il ne fallut qu'un instant à Kostas et à Singer pour déduire qu'ils avaient de nouveau affaire au tueur.

L'homme s'engouffra dans un couloir obscur. La caméra s'arrêta sur une porte sombre que l'on voyait s'entrebâiller, laissant jaillir la lumière depuis l'intérieur de la pièce. Un homme s'avançait, semblant boiter. Le contre-jour empêchait de distinguer son visage, mais la démarche laborieuse et la silhouette voûtée évoquaient un homme d'un certain âge. Il s'arrêta soudainement, son buste esquissant un geste de recul. Puis il se mit à parler :

— *Mais... que... qu'est-ce que c'est ?*

Le vidéaste ne répondit pas. L'image demeurait fixe, les deux hommes se jaugeaient. L'autre poursuivit d'une voix plus nette et plus ferme :

— *Qu'est-ce que vous faites là ? Qu'est-ce que vous voulez ?*

L'image vibrait un peu, conséquence du mouvement vers l'avant opéré par le tueur. Il n'avança que d'un pas ou deux, tandis que son vis-à-vis amorçait un repli. Puis retentit cette voix de rocaille, fantomatique, éraillée à l'extrême :

— *Il y a vingt ans, docteur Barr...*

Une pause. Impression de temps en suspension.

— *C'est un triste anniversaire, docteur Barr...*

— *De quoi parlez-vous ?*

— *Il y a vingt ans.*

On discernait maintenant le bras du tueur. Le pistolet pointait l'homme, qui ne bougeait plus.

— *Ne faites pas de bêtise,* implora-t-il.

Deux coups de feu furent tirés, étouffés par un silencieux. La victime tomba à genoux. Le tueur abaissa son bras pendant un court moment, puis il se rapprocha. Il releva son arme et acheva Barr d'une dernière balle, qu'il logea dans son front. Le médecin s'effondra sur le dos.

Le tueur réalisa enfin sa signature funeste : il exhiba un cutter, qu'il ouvrit dans le clair-obscur du couloir, et grava un chiffre sur le front : le « 1 ».

— C'est bien notre tueur, dit Michael.

Alors, l'écran vira au noir.

Puis, comme dans la première vidéo, une autre séquence démarra. Singer pressentait qu'il s'agissait du film mettant en scène l'exécution de la quatrième et plus récente victime, la malheureuse Ashley Olsen. L'enregistrement commençait derrière un portail noir en ferronnerie. On pouvait lire l'adresse qui ornait une plaque dorée sur un pilier : 10576 Rocca Way. Le tueur contourna l'entrée par la gauche. Il franchit la clôture au milieu des arbres et de la végétation recouvrant la colline.

Il remonta ensuite une allée pavée en trottinant, provoquant des soubresauts de l'image et de la friture. La voie tournait à droite pour aboutir à une zone circulaire, une sorte de parking. Là, le tueur accéléra la cadence. On pouvait entendre son souffle rauque. Il semblait connaître le terrain, car il s'engouffra sans hésitation sur un petit chemin qui longeait la résidence par la gauche.

Il courut pendant plusieurs secondes le long d'un mur, ce qui donnait une idée de la taille de la maison. On apercevait, au gré des cahots de la caméra, des parterres de fleurs et un chemin de gravillons, avec, au bout, une espèce de terrasse au sol clair. Il parvint à ce niveau et déboucha comme une décharge de chevrotine aux abords d'une piscine.

— C'est le meurtre d'Ashley Olsen, commenta Kostas.

La suite n'était rien d'autre qu'une exécution en règle. La caméra attrapa dans son champ un type debout, en chemise blanche et lunettes de soleil, qui tenta de réagir. Mais le tueur l'abattit avant qu'il n'ait pu faire quoi que ce soit. La qualité déplorable du rendu vidéo et le cadrage imposé par la course ne permettaient pas de voir où le garde du corps était touché ni comment il tombait.

Immédiatement après, au milieu des sursauts, on découvrait la silhouette maigre d'Ashley Olsen, qui hurlait en tentant de se relever d'un transat. Le vidéaste repoussa la jeune blonde qui chuta en arrière. Mais, courageuse, elle fit mine de se remettre debout. Sans perdre une seconde, face à elle, l'homme en noir appuya sur la détente à quatre reprises, la laissant inerte, gisant sur le dallage éclaboussé de soleil.

— Putain, souffla Mike.

Le bourreau semblait être pressé, et il procéda plus rapidement. Il brandit le cutter et mutila le front en y apposant le chiffre « 4 », après avoir allongé Ashley Olsen sur le dos. Tandis que le sang s'écoulait des coupures, la caméra fixa pendant quelques secondes le corps de la star, dont le visage aux yeux éteints ne bougeait plus. Puis, le Tueur de jumelles quitta la terrasse au pas de course, transformant le film en une suite d'images saccadées.

Le néant envahit l'écran.

Fin de séquence.

CHAPITRE 20

8923 Dorrington Avenue, West Hollywood, Californie
Lundi 27 juin 2016, 17 h 14

— À ce rythme, tu vas être millionnaire, fit remarquer Alison.

— Va savoir, répondit Mike.

Kostas et Singer étaient de retour au bureau, parachevant un marathon au *timing* serré au cours duquel :

1) ils avaient contacté TMZ, conformément au contrat et sous le contrôle permanent de Boris Aliev, afin de négocier la nouvelle vidéo qu'un Harvey Levin excité comme une pucelle avait achetée pour 300 000 dollars – moins que la première fois parce que Barr n'était pas célèbre, disait-il ;

2) ils avaient regagné leurs bureaux de West Hollywood pour boucler l'opération par visioconférence avec TMZ concernant les plans administratif, bancaire et financier ;

3) ils avaient envoyé le fichier à Wasson et Newman par mail, le leur transmettant seulement deux heures après l'avoir reçu eux-mêmes – progrès notable ;

4) ils avaient décidé d'abandonner tout scrupule à se faire payer grassement pour les vidéos – ce cas de conscience concernait en fait Singer qui, malgré le contrat signé, avait hésité à revendre le scoop, si bien que Kostas avait dû insister –, en contrepartie d'un investissement total dans la résolution de cette affaire.

C'était l'option retenue : ils voulaient désormais enquêter à temps plein sur cette série de meurtres. Tout d'abord, cela permettrait à Singer de soulager sa conscience – qui le titillait depuis la remontée de bretelles subie dans les locaux du LAPD – et d'assumer plus facilement le fait d'accepter l'argent. En s'investissant, il espérait rendre aux victimes, au moins en partie, ce qu'elles lui rapportaient. Cette vision des choses le rassurait. Ensuite, cet afflux de trésorerie renforçait la santé de son entreprise et accroissait ses chances de prendre son envol loin du *people*. Enfin, travailler sur cette affaire leur permettrait de découvrir qui se terrait derrière ces envois et pourquoi on agissait ainsi. Voulait-on les inciter à enquêter ? Cherchait-on à leur transmettre un message ? Pourquoi Mike ? Pourquoi les cartes de visite ? Tout ceci restait mystérieux.

Alison interrogea Mike :

— Levin s'y retrouve financièrement ?

— Bien sûr. S'il paie, c'est qu'il s'y retrouve.

— Ça fait tout de même presque un million pour acheter deux vidéos. Un fric monstrueux.

— Il m'en a parlé samedi après la publication. Les connexions Internet et le trafic générés ont battu des records dans la soirée. TMZ est déjà largement rentré dans ses frais. Ils gagnent sur deux tableaux : les recettes publicitaires engrangées et la valorisation de l'entreprise. Elle grimpe en flèche, car TMZ devient aussi puissant et respectable que les médias traditionnels. Les infos publiées sont en béton. Harvey dit que sa boîte vaut entre 100 et 200 millions.

— OK. Ça lui laisse encore un peu d'argent à côté...

— Oui, c'est même un investissement raisonnable à ce niveau-là. Dans les années 90, *The New Yorker* a proposé 3,5 millions de dollars pour les photos du cadavre de la princesse Diana dans sa voiture crashée à Paris.

Alison se tenait face à son ordinateur. Sur l'écran, il y avait en mode « arrêt sur image » la phase finale du premier film, qui montrait une voiture au bas de la route où circulait l'homme en noir.

— Les gars de la SSH t'ont dit où ils en étaient ? Ils bossent sur cette vidéo ?

Mike, à son poste, répondit :

— Oui, on m'a expliqué que l'exploitation était toujours en cours. J'ai envoyé le film à Leon pour qu'il l'analyse, on va débuter par là, nous aussi.

— Je vais lui passer un coup de fil pour le booster.

Mike ricana :

— Tu vas le réveiller à cette heure-ci.

Le *hacker* rasta travaillait de nuit. Leon commençait ses séquences de *hacking* entre 19 heures et 20 heures, pour les terminer vers midi, le lendemain. Il privilégiait ce créneau pour deux raisons. D'abord, il aimait le calme et le silence de la nuit. Cette quiétude lui permettait de gagner en concentration et en efficacité. Ensuite, d'un point de vue informatique, travailler de nuit garantissait un niveau de riposte en direct proche de zéro en cas d'incursion sauvage et visible sur un site ou un serveur quelconque.

— Je vais l'appeler quand même, dit Kostas. De toute façon, il est tellement défoncé qu'il se rendormira facilement.

Leon Nash – trentenaire mollasson en apparence, mais véritable génie des claviers – fumait une quinzaine de joints par nuit. Il avait réduit sa consommation dernièrement.

— Ça marche. Dis-lui que je lui ai envoyé la vidéo et qu'on passera le voir ce soir. On aura sûrement besoin de lui une bonne partie de la nuit.

Tandis que Kostas contactait leur ami, Singer avala un cachet d'aspirine. Un vilain mal de tête commençait à l'étourdir. *Saloperie de migraines !* Il compila ensuite une revue de presse sur le Net afin de se tenir au courant de l'évolution de l'affaire. On pouvait résumer la situation médiatique ainsi : on ne parlait que de ça.

— Putain, c'est la folie sur Internet, souffla-t-il, plus pour lui-même que pour Kostas, qui discutait au téléphone avec Leon.

Mike se connecta sur le leader TMZ. Il n'avait pas consulté leur site depuis la cession du film. Harvey et ses employés ne traînaient pas. Ils avaient publié leur article et la vidéo quelques minutes seulement après l'accord signé avec Singer, Kostas et Boris. À vue de nez, le papier paraissait fourni. Le titre claquait :

AFFAIRE DU TUEUR DE JUMELLES
LA VIDÉO DES MEURTRES D'ASHLEY OLSEN ET DU DR STEPHEN BARR

CHAPITRE 21

AFFAIRE DU TUEUR DE JUMELLES
LA VIDÉO DES MEURTRES D'ASHLEY OLSEN ET DU DR STEPHEN BARR
2016-06-27 15:48 by TMZ staff
!! EXCLUSIVITÉ !! !! EXCLUSIVITÉ !!

Après l'annonce exclusive par TMZ de la mort de l'actrice Ashley Olsen ce matin, à Los Angeles, c'est un nouveau document vidéo exceptionnel que nous publions dans le cadre de l'affaire dite de « l'homme en noir ».

La chronologie des faits

Mardi dernier, à Brentwood, l'épouse du docteur Stephen Barr découvrait le corps sans vie et criblé de balles de son mari à leur domicile. Ce meurtre, sans mobile établi en l'état actuel des investigations, constituait le premier d'une série toujours en cours. Vendredi, les cadavres des sœurs et anciennes pin-up *Shane et Sia Barbi étaient retrouvés dans leurs résidences respectives. Enfin, ce matin, l'homme en noir exécutait la célèbre Ashley Olsen, sœur de Mary-Kate. En s'attaquant aux jumelles Olsen après les jumelles Barbi, l'homme en noir se voit désormais affublé d'un second sobriquet : « le Tueur de jumelles ».*

Des victimes numérotées

Le LAPD, *responsable de l'enquête, révélait par la voix d'un porte-parole que le tueur signait chacun des meurtres en gravant un chiffre sur le front de ses victimes : le 1 pour Barr, le 2 et le 3 pour les jumelles Barbi, et le 4 pour Ashley Olsen. Ce point commun à toutes les exécutions constitue le chaînon permettant d'établir la réalité d'un unique tueur. Les modes opératoires peuvent néanmoins diverger. Sia Barbi est morte égorgée, contrairement aux autres victimes, tuées par balles.*

Une enquête au point mort

Nos sources au LAPD *révèlent que les enquêteurs de la section des homicides n'ont pas progressé de façon déterminante au moment où nous écrivons ces lignes. Quatre inspecteurs travaillent à temps plein sur cette affaire incroyable. Selon les profileurs du* LAPD, *les motivations du tueur demeurent inconnues. Des dizaines de témoins sont auditionnés tandis que les investigations se poursuivent. La piste d'un numéro d'immatriculation visible sur la première vidéo n'a rien donné, celui-ci se révélant faux. D'autres vérifications sont en cours, notamment pour déterminer l'origine des vidéos de meurtres que le Tueur de jumelles envoie à notre source.*

Un portrait-robot

L'homme en noir ne recherche pas la discrétion lorsqu'il accomplit ses forfaits. Les policiers considèrent par conséquent qu'il pourrait commettre une erreur à l'avenir. Si nul ne paraît avoir aperçu le tueur le soir du meurtre de Stephen Barr, de même que ce matin aux abords de la maison d'Ashley Olsen, il en va différemment des deux autres meurtres, pour lesquels des témoins se sont manifestés. Pour voir le portrait-robot, cliquez ici.

Mary-Kate Olsen sous haute surveillance

Après le meurtre de la première jumelle Olsen, il va sans dire que les forces de l'ordre ont mis en place un dispositif de sécurité exceptionnel autour de Mary-Kate, présente à Los Angeles en cette période estivale. La star n'est pas accompagnée de son mari, resté à New York, et séjourne actuellement dans sa maison d'Hollywood Hills. Initialement escortée par un seul garde du corps, comme sa défunte sœur jumelle, l'actrice a aussitôt fait renforcer son service de sécurité privé. Depuis le milieu de la journée, le 2450 Solar Drive, adresse de Mary-Kate Olsen, est assiégé par les curieux, les journalistes et les nombreux effectifs de police dépêchés sur place, créant une animation inédite dans ce quartier très résidentiel.

Une nouvelle vidéo exclusive

TMZ met en ligne un document tout à fait exclusif, qui sera communiqué aux services de police dans les prochaines minutes. Il s'agit d'un enregistrement vidéo inédit émanant du Tueur de jumelles. Le film nous montre l'exécution authentique du docteur Stephen Barr, puis celle de la jumelle Ashley Olsen.

Attention, images difficiles.
Pour le merchandising et les produits dérivés, cliquez ici.

!! VIDÉO EXCLUSIVE !!
PLAY ►

CHAPITRE 22

421 East Bay State Street, Alhambra, Californie
Lundi 27 juin 2016, 19 h 12

— Hey ! Entrez, les amis !

Leon Nash était heureux de recevoir Michael et Alison. Ils pénétrèrent dans son bureau et vinrent lui donner l'accolade. Il avait conscience de vivre comme un ours, reclus dans son appartement, et de ne pas rencontrer grand monde. Alison l'avait appelé – et même réveillé – en fin d'après-midi pour lui demander s'ils pouvaient passer dans la soirée. Ils souhaitaient discuter d'une affaire sur laquelle ils travaillaient. *Avec plaisir, venez vers 21 heures*, avait été sa réponse.

— Salut, Leon, dit Mike.

Le *hacker* quittait rarement son poste derrière sa batterie d'ordinateurs, cloîtré en permanence dans son bureau parfumé à la marijuana. Leon tira une bouffée sur son joint et observa ses deux amis à travers le rideau de *smog* :

— Vous avez l'air en forme. Installez-vous.

Le duo se laissa tomber sur le vieux canapé en cuir, un meuble passé et percé de mille trous. *Il faut que je me débarrasse de ce truc, pas cool de faire asseoir les potes là-dessus*, se morigéna Leon.

— Toujours aussi bien sapé, plaisanta Kostas, en louchant sur sa tenue.

Leon éclata de rire. Il adorait cette fille, l'assistante de Michael, que le journaliste lui avait présentée quelques mois plus tôt. Elle se moquait de ses frusques presque à chaque fois, elle-même n'étant pourtant pas ce qu'on pouvait appeler une gravure de mode. Leon s'habillait en bermuda, tongs et tee-shirt. Comme à la plage.

Esprit décontracté.

Esprit rasta.

— J'suis toujours bien sapé, ironisa-t-il en recrachant la fumée.

Michael, assis à côté d'Alison, souriait aussi. Mais il avait l'air un peu moins détendu qu'elle.

— Ça va, Mike ? s'enquit l'homme aux *dreadlocks*.

— Oui, ça va. On est sur un gros truc, là.

— Racontez-moi tout.

Kostas se chargea de résumer les faits, une histoire à haute teneur en hémoglobine. Quatre meurtres. Un médecin exécuté. Une obsession pour les sœurs jumelles. Des corps numérotés. Des vidéos envoyées à Mike. Une fortune amassée grâce à TMZ. Alison précisa qu'ils ne comprenaient pas encore le lien entre ce médecin à la retraite et les sœurs jumelles. La logique du tueur leur échappait.

Un sacré bordel, ce truc.

— T'as pas pu t'empêcher de les revendre..., dit Leon.

Le rasta ricana, les yeux joyeux et brillants. La tête lui tournait un peu, mais l'habitude lui permettait de toujours assurer un minimum, malgré la drogue.

— La première fois, non, dit Singer. J'y suis allé sans réfléchir. La deuxième, j'étais moins chaud. Revendre des trucs pareils me gêne.

— J'ai dû le pousser un peu, confirma Kostas. Cet argent va nous servir à financer de vrais reportages. Il faut voir les choses comme ça.

Mike hocha le menton.

— Je comprends, acquiesça Leon.

Le rasta aimait beaucoup Mike. Il savait que son ami avait du cœur, qu'il n'était pas comme la plupart des vautours du métier. Il avait subi un coup de mou l'année précédente, soldé par la décision de réaliser des documentaires en complément de ses « bouses *people* ». Il n'y avait donc rien d'étonnant à le voir saisir l'occasion de gagner de l'argent dans l'espoir de décrocher pour de bon.

— Vous voulez boire quelque chose ?

— Volontiers. Jus de fruits pour moi, répondit Kostas.

— Même chose, ajouta Mike.

— Ça marche. Et deux jus de fruits, deux !

Leon se leva laborieusement de son fauteuil et se traîna jusqu'à la cuisine. Il avait presque honte de les recevoir dans un environnement aussi enfumé. Un voile grisâtre stagnait partout dans l'appartement, n'épargnant aucune pièce, sans parler de l'odeur.

Il revint avec trois verres de jus d'orange et déposa le plateau sur son bureau. Ce dernier était encombré par deux types d'objets : les gadgets numériques et informatiques – en gros, tout ce qui se rattachait au *hacking* – et les bibelots décoratifs de culture rasta. Les statuettes en bois et les œuvres d'art africain et caribéen se mêlaient aux tablettes tactiles, téléphones, modems, écrans et boîtiers divers, que seul un expert aurait pu identifier.

— Et ces vidéos, ça t'a rapporté combien ? demanda Leon en se réinstallant à son poste.

Mike eut l'air gêné.

— Plus de 800 000 dollars, finit-il par avouer.

Le rasta eut un large sourire.

— Oh là là ! énorme...

— Mike a fait fort sur ce coup, confirma Alison.

— Et vous bossez sur l'affaire, alors ?

Mike prit une mine sérieuse en reposant son verre :

— Exact, on doit ça aux victimes. Et je veux savoir qui m'envoie ces films. C'est complètement fou.

Kostas enleva ses chaussures pour mieux se lover sur le canapé, repliant ses jambes, et l'interrogea :

— Tu as reçu notre mail ?

— Oui. Mais je n'ai pas encore eu le temps de regarder les pièces jointes. C'est quoi ?

Alison lui expliqua :

— Ce sont les films que l'homme en noir a tournés lors de chacun de ses quatre meurtres.

— L'homme en noir ?

— « L'homme en noir » ou « le Tueur de jumelles ». Les surnoms que la presse lui a donnés.

— D'accord.

— Il s'est filmé en train d'exécuter ses victimes. Pour la troisième, on voit un véhicule. Peut-être le sien. On voulait que tu grattes avec le numéro de la voiture, mais les flics affirment que c'est un faux.

— Mais il y a une autre piste, enchaîna Mike. Sur la vidéo du premier meurtre, on entend le tueur parler avec le médecin. À mon avis, il y a quelque chose à exploiter dans leurs paroles.

Alison abonda en ce sens :

— Je crois aussi. Tu peux mettre la vidéo ? Tu vas voir.

— OK, on regarde, dit Leon en posant son joint dans un cendrier en forme d'éléphant.

Il alluma un vaste écran mural derrière lui et lança le film sur son PC. Un son à couper le souffle envahit la pièce. *Ça, c'est du matos*, se congratula Leon. En cinéphile averti, le *hacker* disposait d'une installation dernier cri.

Il baissa la lumière et ils se concentrèrent tous sur la projection. Leon, malgré son état, restait efficace intellectuellement. Question d'habitude. Il suivait l'action quand Mike se mit à commenter le film après quelques secondes :

— Barr et le tueur vont bientôt se retrouver face à face. C'est là qu'ils vont échanger quelques mots.

Tous les trois écoutèrent :

— *Qu'est-ce que vous faites là ? Qu'est-ce que vous voulez ?*

— *Il y a vingt ans, docteur Barr...*

— ...

— *C'est un triste anniversaire, docteur Barr.*

— *De quoi parlez-vous ?*

— *Il y a vingt ans.*

— *Ne faites pas de bêtise.*

Leon supporta difficilement les images, terribles à regarder, montrant l'exécution d'un homme. Il tenta sans succès de les laisser de côté pour se concentrer uniquement sur les paroles. Le film se termina avec cette séquence immonde où l'auteur de la vidéo mutilait le front de sa victime.

— Je remets le dialogue, annonça Leon.

— Vas-y, dit Alison.

Il relança la séquence, écoutant avec soin, les yeux fermés.

— *Qu'est-ce que vous faites là ? Qu'est-ce que vous voulez ?*

— *Il y a vingt ans, docteur Barr...*

— ...

— *C'est un triste anniversaire, docteur Barr.*

— *De quoi parlez-vous ?*

— *Il y a vingt ans.*

— *Ne faites pas de bêtise.*

Leon comprit, et un sourire étira ses lèvres :

— La date. C'est sur la date que vous voulez que je travaille.

Alison répondit :

— Oui. Le meurtre a été commis mardi soir, soit le 21 juin. Il dit que « c'est un triste anniversaire ». Donc, en retranchant vingt ans, ça nous donne le 21 juin 1996. On mise sur le fait que le jour du meurtre est vraiment la date anniversaire. On peut chercher un mobile en rapport avec cette date.

— Bonne idée, approuva Leon.

Mike et Alison voyaient juste, il y avait de quoi creuser sur cette base. Leon passa en revue mentalement les actions à mener en partant de ce renseignement. La technique n'était pas compliquée. Il fallait croiser trois choses : la date, les éléments biographiques de Barr et un catalogue de banques de données. Le rasta expliqua :

— Je vais rentrer cette date et le pedigree de Barr dans des moteurs de recherches spécialisés. Il faut passer en revue les annuaires professionnels, les archives de journaux, les décisions de justice, les registres d'état civil, les fichiers de police, etc. Je vais croiser son identité avec un maximum de trucs pour voir s'il a pu se passer quelque chose ce jour-là en rapport avec ce type.

— C'est parfait, dit Mike.

— Vous savez si la police bosse aussi là-dessus ?

— Sûrement. Mais pas sûr qu'ils poussent précisément sur la date comme tu peux le faire.

— Il y a l'origine du mail, aussi, ajouta Kostas.

Leon fronça les sourcils :

— Tu veux que je cherche d'où il vient ?

— Oui. Les flics doivent être en train d'y travailler, mais il faut qu'on creuse aussi cette piste.

— Je vais m'en occuper, dit Leon. Sur quel appareil il a été ouvert en premier ?

— Sur ce téléphone, répondit Michael en extirpant son smartphone de sa poche.

— Passe-le-moi, s'il te plaît.

Mike s'exécuta. Leon se redressa en regardant Kostas :

— Tiens, ça va être l'occasion d'un exercice, Alison ! Tu vas me dire comment tu procéderais pour faire ça.

Depuis quelques mois, Alison et Leon discutaient beaucoup technique. Par le passé, elle avait officié à la brigade financière, où elle menait des investigations dans les systèmes d'information, les serveurs et les ordinateurs. Elle avait apprécié l'expérience, mais n'y connaissait rien en comparaison du savoir étendu de Leon. *Tu ne voudrais pas me donner quelques cours ?* avait-elle demandé un jour. Ce à quoi il avait répondu : *Des cours, non, mais si tu veux passer du temps ici quand je bosse, tu pourras me regarder faire et poser des questions.* Kostas avait accepté le principe. Depuis le début de l'année, elle avait bien dû l'accompagner durant une vingtaine de nuits. Le *hacker* adorait ces moments et Alison était devenue une amie.

Kostas réfléchit un instant et répondit :

— Tu vas extraire les données de connexion du téléphone pour retrouver l'empreinte numérique du mail et l'exploiter afin d'identifier la machine d'où ça a été envoyé.

Leon se mit à rire.

— C'est très résumé, mais c'est ça !

— Tu peux faire ça cette nuit ? demanda-t-elle.

— Oui. On fera un point demain. Vous allez aussi enquêter de votre côté avec cette date, j'imagine ?

C'est Mike qui répondit alors qu'il terminait son verre.

— Oui. On va commencer par l'hôpital Cedars-Sinaï, où Stephen Barr a bossé pendant des années.

Leon le questionna sur un autre point :

— Vous transmettez les vidéos aux flics ?

— Oui, on leur donne tout, dit Mike.

— Vous avez raison.

Ce n'était pas de gaîté de cœur qu'il soumettait l'idée d'aller voir la police, mais, chez Leon, la raison prenait souvent le dessus. *La grandeur d'un homme se mesure à son intégrité*, disait Bob Marley. Leon s'inspirait des paroles du maître. Ainsi, il lui semblait clair qu'il fallait collaborer avec le LAPD pour ne pas nuire à leur enquête.

Dans une autre vie, Leon avait travaillé plusieurs années comme informaticien contractuel au sein de la police de Seattle. Après une affaire dramatique à l'origine d'une série de décès, il avait décidé de tout arrêter pour s'installer à Los Angeles et monter son propre *business*. Il gardait un piètre souvenir de cette expérience policière, surtout à cause de son chef de service, un flic corrompu. Il en avait fini par détester la police. *Je ne devrais pas généraliser comme ça avec les flics*, se répétait-il. Et pourtant... Il ne faisait jamais appel à eux, ne travaillait jamais pour eux en tant que *hacker* et s'en tenait éloigné autant que possible.

Leon, à présent, devait aborder un sujet important :

— Bon, à propos de mes honoraires…

Leon y accordait une importance particulière, non par goût de l'argent – cela aurait été le comble, sachant que Bob Marley expliquait souvent ceci : *Le diable est l'argent, si tu es riche, c'est que tu as pactisé avec lui* –, mais pour les actions qu'il menait en Jamaïque. Leon reversait 95 % de ses revenus aux pauvres de l'île. Il distribuait des fonds à des associations de quartiers, des travailleurs sociaux et des organisations œuvrant pour l'alphabétisation des populations les plus fragiles.

— J'ai le blé, dit Mike.

Le paparazzi saisit sa sacoche en cuir.

— Tu vas y passer la nuit ? demanda-t-il.

— Oui.

Singer connaissait ses tarifs, les plus élevés du marché, car personne à L.A. ne proposait de meilleures prestations. Il fit le calcul :

— Ça fait deux créneaux de cinq heures à 10 000 dollars le créneau, ça nous donne 20 000 dollars.

— C'est le bon montant, approuva Nash.

Alison recompta les liasses de mille que Mike lui avait fait passer une à une.

— Vingt liasses, cher Leon !

Elle lui tendit les billets. Leon ralluma son joint et tira une bouffée, souriant, avant de ranger l'argent dans un tiroir.

— Merci. Je vais faire le maximum.

CHAPITRE 23

Journal de S. S.
Le 27 juin

Je commence à douter.

J'ai tué quatre fois. La dernière a été la plus perturbante.

Tout est allé très vite. Je connaissais bien le terrain, j'avais repéré la maison et les habitudes d'Ashley Olsen.

Je suis entré dans la propriété, j'ai longé la résidence jusqu'à la piscine et je me suis retrouvé face à eux. Le vigile n'a pas eu le temps de réagir, je l'ai abattu. Je commence à avoir l'habitude, il y a moins de stress qu'au début.

Après, je me suis approché d'Ashley Olsen, qui était allongée sur un transat. Elle non plus, comme les autres, n'avait aucune chance de s'en sortir. Je l'ai tuée, et j'ai inscrit le numéro 4.

Mais il y a quelque chose qui cloche.

Je n'ai pas ressenti la même satisfaction qu'auparavant.

Les premières fois, j'ai eu l'impression de renaître.

Comme un sentiment de soulagement.

Cette fois-ci, il ne s'est rien passé.

Je n'ai pas eu de plaisir ou d'apaisement.

Que dois-je faire ?

Je suis allé après au domicile de Mary Kate.

J'ai hésité et je n'ai rien osé tenter.

Je suis rentré chez moi.

Pourtant, toutes les deux sont des jumelles.

Comme d'autres, leur tour doit venir.

J'hésite beaucoup. Je ne sais plus quoi faire. Je n'ai personne à qui parler. Comment soulager ma souffrance ? Parfois, même, je me pose cette question : dois-je me tuer ? L'idée de quitter ce monde me traverse l'esprit de plus en plus souvent. J'aurais pu le faire il y a vingt ans, déjà.

Non, je sais ce qu'il me reste encore à accomplir.

Je dois tuer Mary-Kate Olsen. La « n° 5 ».

J'ai commis une erreur en l'épargnant.

Je dois le faire.

Pour moi. Pour elles.

Elles me manquent.

Elles me manquent trop.

S. S.

CHAPITRE 24

8700 Beverly Boulevard, Los Angeles, Californie
Mardi 28 juin 2016, 9 h 15

Singer, accompagné de Kostas, gara le Q7 dans le parking des visiteurs du Centre médical Cedars-Sinaï. Les rayons du soleil irradiaient les berlines de marque, dont les courbes lustrées donnaient une idée de l'épaisseur du portefeuille des clients. La réputation de la clinique s'étendait au-delà des frontières californiennes. Les stars du showbiz, de même que les grosses fortunes moins médiatiques, se tournaient vers elle autant pour la qualité des soins que pour la discrétion – relative – qu'elle garantissait.

Michael travaillait déjà avec des informateurs liés au Cedars-Sinaï au début de sa carrière, en 2008. Au printemps de cette année-là, il avait été parmi les deux ou trois paparazzis à identifier le nom d'emprunt utilisé par Patrick Swayze lors de ses cures de chimiothérapie. Il n'avait finalement pas exploité ce tuyau, retenu dans son élan par un semblant de sens de l'éthique. *Les morts, oui, car on ne peut plus rien faire pour eux. Les malades ou les mourants, jamais*, se répétait-il, plus ou moins convaincu par son propre argumentaire.

Sur ce terrain-là, et encore aujourd'hui, il n'aurait jamais accepté de gagner le moindre *cent*, dût-il passer à côté de millions de dollars. Ces derniers temps, l'une de ses sources lui proposait des éléments du dossier médical de Shannen Doherty, la star de la série *Beverly Hills*, succès télévisuel mondial des années 90. L'actrice avait récemment officialisé sa maladie. Mike se refusait à donner suite. Là se situait la limite qu'il s'imposait et ne franchissait jamais.

— Il s'appelle comment, ton gars ?

— Docteur Robert Straub, répondit Kostas.

Pour décrocher un rendez-vous avec ce médecin proche collaborateur de Barr, elle avait utilisé un artifice illégal, mais efficace : faire comme si elle appartenait toujours aux forces de l'ordre. Ce stratagème ne la perturbait pas plus que ça. Alison conservait ce côté *borderline* si courant au LAPD. Avant de démissionner de son poste, elle avait demandé un duplicata de sa carte de police et un nouveau badge – prétextant la perte de ces objets, ce qui lui avait valu un blâme – pour pouvoir disposer d'un jeu une fois hors de la police. L'ex-fliquette s'en servait aisément et obtenait beaucoup grâce à eux.

— Tu as eu facilement le rendez-vous ?

— J'ai dit qu'on avait encore des questions et que c'était urgent. La secrétaire m'a proposé de passer à 9 h 30.

— Quelle efficacité, plaisanta Mike.

— Il faut bien justifier son salaire, dit-elle en appuyant son propos d'un clin d'œil.

Le tandem traversa le parking, où la valse permanente des véhicules se poursuivait. Puis il pénétra dans le bâtiment par une large porte tournante. Le hall impressionnait par sa taille, sa modernité et le goût accordé à la décoration, un élégant mélange de bois, de métal et de matériaux aux coloris pastel. On y trouvait plusieurs cafés et restaurants, un kiosque à journaux, une librairie, une supérette et diverses boutiques de vêtements ou de jeux. Au milieu de ce *business* s'étirait un long comptoir laqué, où une succession d'hôtesses, chignon serré et sourire d'albâtre, assuraient l'accueil. Ils n'eurent pas besoin de patienter, plusieurs d'entre elles étaient libres. *On ne fait pas attendre le client au Cedars-Sinaï.*

— Bonjour, madame, salua Mike.

— Bonjour, madame. Bonjour, monsieur. Que puis-je pour vous ?, leur demanda une belle brune au tailleur beige impeccable.

Kostas se chargea de répondre, brandissant faux badge et fausse carte :

— Inspectrice Alison Kostas, de la police de Los Angeles. Section Spéciale Homicides. Nous avons rendez-vous à 9 h 30 avec le docteur Robert Straub.

— Bien sûr. Quel service, s'il vous plaît ? s'enquit l'hôtesse d'accueil avec un sourire à la blancheur surnaturelle.

— Gynécologie-obstétrique.

— Je vous demande un instant.

Elle pianota à toute vitesse sur son clavier, puis releva les yeux dans leur direction. Deux jolis iris bleu électrique.

— Il vous attend. Vous pouvez vous rendre directement au département de gynécologie et vous adresser à son secrétariat. Vous allez suivre la ligne verte, au sol, jusqu'à l'ascenseur.

D'un même mouvement, Mike et Alison jetèrent un regard à leurs pieds et découvrirent plusieurs lignes de couleurs diverses, destinées à guider les visiteurs dans l'entrelacs des corridors.

— Vous monterez ensuite au quatrième, continua-t-elle. Puis vous suivrez à nouveau la ligne verte jusqu'au bout du couloir en empruntant la passerelle. C'est au bâtiment B.

— Merci, dit Kostas.

— Je vous en prie. L'ensemble du Centre médical Cedars-Sinaï vous souhaite une excellente visite.

Sourire charmeur et voix mielleuse tout droit sortie d'un téléphone rose. Elle tapota sur son clavier, signalant sans doute au service concerné l'arrivée imminente des policiers. Mike et Alison respectèrent ses consignes et parvinrent au bout du corridor, au quatrième étage, après avoir arpenté la passerelle fermée et vitrée qui enjambait le vide, offrant ainsi une vue panoramique sur l'avenue.

À hauteur d'un guichet, ils s'adressèrent à une autre hôtesse du même style que sa collègue, blonde cette fois-ci. Avec un sens du commerce et de l'accueil similaire, elle leur indiqua une porte sur la gauche : le bureau de Robert Straub, médecin et professeur.

À proximité, il y avait une salle d'attente où des personnes patientaient, dont deux femmes enceintes. L'une d'elles tenait une de ces grandes enveloppes blanches qui renferment des clichés médicaux. Comme pour le reste de la clinique, l'atmosphère du service de gynécologie-obstétrique se voulait soignée et apaisante. Coloris clairs et bien assortis. Mobilier simple et privilégiant le confort. Plantes vertes, climatisation et musique d'ambiance.

Kostas donna trois coups secs sur la porte.

— Entrez ! tonna une voix d'homme.

Ils pénétrèrent dans le bureau du médecin, dont le nom était inscrit sur une plaque fixée à la porte. Le docteur Robert Straub se trouvait assis derrière une longue table, où s'entassaient des piles de dossiers. Il les invita à prendre place en face de lui, désignant deux fauteuils :

— Bonjour. Installez-vous, je vous en prie.

La cadence des mots frappait par son énergie. *Le genre de type qui déteste perdre son temps*, se dit Michael. Le paparazzi détailla les lieux. Sol laqué, blanc. Bureau *design*, noir. Les murs, tableaux et bibelots affichaient systématiquement l'une ou l'autre couleur. Cette décoration léchée, déclinée en deux tons exclusifs, évoquait un échiquier géant.

— Bonjour. Merci de nous recevoir, dit Kostas.

Straub avait des allures de vieux beau. Regard bleu océan. Peau brune colorée aux UV. Stature athlétique. L'homme donnait l'impression de s'entretenir pour paraître plus jeune que son âge, soixante-quatre ans selon les recherches de Kostas. C'était le genre de bourgeois aisé comme L.A. en fabriquait des milliers, qui refusaient de vieillir et dilapidaient leurs dollars pour s'offrir une cure de jouvence permanente.

— Inspectrice Alison Kostas, police de Los Angeles, Section Spéciale Homicides, poursuivit l'assistante de Michael.

— Bonjour, docteur Straub, dit Mike.

Le gynécologue enchaîna avec une formule convenue :

— J'ai déjà tout expliqué à vos collègues.

— Oui, acquiesça Kostas, mais nous avons de nouveaux éléments, et nous devons vous poser quelques questions supplémentaires. Ce sera rapide.

Straub soupira. Les doigts de sa main droite pianotaient sur le bois de son bureau. Ses traits remaniés au bistouri semblèrent se détendre :

— Bien, je vous écoute. Vous avez cinq minutes.

Mike prit la parole :

— La mort du docteur Stephen Barr pourrait être liée à des événements remontant à plusieurs années. À 1996, exactement. Y a-t-il quelque chose qui vous vient à l'esprit ?

Straub parut réfléchir un court instant.

— Non, rien de spécial en 1996. On m'a déjà posé la question. J'ai travaillé avec Stephen pendant trente-cinq ans jusqu'à sa retraite. Toutes les années se sont globalement ressemblées. C'est un boulot qui rapporte, mais c'est répétitif.

— On a une date, ajouta Mike. Le 21 juin 1996.

— Le 21 juin 1996, réitéra Straub en murmurant.

Son front se plissa pendant quelques secondes.

— Là, comme ça, ça ne me dit rien du tout. Cela devrait être en rapport avec la clinique ?

— Pas forcément, non. On va poser la question à tous ceux qui l'ont côtoyé, et chercher aussi dans sa vie personnelle, expliqua Kostas.

— Essayez de réfléchir encore, intima Mike.

Le vieux médecin artificiellement bronzé soupira à nouveau et adressa un regard agacé au paparazzi. Michael vit dans ses yeux qu'il cherchait tout de même un minimum dans sa mémoire.

— Je suis désolé. Aucune idée. Comment voulez-vous qu'une date comme ça m'inspire quoi que ce soit ? C'est trop difficile. Il faudrait chercher dans ses archives, peut-être. Dans nos dossiers ou dans ses agendas, s'il les a conservés. C'est dans cette paperasse qu'on peut retrouver quelque chose à partir d'une date.

Alison et Singer savaient parfaitement tout ça. Mais avoir accès à ces données n'était pas à leur portée pour l'instant. Ils n'étaient que de faux policiers, ce que Straub ignorait.

— Je comprends, dit Mike.

— Il y a tout de même Theresa, précisa Straub, comme pour lui-même.

— Qu'est-ce que vous voulez dire ?

— Oui, pardon : Theresa Montserra, une infirmière du service. Elle est avec nous depuis 1988 ou 1989. Elle serait bien mieux placée que moi pour se souvenir de ce genre de choses.

— Pourquoi ?

— Une vraie pipelette. Rigoureuse dans son travail, mais toujours en train de tout commenter, de tout vouloir savoir dans cette clinique. Vous devriez l'interroger. Attendez un instant.

Il décrocha son téléphone.

— Theresa. Venez dans mon bureau, s'il vous plaît.

Ses sourcils s'arquèrent.

— Oui, tout de suite, s'il vous plaît, ajouta Robert Straub, une note d'impatience dans la voix.

Il reposa le combiné.

— Elle arrive, dit-il.

Une minute plus tard, le temps que Straub jette à deux reprises un regard à sa montre sans piper mot, une Latino-Américaine d'une cinquantaine d'années poussa la porte après y avoir toqué. Michael estima qu'elle ne devait pas être loin de la retraite. La peau de son visage exhibait de nombreuses rides.

— Entrez, Theresa, je vous en prie, la pressa le médecin.

Elle approcha. En dépit de son air usé, elle portait une tunique blanche impeccable. Une forte odeur de cigarette l'accompagnait. Un tabagisme sans doute à l'origine, en partie, de sa peau terne et abîmée.

— Bonjour, madame. Bonjour, monsieur, dit-elle.

Mike et Alison lui rendirent son salut.

— Ces personnes sont de la police, continua Straub. Ils enquêtent sur Stephen et pensent que sa mort pourrait être liée à un événement survenu le 21 juin 1996. Est-ce que ça vous rappelle quelque chose ?

— Le 21 juin 1996...

Ses yeux roulèrent dans leurs orbites pour finalement se figer en direction du plafond.

— Comme ça, non... Je ne vois rien de spécial, dit Theresa.

Elle parlait avec un accent mexicain prononcé.

— Vous êtes sûre ? lança Straub.

Elle laissa passer quelques secondes.

— Je ne me rappelle pas.

L'obstétricien soupira et se crispa dans son siège en cuir.

— Vous vous souvenez toujours de tout, même de ce qui est inutile, mais quand on a besoin de vos souvenirs, il n'y a plus personne.

Il la toisait, irrité. Il jeta un nouveau regard à sa montre.

— Je suis désolée, docteur, souffla Theresa.

Puis elle baissa les yeux, honteuse, seule face aux trois personnes assises dans leurs fauteuils. Mike réalisa à cette occasion que Robert Straub avait tout du connard intégral. Le genre d'homme à ridiculiser sans vergogne son personnel devant des inconnus.

— Bien, reprit le médecin. Vous pouvez partir, Theresa. Si quelque chose vous revient, pensez à m'en parler.

Elle quitta le bureau. Straub, déjà debout, s'adressa à Singer et à Kostas, signifiant que l'entretien s'achevait :

— Laissez-moi vos cartes, je vous appellerai au besoin.

— Ce ne sera pas nécessaire, dit Kostas. Nos services vous contacteront très bientôt. Restez à la disposition de la police et ne quittez pas l'État de Californie.

Le ton était cassant, directif et n'appelait aucune réponse. Alison se faisait plaisir et se lâchait sur le toubib, qui eut un bug pendant une seconde. Comme Mike, elle avait peu goûté à sa démonstration de force vis-à-vis de l'infirmière. Robert Straub déglutit avec peine. Puis il reprit un peu d'assurance :

— Qu'est-ce que vous voulez dire ?

Kostas le renvoya dans les cordes :

— Cela signifie que nous ne privilégions aucune piste. Donc, pour nous, tout le monde est suspect. Vous y compris. La police s'intéresse à votre cas, docteur. Gardez bien ça en tête.

Le médecin resta scotché, les yeux plus élargis que jamais. Il ne sut que rétorquer.

— Au revoir, docteur, conclut Kostas.

— À très bientôt, ajouta Mike en le perforant du regard.

Ils se levèrent et quittèrent la pièce. Ils suivirent le chemin inverse sans s'égarer dans le dédale des couloirs. Kostas était dotée d'un sens de l'orientation imparable. Un unique trajet à l'aller, même complexe et emprunté rapidement, lui suffisait pour savoir comment le reproduire au retour, à pied comme en voiture. Un véritable GPS.

— Quel trou du cul !, lâcha-t-elle tandis qu'ils sortaient de l'hôpital et se dirigeaient vers le parking.

— Un fumier. Et je déteste ces vieux riches qui font des UV à outrance.

Ils marchèrent jusqu'au Q7 que Mike déverrouilla à distance. L'air conditionné ne serait pas de trop, le soleil les assommait. Tandis qu'ils grimpaient dans le SUV, une voix qu'ils connaissaient les interrompit :

— S'il vous plaît !

Ils se tournèrent en direction de celle qui les interpellait : Theresa Montserra.

— S'il vous plaît, attendez ! répéta-t-elle.

L'infirmière les rejoignit.

— J'ai quelque chose à vous dire.

Mike la mit à l'aise, décelant de l'anxiété dans sa voix.

— Pas de souci, madame Montserra. Montez à l'arrière du véhicule, si vous le voulez bien, nous serons plus au calme.

Elle s'exécuta :

— Merci.

Sa tension parut s'amenuiser quand ils se retrouvèrent à l'abri des regards, dans l'habitacle. Kostas s'adressa à elle sur un ton aimable :

— Vous vous souvenez de quelque chose, finalement ?

— Je m'en souvenais déjà tout à l'heure.

— Vous n'avez pas osé parler ?

— Non. Le docteur n'aurait peut-être pas aimé que je parle de ça. J'avais peur qu'il ne me le reproche après. Et puis, j'étais impressionnée par vous deux, je ne savais pas quoi faire. C'est allé trop vite.

Son accent mexicain saillait à chacun de ses mots.

— Ça ne pose aucun problème. Nous pouvons parler, maintenant.

Michael enchaîna :

— Alors, que savez-vous ?

— Je me souviens bien de ce qui est arrivé le 21 juin 1996 comme si c'était hier. C'était un vendredi soir. Il devait être 18 h 30 et j'étais de permanence. Une femme est arrivée dans une ambulance, son mari suivait en voiture. Elle allait accoucher.

— Elle était suivie au Cedars-Sinaï ?

— Oui, mais elle n'en était qu'à la fin de la vingt-septième semaine. On ne l'attendait pas si tôt.

— Que s'est-il passé ?

— Le docteur Barr était d'astreinte. Il a été appelé par l'interne, comme le prévoit le protocole. En fonction de la situation et du profil de la patiente, le médecin d'astreinte se déplace ou non pour assurer les soins ou l'accouchement. Là, il ne s'est pas déplacé.

— Il aurait dû ? demanda Alison.

Theresa s'agita sur la banquette, embarrassée.

— Oui et non. Il pouvait laisser l'interne s'en occuper, mais il pouvait aussi se déplacer, comme le font la plupart des chirurgiens quand il y a des risques de complications. Là, on a su après qu'il était avec sa femme à un dîner et qu'il avait préféré laisser le jeune médecin se débrouiller.

— Et ça s'est mal passé, devina Mike.

— Très mal. L'interne a fait ce qu'il a pu, mais il manquait d'expérience. Seule la mère s'en est sortie. Le docteur Barr a traîné cette affaire derrière lui pendant des mois. Il y a eu une enquête, mais pas de procès, car le protocole avait été respecté. On a conclu à un accident lié à la naissance prématurée, même si tout le monde à la clinique savait que ça aurait pu mieux se passer s'il était venu lui-même.

Singer eut l'impression que l'infirmière allait se mettre à pleurer. Elle semblait revivre cette histoire réellement, des années plus tard.

— Barr a donc eu la mort d'un enfant sur la conscience jusqu'à la fin de sa carrière. Comment a-t-il géré ça ?

— Deux, répondit Theresa.

— « Deux » ? Je ne comprends pas, observa Alison.

— Il a eu deux morts sur la conscience.

— Vous avez bien dit que la mère avait survécu ?

— Oui. Elle s'appelait Helena Smith, je m'en souviens. Elle a survécu et n'a même pas gardé de séquelles. Mais elle n'attendait pas qu'un seul bébé.

Mike et Alison échangèrent un regard, comprenant qu'une avancée majeure venait de survenir. Puis, de grosses larmes glissèrent sur les joues de Theresa.

— Elle était enceinte de jumelles, finit-elle par dévoiler.

CHAPITRE 25

421 East Bay State Street, Alhambra, Californie
Mardi 28 juin 2016, 10 h 55

Leon Nash se renversa dans son fauteuil et expira longuement la fumée de son joint. Il commençait à fatiguer après une nuit passée à se concentrer sur les recherches commandées par Michael et Alison. Il allait bientôt se glisser sous les draps, ce qu'il faisait généralement vers midi. Il attendait seulement la venue de ses amis pour faire le point avec eux, comme prévu.

Un instant plus tôt, ils l'avaient appelé en lui indiquant qu'ils tenaient peut-être une piste pour la date du 21 juin 1996. Une infirmière s'était souvenue d'un événement. De son côté, Leon avait exhumé la biographie de Stephen Barr. Enfance. Adolescence. Vie professionnelle. Mariage. Famille. Engagements. Loisirs. Peu de choses manquaient. Et Leon avait lui aussi déterré un fait marquant remontant à cette date.

L'interphone sonna. *Mike et Alison.* Leon se traîna jusqu'au vestibule, ouvrit et laissa la porte entrebâillée pour ne pas avoir à se relever une fois son poste regagné. Ses invités pénétrèrent dans le bureau une minute après, tandis qu'il finissait sa partie de *Tetris*. Il aimait les classiques du jeu vidéo des débuts de l'ère informatique, assumant son décalage avec les nouveaux concepts comme la réalité augmentée et son jeu révolutionnaire *Pokémon Go*, qui sortirait bientôt et dont tout le monde parlait déjà.

Ils se saluèrent et le tandem prit place sur le canapé. Le *hacker* s'amusait de la tenue de Mike. Par le passé, le paparazzi ressemblait à ce qu'on appelait un *hipster*. Il portait une barbe taillée au millimètre, des vêtements de marques aux tons bien assortis ainsi qu'une chevelure dense et finement structurée.

À présent, l'ensemble était beaucoup plus approximatif. Mal rasé. Cheveux tirés vers l'arrière et retenus par un serre-tête. Vêtements corrects, mais sans originalité. Leon connaissait l'origine de ce relâchement soudain. L'année précédente, Singer avait frôlé la mort. Un tueur qu'il poursuivait avait failli réussir à l'éliminer en l'attaquant dans sa maison de West Hollywood. Cet épisode avait agi comme un électrochoc, un brutal rappel à l'ordre grâce auquel Mike délaissait de plus en plus la superficialité. Leon savourait cette évolution : Michael, dont le bon fond ne faisait pas de doute, se retrouvait petit à petit.

— J'ai trouvé un truc pour le 21 juin 1996, annonça le rasta. Sûrement la même chose que vous.

Mike se redressa, l'œil intéressé :

— Les jumelles mortes à la naissance ?

— Oui, valida Leon en hochant le menton.

— Tu as beaucoup d'informations à ce sujet ?

— Oui, j'ai pu récupérer pas mal de choses, mais il en manque. Dans les années 90, tout n'était pas informatisé, et, si personne n'a numérisé les dossiers, ça reste inaccessible en *hacking*.

Kostas enchaîna :

— L'infirmière qu'on a rencontrée s'est souvenue du nom de la femme admise au Cedars-Sinaï ce soir-là.

— Helena Smith ?

— Oui, Helena Smith, confirma Kostas. On ne sait pas grand-chose de plus. Barr n'a pas pris la peine de se déplacer pour s'occuper de cette patiente. Il était d'astreinte, mais rien ne l'obligeait à venir, même si les accouchements de jumeaux prématurés peuvent être délicats. Il a laissé un interne se démerder et la femme a perdu les jumelles dans la bataille. En gros, c'est ce qu'on a.

Leon saisit un tas de feuilles posé à proximité de son imprimante et chercha ce qui l'intéressait :

— J'en sais un peu plus. J'ai pu accéder à des archives policières qui relatent les constatations du LAPD.

— On t'écoute, dit Mike.

— La patiente, Helena Smith, a perdu les eaux – ainsi que du sang – vers 17 h 45. Son mari, Samuel Smith, a appelé une ambulance et Helena a été admise à 18 h 27 à Cedars-Sinaï. Elle a donné naissance par césarienne à deux filles : Emily, née à 19 h 32, et Madison, née à 19 h 33. Des prématurées.

— Jusque-là, tout allait bien ? interrogea Alison.

— Non. Les deux bébés ont été pris en charge en urgence par une équipe de réanimation néonatale. Emily, la première jumelle, a été intubée, puis est morte à 20 h 12 par manque d'oxygène. Madison, la seconde, souffrait d'une hémorragie cérébrale. Le cerveau était gravement touché et il n'y avait plus rien à espérer. Le personnel médical a constaté son décès à 23 h 45.

Kostas prenait des notes sur un calepin. Elle demanda :

— Barr n'est pas venu de la soirée ?

— Non. Il n'est venu à la clinique que le lendemain matin, et s'est senti complètement merdeux quand il a compris ce qui s'était passé. Les jours et les semaines qui ont suivi, les gens ont beaucoup parlé dans son dos. Quelques médias se sont intéressés à l'affaire, mais ça n'est pas allé plus loin. L'enquête interne et les investigations policières ont établi qu'il n'y avait pas eu faute professionnelle. Mais le personnel et les parents, surtout, en ont voulu à Stephen Barr de ne pas être venu épauler son jeune collègue.

— Même vingt ans plus tard, ça pourrait constituer un excellent mobile, énonça Michael.

— Peut-être, dit Leon. Pour ce qui est des parents, je dois encore pousser les recherches. Si vous voulez que je continue dans cette direction, dites-le-moi.

— Tu as quoi, sur eux ?

Leon attrapa ses feuilles et les fit défiler sous ses yeux, son joint calé au coin de la bouche.

— Alors..., commença-t-il.

Le rasta tira une grosse bouffée, puis il posa le joint dans un cendrier avant de se lancer :

— Le père s'appelle Samuel Smith. Nom complet, Samuel Harry Smith, né le 21 décembre 1969 à Los Angeles. Classe moyenne noire. Ses parents s'appelaient Andrew Smith et Shyann Thompson, nés respectivement en 1938 et 1941, aujourd'hui décédés. Il a un frère, nommé Sonny Smith, né en 1971, qui travaille comme agent immobilier et vit à Sylmar. Samuel Smith a divorcé de sa femme en 1998, soit deux ans après la perte de leurs jumelles. Ils n'ont pas eu d'autres enfants. La dernière adresse que j'ai identifiée pour lui est le 641 Nectarine Street, à Inglewood, entre 2009 et 2012. C'est une maison toute simple, dans un lotissement.

— Il y habite toujours ? Il vit seul ?

— Cette adresse n'a jamais été officiellement attribuée à Samuel Smith. Le propriétaire s'appelle Jacob Stevens, un célibataire d'une soixantaine d'années, et il semblerait qu'il y habite depuis plus de vingt ans. J'ai retrouvé de nombreuses factures à ce nom-là, étalées dans le temps. Mais depuis 2012, il n'y a plus trace de Smith en rapport avec le 641 Nectarine Street. Peut-être qu'ils y vivaient tous les deux à cette période et que Stevens s'occupait de tout...

— Tu pourrais chercher plus de renseignements ?

— Je peux, mais, le mieux et le moins cher pour vous, ce serait d'aller sur place pour récupérer l'information à la source. Sinon, j'ai isolé d'autres adresses moins récentes. Jusqu'au divorce, il a vécu avec sa femme dans le quartier de Rancho Park, au 2253 Linnington Avenue. Après, ils ont vendu la maison, et lui s'est installé dans un appartement à Hollywood jusqu'en 2005, sur Franklin Avenue. Entre 2005 et 2009, je ne sais pas. Puis, c'est cette adresse à Inglewood qui ressort.

Mike eut l'air étonné :

— Donc, dans l'ordre, ça donne Rancho Park, Hollywood et Inglewood.

— Oui.

— Il a baissé en gamme au fil des années, commenta Kostas.

Le *hacker* confirma :

— On peut dire ça. On a d'abord une maison luxueuse à Rancho Park, un quartier huppé. Puis un appartement correct, sans plus, à Hollywood. Et pour finir, une baraque quelconque à South Central, au milieu de la zone et des gangs.

— Il faudrait qu'on enquête là-dessus, dit Kostas. Curieuse évolution. Et sur sa femme ?

— Helena Smith. Née Helena Hannah Anderson à Glendale, le 12 mai 1973. Issue, comme son mari, de la classe moyenne afro-américaine. Ses parents, Michael Anderson et Lola Jamison, sont nés en 1953 et 1954. Toujours en vie. Elle est l'aînée d'une fratrie de six enfants. Tous ont de bonnes situations. Elle a vécu entre 1998 et 2001 à Pasadena, au 996 Michigan Avenue, avec son nouveau compagnon, un avocat d'affaires noir de nationalité anglaise. Il s'appelle Donovan Goodis. Elle vit en Europe depuis, en Angleterre, avec lui.

— Elle fait quoi, comme job ?

— Avocate d'affaires, comme son mari. Ils se sont mariés en 2003. Ils ont trois enfants et vivent dans le quartier de Chelsea, à Londres.

— Et Samuel Smith, il fait quoi comme boulot ?

— Juriste spécialisé en droit pharmaceutique. J'ai peu d'informations sur son activité après 2004. Il a bossé pour Novartis, un laboratoire suisse, jusqu'en 1999. Il a ensuite été embauché par une boîte américaine, le fabricant du Viagra, Pfizer. Il a travaillé sur le lancement de ce médicament, puis a été licencié en 2004.

— Pourquoi ?

— Insuffisance professionnelle, ou un truc dans le genre. Après cette date, il n'y a plus aucune trace de Smith dans le milieu de l'industrie pharmaceutique.

— C'est comme s'il avait décroché professionnellement et socialement au fil du temps, conclut Kostas.

— Ça y ressemble, oui, fit Michael.

Le paparazzi se redressa sur le canapé et annonça son plan de bataille :

— On va aller rencontrer le frère de Samuel Smith, ce Sonny Smith. Lui pourrait nous rencarder sur son frangin et l'endroit où il vit. On va aussi appeler sa femme et lui poser la question. Il est quelle heure à Londres, en ce moment ?

Leon le renseigna en deux clics sur Internet :

— Plus huit heures. Il est donc 19 h 20 là-bas.

— Très bien, on pourra lui passer un coup de fil. Tu as ses numéros ?

Leon s'esclaffa :

— Oui. Pas difficile. J'ai son portable et son numéro professionnel.

— Parfait. On va prendre les informations sur Sonny Smith et Helena et te laisser tranquille. De ton côté, est-ce que tu peux continuer à avancer sur la localisation de Samuel Smith ?

Leon sentait la fatigue lui peser de plus en plus sur les épaules.

— Tu veux que je continue à chercher maintenant ? J'allais me coucher.

— Ce serait bien, oui. Les flics vont aussi avancer sur tout ça. L'histoire des jumelles de Smith ne leur échappera pas éternellement.

Leon soupira. La nuit qu'il venait de passer, courbé sur ses écrans, lui valait de sévères contractures cervicales. Il lui fallait s'allonger, reposer son corps endolori. Derrière sa *coolitude*, il y avait chez Leon une puissante routine et des gestes installés, auxquels il n'aimait pas déroger. Il joua la sincérité avec le journaliste :

— Désolé, Mike, je veux dormir un peu avant. Tu connais ma façon de bosser. Mais sois tranquille. À mon réveil, vers 18 heures, je m'y remets direct.

— Tu as raison, approuva Kostas. Reprends des forces. Ça va nous laisser le temps pour explorer ces deux axes : le frère de Smith et son ex-femme. On va refermer ces portes et réfléchir à l'enquête. Et on fera le point avec toi ce soir, quand tu t'y seras remis.

Mike hocha la tête d'un air approbatif et Leon valida :

— Nickel, on fait comme ça. Je suis sûr qu'on en saura plus ce soir.

Le *hacker* écrasa ce qui constituait son dernier joint de la journée, puis demanda :

— Vous avez une idée à propos de toute cette histoire ?

Alison l'éclaira :

— Ce Smith pourrait vraiment être mêlé à cette série de meurtres. On n'a aucune certitude, mais c'est une première piste sérieuse, et il faut la vérifier. Quand on aura son adresse, on ira à sa rencontre.

— Avec toutes les précautions, ajouta Mike.

— Sans alerter la police ? lança Leon.

Singer répondit :

— Pas pour ça. Les flics ont les mêmes éléments que nous. On a été honnêtes, on leur a tout donné. À eux d'assurer. Si on avance plus vite, tant pis pour eux. Et j'aime bien l'idée d'être plus efficace que la police.

— C'est un bon challenge, fit Kostas.

Leon comprenait leur point de vue. Ils surfaient sur une belle dynamique et on pouvait concevoir qu'ils veuillent tirer leur épingle du jeu dans cette affaire très médiatique.

— Si on devient riches avec cette enquête, tu ne seras pas oublié, ajouta Kostas.

Elle souriait en regardant le rasta et précisa :

— Tu pourras envoyer des dizaines de milliers de dollars aux pauvres de Jamaïque. Ils ne seront pas oubliés non plus. Tu peux nous aider en toute confiance, ça vaut le coup.

— Merci. J'aime ta grandeur d'âme !, s'amusa le *hacker*.

Puis, le duo se munit des renseignements nécessaires à la suite de leurs investigations. Kostas rangea les feuilles dans une chemise en carton et Leon les raccompagna, après avoir mis hors tension ses machines et équipements, qui se refroidiraient tranquillement jusqu'au soir avant de subir une nouvelle nuit de *hacking*.

Le cycle de sa vie. Leon Nash adorait ça.

Il referma la porte d'entrée derrière ses deux amis.

Puis il fila dans sa chambre et se laissa tomber sur son lit.

Il bascula aussitôt dans le sommeil.

CHAPITRE 26

421 East Bay State Street, Alhambra, Californie
Mardi 28 juin 2016, 11 h 52

Michael et Alison quittèrent le quartier de Leon et remontèrent sur plusieurs kilomètres Garfield Avenue, une voie large et monotone semblable à mille autres à Los Angeles. Au bout de celle-ci, ils continuèrent leur route sur Fair Oaks, identique, où se succédaient pêle-mêle terrains non bâtis, résidences collectives, pavillons, immeubles de bureaux, échoppes, stations-service ou supermarchés, le tout formant une mosaïque baroque, parsemée de palmiers jaunis par la canicule.

Enfin, ils suivirent un dernier axe, un peu plus étroit, jusqu'à atteindre une zone bordée de talus secs où affleurait la roche nue. C'est là qu'ils empruntèrent une entrée d'autoroute ceinte de zones en travaux, où pelleteuses et camions, ces monstres de métal, charriaient des gravats et de la terre ocre sous un soleil infernal. Le 4x4 franchit le gros échangeur de Pasadena, puis s'immisça dans le trafic de l'Interstate 210. Direction le nord. Direction les collines de Canyon Park. Direction Sylmar, derrière celles-ci, au fond de la vallée de San Fernando, où vivait et travaillait Sonny Smith, le frère de Samuel.

Quarante-cinq kilomètres au total.

— On va arriver vers midi et quart, il sera peut-être sorti déjeuner, remarqua Alison.

— Oui, c'est possible.

Mike laissa passer quelques secondes, puis annonça avec un air amusé :

— Je crois que je sais comment le faire rester. Prends mon portable et compose le numéro de l'agence où il bosse.

— Tu vas faire quoi ?

— Tu vas voir. Appelle le standard, pas la ligne directe de Smith.

Kostas s'exécuta. Elle rechercha l'information dans la chemise en carton et saisit le portable de Mike sur le tableau de bord. De son côté, il s'équipa d'une oreillette.

— C'est parti, annonça-t-elle en reposant l'iPhone.

— OK.

Une voix féminine résonna au bout d'une sonnerie :

— *Bonjour, Michael Abbott Company à votre écoute.*

— Bonjour, madame. Est-ce que M. Sonny Smith est là aujourd'hui ?

— *Tout à fait, monsieur. C'est de la part de qui ?*

— Écoutez, je suis très pressé. Dites-lui simplement que j'arrive d'ici une demi-heure et que j'ai pris ma décision. Je lui achète la maison !

— *C'est une très bonne nouvelle, monsieur. Qui dois-je annoncer ? Peut-être vaudrait-il mieux que je vous le passe directement ?*

— Non, non, inutile, je serai là bientôt. Dites-lui que j'arrive, je signe et je fais le chèque ! À tout à l'heure !

— *Mais... monsieur...*

Mike raccrocha, sourire aux lèvres. À côté de lui, Kostas s'esclaffa :

— Putain... Trop bon ! L'autre va se demander qui a téléphoné et n'osera jamais sortir pour aller déjeuner. Il aura trop peur de louper une vente.

— C'est le plan, ricana Mike.

— Et si l'agence te rappelle ?

— Impossible. Numéro masqué. On a juste à se pointer là-bas et, si on nous demande des explications, on dira qu'on n'a rien à voir avec cet appel.

— Excellent !

— C'est quoi, l'adresse de l'agence ?

— Le 12777 San Fernando Road.

Michael intégra les données dans l'ordinateur de bord. Le GPS calcula vingt et un kilomètres et dix-huit minutes restantes. Assez de temps pour faire le point sur ce qu'ils savaient de cet agent immobilier et préparer leur approche.

— Leon a trouvé quoi sur Sonny Smith ?

Alison parcourut sa liasse de feuilles.

—Il a bien boulonné, il a rassemblé pas mal de choses.

— Je t'écoute.

— Sonny Smith est né le 28 février 1971 à Los Angeles. Il a deux ans de moins que son frère. Il vit à Sylmar, au 12719 Rajah Street. C'est un pavillon en zone résidentielle. Il est divorcé. Il a deux enfants de huit et onze ans, qui vivent avec leur mère. Il a arrêté l'école à dix-huit ans et a tout de suite travaillé dans l'immobilier. Il est passé par plusieurs agences avant de racheter une franchise, Michael Abbott, en 2008. Il a trois employés, dont une secrétaire. Peut-être la personne que tu as eue en ligne à l'instant. C'était une femme ?

— Oui.

— Son *business* fonctionne. C'est une petite boîte, mais ils effectuent beaucoup de transactions et le chiffre d'affaires est bon. Il est lui-même propriétaire et a pas mal d'argent de côté.

— On sait des choses sur ses relations ? Ses habitudes familiales ?

— Rien sur ses liens avec son grand frère.

— Il y a une photo du type ?

— Plusieurs. Extraites de Facebook et Instagram. Il raconte sa vie, fait des *selfies* à gogo et donne dans le genre : « Regardez ma merveilleuse vie, mon argent, ma voiture, comme c'est la classe ! »

Mike pouffa :

— Si c'était le seul... Montre-moi une photo.

Elle lui présenta un cliché. Le paparazzi y jeta un coup d'œil rapide sans perdre la route des yeux. On y voyait Sonny Smith debout à côté d'un bolide gris métallisé, genre Porsche. Le gars mesurait environ un mètre soixante-dix. Il portait un costume de marque et quelques kilos en trop. Son style, son crâne rasé et sa moustache lui rappelaient un acteur dont le nom lui échappait. Il se tritura l'esprit quelques secondes, sans succès. Il avait pourtant déjà négocié des photos volées de ce comédien.

— Il ressemble au type qui joue dans *A Murder of Crows,* dit-il.

— Je ne connais pas.

— Si, le type qui a eu un oscar pour son rôle dans *Jerry Maguire*. J'ai vendu des photos de lui pour une bouchée de pain. Il n'est plus *bankable* et fait des téléfilms et du *direct-to-video*.

— Cuba Gooding Jr.

— C'est ça. Il lui ressemble, je trouve.

— Oui, assez, confirma Kostas.

Puis Mike recentra le débat :

— Bon, on la joue comme d'hab' ?

— Oui. C'est le plus efficace.

Michael et Alison procéderaient comme au Cedars-Sinaï quelques heures plus tôt. Ils se feraient passer pour des policiers en quête d'informations sur Samuel Smith. L'objectif de la rencontre était double. D'abord, tenter de préciser le profil et la biographie de ce mystérieux personnage, principal suspect dans leur affaire. Ensuite, plus pragmatiquement, réussir à le localiser, car aller au contact de l'homme faisait partie de leur stratégie.

Quelques minutes plus tard, ils progressaient sur San Fernando Road et se rapprochaient de leur destination. Ils s'enfonçaient dans Sylmar, un quartier majoritairement latino, situé tout au nord de la mégapole du Grand Los Angeles. Ce coin ne se distinguait du reste de la ville par aucun trait particulier ; ou peut-être, s'il fallait en retenir un, par sa propension à constituer la cible régulière de catastrophes telles que les séismes, les incendies et les écroulements d'autoroutes. Au fil des décennies, le sort n'avait pas épargné Sylmar, connu aussi pour son climat aride, ses parcs de mobile homes et ses plantations d'oliviers.

— Ça doit être ce centre commercial, là-bas, suggéra Kostas.

Elle pointait du doigt un parking bitumé de taille moyenne, en bordure d'avenue, où une poignée de voitures rôtissaient au soleil. Autour, en forme de L, s'alignaient des commerces de plain-pied aux enseignes bariolées. Pharmacie. Magasin de spiritueux. Épicerie. Entre un cybercafé et un *snack*, Michael repéra l'agence immobilière où travaillait Sonny Smith.

— C'est là-bas, au fond, dit-il.

Ils se garèrent et allèrent pousser la porte de la franchise Michael Abbott Company. Ils s'approchèrent d'un comptoir, derrière lequel ne se trouvait aucun personnel. Michael regarda sa montre : 12 h 18. L'employée devait être sortie déjeuner. Il observa la zone d'accueil, simplement décorée, propre et fonctionnelle, avec un espace d'attente sur un côté, agrémenté de plantes vertes et de fauteuils dans le style « metteur en scène ».

— Personne, mais c'est ouvert, fit remarquer Kostas.

Elle actionna le carillon installé sur le comptoir. Peu après arriva celui qu'ils identifièrent aussitôt comme étant Sonny Smith. Il arborait en effet un petit air de Cuba

Gooding Jr et portait le même genre de vêtements que sur les photos de Facebook. Costume bien coupé Hugo Boss. Visage amical, avec un zeste d'orgueil qui y perçait. Montre de luxe – une Rolex, analysa Michael. Malgré tout, l'expression qui prédominait sur ses traits était la curiosité, mêlée peut-être à de l'incompréhension.

— Bonjour, lança Sonny Smith.

— Bonjour, monsieur, répondit Mike.

Kostas allait enchaîner pour faire les présentations, mais l'agent immobilier la devança :

— Je suis Sonny Smith, directeur de l'agence. C'est vous qui avez téléphoné tout à l'heure à propos d'un bien qui vous intéresse ?

— Pas du tout, rétorqua Michael, qui s'amusait intérieurement.

— Vous êtes sûr ?

Smith fronçait les sourcils.

— Absolument, intervint Alison. Je suis l'inspectrice Kostas, du LAPD. Et voici mon équipier, l'inspecteur Singer. Section Spéciale Homicides. Nous travaillons sur une série de meurtres et nous avons quelques questions à vous poser. Notre visite n'a rien à voir avec un projet immobilier.

— Ah..., fit-il, masquant difficilement sa déception.

L'évocation d'une série de meurtres ne le troublait pas du tout. Au contraire, c'était l'idée de ne pas gagner d'argent qui l'affectait. Le directeur de l'agence immobilière avait vraiment cru que l'un de ses clients, omettant de se présenter, s'était enfin décidé et voulait précipiter son achat. Malheureusement pour Smith, rien de tel n'allait se produire. Un mirage.

— On peut vous voir un instant en privé ? demanda Mike.

— Oui, suivez-moi, dit-il, l'air détaché.

Ils pénétrèrent dans un bureau à l'arrière de l'agence. Climatisé. Parfaitement rangé. Des colonnes de dossiers, classés à l'équerre, se dressaient le long des murs. Dans un angle, on avait installé un espace salon accueillant avec table basse, mini-réfrigérateur et cafetière. Michael perçut des fragrances d'arabica, qui embaumaient l'air.

— Installez-vous, proposa Smith.

— Merci, répondirent-ils à l'unisson.

— Un café, un thé ou une boisson fraîche ?

L'agent immobilier se révélait plus affable que Mike ne l'aurait pensé.

— Rien pour moi, dit Kostas.

— Je veux bien un café.

Mike ne pouvait résister à cette bonne odeur qui titillait ses narines. Sonny Smith, tout en lançant la préparation, sembla oublier sa déception pour réaliser que des enquêteurs de la brigade criminelle se trouvaient dans son agence.

— Qu'est-ce que je peux faire pour vous aider ? demanda-t-il.

Il apporta sa tasse à Mike et prit place en face d'eux, dans le fauteuil situé de l'autre côté de la table basse. Il fronçait toujours les sourcils, la mine contrariée. Kostas expliqua :

— Nous avons besoin de renseignements sur votre frère, Samuel Smith.

Sonny ouvrit grand les yeux.

— Samuel ? Euh...

Il y eut comme un moment de flottement.

— Eh bien, monsieur Smith, un problème ? s'enquit-elle.

Le Black avala sa salive et dit :

— Si je m'attendais à ça... Ça doit faire quatre ou cinq ans que je n'ai plus de nouvelles de ce pauvre Sam. Il ne fait plus partie de ma vie. Je le déplore, d'ailleurs.

Mike soupira. Cela débutait mal.

— Vous n'avez aucune idée de son domicile actuel ? interrogea-t-il.

— Non. J'ai fini par perdre sa trace. De toute façon, je crois que c'est ce qu'il voulait. S'isoler du monde, même de sa famille.

Kostas reprit :

— Pourquoi dites-vous « ce pauvre » Sam ?

— Parce que sa vie a été parfaite pendant des années. Puis il a commencé à sombrer du jour au lendemain à cause d'un tragique événement.

— Nous avons déjà réuni des informations. Vous faites allusion à la perte de ses enfants ?

— Les jumelles, oui. Cette histoire l'a complètement détruit.

La thèse de la descente aux enfers se trouvait renforcée par ces déclarations. Michael les accueillait avec satisfaction, car elles étayaient le scénario qu'il privilégiait, celui d'un homme meurtri, fou de douleur, perturbé au point de verser dans la psychose.

— Racontez-nous, dit Alison.

— Quoi, précisément ?

— Tout. Il faut qu'on apprenne un maximum de choses sur votre frère.

— D'accord. Mais… est-ce que je pourrais savoir pourquoi vous vous intéressez à lui ?

Le paparazzi répondit :

— On ne peut pas entrer dans les détails. Vous devez seulement savoir que votre frère pourrait être un témoin majeur dans une affaire de meurtres en série. Nous devons recueillir son témoignage dès que possible.

Sonny desserra le nœud de sa cravate, mal à l'aise. Kostas reprit :

— Commençons par le début. Où avez-vous grandi ? Comment ça se passait ?

— On habitait avec nos parents, à Encino. On a eu une enfance normale, heureuse… Je ne vois pas ce que je pourrais vous dire de plus… On a vécu sous le même toit jusqu'à ce qu'on quitte la maison. J'ai eu mon propre appartement à dix-huit ans. Sam est parti plus tard, à la fin de ses études de droit.

— Il a rencontré sa femme à l'université ?

— Oui. Helena et lui se sont rencontrés pendant leur dernière année. Ils se sont mariés juste après et ont décroché deux très bons jobs. Ils ont acheté une maison sur Westside. Sam était conseiller juridique dans un laboratoire pharmaceutique et Helena avocate spécialisée en droit des sociétés. Ils se faisaient un max d'argent.

— Qu'est-ce que vous savez de la mort de leurs jumelles ?

— Les gamines étaient prématurées, elles sont mortes le soir de leur naissance. Sam ne s'en est jamais relevé. Leur couple a tellement souffert qu'ils ont divorcé deux ou trois ans après. Helena n'arrivait pas à retomber enceinte et Samuel ne l'acceptait pas. Il s'est mis à boire et Helena est partie le soir où il a commencé à la frapper. Elle a passé une nuit à l'hôpital.

Michael avait branché sa GoPro, fixée autour de son cou, et enregistrait l'entretien. Smith lorgnait par intermittence l'objectif, visiblement gêné, mais n'osait pas protester.

— Vous avez entendu parler de ce médecin qui n'est pas venu s'occuper d'Helena ?

— Bien sûr. Sam et Helena ont toujours considéré qu'il était responsable du désastre, mais je crois que ça n'aurait rien changé. La police et l'enquête interne n'ont pas relevé d'anomalies. Je crois plutôt que ce toubib était tellement détesté que le personnel en a profité pour le charger. En tout cas, Helena et Sam le haïront jusqu'à la fin de leur vie, j'en suis sûr. Surtout Sam.

— Pourquoi dites-vous ça ?

— Parce que, pendant les années qui ont suivi, il n'a jamais arrêté d'en parler. Pas tout le temps, bien sûr, mais le sujet revenait souvent. Il fallait qu'il trouve un responsable à son malheur. Un bouc émissaire. Ce toubib a concentré toute sa haine.

— Votre frère était naturellement violent ?

— Pas du tout. Ce drame a bousillé sa vie, je vous dis. Ça l'a transformé. Il était doux, gentil, intelligent. Il n'aurait jamais fait de mal à quiconque avant ça.

— Il a continué à boire après le départ de sa femme ?

— Oui. En plus, Helena avait un amant. Un collègue avocat de son cabinet. Ils se sont mariés après le divorce. Quand elle a plaqué Samuel, il est devenu dingue. Il a bu comme un trou et a perdu son travail. J'ai cru qu'il allait s'en sortir, car il en a retrouvé un autre assez vite, mais sa vie a continué à partir en vrille. Il a de nouveau été licencié. Le temps a passé et il s'est de plus en plus marginalisé.

— Ça explique ses déménagements successifs.

— Oui. La dernière fois que je l'ai vu, il louait une maison à South Central. Il picolait toujours et n'avait pas de travail. Il vivait sur le pécule qu'il avait amassé au début de sa carrière. Il ne doit plus lui rester grand-chose maintenant. S'il est encore en vie.

— C'est lui qui a coupé les ponts ?

— Je ne le voyais que deux ou trois fois par an. Un jour, je suis passé et il n'habitait plus là-bas. Il ne répondait plus au téléphone. Sur la fin, il était même suicidaire.

Mike intervint :

— Vous n'avez pas entrepris de recherches ?

Le ton fleurait presque le reproche. Smith ne réagit pas :

— J'ai posé des questions dans le voisinage, j'ai continué à essayer de lui téléphoner, mais pas plus. On ne se voyait presque plus depuis dix ans, il ne voulait plus entendre parler de moi et il me le faisait comprendre. Il ne s'est jamais relevé de ce qui lui est arrivé et il a voulu s'isoler, c'est comme ça que je vois les choses. Je ne sais pas où il est aujourd'hui. Comprenez bien que j'ai fait tout ce que j'ai pu pour l'aider pendant presque quinze ans. J'ai abandonné quand il a disparu.

— La dernière adresse connue de votre frère est le 641 Nectarine Street, à Inglewood. C'est une maison individuelle. Ça vous dit quelque chose ?

— Oui. Nectarine Street, je me souviens. C'est à cette adresse qu'il louait une maison. C'est là-bas que je l'ai vu pour la dernière fois, ça devait être en 2012. Pendant l'été.

On sentait à sa voix combien Sonny regrettait l'absence de son frère. Singer jeta un coup d'œil parmi les documents que Kostas avait étalés devant elle. Il demanda :

— Jacob Stevens, ça vous dit quelque chose ?

Sonny Smith plissa les yeux, réfléchissant pendant deux ou trois secondes.

— Jacob Stevens... Non, rien. Qui est-ce ?

— C'est le propriétaire de cette maison. Votre frère l'a louée de 2009 à 2012, mais au-delà de cette date on n'a plus rien. Et son ex-femme, Helena, vous avez encore des nouvelles ?

— Aujourd'hui, non. Mais à l'époque, un peu. C'était Sam qui m'en donnait, il continuait à lui téléphoner de temps en temps. Au fond, je crois qu'il a toujours espéré la reconquérir, mais elle avait refait sa vie. Pendant les mois qui ont suivi le divorce, il l'appelait sans arrêt.

Du harcèlement. Les flics étaient même venus chez lui pour lui demander des comptes.

— Qu'est-ce que vous savez sur elle ?

— Sam m'avait dit qu'elle avait des enfants et qu'ils vivaient en Europe. À Londres, je crois. Il m'avait dit aussi qu'elle revenait régulièrement à Los Angeles pour voir sa famille.

— Elle acceptait de lui parler après les violences conjugales et le harcèlement ?

— Il faut croire que oui.

Sonny fit une pause, avant de préciser :

— Helena est une femme bien, une humaniste. Je suis content qu'elle ait pu refaire sa vie, elle le mérite. Les derniers temps avec Sam ont été un enfer. Vous avez essayé de la joindre ? Elle pourra vous parler de lui et vous donner plus de détails.

— Est-ce que vous avez des photos de votre frère ?

Sonny eut l'air étonné.

— Chez moi, dans des cartons, j'ai les photos de notre enfance, oui. Mais rien de récent... Ah si ! j'en ai peut-être une ou deux faites avec mon portable. Mais ça doit remonter à dix ans facilement...

— Vous les avez ici ?

— Oh non, il faudrait que je cherche chez moi. Ça doit être sur l'un de mes anciens PC.

Kostas lui tendit une carte de visite – une fausse, là aussi, mentionnant une qualité d'inspectrice de police qui n'avait plus cours depuis longtemps – et lui indiqua :

— Cherchez ce soir, s'il vous plaît, et envoyez-nous ce que vous trouvez à cette adresse mail.

— D'accord. Je m'en occuperai cet après-midi, je ne travaille pas.

— Est-ce que vous vous souvenez de quelque chose qui pourrait nous aider à le retrouver ?

Il prit un air sceptique :

— Là, tout de suite, je ne vois pas.

— Des habitudes, des connaissances, des loisirs qui permettraient de le localiser ?

— Non... Mais je vais y réfléchir... Je vous avoue que ça me fait un drôle d'effet de parler de Sam après tout ce temps. Plus personne ne l'évoque dans mon entourage. Nos parents sont morts et ils étaient sa seule famille avec moi.

Mike l'interrogea sur lui :

— Et vous, quelle est votre situation familiale ?

— Je suis divorcé depuis six ans. J'ai deux enfants, Robert et Cindy, qui ont huit et onze ans. Et j'habite à Sylmar, sur Rajah Street, dans notre maison d'origine. C'est moi qui l'ai gardée. Dana et les enfants vivent à Sun Valley.

— Bien, dit Mike. Est-ce que tu vois autre chose ? demanda-t-il à Kostas.

— Pas pour le moment, non.

Michael se leva. Sonny Smith et Alison l'imitèrent. Tandis qu'ils se tenaient tous les trois debout autour de la table basse, l'agent immobilier les interpella :

— Dites... Est-ce que je peux vous poser une question ?

— Allez-y, dit Singer.

— Est-ce que vous pourriez me dire exactement pourquoi vous recherchez Sam ?

Le paparazzi se laissa un instant pour réfléchir. Devait-il le mettre au courant ? Il pesa le pour et le contre, puis conclut que placer Smith face à ses responsabilités pourrait l'inciter à s'impliquer davantage pour les renseigner. Il répondit par une question :

— Vous regardez les infos à la télé ?

— Un peu, pas trop. Je travaille beaucoup.

— « L'homme en noir », ça vous parle ?

Sonny sortit un paquet de cigarettes de sa poche de costume et en alluma une. Il n'avait pas fumé jusqu'à présent. Comme à chaque fois, l'odeur du tabac rappelait à Mike de délicieux souvenirs. Ses synapses lui envoyaient des signaux pour lui signifier combien il avait aimé ça. Heureusement, ce fourmillement nostalgique s'évaporait après une ou deux secondes.

— « L'homme en noir », non, ça ne me dit rien, annonça Sonny. Qui est-ce ?

— Ou « le Tueur de jumelles », peut-être ? proposa Alison.

Le regard de Smith s'illumina tandis qu'il aspirait une bouffée :

— Ah oui ! ce dingue qui a tué des jumelles, j'en ai entendu parler !

Et, presque dans le même temps, il fit le lien, ouvrant grand les yeux :

— Non... Vous ne croyez quand même pas que c'est...

— Si, confirma Mike. C'est un suspect sérieux.

L'autre encaissa la nouvelle, pareille à un puissant uppercut.

— Vous... Vous en êtes sûr ?

Il tira longuement sur sa cigarette. Sa main tremblait.

— Oui, dit Kostas. Ces assassinats visant des jumelles pourraient être liés au passé de votre frère, comme s'il avait décompensé mentalement. Vous connaissez son histoire. Il a peut-être développé une psychose.

Sonny Smith ne trouva rien à répondre. Mike reprit :

— Vous comprenez donc combien il est important de nous aider. Si vous vous souvenez de quelque chose ou si vous obtenez des renseignements permettant de localiser votre frère, il faut nous appeler.

Smith opina, l'air peiné. Kostas conclut :

— Et essayez de voir le bon côté des choses. Vous vous demandiez si votre frère vivait toujours. Eh bien, il y a de très bonnes chances pour que ce soit le cas. On compte sur vous.

CHAPITRE 27

12777 San Fernando Road, Sylmar, Los Angeles, CA
Mardi 28 juin 2016, 13 h 16

Mike et Alison avaient regagné le SUV. Autour d'eux, il n'y avait pas grand monde pour se promener dans ce petit centre commercial, perdu le long d'une morne avenue. Le ciel d'été ne parvenait pas à briser cette langueur typique des banlieues immenses de Los Angeles. C'était comme un désert pharaonique, avec la même touffeur, le même soleil cruel, les mêmes montagnes inaccessibles au lointain, où le sable et les dunes auraient cédé l'espace au bitume et aux constructions.

Le paparazzi saisit son Thermos dans la boîte à gants et servit deux gobelets de café. Il les déposa ensuite sur le support à verres du tableau de bord. Puis il exposa le programme :

— On va enchaîner directement avec l'ex-femme. Il est quelle heure à Londres ?

— Leon a dit qu'il fallait ajouter huit heures. Ça fait un peu plus de 21 heures.

— Parfait, pas trop tard. Elle devrait pouvoir nous répondre.

— Tu me laisses faire ?

— OK, approuva Mike.

— J'annonce la couleur d'entrée ? C'est plus efficace.

— Je crois aussi. Allons-y.

Le paparazzi brancha son iPhone sur son PC portable, ouvert sur ses genoux. Il lança un logiciel qui permettrait d'enregistrer la conversation. Ils pourraient suivre l'échange en direct à partir des haut-parleurs, et Kostas n'aurait qu'à parler sans se soucier du téléphone grâce au micro intégré à la machine.

— J'envoie l'appel, dit Alison en composant le numéro de mobile d'Helena.

Première sonnerie, qui résonna dans l'habitacle.

Deuxième sonnerie. Troisième sonnerie.

— Allô ?

Helena Goodis – du nom de son actuel mari – ne comptait pas parmi les millions de personnes refusant de prendre les appels de numéros inconnus. Alison amorça le dialogue d'une voix rassurante :

— Bonjour, je suis l'inspectrice Alison Kostas, de la police de Los Angeles. Je cherche à joindre Mme Helena Goodis. Ça concerne une demande de renseignements.

Par cette formule – *demande de renseignements* – lâchée dès les premières secondes, Alison épargnait ce moment de crispation, parfois de stress, que pouvaient ressentir les gens en recevant un appel de la police.

— Bonjour. Oui, je suis bien Mme Goodis. Une demande de renseignements ?

— Oui, j'aurais besoin de votre éclairage dans le cadre d'une enquête diligentée par la Section Homicides du LAPD. Est-ce que vous seriez disposée à répondre à mes questions ? Ce ne sera pas long, je vous le promets.

À ce stade, le risque était double : soit elle refusait de témoigner, soit elle réclamait de pouvoir rappeler Kostas sur un poste fixe du commissariat, en passant par le standard. Le fameux contre-appel que les policiers effectuent souvent pour ne pas se faire piéger par un imposteur au bout du fil.

— Je vous écoute, déclara Helena.

On sentait la femme concentrée, soucieuse de la conversation.

— Voilà. Nos services enquêtent sur une série de meurtres commis ces derniers jours à Los Angeles. C'est une affaire complexe et très médiatique.

— Vous parlez du « *Tueur de jumelles* » ?

— Oui. Je vois que vous suivez l'actualité. Nous cherchons à l'identifier et votre témoignage pourrait nous être utile.

— Euh… oui, d'accord. Mais en quoi puis-je vous être utile ?

La voix d'Helena exprimait à présent l'incompréhension, voire la suspicion.

— Je ne vais pas tourner autour du pot, madame Goodis. L'homme que nous soupçonnons est votre premier mari, Samuel Smith.

Silence de plusieurs secondes au bout de la ligne.

— Madame Goodis ?

— Oui, je suis là.

La voix se faisait plus discrète, plus fébrile.

— Samuel ? relança l'avocate.

— Oui. L'enquête a permis d'établir que ces meurtres sont liés à une date qui apparaît comme fondatrice pour le tueur. Le 21 juin 1996. Je pense que cette date évoque aussi quelque chose pour vous.

Nouvelle suspension du temps sur la ligne. Plus longue. Kostas n'intervint pas. Elle laissait du temps à Helena pour assimiler l'information. Le souvenir d'un passé douloureux devait percer brutalement à la surface de sa conscience, comme une vieille blessure de guerre qui se réveille.

— Qu'est-ce que vous voulez savoir ?

La voix avait retrouvé une certaine énergie.

— Déjà, nous aurions besoin de savoir où se trouve votre ex-mari.

Elle répondit immédiatement :

— Aucune idée, désolée. Je ne l'ai pas vu depuis au moins quinze ans. Et j'ai dû l'avoir au téléphone pour la dernière fois il y a... (Elle réfléchit.) Peut-être quatre ans. Ou cinq. Je ne sais plus.

— Il continuait à vous appeler ?

— C'est exact. Pendant longtemps, il a voulu recoller les morceaux, mais c'était impossible. Je lui ai répété ça des dizaines de fois. Il ne voulait pas intégrer cette réalité.

— Vous acceptiez de lui parler malgré ce qu'il vous avait fait ?

— Qu'est-ce que vous voulez dire ?

L'avocate avait repris le dessus.

— Le soir où il vous a frappée, dit Kostas. Et le harcèlement téléphonique.

— Vous êtes bien renseignée... Pour tout vous dire, je ne lui en ai jamais voulu. Après les épreuves qu'on a traversées, je ne peux pas le blâmer. Je l'ai quitté, mais je comprends sa détresse.

— Il vous donnait des nouvelles régulièrement ?

— Assez, oui. Et puis les appels se sont espacés au fil des années. Je ne voyais pas d'inconvénient à ce qu'il me contacte de temps en temps. Mon mari non plus. Nous vivons à Londres et Sam n'a jamais cherché à me revoir.

— Nous avons rencontré son frère, Sonny. Il nous a parlé d'une longue descente aux enfers. C'est aussi de cette façon que vous pourriez décrire son évolution ?

— C'est à peu près ça. Il a sombré, lentement. De plus en plus d'alcool. De plus en plus de périodes de chômage ou de dépression. Il a fini par vivre aux côtés de gens peu recommandables dans un quartier populaire. C'est inimaginable quand on sait quel genre de personne était Sam. La mort de nos filles l'a transformé, mais dans le mauvais sens.

— Savez-vous qui est la première victime de ce tueur ?

— C'est cette fille qui jouait dans *La Fête à la maison*, non ?

— Ashley Olsen. Non, elle, c'est la quatrième victime. La première est un médecin, le docteur Stephen Barr, le gynécologue-obstétricien qui n'est pas venu au Cedars-Sinaï le soir où vous avez accouché.

— Non...

— Si on y ajoute la date mentionnée par le tueur dans une vidéo, plus ces meurtres de jumelles, ça nous mène droit à votre ex-mari. Rien n'est certain, mais il est très probable qu'il soit mêlé à ce carnage. Comme s'il vengeait le sort de ses propres jumelles, après avoir puni celui qu'il considérait comme le responsable de ce drame.

Mike valida intérieurement cette version des faits. C'était la première fois que Kostas verbalisait le processus psycho-criminel qu'elle envisageait pour étayer cette thèse.

— Mon Dieu..., souffla Helena.

— Les deuxième et troisième victimes sont les jumelles Barbi. La quatrième est Ashley Olsen. Sa sœur est sous très haute protection. Le tueur devrait avoir du mal à l'approcher.

— Mon Dieu..., répéta-t-elle.

— Est-ce que vous pensez que Sam aurait pu sombrer dans la démence ?

— Oui, il aurait pu. Il n'a plus été le même homme après ça.

— Est-ce que vous accepteriez de parler de la mort de vos jumelles ?

Après un court silence, elle répondit :

— Oui. Que voulez-vous savoir ?

— Comment avez-vous vécu cette perte ?

Nouvelle pause.

— Épouvantable. Le pire moment de ma vie… Finalement, je préférerais qu'on n'aborde pas cet épisode.

— Juste une chose. Stephen Barr : est-ce que vous lui attribuez toujours une part de responsabilité dans ce qui est arrivé ?

— Oui, toujours. Mais beaucoup moins qu'avant. Le temps passe, les plaies se referment et le pardon est plus facile à accorder. Je crois aussi que j'avais besoin de trouver un coupable. Au fond, il ne l'était peut-être pas tant que ça. Les filles sont arrivées trop tôt, elles ne pouvaient pas survivre.

— Votre ex-mari ne lui a jamais pardonné, lui ?

— Non, jamais. Il en a toujours parlé comme du point de départ de nos malheurs. C'est pour cette raison que je ne serais pas surprise s'il s'en était pris à lui.

Michael se resservit une tasse de café, essayant de faire un minimum de bruit afin de ne pas perturber l'entretien. Kostas menait l'affaire avec efficacité :

— Quelle est la dernière adresse que vous lui connaissez ?

— South Central, d'après ce qu'il m'avait dit. Je m'en souviens bien.

— Inglewood ? Nectarine Street ?

— Euh… Attendez que je réfléchisse…

Il se passa cinq ou six secondes.

— Non, pas Inglewood. Nectarine Street, c'était son domicile précédent.

Mike s'agita sur son siège. Peut-être une nouvelle information.

— Vous connaissez son adresse suivante ? demanda Kostas.

— C'était à Watts. Je crois qu'il sous-louait une maison.

— Vous avez le nom de la rue ?

— Non, malheureusement. Je peux seulement vous dire que l'adresse à Inglewood n'est pas la dernière où il a vécu. Il a déménagé pour s'installer à Watts parce que ça lui coûtait moins cher, il me semble. Ses économies fondaient.

Kostas soupira. Déçue de passer si près d'un point de chute précis. La rouquine prit l'initiative de donner quelques renseignements à l'avocate :

— Son frère Sonny n'a plus eu de nouvelles après 2012. Il est allé le voir une fois ou deux à Inglewood, mais du jour au lendemain il a perdu sa trace. Et à mon avis, il n'a jamais eu connaissance de cette adresse à Watts. Vous connaissez Sonny ?

— Très peu. Un type quelconque, mais sympathique. Je ne l'ai pas vu depuis la fin des années 90.

— Bon, dit Kostas. Je crois qu'on a fait le tour. Je vous remercie d'avoir répondu à mes questions. C'est parfois difficile de se replonger dans des moments douloureux.

— Ne vous inquiétez pas. J'ai accepté, je sais ce que je fais.

— On vous appelle un peu tard à cause du décalage horaire. Excusez-nous, ajouta Kostas.

Helena réagit à cette remarque par un rire généreux, inattendu.

— Vous auriez pu appeler bien plus tard, vous ne m'auriez pas dérangée.

— Pourquoi donc ?

— Parce que je suis en vacances.

— Oui, mais quand même...

Elle rit une nouvelle fois. Son rire ensoleillé emplissait l'habitacle.

— Je rends toujours visite à ma famille en période de vacances, surtout l'été.

Kostas tiqua. Puis elle comprit :

— Vous voulez dire que vous êtes en Californie ?

— Oui, s'amusa Helena. On aurait même pu se rencontrer. Je suis à Los Angeles depuis deux semaines avec les enfants. On ne rentre à Londres que le mois prochain.

CHAPITRE 28

San Fernando Valley, Los Angeles, CA
Mardi 28 juin 2016, 13 h 34

Michael et Alison roulaient sur le chemin du retour. Les kilomètres défilaient lentement sur la Golden State Freeway, où les voitures progressaient pare-chocs contre pare-chocs. Ils traversaient la commune de Burbank et approchaient à présent de Glendale. De part et d'autre du ruban de bitume, large d'une dizaine de voies, se déroulait le même spectacle de collines boisées, d'espaces pavillonnaires, de terrains vagues ou de zones industrielles.

Le duo débriefait depuis dix minutes l'appel passé à Helena. Si l'avocate n'avait pu fournir avec précision la dernière adresse de Samuel Smith, elle avait renforcé leur conviction sur l'identité du tueur.

— Je suis sûr que c'est lui, répéta Mike.

— Ça pourrait coller, j'y crois aussi, approuva Alison.

— Ça pourrait coller ? Ça colle carrément, oui ! Regarde les faits. Il bute Stephen Barr en lui rappelant la date du 21 juin 1996. Qui est Barr ? L'homme qui, selon

Smith, est responsable de la mort de ses jumelles, à la même date. Qui sont les victimes suivantes ? Des jumelles. Où se trouve Smith ? Il a disparu de la circulation et ses proches décrivent un type qui a changé de visage. Tout est là.

— C'est convaincant.

— Il doit se planquer quelque part. Un endroit où il organise son délire et se replie après les meurtres. Ça pourrait être cette maison en location, à Watts.

Mike fit une pause et reprit :

— J'ai bien aimé ta façon de présenter le profil de Smith tout à l'heure.

— Ça résume bien la situation. Je crois que Smith décompense. Ses souffrances et sa rancœur ont macéré pendant des années dans son cerveau, et cette bouillie a fini par exploser. Les psychologues y verraient sûrement les trois stades classiques. Le stade A, initial, la vie d'origine. Sans problèmes. Le stade B, la construction progressive d'un tueur, appelé aussi « stade déliquescent ». Enfin, le stade C, le passage à l'acte. Le néo-criminel entre en action.

— Tu parlais aussi de vengeance.

— Oui, d'une certaine façon. D'abord, il considère que Barr est l'homme par qui le malheur est arrivé. Il le bute. Vengeance pure. Ensuite, il y a les jumelles. Que cherche-t-il ? Pourquoi fait-il ça ? Pour moi, il les élimine, car elles ont eu le droit de vivre, contrairement à ses filles. Dans son délire, il ne peut pas se résoudre à voir vivre des jumelles alors que les siennes n'y ont pas été autorisées. Alors, il leur fait payer ce qui est arrivé à ses propres enfants, en leur faisant subir le même sort.

— Et pourquoi des célébrités ?

— Le fait de voir des jumelles réussir dans la vie, bénéficier d'une certaine notoriété doit lui être encore plus insupportable. Tuer ces femmes doit l'apaiser. En tout cas, pour l'instant.

— Pour l'instant ?

— Je connais ce genre de psychopathes. Il pourrait vite ne plus se satisfaire de ça. Alors, soit il accélère la cadence, soit il se flingue, soit il se laisse prendre par les flics. En nous envoyant ces vidéos, on peut penser qu'une partie de lui veut se faire pincer ou, en tout cas, qu'il envisage cette option. Le peu de précautions qu'il prend va aussi dans ce sens. Il agit en plein jour et croise des passants sans avoir l'air de s'en inquiéter.

Mike proposa une autre explication :

— Peut-être qu'il veut que l'on connaisse son histoire, aussi.

— Oui, c'est une possibilité. Il peut avoir construit un plan. Il tue ces femmes et sème la terreur pour attirer l'attention. Le choix de célébrités s'en trouve encore plus simple à expliquer. Ça justifierait aussi les cartes de visite qu'il laisse en évidence : il cherche l'attention des médias en y mêlant un paparazzi. La phase finale serait d'être démasqué pour que le monde entier découvre son histoire. Objectif : honorer la mémoire de ses jumelles et les faire vivre à nouveau.

— Je valide, dit Mike en souriant.

Alison l'impressionnait. Elle se tourna vers lui et revint sur un point :

— Helena présente à L.A. depuis deux semaines... Sacrée coïncidence, non ?

— Oui et non. Elle indique bien qu'elle vient chaque année voir sa famille en été. Tu la crois impliquée ? Moi, non.

— Moi non plus, mais c'est surprenant, quand même... Bon, on fait quoi, maintenant ?

Le paparazzi envisageait les choses de cette façon :

— On va aller au bureau. J'ai des coups de fil à passer et je dois caler plusieurs trucs avec mon avocat. Il faut aussi qu'on essaie de savoir où en sont les flics. Tu pourrais voir avec tes contacts ?

— Pas de problème.

— Après, on enchaînera avec Leon en fin d'après-midi. Si tu veux rentrer chez toi, c'est OK. Je peux y aller seul.

Mike ne voulait pas l'obliger à passer une deuxième soirée au boulot.

— Tu déconnes... Tu crois que je vais te laisser seul là-dessus ?

— Pourquoi pas ? Tu as ta vie privée. Et ton nouvel amoureux.

Mike fit un large sourire. Alison aussi :

— Peut-être. Mais je sens qu'on va réussir à loger le tueur. Et je refuse de rater ça.

CHAPITRE 29

Journal de S. S.
Le 28 juin

Je ne réussirai pas à tuer la deuxième jumelle Olsen.

La police assure sa protection, je ne peux plus approcher de sa maison. J'ai trop attendu. Mais ai-je seulement envie de le faire ? Je ne sais plus.

J'ai tenté de me rapprocher de chez elle. Il y avait des voitures de police partout. Je me suis garé et je suis allé à pied jusqu'au portail de sa résidence. Des curieux et des journalistes traînaient devant. Je suis retourné m'asseoir dans ma voiture.

J'ai pleuré. Longtemps. Ces larmes ont soulagé ma peine. Je suis resté sans bouger, juste à regarder tous ces gens qui allaient vers la maison de Mary-Kate.

Je suis rentré chez moi. Tout au long du trajet, j'ai pensé à mes propres jumelles, Emily et Madison. Mes amours qui n'ont eu le droit d'exister que quelques minutes. Pourquoi elles ? Pourquoi Dieu les a-t-il laissées mourir ? Dieu existe-t-il, d'ailleurs, pour avoir osé faire ça ?

Dois-je aller jusqu'au bout ?

J'ai prévu qui seraient les suivantes : les jumelles Bella, Brie et Nikki. Les sœurs catcheuses. Elles ne méritent pas plus de vivre que mes propres filles. Je dois corriger cette erreur.

Je sais où elles habitent, j'ai tout prévu. Depuis des mois, je prépare tout ça. Mais je ne sais plus si je dois poursuivre. Je n'ai plus les idées claires. Je bois beaucoup trop.

Je vais aller dormir. J'ai pris des médicaments pour y arriver, sinon, c'est impossible. Je mélange trop les médicaments et l'alcool, je sais que ce n'est pas bon pour moi. Je n'ose plus me regarder dans la glace, je ressemble à un zombie.

Je verrai plus tard ce que je déciderai.

Je ne sais plus.

CHAPITRE 30

421 East Bay State Street, Alhambra, Californie
Mardi 28 juin 2016, 20 h 12

Leon œuvrait depuis deux heures quand Mike et Alison arrivèrent chez lui. Il ne leur avait pas menti, il travaillait sur leur affaire, comme promis. Levé à 18 heures, il s'y était mis aussitôt. Il accueillit le tandem comme à son habitude en leur offrant de quoi se rafraîchir. Ils optèrent pour des bières jamaïcaines et se posèrent sur le vieux sofa, dans son bureau qui embaumait la ganja. Les volutes grises stagnaient, s'enroulaient, s'effilochaient dans la pièce aux rideaux tirés. Une atmosphère spectrale et capiteuse, le tout sur fond de musique reggae.

Leon leur présenta un premier bilan :

— J'ai continué mes recherches sur Jacob Stevens, le proprio de la maison de Nectarine Street. Ce type louait bien la maison à Samuel Smith. Ils n'y vivaient pas ensemble comme on a pu le penser. Smith payait le montant du loyer et les charges, mais par commodité c'est Stevens qui conservait tout à son nom et qui gérait la baraque. Travaux, factures… Smith voulait s'éviter les tracasseries administratives.

— Comment as-tu appris ça ? demanda Singer.

— J'ai fait au plus simple. Quand j'ai compris que ce Stevens était *clean*, je l'ai appelé en personne en me faisant passer pour un agent du fisc. J'ai parlé d'un trop-perçu et d'une somme qu'il allait pouvoir récupérer. Je lui ai demandé un RIB et des informations sur les occupants successifs. Amadoué par cette histoire de fric, le gars ne s'est pas méfié et a tout lâché.

— Bien joué, apprécia Kostas.

— On sait donc que Smith a vécu à cette adresse pendant un peu plus de trois ans. Après ça, il a estimé que le loyer était trop élevé et a décidé de déménager. Je n'ai pas insisté pour éviter d'attirer l'attention, mais au moins on a cette double confirmation : Stevens n'a rien à voir dans l'affaire et Sam Smith a bien habité là-bas avant de déménager pour des raisons financières.

Michael parut déçu. Il indiqua :

— Oui, le frère et l'ex-femme nous ont donné à peu près les mêmes renseignements. Et Helena a précisé qu'il avait déménagé dans le quartier de Watts.

Leon partit d'un petit rire machiavélique, piqué au vif :

— Je vois. Apparemment, je ne vous apprends rien. Mais la soirée ne fait que commencer.

— Tu as une idée en tête ?

— J'ai toujours des idées pour arriver à mes fins, déclara-t-il en exhalant un geyser de fumée. Et je te fais la promesse de trouver son adresse actuelle dès cette nuit. Je relève le défi.

Le paparazzi se mit à sourire.

— Très bien, dit-il. On va suivre ça.

Leon ricana :

— Et s'il est déjà cané, je te trouve le cimetière et l'emplacement de la tombe.

Kostas s'esclaffa, friande d'humour noir et de blagues affreuses. Singer, lui, se contenta d'un rictus. *Toujours un peu coincé sur certains sujets, ce cher Mike.* C'était aussi ça qui faisait son charme.

Alison fit une proposition au *hacker* :

— Je peux faire les recherches avec toi, ce soir ?

Le sourire de Leon s'élargit :

— Mais avec plaisir, ma belle. À cette allure, tu en sauras bientôt plus que moi.

Leon appréciait la compagnie d'Alison. Elle apprenait vite, posait des questions, observait. Avoir une comparse à ses côtés brisait un peu la monotonie de ses longues nuits en solitaire. Une vraie complicité était née entre eux. Une amitié. S'il n'avait pas été homosexuel, cette rouquine sympathique – quoiqu'au caractère bien trempé – et lui auraient pu se rapprocher encore plus.

— Et toi, Mike, qu'en penses-tu ? demanda Kostas.

— Travaillez comme vous voulez. Moi, je vais rester ici pour potasser les dossiers et envoyer quelques mails. Je veux aussi réfléchir tranquillement et me reposer un peu.

Il ouvrit son sac à dos, dans lequel son PC portable partageait l'espace avec de la paperasse, et précisa :

— Je vous tiendrai compagnie sans faire de bruit.

Leon se concentra tandis qu'Alison rapprochait une chaise pour s'installer à ses côtés. Il était temps de passer aux choses sérieuses. Comment faire pour retrouver la trace de Samuel Smith ? Quels outils s'offraient à eux pour y arriver ? Était-il toujours vivant ? Habituellement, Leon aurait énuméré en pensée les différentes possibilités, mais, quand Kostas l'accompagnait, il exposait ses techniques de vive voix :

— Avec le nouvel élément que vous avez déterré, à savoir Watts, on va pouvoir resserrer le périmètre des recherches. On va partir de l'hypothèse que, depuis 2012, le gars habite à Watts. Ou, en tout cas, qu'il y a habité.

— Tu vas commencer par quoi ? demanda Alison.

— Question test : quelle est la règle d'or ?

— Aller du général au particulier.

— Exact. On va lancer des recherches avec ses nom, prénoms et date de naissance dans tout ce qu'on a de pertinent en rapport avec ce quartier.

— OK.

— Où est-ce que tu chercherais ?

— Dans des annuaires, des *listings*, des trombinoscopes, des registres, des fichiers...

— Bonne réponse. Tu te souviens de ce qu'on fait dans ce cas-là ?

— Euh...

Il poussa la souris sans fil vers la main de Kostas.

— Exercice pratique, annonça-t-il. Je te laisse les commandes. Je vais en profiter pour rouler un joint.

Le rasta s'activa. Il plaça l'herbe dans un *grinder* – petite boîte servant à l'effritement de la marijuana –, l'actionna d'un geste qui fleurait bon l'habitude, puis l'ouvrit pour déposer les miettes dans une feuille à rouler XL. Un bout de cigarette en guise de filtre. Pas de tabac. Un joint de ganja pure. Habituel. Il savait qu'il en paierait les conséquences, tôt ou tard.

Alison se défendait bien en informatique. Tout en manipulant la souris, l'ex-fliquette expliquait ce qu'elle faisait :

— Alors... Je clique sur ton stock de liens de bases de données.

— Oui.

— Je sélectionne les types de documents qui nous intéressent. Là, comme on fait au plus large, je prends tout.

L'ensemble des cases à cocher se noircit.

— Et ensuite ? demanda-t-il.

— J'ouvre ce logiciel-là.

Elle lança une application dont Leon avait lui-même conçu le code. L'interface n'était en rien séduisante – basique et sans couleurs ou graphismes attrayants –, mais c'était l'efficacité redoutable du *software* qui importait. Seul Leon l'utilisait, car ce logiciel n'avait aucunement vocation à être diffusé.

— Après, continua Kostas, je sélectionne les critères de recherche que je veux renseigner. Nom : Smith. Prénoms : Samuel Harry. Date de naissance : 21-12-1969. Ville : Los Angeles, Watts.

— On va ajouter les secteurs mitoyens en critères secondaires, proposa Leon en tirant sur son joint. Je vais jeter un coup d'œil sur une carte.

Il s'apprêtait à ouvrir un plan de L.A. sur un autre PC, mais Kostas l'arrêta :

— Laisse tomber, je connais très bien le coin. J'ai bossé pendant quatre ans au commissariat de Southeast. Autant te dire que j'ai sillonné ces rues et que je les connais comme ma poche.

— OK, acquiesça Leon.

— Autour de Watts, on a Florence-Graham, South Gate, Lynwood, Compton, Willowbrook et l'extrémité est de Westmont, côté autoroute 110.

— Tu connais ta géographie sur le bout des doigts, ricana le *hacker*.

— Je connais bien, oui. Mais beaucoup de flics du LAPD connaissent les lieux pour une autre raison. C'est dans ces quartiers afros et latinos qu'ont eu lieu les émeutes de 1992. On est vacciné concernant ce secteur.

Le regard de Leon se durcit :

— Après le passage à tabac gratuit d'un Black par des flics finalement acquittés. Son nom, c'était...

Leon ne le retrouvait pas. La faute à la *weed* qui lui anéantissait les neurones.

— Rodney King, compléta Alison. Paix à son âme.

— Il est mort ? J'en savais rien.

— Rodney King est mort il y a quatre ou cinq ans. Il était toxicomane et alcoolique, et il s'est noyé dans sa piscine à cause d'une overdose de came doublée d'une cuite.

Moi, j'ai plutôt du respect pour ce gars. Grâce à son histoire, le LAPD s'est réformé. Mais il y a encore du boulot.

Leon en était bien conscient. Et, d'après ce que Michael lui avait raconté, Alison n'était justement pas une enfant de chœur sur le terrain quand elle exerçait au LAPD. Plutôt brutale avec les individus arrêtés. La nouvelle Alison ne ressemblait plus vraiment à la « Kostas flic ». Quitter le LAPD l'avait transfigurée.

— Bon, revenons à nos recherches, dit Leon. Tu te disperses, chère élève.

— Donc... J'entre les noms de tous ces quartiers et on lance la recherche.

Elle s'exécuta et cliqua sur *Enter*.

— Et là, qu'est-ce qui se passe ? interrogea Leon.

— Le logiciel scanne les bases de données en leur soumettant les mots-clés. Mais l'opération peut prendre plusieurs minutes, voire plusieurs heures.

— Oui. Et là, ça devrait durer plusieurs heures, justement. En attendant, j'ai pensé à un autre truc à faire. Il pourrait y avoir un moyen de savoir quel trajet en voiture a suivi le tueur.

— Lequel ?

— On en avait déjà parlé. Je vais te donner un indice : *plaque minéralogique*. Je te laisse quelques secondes pour y réfléchir.

Leon jeta un coup d'œil en direction du sofa. Michael, studieux, documentation étalée devant lui sur la table basse, devait suivre leurs échanges d'une oreille. Ceux-ci semblaient l'amuser, car un petit sourire éclairait son visage. Le paparazzi avait l'air fatigué. Leon le connaissait habituellement plus vif, plus dynamique, plus en verve. Les derniers jours et toutes ces histoires lui tapaient sans doute sur les nerfs. Il releva les yeux à cet instant :

— Je peux ouvrir un peu la fenêtre ? demanda-t-il.

— Bien sûr. Attends, reste assis, je m'en occupe.

Leon se leva et s'exécuta. Une brise fraîche s'engouffra dans la pièce et vint chasser une partie du *smog*. Le bureau ressemblait à un fumoir à viande. Mike, qui n'était plus fumeur et n'avait jamais touché à un joint, devait étouffer.

— Putain, ça fait du bien d'aérer, dit-il. Cette merde te tuera, Leon. Et ça me fout mal au crâne.

— Je sais, Michael. Désolé.

Singer le lui répétait souvent, mais ces avertissements ne produisaient aucun effet. Le capital « résistance au cannabis » du rasta devait être épuisé depuis bien longtemps. Le paparazzi se remit à pianoter sur son PC. Leon se tourna vers Kostas.

— Alors, Alison, une idée ?

— Tu penses à la plaque du véhicule qu'on voit sur la vidéo du meurtre de Sia.

Leon fronça les sourcils, faussement perplexe :

— Mais tout ça n'a rien donné, non ? Ni ici ni chez les flics. Ce numéro de plaque est un faux et on sait que c'est une impasse.

— Oui, mais on s'en moque, qu'elle soit fausse. On peut quand même utiliser un logiciel d'analyse croisée des caméras de surveillance.

Leon eut un petit sourire.

— Bonne réponse, bien joué. Je te rappelle comment ça marche.

Il déposa son joint dans un cendrier tressé en bambou. Puis il fit glisser la souris et enchaîna une série de clics, jusqu'à ce qu'une page chargée de chiffres apparaisse. Il expliqua :

— Voilà la liste de toutes les caméras de vidéosurveillance de Los Angeles. Des milliers. C'est une installation de folie, l'une des plus modernes du pays après New York.

— Je sais que la ville a du bon matos, fit remarquer Alison.

— Ce que les flics ne peuvent pas faire, à cause du manque de moyens, c'est suivre un véhicule au gré des changements de caméras. Le LAPD récupère à la rigueur les images de quelques rues adjacentes, sur un même secteur et pour un créneau horaire donné, mais en général ça s'arrête là. Moi, avec ce logiciel, je peux faire une analyse croisée *a posteriori* et rechercher l'immat' de la bagnole pour la suivre en « sautant » d'une caméra à une autre.

— Sur toutes les caméras de la ville ?

— Oui, mais la technique a ses limites. Un véhicule peut vraiment finir par disparaître du champ des caméras. Il peut aussi y avoir des « trous » dans la chronologie à cause de la mauvaise définition qui empêche de bien lire la plaque. Idem pour les conditions climatiques. Il y a aussi les voyous prudents qui changent les plaques de leur bagnole très souvent, par précaution.

— Tu conserves toi-même les images de toutes ces caméras ?

Leon rit :

— Moi ? Non. Ça prendrait une place énorme. La ville non plus, d'ailleurs. La municipalité se débarrasse des enregistrements après quatre jours, sauf si le LAPD fait bloquer juridiquement certaines images pour les besoins d'une enquête. Mais peu de gens savent que l'État américain conserve en fait sur des serveurs la totalité de ces données, pour une durée indéterminée et sans qu'on sache à quelles fins.

— J'avais entendu dire que tout était conservé, exact, dit Kostas. On a accès à cette mémoire numérique ?

— Oui. On pénètre sur ces serveurs, on y installe le logiciel, et on récupère une sélection chronologique des séquences durant lesquelles la bagnole a été filmée.

— Eh bien, allons-y ! Bonne piste, non ? observa Kostas en se tournant vers Mike.

Le paparazzi s'était assoupi sur le sofa. La tête en arrière, son PC sur les genoux.

— Il est claqué, dit Leon d'un air détaché, concentré sur son ordinateur.

Le rasta passa à la vitesse supérieure. Ses doigts glissèrent de clavier en clavier, ses yeux, d'écran en écran, sans qu'il oublie de commenter pour Alison :

— J'ai sélectionné un créneau de trois heures avant l'heure présumée du meurtre de Sia, et de trois heures après. On va donc commencer par six heures d'enregistrements. J'ai rentré le numéro d'immatriculation, 5CKL853. Ce qu'on veut, c'est retracer le trajet de la voiture et trouver une adresse de départ ou d'arrivée. J'entre aussi le modèle. D'après les images de la vidéo, c'est une Ford Focus blanche deuxième génération. C'est sur cette base, modèle plus numéro, que l'algorithme va chasser.

Il fit une pause, l'air satisfait.

— C'est parti, décréta-t-il en pressant la touche *Enter*.

Des pages de codes, de chiffres, de barres d'avancement et de diagrammes prirent possession de la demi-douzaine de moniteurs. Une avalanche de pixels. Une pluie de confettis lumineux. Processeurs et disques durs tournaient à plein régime comme une locomotive poussée à bloc par un chauffeur fou.

— Bon, on n'a plus qu'à attendre, dit-il.

— Combien de temps ?

Le rasta tira sur son joint, puis répondit, amusé :

— Plusieurs heures, pour ça aussi.

— C'est long, souffla Kostas.

— En *hacking*, il faut savoir être patient.

CHAPITRE 31

421 East Bay State Street, Alhambra, Californie
Mercredi 29 juin 2016, 3 h 47

L'attente fut plus longue que prévu.

Alison et Leon avaient lancé deux lignes distinctes dans l'océan numérique du *deep Web* : les banques de données et les caméras de vidéosurveillance. Les heures défilaient et les bécanes continuaient à mouliner. Pour l'instant, ça ne mordait ni d'un côté, ni de l'autre. Vers minuit, Mike se réveilla, complètement amorphe, migraineux et débraillé sur le sofa. Le journaliste ne savait plus où il était, comme cela arrive parfois au réveil, et sa tête de zombie éberlué valut un énorme fou rire aux deux autres. Il prit la décision raisonnable de filer se mettre au lit chez lui, à West Hollywood, pour rattraper quelques heures de sommeil.

Le reste de la nuit, Alison et Leon se consacrèrent à des recherches commandées par d'autres clients du rasta. Espionnage industriel. Torpillage de sites Web concurrents. Renseignements bancaires. Manœuvres visant à faire s'évaporer des montants à six ou sept zéros. Le *hacker*, en quelques contrats facilement honorés, montra à l'ex-fliquette l'étendue délirante des possibilités d'Internet en matière de délinquance en col blanc. Elle n'en perdait pas une miette. Elle était reconnaissante à son mentor de lui révéler son savoir-faire.

— Tu veux boire un truc ? lança Leon à Kostas.

— Oui, je veux bien une bière.

Leon tira de son mini-réfrigérateur une Red Stripe et un jus de pomme. Après avoir constaté sur un écran que la recherche touchait à sa fin, il se recentra sur leur affaire et rappela quelques faits :

— La Ford Focus et sa plaque sont visibles sur les images captées devant chez Sia Barbi, juste après son meurtre. Elle vivait au 136 Esparta Way, à Santa Monica. Il n'y a pas de caméra dans cette rue. En ce qui concerne les vidéosurveillances privées, rien non plus.

Soudain, une série de « bips » résonna. Leon déclama, tandis qu'il scrutait deux écrans alignés sur un côté de son grand bureau en U :

— Opération terminée ! (Il regarda de plus près.) Et on a quelque chose !

— *Yes* ! Enfin !

Il s'activa sur les claviers, les yeux rivés aux moniteurs :

— Il n'y a rien pour les heures qui précèdent la mort de Sia Barbi. Mais on a toute une série de résultats pour les minutes qui suivent. Je vais ouvrir un plan de la ville.

— Pourquoi ?

— Je vais y faire apparaître le positionnement de toutes les caméras qui ont filmé la voiture. Chronologiquement. Comme ça, on va avoir une idée précise de l'itinéraire suivi.

— C'est génial, reconnut Kostas.

Le plan s'afficha sur l'écran blanc qui occupait un pan de mur face au bureau. Tout L.A. s'étalait en deux mètres sur trois, avec les noms des principaux quartiers et axes routiers. Dans le même temps, Leon imprima quelques feuilles qu'il compulsa. Puis il communiqua les détails à Kostas :

— On a vingt-sept caméras qui ont saisi ce numéro de plaque, entre 11 h 02 et 11 h 57. Les deux premières sur San Vicente. Quatre autres sur Ocean Avenue, California Incline et Palisades Beach Road, en bord de mer. Puis sept sur l'autoroute I-10 en s'enfonçant dans les terres. Six sur l'autoroute I-405 et cinq sur la I-105.

Leon marqua une pause et Kostas fit le calcul :

— Ça nous en fait vingt-quatre. Il en reste trois.

— On en a deux autres sur Wilmington, après la sortie d'autoroute. Et la dernière, c'est sur la 105e rue.

Leon pianota sur un clavier et le trajet se dessina sur la carte de L.A.

— Et voilà le travail, annonça-t-il, satisfait.

— *Yeah* ! Nouvelle confirmation, fit Kostas. En plein dans Watts.

Le trajet, marqué en bleu sur le plan, filait en diagonale depuis Santa Monica en direction du sud-est en longeant l'océan. Puis il bifurquait vers l'est à hauteur de l'échangeur de Lennox, jusqu'à Watts.

— Tout à fait. Le quartier de Smith. Mais il faudrait que ça nous mène à une véritable adresse. Et là, j'ai un doute.

— Pourquoi ?

Leon se munit d'un pointeur laser lumineux vert fluorescent, qu'il braqua sur le plan. D'un clic de l'autre main, il zooma sur le secteur englobant la 105e rue, où se trouvait l'ultime caméra. Il expliqua :

— La caméra est ici, à l'intersection de la 105e et de Grape Street. La bagnole roule vers l'est, vu le trajet. Deux possibilités. Le conducteur se rend soit à une adresse située sur la 105e, soit à une adresse située sur l'un des axes perpendiculaires. Après Grape Street, la 105e rue dessert...

Leon laissa sa phrase en suspens, le temps de compter – en les pointant de son laser – les petites artères qui coupaient la voie jusqu'au bout de celle-ci :

— Une, deux, trois... On a sept rues où le gars a pu se rendre avec sa bagnole, en tournant soit à gauche, soit à droite à chaque intersection. S'il ne se gare pas à proximité de la dernière caméra, j'ai peur qu'on le perde visuellement et qu'on n'ait pas de point de chute précis.

— Je comprends.

Alison lut à voix haute les noms successifs, sur le plan :

— Hickory Street, Lou Dillon Avenue, Croesus Avenue, Juniper Street, Kalmia Street, Gorman Avenue et Weigand Avenue… C'est donc soit la 105e, soit l'une de celles-ci. S'il vit vraiment dans une maison du coin, bien sûr.

— On peut même en déduire que sa baraque est localisée à proximité des intersections avec la 105e. Si elle était plus loin, d'un côté ou de l'autre, il aurait tourné sur la 103e ou la 107e. Il fait sûrement au plus court, question de bon sens… Bon, le moment de vérité a sonné. On va regarder la séquence.

— Espérons que ça marche. Tout ça pour rien, sinon…

— Soit optimiste. Et patiente. C'est ça, le *hacking*.

L'homme aux *dreadlocks* cliqua sur l'icône « lecture » du logiciel *VLC media player*, qu'il utilisait couramment pour la vidéo. Un bon outil multimédia. Grand public, mais performant et pratique.

— C'est parti, dit-il.

Sur le vaste écran, en lieu et place du plan de la Cité des anges, une vue en perspective d'une longue avenue s'afficha. Pas de marquage au sol. De part et d'autre de la chaussée, des poubelles qui débordaient. Des maisons simples et austères, aux peintures défraîchies, souvent bâties sur des terrains délimités par des barrières métalliques agressives. Pas de doute, on était bien à Watts, et plus largement dans South Central. Une voiture filmée par l'arrière surgit au bas de l'écran.

— C'est cette bagnole ! s'exclama Leon.

Il s'agissait bien d'une Ford Focus blanche.

— Et c'est la bonne immatriculation, compléta Alison.

La berline roulait sur l'avenue ensoleillée. Elle ne donnait aucunement l'impression de ralentir pour vouloir se garer.

— Merde, souffla Leon.

La voiture s'éloigna rapidement et finit par se réduire à un point blanc, qui ne tarda pas à disparaître au loin. Pire, la caméra changea brusquement d'angle pour montrer la 105e rue dans le sens opposé.

— Tant pis, dit Alison. Au moins, on sait que le tueur navigue dans ce quartier. Ça renforce l'hypothèse Samuel Smith.

— Oui. Et puis, on va pouvoir analyser les images caméra par caméra pour essayer de voir sa tronche, rappela Leon. Ces images sont une excellente source d'informations. Je vais les passer au crible.

Kostas bâilla. L'échec lui mettait un coup au moral. La fatigue devait peser plus lourd dans ses jambes, à présent. Leon avait l'habitude des nuits ponctuées de contretemps et de déconvenues. Elle, en bébé hackeuse diurne, beaucoup moins.

— Tu es crevée. Tu devrais aller te coucher.

Alison, qui bâilla de nouveau, ne contesta pas. Il la relança :

— Tu veux que je t'appelle un taxi ? Ou alors tu veux te reposer un peu ici ?

— Je vais m'allonger sur ton canapé.

— Fais comme chez toi. Moi, je continue. J'en suis qu'à la mi-journée.

Il pouffa.

— Et j'ai fait une promesse à Mike, dit-il.

Alison fronça les sourcils tandis qu'elle se lovait sur le sofa :

— Laquelle ? J'ai oublié.

— Trouver l'adresse de Sam Smith dès cette nuit. Et je tiens toujours parole.

CHAPITRE 32

421 East Bay State Street, Alhambra, Californie
Mercredi 29 juin 2016, 4 h 37

Leon se servit un grand verre de jus de pomme. Il en but une gorgée et se lança, pensif, dans la confection d'un énième joint. Il effrita son herbe – une variété de *skunk* appelée *Orange Bud*, qu'il adorait tant pour son goût que pour son effet puissant – au moyen d'un *grinder* à l'effigie de Peter Tosh, légende du reggae et serviteur historique de la spiritualité rasta. Il roula le cône et l'alluma. Sur le sofa, Alison avait fermé les yeux. Peut-être dormait-elle déjà.

Il fit le point sur l'autre volet des recherches programmées en début de soirée : les banques de données. Depuis des années, le *hacker* colligeait sur des serveurs anonymes des liens pirates permettant l'accès à des milliers de fichiers. Fichiers de la police : permis de conduire, véhicules, personnes recherchées, personnes victimes, personnes condamnées... Fichiers des douanes et de l'administration pénitentiaire. Fichiers de l'armée. Listings scolaires et universitaires. Fichiers clients de plus de cent mille sites Internet marchands. Fichiers d'associations, d'organisations caritatives, de syndicats. Répertoires et trombinoscopes d'entreprises, de clubs de sport, de collectionneurs. Listes électorales. Registres judiciaires des tribunaux. Fichiers clients des abonnés à l'électricité, à Internet, à l'eau, au gaz. Fichiers clients des opérateurs mobiles, des mutuelles, des sociétés d'assurance. Annuaires téléphoniques. Fichiers du fisc, des aides sociales, du logement… Les ressources disponibles offraient une masse de possibilités pour retrouver la trace de Samuel Smith.

La difficulté de la tâche résidait plutôt dans la fréquence du patronyme, *Smith* étant le nom de famille le plus courant aux États-Unis. Leon se connecta au site HowManyOfMe.com, qu'il consultait pour obtenir une estimation du nombre de personnes affublées de telle ou telle combinaison *prénom/nom*.

Il renseigna les rubriques :

Prénom : *Samuel* – Nom : *Smith*

Il cliqua sur l'icône « Rechercher ».

Le résultat s'afficha aussitôt en trois fenêtres distinctes :

Samuel :

Il y a ***496 519*** *personnes aux États-Unis portant le prénom Samuel.*

Statistiquement, c'est le 125e prénom le plus fréquent.

Smith :

Il y a ***2 849 252*** *personnes aux États-Unis portant le nom Smith.*

Statistiquement, c'est le 1er nom le plus fréquent.

Samuel Smith :
Il y a 4 374 personnes aux États-Unis qui s'appellent Samuel Smith.

Leon affina les résultats au moyen d'une calculatrice en ligne. Le grand L.A. comptait environ dix-huit millions d'habitants. Les États-Unis, trois cent vingt. Proportionnellement, en supposant que les *Samuel Smith* se distribuaient géographiquement de façon homogène, on obtenait deux cent quarante-six personnes.

Le chiffre pouvait paraître encore important, mais seulement à première vue, car deux critères, s'ils matchaient aussi, allaient permettre de se rapprocher du suspect. D'abord, la date de naissance ; ensuite, le secteur resserré de quelques rues qu'ils avaient pu établir avec la vidéosurveillance.

Le *hacker* attendit un bon quart d'heure, patient comme un joueur d'échecs. Et, enfin, les résultats tombèrent : des dizaines de pages à analyser. Pendant quelques minutes, il scruta les premières, mais rien de concret n'attirait l'œil avec la triple association « *Samuel Smith* + 21-12-1969 + *Los Angeles/Watts* ». De nombreuses occurrences relatives au bon *Samuel Smith* ressortaient, mais la plupart concernaient sa vie d'avant 2012, donc avant qu'il ne disparaisse. Leon décida d'utiliser sa dernière cartouche : lancer un tri discriminant et ciblé avec les rues de Watts qu'ils avaient isolées.

Il ouvrit un logiciel de scan et pianota le nom de chacune des sept voies :

— *Hickory Street*
— *Lou Dillon Avenue*
— *Croesus Avenue*
— *Juniper Street*
— *Kalmia Street*
— *Gorman Avenue*
— *Weigand Avenue*

Leon cliqua sur « Start » et, cette fois-ci, il n'eut pas à attendre.

Une unique réponse s'afficha, en surbrillance, au milieu d'une liste :

— Diego Perez, 15-05-1971, SDF, oxycodone.

— Phil Redrow, 28-01-1978, 9252 Towne Avenue, L.A., méthadone, lorazépam.

— **Samuel Smith, 21-12-1969, 10523 Gorman Avenue, L.A.,** alprazolam, halopéridol, fluoxétine.

— Alina Cenal, 10-02-1985, 10720 South Figueroa Street, L.A., alprazolam, buprénorphine.

— Dolores Fonseca, 19-10-1992, SDF, doxylamine, oméprazole.

Le nom et l'adresse de ce *Samuel Smith* apparaissaient au milieu d'une liste d'une centaine de personnes, établie par une pharmacie du quartier de Watts, la Watts

Professional Pharmacy, sur Compton Avenue. De ce qu'il comprenait en parcourant le document, les praticiens de l'établissement, assistés de médecins bénévoles, procédaient à des distributions de médicaments ponctuelles et gratuites pour les plus démunis de la zone. Pour garder une trace du traitement délivré et assurer un minimum de suivi, ils constituaient un semblant de dossier médical pour chaque bénéficiaire (surtout des clodos et des toxicos, dans l'esprit de Leon).

Quelle était la probabilité pour que ce Samuel Smith soit le bon ?

Pour Leon, elle approchait de cent pour cent.

Sauf énorme coup de malchance – car les statistiques étaient à présent de son côté –, la partie semblait gagnée. Au besoin, par sécurité, il pourrait toujours renforcer la crédibilité du résultat en cherchant avec le nom et cette nouvelle adresse pour le confirmer. Mais il se sentait sûr de son fait. L'expérience. Le *feeling*.

Il se connecta à Google Maps et entra le *10523* Gorman Avenue, Los Angeles. Comme pressenti, la maison se situait à l'intersection 105e/Gorman. Le module Street View montrait un pavillon sans âme au crépi blanc, sans porte d'entrée visible du côté rue. Seules deux fenêtres à barreaux se détachaient sur la façade. Un grillage tordu délimitait la parcelle sur l'avant, le long du trottoir. La pelouse n'en était plus vraiment une, tellement pelée qu'elle évoquait le sol d'un terrain vague. Sur la droite de la bicoque, on distinguait une palissade de contre-plaqué haute de deux bons mètres et dans laquelle une porte se découpait. À gauche, un petit chemin longeait le pavillon pour donner sur l'arrière, qu'on ne voyait pas.

L'ensemble ne paraissait pas abandonné, mais en tout cas très mal entretenu. Et triste. Maussade. Désespérant. Dans l'onglet supérieur gauche de l'écran, on découvrait que ce cliché remontait à avril 2015.

Leon consulta à nouveau la liste où le nom était apparu. Il pouvait en déduire trois éléments. Premièrement, Samuel Smith vivait toujours le samedi 30 avril 2016, date d'édition du document. Deuxièmement, il n'avait plus de couverture sociale et était contraint de récupérer des médicaments gratuits auprès de soigneurs bénévoles au milieu des clochards du quartier. Et, troisièmement, l'homme était mentalement perturbé, les médicaments délivrés correspondant à un antidépresseur, un anxiolytique et un antipsychotique.

Il lança une dernière recherche afin de savoir à qui appartenait la maison. Il trouva facilement en puisant dans les registres notariés de l'État de Californie. Le propriétaire s'appelait Keith Scott. Un Afro-Américain de cinquante et un ans, marié et père de famille, commerçant, qui possédait plusieurs maisons, surtout des taudis, dans South Central. Les factures – Internet, électricité, eau, gaz – étaient systématiquement à son nom, alors que toutes les maisons paraissaient habitées. Conclusion : il louait ses biens immobiliers à des cas sociaux sans tuteur ni curateur, qui lui payaient le loyer et les charges en intégralité, sans doute en liquide. La solution clés en main que Smith utilisait déjà à son domicile d'Inglewood. Une pratique répandue dans les quartiers sud. Moins d'impôts pour le propriétaire. Moins de soucis pour le locataire, souvent frappé de « phobie administrative ».

Le *hacker* imprima les documents et prépara une pochette avec toutes les informations. Mike et Alison disposeraient à présent d'une adresse – sans doute la bonne, foi de *hacker* – pour aller appréhender leur suspect. Leon exhiba ce petit sourire qu'il arborait en fin de mission.

Le verrou avait cédé.

Il jeta un œil vers le canapé. Alison dormait toujours. Il se leva sans faire de bruit et recouvrit son corps d'un plaid. Son amie devait reprendre des forces. Elle en aurait besoin, car, connaissant le duo Mike/Alison, ils ne perdraient pas une seconde pour utiliser cette adresse, surtout avec la concurrence des policiers et les enjeux, tant médiatiques que financiers.

Dès demain, ils iraient à la rencontre de Smith.

L'homme en noir. Le Tueur de jumelles.

Pour Leon, il restait une chose à faire : exploiter les images des caméras en intégralité, avec, peut-être, une chance de repérer un plan montrant le visage du conducteur.

Le visage de Samuel Smith.

Ce serait la cerise sur le gâteau.

CHAPITRE 33

8923 Dorrington Avenue, West Hollywood, Californie
Mercredi 29 juin 2016, 9 h 22

Mike attendait Alison de pied ferme.

La nuit précédente, tout s'était précipité. Vers une heure du matin, il avait regagné sa maison de West Hollywood, exténué, après s'être endormi chez Leon. Il s'était effondré sur son lit pour dormir jusqu'à l'aube, où il fut réveillé par la sonnerie de son téléphone. Alison. Elle lui avait résumé les faits : après son départ, ils avaient poursuivi les recherches dans le *deep Web*. Épuisée, elle s'était à son tour assoupie, mais Leon n'avait pas renoncé. Et, au bout de la nuit, comme promis, il avait découvert l'adresse de Samuel Smith.

Alison, munie des informations réunies par Leon, se trouvait actuellement dans un taxi pour rejoindre Singer. Comparée à lui, elle pâtissait d'un déficit de sommeil certain, mais, après une douche chaude et un gros mug de café préparé par le rasta, elle avait affirmé se sentir en forme pour continuer.

Mike, lui aussi, buvait du café, installé devant son ordinateur. Il fit le tour des titres de presse sur Internet pour chercher un éventuel élément nouveau sur l'affaire. Rien à signaler. Les composantes du problème semblaient ne pas évoluer. Des hordes de journalistes sur la brèche. Des chaînes d'information ultra-mobilisées. Un dispositif de sécurité hallucinant autour de la maison de Mary-Kate Olsen. Et, toujours, un tueur fou dans les rues de L.A. Un homme vêtu de noir, déterminé, implacable exécuteur de sœurs jumelles.

Après dix minutes, le carillon de la porte retentit et Alison entra.

— Hello, Mike !

— Salut !

Kostas, joviale, vint s'asseoir à son poste de travail. La rouquine se servit un café et tendit à Mike la pochette contenant le dossier *Samuel Smith*.

— J'ai profité du trajet pour passer des coups de fil. Les flics avancent sur la piste de la date. Ils seront bientôt derrière nous, j'en suis sûre. Ils ont des indics partout dans les quartiers sud. Ils trouveront l'adresse de Smith, crois-moi.

— OK. Quoi d'autre ?

— Une troisième équipe d'inspecteurs est sur le coup, ça en fait six au total.

— Ils montent en puissance ?

— Oui, le chef de la police doit trouver que ça avance trop lentement. Le plus drôle, c'est que tu connais les deux nouveaux qu'ils ont désignés.

Elle sourit, et Mike comprit :

— Sean Madden et Carlos Gomez ?

— Oui.

— Madden est sympa, on s'était bien entendus. Mais cette fois, ça va coincer à cause des informations qu'on a vendues à TMZ.

— L'accueil risque d'être frais. Pas grave. Pense plutôt à ce qui va changer pour toi. Plus besoin de faire les poubelles. Fini le *people*. Nouvelle vie.

— C'est ce que je me dis.

Mike étudia une à une les liasses classées dans la pochette. Le premier document était une photo de la maison possiblement occupée par Smith, au 10523 Gorman Avenue, à Watts. Un pavillon quelconque, comme L.A. en comptait des dizaines de milliers. Plus loin, il y avait les plans de l'habitation et des prises de vue sous différents angles, apparemment réalisées depuis le jardin, mais aussi de l'intérieur. Mais où diable Leon était-il allé chercher tout ça ? Le paparazzi ouvrit de grands yeux :

— Incroyable, ce qu'il a réussi à récupérer... Des photos de la maison, intérieur comme extérieur. C'est un génie, ce Leon.

— Ce n'est pas là-dessus qu'il a le plus bloqué. Le plus dur, et le plus long, a été de trouver l'adresse. Après, ces photos et ces plans, il les a piratés facilement. Par contre, il était déçu de ne pas avoir la tête de Smith.

— Comment ça ?

— Il espérait qu'on verrait le visage du tueur sur les images vidéo. Mais rien.

Mike eut un petit rictus.

— On en a, des photos. Le frère de Smith a scanné les clichés qu'il a retrouvés chez lui. C'est pas hyper récent, mais c'est mieux que rien. Regarde.

Il tendit à Kostas deux planches couleur de quatre photos chacune, fraîchement imprimées. Elle les examina rapidement avant de commenter :

— Il y a un air de famille avec son frère. Elles datent de quand ?

— Dix ans. Il faut imaginer le même type à quarante-cinq piges. Clochardisé et usé par la vie.

Kostas finit de boire sa tasse et annonça :

— Je propose qu'on y aille pour lui parler sans perdre une seconde. On voit ce que ça donne, s'il est louche ou pas. On prend nos GoPro et on filme tout. Il faut qu'on mette tout ça dans la boîte, ça peut valoir cher… Tu veux qu'on procède comment ?

— Je ne sais pas encore. Je vais y réfléchir.

Mike songeait aux difficultés qu'ils pourraient rencontrer :

— Imagine que le type réagisse mal et qu'il se retranche chez lui. Armé ou avec des explosifs. Les flics nous reprocheront d'avoir joué le coup en douce.

— Ça pourrait aussi très bien se passer. On peut même l'arrêter si on trouve des indices sérieux. Ils seront contents d'avoir leur gars et ils fermeront leur gueule. De toute façon, y aller sans les prévenir va forcément les énerver. On doit s'y préparer.

— On commence à être habitués.

Alison poursuivit :

— C'est peut-être le dernier chapitre qui s'écrit. Si on l'arrêtait nous-mêmes après tout ce qu'on a fait, ce serait énorme. Le reportage qu'on en tirerait pourrait nous valoir le Pulitzer !

Elle souriait. Ses yeux brillaient. Mike changea d'axe :

— J'en arrive à penser que ce type nous attend chez lui. Qu'il nous a envoyé ces indices pour qu'on le retrouve. Je l'imagine assis sur son canapé, en train de mater par la fenêtre pour nous voir arriver.

Kostas se leva et se dirigea vers l'armoire forte dans laquelle ils remisaient leur matériel. Elle sortit le nécessaire. Armes de poing semi-automatiques de modèle Glock 17. Gilets pare-balles à port dissimulé. Matraques télescopiques. Taser. Ils se munirent ensuite du matériel vidéo, caméras GoPro ajustées sur la poitrine. Il n'y avait plus qu'à passer à l'action.

Ils burent un dernier café et Mike prit la pochette avec toutes les informations sur Smith et son domicile. Le tandem se mit en route, direction Watts. Ils remontèrent quelques boulevards, puis se lancèrent sur Santa Monica Freeway. L'autoroute grouillait de voitures et de camions qui avançaient d'un même élan sous le soleil matinal. Les *buildings* de verre de Downtown pointaient péniblement à l'horizon, à peine visibles dans le *smog* éternel qui enveloppait la ville.

Après quinze minutes, ils franchirent l'échangeur de Pico-Union et filèrent plein sud sur l'autoroute 110, celle précisément empruntée par le tueur à la Ford Focus après le meurtre de Sia Barbi. En fait, ils suivaient le même trajet que lui : le plus court chemin pour se rendre à Watts. Enfin, ils empruntèrent la 105e rue, artère pavillonnaire, la dernière avant leur objectif. Ils se garèrent aussitôt après avoir tourné dans Gorman Avenue, devant la longue palissade rose de la première propriété.

Mike regardait les documents étalés sur ses genoux.

— On passe sur la gauche de la maison et on va directement à la porte d'entrée. Elle est sur le côté.

Il pointait du doigt la zone concernée sur le plan.

— C'est quoi, le programme ? demanda Kostas tout en vérifiant son matériel.

— On fait le coup des agents immobiliers qui cherchent à racheter les habitations du quartier. Je lui propose un billet pour pouvoir visiter la maison et on voit comment il réagit.

— OK.

— Mémorise le plan des pièces, précisa-t-il en lui tendant la pochette.

Elle s'exécuta.

— On essaie d'être vigilants, de tout observer, de ne rien rater, ajouta Mike.

— Et si on voit qu'un truc déconne ou que ça sent mauvais, on le neutralise. Tu te concentres sur les lieux et moi, je le tiens à l'œil.

— Ça marche, acquiesça le journaliste.

Alison lui avait appris les règles de sécurité élémentaires pour ce genre d'intervention. Il n'était pas question de prendre trop de risques. Il pouvait compter sur elle pour sentir le danger et s'y adapter. Comme beaucoup de policiers de L.A., Alison avait longtemps pratiqué le *krav-maga*, cette méthode de combat rapproché à l'efficacité prouvée.

Ils abandonnèrent le 4x4 et se dirigèrent à pied vers le 10523, marchant le long de la palissade. De l'autre côté, un terrain vague s'étirait entre deux propriétés, où les riverains avaient pris l'habitude de se débarrasser de leurs encombrants : gravats, vieux meubles défoncés, déchets de jardinage… Les herbes folles se mélangeaient à une terre brune qui débordait sur le trottoir. Mike remarqua le cadavre à moitié desséché d'un chat pourrissant au soleil et sur lequel s'affairaient des escouades de mouches.

Ils dépassèrent le troisième pavillon, plutôt bien tenu, et leur objectif leur apparut déjà, la quatrième maison à droite. Tout semblait paisible, aussi bien là que chez les voisins. Mike regarda sa montre : 10 h 20. *Quatre-vingts pour cent du quartier est encore en train de pioncer*, pensa-t-il. Dans ce coin de déshérités, la vie fonctionnait en décalé. Les habitants de South L.A. qu'il interviewait pour son reportage lui expliquaient combien leurs existences faites de chômage, de désœuvrement, de drogues, d'alcool, de gangs et de débrouille – *de trafics* – s'accompagnaient d'un volet nocturne. Les couchers tardifs reportaient d'autant les réveils. L'ébullition naissait seulement en fin de matinée.

— Ça dort encore, dit-il.

— C'est pour ça qu'au LAPD, on travaille toujours tôt dans les quartiers de merde. (Parfois, Kostas devait toujours se sentir l'âme d'un flic.) Les repérages et les vérifications d'adresses sont plus faciles à faire.

Alison, dont les yeux bleus passaient les lieux au scanner, ajouta :

— En parlant de véhicule...

Elle fit un geste discret du menton en direction du haut de la rue. Mike aperçut alors la fameuse voiture. La Ford Focus blanche. Tranquillement garée. Nouvelle confirmation. La levée de doute définitive intervint une seconde après, quand Kostas et Singer, postés devant le portillon grillagé, observèrent les noms sur la boîte aux lettres. Une plaque indiquait *SCOTT*, du nom du propriétaire, identifié par Leon comme étant un certain Keith Scott. Au-dessous, griffonné sur une étiquette à l'encre bleue et délavée, apparaissait celui du locataire : *Samuel Smith*. Écriture régulière, fine, soignée. Un frisson parcourut le corps de Mike. Son cœur tambourina un peu plus vite.

— On y est, souffla-t-il.

— Allons-y.

Kostas poussa le portillon et ils traversèrent le bout de jardin abandonné pour filer sur la gauche de la maison. Un sacré fourbi s'accumulait le long du mur, un peu comme sur le terrain vague de l'autre côté de la rue. L'entrée se dessina entre de vieilles chaises en plastique et une benne remplie de détritus. Kostas et Singer se positionnèrent de part et d'autre de la porte et Mike actionna la sonnette. Ils perçurent le carillon, qui résonna à l'intérieur.

Pas de réponse. Pas de mouvement.

Mike renouvela l'opération et frappa trois coups fermes.

Toujours rien.

Il appuya une nouvelle fois sur la sonnette et appela :

— Monsieur Smith ? Vous êtes là ?

Il ajouta :

— Je suis agent immobilier ! Je voudrais vous parler !

Ils redoublèrent de bruit et d'éclats de voix afin de réveiller le gars s'il voyageait encore au pays des rêves. Mike insistait sur sa qualité prétendue d'agent immobilier pour rassurer Smith, celui-ci refusant peut-être d'ouvrir par crainte d'avoir affaire à la police ou à un voyou du quartier. Mais toujours pas de réponse.

— Je vais jeter un coup d'œil, dit Alison en pointant du doigt une fenêtre, plus loin, protégée par de gros barreaux blancs.

L'ex-fliquette se montrait prudente. Elle scruta l'intérieur d'un regard en diagonale, sans se positionner face aux carreaux, l'arme au poing. Elle s'approcha un peu plus, en alerte.

— C'est en désordre. Un vrai bazar. C'est le salon.

— Des traces de vie ou de présence ?

— Il y a une lampe allumée au fond.

Elle recula en baissant son arme.

— On va faire le tour, proposa-t-elle.

Au préalable, elle appuya sur la poignée de la porte et poussa. Fermée.

— Ça aurait pu marcher, reconnut Mike.

Ils avancèrent prudemment et passèrent devant une seconde fenêtre. Le paparazzi aperçut à son tour le salon moyennement éclairé et où un vaste désordre régnait.

Peu de meubles, de décorations ou de fantaisie, mais un maximum de vêtements, de restes de nourriture et de bouteilles. Dans le fond de la salle, il repéra un tas de sacs en plastique et de cartons haut de plus d'un mètre.

— C'est un vrai dépotoir, cette baraque, lança-t-il.

— Syndrome de Diogène, déclara Kostas. Ou comment transformer son intérieur en déchetterie. Tous les flics de terrain ont déjà vu ça. Je te raconterai deux ou trois anecdotes là-dessus.

Ils contournèrent l'angle de la bâtisse. L'arrière-cour n'était séparée de la propriété mitoyenne que par un grillage avachi. Les voisins, eux non plus, ne semblaient pas accorder d'importance à l'esthétique ou au rangement. Terrain encombré. Absence de verdure ou de pelouse. Aucun aménagement paysager. *South Central, quoi.* Des carcasses de voitures et de *pick-up*, accolées à des toboggans pour enfants aux couleurs passées, donnaient aux lieux des airs de jardin public reconverti en casse automobile.

Ils parvinrent à l'angle opposé, où se trouvait l'entrée de ce qui ressemblait à une terrasse, protégée par un paravent en bois. Ils s'approchèrent de l'espace, pas plus large qu'une porte, permettant d'y accéder.

— Laisse-moi faire, annonça Kostas.

Elle y pénétra en pointant son Glock devant elle, balayant l'air dans plusieurs directions, prête à ouvrir le feu. Elle abaissa rapidement son arme.

— Oh putain ! lâcha-t-elle.

— Quoi ?

Elle ne répondit rien, se contenant de désigner du menton une zone que Michael ne voyait pas. Il la rejoignit sur la terrasse. Son regard capta d'abord le fouillis au premier plan, puis se fixa vers le fond. Le paparazzi recula brusquement, ses talons cognant contre une pile de cartons à pizzas qui s'écroula. Sans réussir à se maîtriser, il se mit à vomir, essentiellement le demi-litre de café ingurgité avant leur départ. Face à eux, à quelques mètres, le corps immobile d'un homme pendait au bout d'une corde de jute, elle-même attachée à une poutre du porche.

Mike releva la tête. Sa gorge le brûlait. Le goût de la bile mélangé au café empoisonnait sa bouche.

— Je crois que c'est lui, souffla-t-il.

— Oui, c'est Samuel Smith, confirma Alison.

Singer reprit ses esprits. Son estomac secoué de spasmes se calma. Il contempla le spectacle macabre. C'était bien Smith, il reconnaissait ses traits. En plus vieux, en plus flétris. À cet instant, ce n'étaient pas les considérations sur l'âge qui l'emportaient, mais plutôt ce sentiment de solennité morbide, de fixité éternelle. La tête de Smith, qui penchait vers la gauche, formait un angle anormal avec l'axe médian du corps, comme si la corde voulait tirer le cou et la nuque vers le haut, tandis que la tête, molle et lourde, cherchait à fuir vers le bas.

Son bouc grisonnant était maculé d'un mélange séché qui devait combiner sang et morve. La lèvre inférieure, tombante, révélait des chicots crasseux et un début de langue bleuie. Les paupières demeuraient fermées. Les fluides avaient dégouliné sur le torse, car Smith ne portait qu'une chemise sombre, ouverte, laissant apparaître sur sa peau ébène des coulures jusqu'à la ceinture. Plus bas, on découvrait un bermuda blanc taché d'une large auréole jaunâtre, produit du relâchement de la vessie.

— C'est dégueulasse, dit Mike.

— Ouais… Seulement quand on n'est pas habitué aux cadavres, se moqua Alison.

Elle lui avait révélé en avoir vu plus de deux cents durant sa carrière. Entre morts naturelles, règlements de comptes et accidents, les flics du LAPD ne manquaient pas d'occasions.

Les bras ballants de Smith, serrés le long de son tronc, de même que ses jambes maigres et pendantes, conféraient au corps une symétrie dans la mort, une régularité de posture presque harmonieuse, qui contrastait avec le désordre ambiant. Car tout autour, le chaos gouvernait. Table et chaises jonchées d'immondices. Sacs-poubelle par dizaines. Bouteilles de vin, cartons et barquettes de plats cuisinés. Boîtes de médicaments. Alison, qui analysait l'ensemble, commenta :

— On a la panoplie complète du type asocial, dépressif et suicidaire… Reste là, je vais faire la visite de sécurité. Tu siffles pour m'avertir si nécessaire.

Kostas avança et contourna le corps qui, sous l'effet de l'air brassé par son passage, oscilla légèrement de droite à gauche. Mike en eut un haut-le-cœur, doublé d'un frisson. Alison pénétra par une porte-fenêtre ouverte et se lança dans l'exploration du domicile. Deux minutes s'écoulèrent, interminables, au cours desquelles Singer apprécia peu l'expérience du face-à-face silencieux avec le pendu. Puis elle réapparut.

— C'est OK. La maison est vide.

Mike soupira. Léger soulagement de n'être plus seul.

— Tu as repéré quelque chose de particulier ?

— Non. J'ai vérifié les pièces en vitesse. On va aller regarder de plus près.

Elle sortit des gants en plastique de son sac à dos et en tendit une paire à Singer. Ils s'en munirent et elle s'assura que Smith était bien mort, en palpant son pouls au niveau du cou. Elle manipula son bras, testant la rigidité cadavérique.

— Je dirais qu'il est mort depuis au moins vingt-quatre heures, dit-elle. Le suicide ne fait guère de doute.

— Je pense aussi, mais il faut se méfier des apparences.

— Bon. Ta GoPro tourne ?

— Oui. Depuis qu'on a quitté la bagnole. Et la tienne ?

— Évidemment, dit Kostas. Ces images seront exceptionnelles. On filme tout.

— Allez. On y va.

Ils pénétrèrent dans la maison d'un même pas.

La porte-fenêtre ouvrait sur la cuisine, siège d'un fouillis inimaginable. Évier, table, plan de travail : les déchets s'y accumulaient. À se demander si des rats n'allaient pas surgir des immondices. Mais, ce qui frappait au premier abord, c'était l'odeur. Un mélange de pourriture, de renfermé, de mort. Singer songea au fameux syndrome évoqué par Kostas.

— Le syndrome de Diogène...

— Impressionnant, non ?

Elle pointa du bout de son arme le grand salon qui prolongeait la cuisine, sur la gauche, derrière un bar où s'alignaient plusieurs tabourets. Pour décrire cet endroit, la première formule qui venait à l'esprit du paparazzi était « décharge publique ».

— Oui, ça me file la gerbe.

L'objet le plus fréquemment observé chez Smith était le sac-poubelle. Ouvert ou fermé. Bien rempli ou à moitié vide. Éventré ou intact. Il y en avait des dizaines, entassés. Peut-être des centaines. Dans les parties qui n'étaient pas des zones de passage, les volumes montaient plus haut, comme des congères colonisant les recoins d'un jardin. Mike respirait par la bouche tant les remugles l'incommodaient.

Ils entreprirent de visiter les différentes pièces une à une, sans pour autant réaliser une véritable perquisition. Ils laisseraient aux policiers le plaisir de patauger dans ce nid à bactéries et à champignons. L'essentiel, pour l'heure, était de dénicher deux ou trois éléments rattachant cette maison au tueur. Sur un meuble près de l'entrée, ils découvrirent un passeport au nom de Samuel Smith. Ils filmèrent les informations, dont la date de naissance et la photo en gros plan. *Bingo !*

— Ça va nous faire de belles images, dit Kostas.

— L'identification est sûre à cent pour cent, maintenant.

Le pavillon comprenait une cuisine, un salon, un cellier et un garage. Au fond, un couloir desservait deux chambres, un bureau et une salle de bains. Les premières pièces n'offrirent rien d'intéressant, le plus saisissant demeurant la vision de cet incroyable dépotoir, écœurant au possible.

Dans les deux chambres – dont une seule possédait un lit, l'autre se contentant d'un matelas –, on trouvait surtout des restes de nourriture : paquets de biscuits, assiettes sales, boîtes de sardines ou de salades mexicaines. Des bouteilles de vin traînaient au milieu de ce décor alimentaire. Le cauchemar de Mike se réalisa : il aperçut une souris qui grignotait un croûton de pain sur un plateau en bois posé au sol. Le rongeur releva la tête, dévisagea le duo, puis disparut aussitôt sous une couverture.

— Sympa, dit Alison.

— Il nous reste le bureau.

Ils poussèrent la porte et furent accueillis, comme ailleurs, par une anarchie sans nom. Le réduit se révélait plus long que large. Sur les côtés s'alignaient des amas d'effets en tous genres. Vêtements. Paperasse. Livres. Magazines. Au fond, contre le mur, un meuble supportait un PC portable, une imprimante, ainsi qu'une lampe de style banquier verte, allumée. La chaise, vide, poussée sur la droite contre des sacs gorgés de papiers, suggérait un départ précipité. Les rideaux de la petite fenêtre percée dans le mur étaient tirés.

— On va peut-être découvrir du neuf avec l'ordinateur, dit Mike.

Alison nuança :

— On va regarder sans trop toucher.

Ils avancèrent et se partagèrent la tâche. Singer lançait des coups d'œil d'un côté, Kostas de l'autre. Ici, l'odeur était moins prégnante qu'ailleurs, peut-être à cause de l'absence de nourriture et de sacs-poubelle. C'est l'ex-fliquette qui décrocha le gros lot en premier.

— On y est, souffla-t-elle en se mettant accroupie.

Michael s'approcha et fixa ce qu'Alison lui indiquait du doigt. Près du mur, entre des couvertures et une pile de cartons, se trouvait une caisse à outils, dont le compartiment supérieur était ouvert. Et, déposé parmi les tournevis et les clés à molette, un couteau poisseux dont la lame présentait des traces brunes de sang séché. De la même façon, dans le compartiment adjacent, d'autres pièces à conviction prirent corps : deux armes de poing et des chargeurs.

— Ne touche à rien, l'avertit Alison. Nos images suffisent, inutile de tout contaminer.

Mike laissa son regard dériver plus loin et identifia une deuxième « bombe », le long du mur, sur le dossier d'une chaise métallique. Il s'exclama :

— Le sweat à capuche !

— Avec les lunettes de soleil, ajouta Kostas en pointant la monture suspendue par une branche à une poche du vêtement.

— Je fais quelques photos, dit Mike.

Il aimait compléter les archives vidéo avec des clichés. Il tira un appareil de son sac à dos et se mit à immortaliser les lieux et les preuves sur carte micro SD. Il réalisait ses prises de vue quand Kostas l'interrompit :

— On a sa confession.

— Sa confession ?

Elle scrutait le dessus du bureau, à côté du clavier de l'ordinateur.

— Lis ça, dit-elle en montrant une feuille A4 imprimée. Et prends des photos. Après, on pourra se tirer et appeler la police.

Singer parcourut le document.

Et sut que Samuel Smith était le tueur.

CHAPITRE 34

Journal de S. S.
Le 28 juin

Dieu m'a abandonné.

Il n'est plus avec moi, il ne me parle plus.

Je ne sais plus si ce que j'ai fait est bien ou mal.

J'ai tué ces femmes, j'ai tué cet homme, mais je n'en tuerai pas d'autres. Tout cela est fini. Ma mission s'arrête là. Peut-être que tout ce que j'ai entrepris permettra de faire connaître mon histoire. Je n'en suis pas sûr, mais je l'espère.

En tout cas, je ne ferai rien à Mary-Kate Olsen.

Je ne ferai rien non plus aux jumelles Bella.

Tout ça n'a plus d'importance.

Peut-être que j'ai enfin compris ce qui n'allait pas chez moi.

La vérité m'apparaît plus clairement.

La nuit m'a porté conseil.

Ma place n'est pas ici. Ou plutôt, elle n'est plus ici.

Je dois rejoindre Emily et Madison.

Je dois m'en aller retrouver mes filles.

Mes jumelles, qui m'attendent au paradis.
Mon temps sur cette terre est écoulé.
Pardon pour ce que j'ai fait.
Pardon si j'ai fait souffrir.
Moi, j'espère ne plus souffrir là où je vais.
Et j'espère être avec elles très vite.
Adieu.

Samuel Harry Smith
Los Angeles, le 28 juin 2016, à 8 h 40

CHAPITRE 35

100 West 1st Street, Los Angeles, Californie
Mercredi 29 juin 2016, 14 h 55

Singer patientait, assis dans une cellule du LAPD, avec pour seuls compagnons un sandwich au poulet à l'arrière-goût de plastique, une bouteille d'eau et un sachet contenant deux malheureux cookies. Il devait en être de même pour Kostas de son côté.

Trois heures plus tôt, après la découverte du corps de Smith, Mike avait contacté les services de police du LAPD. C'était l'inspecteur Sean Madden en personne qui avait parlé avec le paparazzi, lui imposant de rester sur place et de ne plus rien toucher en attendant ses équipes. Madden avait souligné qu'il était à présent directeur d'enquête et qu'il chapeautait l'ensemble du groupe d'investigateurs.

Les policiers et tous les acteurs habituels étaient arrivés sur les lieux. Personne ne manquait à l'appel. Services du *coroner*. Techniciens de scène de crime. Agents en tenue verrouillant le périmètre. Les fourgons et les voitures sérigraphiés, surmontés de gyrophares toutes lumières dehors, s'étaient rassemblés devant et derrière le pavillon, transformant le quartier en un grand cirque fermé au public.

Au préalable, Singer et Kostas avaient honoré leur part du contrat signé avec TMZ : assurer au site d'Harvey Levin l'exclusivité de toute nouvelle découverte dans l'affaire du Tueur de jumelles. Mike avait joint Boris Aliev, son avocat et intermédiaire dans le processus, avant de lui envoyer par mail toute la matière – documentation, photos et vidéos – réunie par le duo ces dernières heures. Le juriste se chargerait de faire le lien avec TMZ.

Malgré le contrat et le bénéfice espéré, Mike l'avait fait à contrecœur. La scène du corps de Smith suspendu à une poutre l'avait si durement marqué qu'il n'avait pu immédiatement se résoudre à gagner de l'argent avec une telle horreur. *C'est affreux de revendre ça*, avait-il dit à Kostas. Elle avait su atténuer sa culpabilité : *Au contraire, ça va nous libérer définitivement. C'est la dernière fois qu'on fait ça. Après, on sera assez larges financièrement pour ne plus faire ce genre de trucs.*

Puis, Sean Madden et Carlos Gomez étaient arrivés : Madden, toujours aussi étonnant avec ses cheveux blancs coupés en brosse, et, à ses côtés, le bedonnant Gomez et sa queue de cheval coiffée à l'iroquoise. Ils avaient questionné Alison et Michael, sans nervosité affichée, pour avoir leur version des faits. Puis ils les avaient priés de monter dans une voiture banalisée pour être conduits dans leurs locaux.

Interrogatoires.

Impossible d'y déroger.

À leur arrivée dans le bâtiment de Downtown, on les avait séparés. Mike avait pu passer un appel à Boris pour l'aviser de la situation. Le juriste l'avait rassuré, lui indiquant qu'il ne se déplacerait pas dans l'immédiat. D'abord, ça ne lui semblait pas indispensable. Ensuite, il traitait en cet instant la transaction avec Levin et il était question de gros sous.

Un planton finit par venir. On accompagna Mike à l'étage du dessus et il se rendit tout au fond d'un couloir, où l'attendait Sean Madden. Il reconnut les lieux. C'était dans ce bureau qu'il avait été reçu l'année précédente. Gomez n'était pas là. Madden prit la parole :

— Installez-vous, monsieur Singer.

— Merci.

Il s'assit face à Madden, qui se tenait à son poste, derrière son ordinateur. L'inspecteur lui donna aussitôt des nouvelles de sa coéquipière :

— Je viens de m'entretenir avec Mme Alison Kostas. Elle m'a demandé de vous informer qu'elle vous attendait dehors.

— Ah ? Bien. Je vais donc pouvoir sortir ?

— Il semblerait. À première vue, vous n'avez pas commis d'infraction à la loi pénale californienne. Nous allons poursuivre nos investigations et essayer de clarifier votre rôle dans cette procédure.

Madden soupira et lâcha :

— Vous êtes juste un emmerdeur, pour résumer.

— D'accord, dit Mike, pris de court.

— Comme je vous l'ai dit, c'est moi qui dirige les investigations. Nous sommes six inspecteurs à bosser à temps plein sur l'affaire Samuel Smith.

Madden fixa Mike de ses yeux bleus et l'attaqua :

— Vous court-circuitez la police pour faire de l'argent, monsieur Singer. Vous savez ce que je pense des journalistes qui polluent le travail des autorités.

— Oui, je le sais.

— Bref, je ne vais pas m'énerver ni vous faire la morale. Ça n'aurait aucun intérêt, puisque je ne vois pas ce que ça pourrait changer chez vous. Je suis juste étonné par votre façon de faire. L'an passé, vous vouliez vous libérer de la presse à scandales et faire du *vrai journalisme,* pour reprendre votre formule. Et qu'est-ce qu'on voit aujourd'hui ? Un paparazzi que je retrouve sur une scène de crime dans le rôle du journaliste-chien, prêt à vendre sa mère pour un scoop. Vous me surprenez, monsieur Singer. Vous me surprenez vraiment.

Mike tenta de se défendre :

— C'est particulier, cette fois. J'ai été mêlé à ça malgré moi.

— Rassurez-vous comme vous voulez. Tant mieux si vous avez bonne conscience.

Mike répliqua par une pique :

— Ce n'est pas ma faute si vous êtes moins rapides que moi pour résoudre une affaire.

Madden ne releva pas, l'air tout à fait détaché :

— Bon, ça suffit là-dessus. On s'en fout. Faites ce qui vous plaît, ça vous regarde. Moi, ma mission, c'est de faire la lumière sur ces meurtres. Ça signifie que je veux comprendre pourquoi Smith vous a envoyé ces vidéos, et pourquoi il a semé vos cartes de visite derrière lui. Vous avez un avis là-dessus ?

— Pour attirer mon attention. Pour être sûr qu'un type comme moi couvrirait l'affaire. Je crois que Samuel Smith voulait médiatiser ses meurtres pour faire revivre ses jumelles, d'une certaine façon.

— Mme Kostas m'a expliqué votre théorie, je suis au courant. C'est d'ailleurs une piste de travail que nous étudions aussi et qui nous paraît crédible. Mais pourquoi vous ?

— Peut-être parce que je suis un pro.

Singer et Madden se regardèrent en chiens de faïence.

— On peut voir les choses comme ça, dit le flic.

Mike triturait un trombone pris sur le bureau et le tordait dans tous les sens. Il eut soudain envie de se justifier et de donner sa version à Madden :

— Écoutez. J'ai tout fait pour que votre enquête ne souffre pas de mes propres recherches. On n'a presque rien touché sur la scène de crime, chez Smith. On vous a appelés. Idem pour les vidéos. À part la première, on n'a pas traîné à vous les envoyer.

— Si on veut.

— J'espère et je pense que ça n'a rien changé à votre enquête et à ce qu'a fait Smith.

— Ça... L'avenir le dira. Quand on aura démêlé tous les fils.

Singer continua dans ses justifications, plus en verve :

— Comprenez bien que je suis sous contrat pour revendre ce que je découvre. J'espère vraiment que votre enquête aurait été la même sans mes investigations.

Madden prit un air amusé derrière son bureau :

— Je ne suis pas votre psychanalyste, monsieur Singer. On dirait que vous cherchez à vous rassurer. Si vous avez des remords, tant pis pour vous. Vous réglerez ça avec votre conscience.

Mike ne rétorqua rien. L'autre enfonça le clou :

— Vous vous consolerez avec vos dollars. Vous marchez à ça, au fond.

Le sourire de Madden faisait mal à Mike.

— Si j'ai fait ça, c'est pour avoir les moyens d'arrêter la presse *people*. C'était vraiment la dernière fois.

— Si vous le dites... Bref, revenons à notre affaire. Sachez qu'avec la seconde vidéo que le tueur vous a envoyée, on était aussi au cul de Smith. On était en train de le loger à Watts quand vous nous avez appelés. On avait quelques minutes de retard sur vous, au maximum. Pourtant, vous avez attendu beaucoup plus de temps avant de nous la filer. Je vous laisse le soin d'en déduire qui avance le plus vite.

Le malaise de Singer se changea en amusement. À présent, on avait l'impression que c'était Madden qui était sur la défensive, forcé de commenter son travail.

— Je comprends. Vous ne me devez pas d'explications. Vous faites ce que vous pouvez et moi aussi. Chacun sa merde.

— J'ai plusieurs informations à vous communiquer. D'abord, si vous avez à l'avenir quoi que ce soit à demander ou à dire aux services de police, c'est par moi que vous devrez passer. On est d'accord ?

— C'est noté.

— Ensuite, je veux que vous nous fournissiez tous les éléments en votre possession. Toutes les archives papier, les documents, les copies de mails, les photos ou autres... Tout ce qui vous a servi ces derniers jours. Quand vous quitterez mon bureau, vous irez réunir tout ça et vous me l'apporterez. Vous n'avez pas le choix, vous pouvez demander confirmation à votre avocat. Vous serez ensuite convoqué ici dans deux ou trois jours pour vous expliquer sur les faits. Point par point. Ce sera un interrogatoire long et minutieux, je vous préviens. Mais après ça, j'imagine que vous aurez les moyens de vous offrir les plus belles vacances de votre vie.

Mike prit la pique en pleine figure.

— Autre chose, dit Madden. Je dois vous avertir que le bureau du *District Attorney* et la direction du LAPD vont tout faire pour vous casser le cul, comme on dit dans le jargon. Ils vont éplucher le dossier ligne par ligne pour chercher à vous coincer. Vous avez sacrément remué la merde. On peut même dire que vous les avez rendus fous.

— C'est TMZ qui publie, pas moi.

— Harvey Levin est intouchable, il a en stock des dossiers sur tout le monde. Au pire, il pourra être retenu quelques heures ici, pour la forme. Mais vous, désolé de vous le dire aussi franchement, vous n'êtes personne. Préparez votre défense et attendez-vous à en chier un max.

Il y eut quelques secondes lourdes de silence. Madden poursuivit :

— D'autant qu'on devrait avoir droit à la suite du feuilleton, j'imagine ? TMZ va nous offrir *en exclusivité* (Madden insista ironiquement sur ces deux mots) les images du corps de Smith, de sa maison, des armes du crime, de sa lettre d'adieu et j'en passe, non ?

— Oui, vous avez raison. C'est peut-être même déjà en ligne, concéda Mike.

Le flic recula dans son fauteuil, l'air agacé :

— Merci pour ce cadeau, monsieur Singer. C'est adorable de votre part.

— Vous l'avez dit il y a deux minutes : pas de leçon de morale.

— C'est vrai. Mais j'ai du mal à m'en empêcher, je vous l'avoue.

Mike revint sur les risques encourus :

— Pour ce que vous m'avez annoncé, je suis bien conseillé. J'ai le meilleur avocat dans ce domaine, maître Boris Aliev. Un crack. Mais je vous remercie de m'avoir mis en garde.

— Pas de quoi, ricana Madden, irrité.

Mike compléta :

— Le droit à l'information sera toujours le plus fort.

— Mais bien sûr... C'est l'information du public qui vous motive.

— Cette conversation est stérile, conclut Mike. Est-ce que vous avez encore besoin de moi, ou je peux partir ?

Madden se baissa pour ouvrir un tiroir de son bureau. Il en tira un sachet en plastique dans lequel Singer reconnut ses effets personnels, laissés au planton à son arrivée.

— Je vous remets vos affaires et vous pourrez y aller.

Le policier rendit à Singer son portefeuille, son trousseau de clés, sa montre, ses téléphones portables, sa ceinture et ses lacets – les deux derniers objets étant écartés à titre préventif pour éviter que le détenu, désœuvré, ne soit tenté de faire une *Samuel Smith* en se pendant au plafond de sa cellule.

— Merci, dit Mike en récupérant le tout.

Ils se levèrent et s'engagèrent dans le couloir de la Section Spéciale Homicides, puis montèrent dans l'ascenseur. Madden pressa le bouton *Niveau 0 – Sortie*.

— Si je peux vous donner un autre conseil, ajouta Madden, c'est de respecter l'ordonnance juridictionnelle qui vous impose de ne pas quitter la Californie.

— Oui, bien sûr. Je n'ai aucune raison de partir.

— Et soyez coopératif ces prochains temps. Sans exagérer, je vous garantis que vous êtes dans le collimateur, même si vous le prenez à la légère.

— Comptez sur moi, répondit Mike.

Les deux hommes arrivèrent dans le vaste hall d'accueil, là même où Wasson, deux jours plus tôt, l'avait raccompagné après son passage au détecteur de mensonges.

— Au revoir, monsieur Singer, dit-il quand ils furent près de la grande porte.

— Au revoir, inspecteur.

Ils ne se serrèrent pas la main. Ambiance fraîche.

Mike ralluma ses portables et appela Alison.

— Hello, Mike.

— Tu es dans le coin ?

— La Ford Fiesta grise en face du commissariat. J'ai loué une caisse.

— OK. J'arrive.

Mike traversa le parvis ensoleillé, puis la rue à double voie pour rejoindre Alison et s'installer à ses côtés dans la voiture. Il l'interrogea d'emblée :

— Alors, ça s'est bien passé ? Pas trop malmenée ?

— Malmenée ? Je suis une ancienne flic, je connais la musique. Et toi ?

— Glacial. Madden m'a prévenu qu'on me lâcherait pas comme ça. Il m'a dit que le procureur et le LAPD allaient tout tenter pour me faire la peau.

— J'ai eu droit au même refrain. Il en rajoute. Il veut qu'on se tienne tranquilles, c'est tout.

— On doit lui donner notre documentation.

— Il m'en a parlé aussi. J'ai dû tout lui raconter depuis le début.

— Ah bon ? Pas moi, dit Mike. Ça a été rapide.

— C'est normal, tu lui aurais raconté à peu près la même chose. De toute façon, on sera convoqués tous les deux plus tard, quand ils auront fini avec la maison de Smith. C'est la procédure habituelle.

Alison démarra et s'inséra dans la circulation.

— On va récupérer le 4x4 ? demanda-t-elle.

— Oui. On fera aussi le point sur place.

Mike attrapa son portable et lança un appel à Boris Aliev.

— Allô !

— C'est Mike. Alors, ça s'est bien passé avec Harvey ?

Le paparazzi s'interrogeait malgré tout sur le montant qu'avait pu lâcher le patron de TMZ.

— Plus que ça. Tu es riche, mon cher.

— Combien ?

— Devine. Comme au *Juste Prix*.

Boris jubilait.

— Cinq cent mille, proposa Mike.

— C'est plus.

— Sept cents ?

— C'est plus.

— Neuf cents ?

— C'est moins.

— Huit cents ?

— C'est le juste prix, lança Boris, hilare. Huit cent mille dollars !

— Putain...

Boris semblait plus enthousiaste que jamais :

— J'ai rarement négocié aussi haut de toute ma carrière. C'est autant que les histoires de fesses de Clinton et Lewinsky, qui atteignaient déjà des sommets ! Toutes mes félicitations, Mike !

— Merci.

— Moins mes cinq pour cent, ça te fait 750 000 dollars dans la poche, à la louche. Tu les auras sur ton compte dans la journée. On arrosera ça ! s'exclama-t-il.

Singer s'amusait moins de la situation. La culpabilité ressentie ces dernières heures ne se dissipait pas si facilement. Au fond, il se sentait minable d'avoir vendu de telles images. Il en voulait aussi à Alison de l'avoir encouragé. Ils auraient pu partir et faire comme s'ils n'avaient rien découvert. Définitivement, il ne renouvellerait plus ce genre de transactions. Une page se tournait, un déclic s'était produit.

— On arrosera ça, oui, répondit Mike. Et TMZ, ils ont sorti leur papier ?

— Aucune idée.

Alison s'agita sur son siège en conduisant et intervint :

— Oui, oui ! C'est déjà paru.

Mike enregistra l'information et reprit pour Boris :

— Bon, je te laisse. On se tient au jus. Salut, Boris. Et merci.

— Salut, Michael.

Le journaliste raccrocha. Kostas hurla presque :

— Huit cent mille dollars dans la poche ! Ça fait plus d'un million et demi au total… Énorme.

Son visage exprimait la stupéfaction.

— On est tranquilles pour un moment, dit Singer. Finalement, on touche le gros lot pour une enquête qu'on a résolue rapidement, non ? C'était presque trop simple.

Un malaise l'habitait en même temps qu'une étrange sérénité.

— J'en sais rien. Un million et demi… C'est énorme, répéta-t-elle.

— Tu ne trouves pas que c'était un peu facile ?

Kostas soupira :

— Tu fais chier, Mike. Tu as réussi à démasquer un tueur et à mettre de l'argent de côté. Tu vas pouvoir faire de vraies enquêtes. Sois content. Arrête de te poser des questions. Profite, merde !

Un silence s'installa dans l'habitacle. Les journalistes suivaient la route du regard, chacun jaugeant mentalement tous ces événements. Une migraine commençait à poindre sous le crâne de Mike. Trop d'émotions, sans doute.

Alison proposa :

— Lis l'article. Ils ont tout mis. Photos, vidéos, biographie. Un boulot rapide et efficace. Ils sont bons, chez TMZ. Tu vas voir, ça envoie.

— J'imagine, dit-il en soupirant.

Singer lança la recherche sur son portable et la page d'accueil s'afficha. Il n'eut aucun mal à repérer l'article, qui faisait la Une en occupant la totalité de l'espace :

AFFAIRE DU TUEUR DE JUMELLES
L'HOMME EN NOIR ENFIN IDENTIFIÉ
LE TUEUR, SAMUEL SMITH,
S'EST DONNÉ LA MORT

CHAPITRE 36

AFFAIRE DU TUEUR DE JUMELLES
L'HOMME EN NOIR ENFIN IDENTIFIÉ
LE TUEUR, SAMUEL SMITH, S'EST DONNÉ LA MORT

2016-06-29 12:07 by TMZ staff

!! EXCLUSIVITÉ !! !! EXCLUSIVITÉ !!
PHOTOS ET VIDÉOS EXCLUSIVES

TMZ vous révèle en exclusivité l'identité du « Tueur de jumelles ». Le meurtrier s'appelle Samuel Smith. Âgé de quarante-cinq ans, il est bien, de source policière, « l'homme en noir ». Les services de police du LAPD ont découvert son corps sans vie dans un pavillon du sud de la ville, ce matin. Il se serait suicidé. En fin d'article, retrouvez des photos et vidéos exclusives du « Tueur de jumelles » et de la maison où il s'est donné la mort.

Le travail de deux paparazzis

Ce sont nos paparazzis, M. S. et A. K, qui sont parvenus les premiers à percer le mystère du Tueur de jumelles. La nuit dernière, sur la base des images vidéo tournées par l'homme en noir (révélées en exclusivité par TMZ), ils ont pu établir formellement son identité et localiser son adresse.

L'homme vivait au 10523 Gorman Avenue, à Watts, South Central, dans une maison de location réduite à l'état de taudis. Les deux journalistes ont découvert le corps de l'homme sur la terrasse, à l'arrière du pavillon, pendu à une poutre. Selon une source policière, Smith se serait donné la mort le 28 juin au matin.

Qui est Samuel Smith ?

« L'homme en noir », Samuel Harry Smith, est né le 21 décembre 1969 à Los Angeles. L'histoire personnelle de cet Afro-Américain apparaît comme particulièrement douloureuse. Marié au début des années 90, ce juriste spécialisé en droit pharmaceutique divorce en 1998. Il commence alors à sombrer dans la dépression et se réfugie dans l'alcool. Résidant à l'origine dans les beaux quartiers de Westside, il finit sa vie dans une situation proche du dénuement à Watts.

Qu'est-ce qui a pu entraîner la chute de cet homme aux brillantes études, en pleine ascension professionnelle ? Et surtout, comment en est-il arrivé à tuer cinq personnes ? L'origine de ce destin tragique trouve sa source en 1996.

La mort d'Emily et de Madison

Cette année-là, il y a tout juste vingt ans, sa femme Helena accouchait de jumelles prématurées, Emily et Madison, au Centre médical Cedars-Sinaï. Arrivés trop tôt, les deux bébés n'ont pas survécu.

Depuis, Samuel Smith a toujours considéré que le docteur Stephen Barr était responsable du désastre. Nourrissant pendant des années une rancœur immense envers lui, Smith, alcoolique et psychotique, aurait fini par décompenser et par passer à l'acte en exécutant celui qu'il considérait comme l'élément déclencheur de son malheur.

Les meurtres de jumelles qui ont suivi auraient visé, selon une source proche de l'enquête, un triple objectif : soulager sa souffrance psychologique, punir symboliquement des sœurs jumelles ayant eu le « droit » de vivre et, enfin, créer un choc médiatique tel que son histoire et celle de ses jumelles décédées fassent la Une de l'actualité.

Pour ce dernier point, il ne fait pas de doute que feu Samuel Smith a atteint son but.

Des meurtres et un suicide

Les premières informations qui nous parviennent sur la perquisition menée actuellement chez Smith font état de plusieurs découvertes : un couteau de cuisine maculé de sang séché et qui correspondrait à l'arme utilisée pour tuer Sia Barbi, de même que des armes de poing de calibre identique aux projectiles retrouvés dans les corps des autres victimes.

Un journal intime, tenu par le tueur depuis le début de son équipée meurtrière, a aussi été saisi. Confuses, ces notes confirmeraient néanmoins que Smith a bien tué ces cinq personnes. La dernière feuille constituerait une lettre d'adieu annonçant son suicide.

Des mystères qui demeurent

Si ces premiers éléments permettent d'affirmer que Smith est bien l'homme en noir, plusieurs interrogations subsistent. Pourquoi le tueur a-t-il numéroté ses victimes, en inscrivant à chaque fois un horrible chiffre sur leur front ? Pourquoi a-t-il envoyé des vidéos à notre source ? Cherchait-il à se faire arrêter ? Et pourquoi tuer des jumelles forcément célèbres ? Nous savons qu'il laissait parfois derrière lui une carte de visite au nom d'une tierce personne. Pourquoi un tel rituel ? Les investigations en cours pourraient apporter un nouvel éclairage. TMZ vous tiendra informés.

Dans son malheur, Mary-Kate Olsen, qui pleure sa sœur décédée, peut au moins se rassurer, puisque Smith ne poursuivra pas sa série en s'attaquant à elle. Rappelons que l'actrice de trente ans bénéficie, depuis vendredi, d'un dispositif de sécurité d'une ampleur rarement vue dans le petit monde du people*. La dernière information d'importance serait que Samuel Smith, après les sœurs Olsen, avait prévu d'éliminer les jumelles Brie et Nikki Bella, mannequins et catcheuses de la World Wrestling Entertainment. Contactées par TMZ, les stars du ring n'ont pas souhaité réagir.*

De sources sûres, d'autres jumelles ou jumeaux célèbres avaient déjà pris des dispositions pour assurer leur sécurité, dont les acteurs Dylan et Cole Sprouse, Miranda et Madison Carabello, ou encore Rebecca et Camilla Rosso. Nul doute que le suicide de Smith devrait leur permettre de respirer.

Des images exceptionnelles, une exclusivité TMZ

TMZ vous offre une galerie de photos et des images vidéo exceptionnelles. Nos reporters ont pu, en devançant la police, filmer en intégralité leur intervention, depuis l'arrivée dans le quartier de Watts, où vivait « l'homme en noir », jusqu'à la découverte de son corps. Outre le cadavre de Samuel Smith, la vidéo montre l'intérieur de la maison, les preuves de sa culpabilité et sa lettre d'adieu. Il s'agit d'un enregistrement vidéo inédit et exclusif que vous propose TMZ.

Attention, images difficiles.
Pour le merchandising et les produits dérivés, cliquez ici.

!! VIDÉO EXCLUSIVE !!
PLAY ▶

!! PHOTOS EXCLUSIVES !!
DIAPORAMA ▶

CHAPITRE 37

Lou Dillon Avenue, Los Angeles, Californie
Samedi 2 juillet 2016, 9 h 17

Trois jours avaient passé.

Trois jours au parfum étrange, bercés par la sérénité de l'homme riche, détaché des contingences matérielles, et par les implications annexes – judiciaires et morales – que les choix récents de Mike ne manquaient pas de soulever.

La veille, Kostas et lui, convoqués au LAPD, s'étaient retrouvés chacun dans une salle d'interrogatoire avec un duo d'inspecteurs. Madden et Gomez, qui dirigeaient l'enquête, avaient cuisiné Alison. Mike, lui, avait hérité de Craig Wasson et de Philip Newman.

Les entretiens avaient duré longtemps. Six heures pour Singer. Cinq pour Kostas. Aucun d'eux n'était inculpé de quoi que ce soit pour le moment. Par conséquent, sur le conseil de Boris Aliev, ni l'un ni l'autre n'avait requis l'assistance d'un avocat.

L'expérience avait semblé comparable de chaque côté. Un passage en revue de toute l'affaire, quasiment minuté.

L'analyse chronologique avait couvert une dizaine de jours, depuis l'exécution de Stephen Barr jusqu'à leur intrusion dans la maison de Smith.

Pour Singer et Alison, il n'y avait pas eu de grand bénéfice lié à ces interrogatoires, hormis des informations sur les investigations menées chez le tueur. Les policiers y avaient saisi les preuves de sa culpabilité : vêtements, écrits, armes utilisées. Des documents établissaient les autres cibles programmées de Smith. Sa folie et son obsession transpiraient dans chaque pièce du taudis, où l'on avait réalisé des relevés d'empreintes et d'ADN. L'enquête de voisinage avait donné lieu à des témoignages quelconques. On décrivait un homme discret et taciturne. Certains riverains assuraient ne l'avoir jamais vu. Les langues ne se déliaient pas pour parler aux policiers, à Watts.

Singer songeait à tout ça, vaseux, installé derrière le volant de son Q7. Il s'inquiétait un peu des migraines qui le frappaient depuis quelque temps. Tout ce cirque, oppressant au possible, devait perturber son équilibre. Ces derniers jours, il se sentait comme dans une sorte d'espace-temps dilaté, embrumé, où les repères s'effaçaient. Il dormait mal. La nuit d'avant, ponctuée de réveils intempestifs, s'était même conclue par un rêve bizarre dans lequel Smith n'était pas le seul tueur.

Mais la vie continuait.

Aujourd'hui, il se rendait chez Marbella Jones, à South Los Angeles, pour la seconde et dernière partie de l'interview destinée à son reportage. Il put se garer de l'autre côté de la rue, en face de la maisonnette de la jeune Noire.

Cette fois, il n'eut pas besoin de sonner. Marbella se trouvait dehors, en plein soleil, dans la cour bétonnée, avec ses deux enfants et son vieux caniche. Sam et Eddy – Mike se souvenait des prénoms des deux garçons – jouaient avec un ballon de basket et un panier.

— Bonjour, Marbella, dit-il en franchissant le portillon.

— Bonjour, monsieur Singer.

Elle surprenait toujours avec son style tape-à-l'œil. Baskets fluo. Jean blanc moulant. Veste et casquette de base-ball noires à liseré doré. Beaucoup de bijoux brillaient partout sur sa silhouette : boucles d'oreilles, colliers, bracelets. Souriante, elle l'invita à entrer. Les gamins, craintifs, avaient déjà pris les devants.

Ils s'installèrent dans le salon, comme dix jours plus tôt. Pendant qu'elle préparait du café, Mike aperçut les deux marmots qui chahutaient au fond du couloir, passant d'une pièce à l'autre. Marbella s'affairait dans la cuisine, une cigarette à la bouche. Elle revint avec deux expressos et s'assit près de Mike.

— Je pense qu'une de mes amies pourrait accepter de vous parler aussi, lui apprit-elle.

— Intéressant. J'ai déjà beaucoup de matière, mais pourquoi pas.

Maintenant que l'aspect financier ne le pressait plus, Michael pouvait s'autoriser à prendre son temps et à peaufiner le reportage autant qu'il le voulait. Elle poursuivit :

— Je vous donnerai son numéro. C'est une fille de l'association. Elle est toujours dans la came, mais elle s'en sortira, j'en suis sûre. Elle est prête à vous parler et à raconter son histoire.

— Excellent, dit Mike.

Ils échangèrent encore quelques mots, puis il fut temps de se replonger au cœur du sujet.

— On peut reprendre, si vous le voulez bien, proposa-t-il.

— On y va, répondit-elle en allumant une nouvelle Marlboro.

Michael vérifia le fonctionnement de sa GoPro et l'ajusta autour de son cou. Il la conservait sur lui sans temps mort afin de pouvoir saisir le bon scoop en toute circonstance.

Il rappela :

— On fait comme la dernière fois. Vous vous exprimez librement sur ce qui vous inspire, sur ce qui vous passe par la tête.

Elle opina et il précisa :

— Si vous ne savez pas par quoi commencer, vous pouvez me parler, par exemple, des valeurs défendues dans les gangs. Vous aviez brièvement évoqué cet aspect il y a deux semaines.

Marbella enchaîna avec quelques généralités pendant une minute, puis se libéra :

— Les membres de gangs croient défendre des valeurs, des principes, ou je ne sais quoi, mais tout ça, ça ne vaut rien. Qui peut prétendre avoir des valeurs en tuant d'autres personnes, sans aucune considération pour la vie humaine ?

Elle s'arrêta cinq ou six secondes, l'air de se remémorer de vieux souvenirs surgissant du fond de son esprit.

— Je me souviens bien d'un chef minable des Bloods, avec qui je sortais. Ce mec est en taule maintenant. Ce putain de négro m'expliquait qu'ils allaient flinguer un gars des Crips pour marquer notre territoire et montrer qu'on avait de l'honneur chez les Bloods. Mais qui peut se vanter d'avoir de l'honneur quand on tue comme on irait au cinéma ou à un match de foot ? J'ai perdu au moins une quinzaine d'amis d'enfance dans ces règlements de compte.

En parlant de tout ça, Marbella devenait presque une autre. Elle bougeait plus nerveusement. S'envolait dans les intonations de voix. Usait d'un langage imagé et de familiarités qui disparaissaient quand elle revenait aux sujets de la vie courante, comme si elle régressait pour mieux évoquer ce passé, réinvestissant la peau d'une gamine immature, cent fois moins évoluée que la mère de famille renaissante qu'elle incarnait aujourd'hui.

Singer s'étonnait de la facilité avec laquelle elle employait le terme injurieux *nègre*. Ce mot, devenu un tabou absolu dans le langage américain, jaillissait pourtant de la bouche des intéressés d'une façon si naturelle qu'elle surprenait toujours Mike.

Marbella écrasa son mégot et ne reprit pas, si bien qu'il la relança en lui demandant de développer un point :

— Vous avez parlé des Crips et des Bloods, deux gangs bien connus. Comment les percevez-vous ?

L'espace d'un instant, elle se tritura les doigts – dont le vernis jaune fluo attirait le regard – avant de répondre, puis fit craquer ses phalanges. Sans cigarette pour occuper ses mains, il fallait bien qu'elle trouve quelque chose. Elle expliqua :

— Comme partout dans Los Angeles, les gangs cherchent à agrandir leur territoire et à défendre les rues qu'ils maîtrisent déjà. Plus ils contrôlent de nouvelles rues, plus ils sont puissants et riches grâce aux trafics. Les Crips et les Bloods en sont là. Ils existent depuis des décennies. Ma mère a intégré les Bloods à l'âge de seize ans. Ils s'opposent et se déchirent, mais moins qu'à l'époque, car ils ont maintenant un ennemi commun, les Latinos. On réalise que, depuis vingt ans, on se fait bouffer par eux.

Singer releva cet indice, ce lapsus, ce « on » involontaire qui donnait l'impression que Marbella se sentait encore comme une guerrière dans ce conflit ethnique, pourtant désormais loin derrière elle. Elle continua :

— Les Crips et les Bloods sont deux gangs de Blacks qu'on peut reconnaître à la couleur qu'ils portent. Ils sont radicalisés et primaires dans la haine qu'ils entretiennent les uns par rapport aux autres. Les Crips veillent par exemple à ne jamais porter de rouge, qui est la couleur de l'ennemi. Les Bloods font de même avec le bleu. C'est insensé. Dire que j'étais dans ces conneries, moi aussi...

Elle temporisa, avant de surenchérir :

— Même dans leur façon de s'exprimer, ils font gaffe. Quand j'étais chez les Bloods, je n'utilisais jamais la lettre C, car c'était l'initiale des Crips, notre ennemi.

On boycottait tous les mots qui comportaient un C. Ou alors on supprimait le C dans le mot utilisé, si on ne pouvait pas faire autrement, en le remplaçant par le B, notre initiale à nous. Je ne me trompais jamais, comme beaucoup d'autres Bloods, je ne prononçais jamais un C. J'avais tellement l'habitude que je parlais à la même vitesse, sans faire aucune erreur. Par exemple, tout à l'heure, si vous m'aviez demandé du Coca-Cola, j'aurais pu vous dire : « Voilà votre verre de Boba-Bola. » Là, je dirais que vous êtes en train de boire du « bafé », pas du café.

Mike ouvrit de grands yeux.

— Oui, confirma Marbella. Ça vous étonne, mais ça se passe vraiment de cette façon. Ça vous donne une idée du niveau d'embrigadement, de connerie et d'intégrisme des membres de gangs. Ce sont des sectes ultra-violentes.

Plusieurs secondes planèrent sans que personne rompe le silence. Michael regardait Marbella, cette belle Noire, élégante malgré son style extravagant, qui s'en était sortie et décrivait à la fois avec passion et répulsion son existence d'antan.

Ils en étaient là de leur discussion quand un « bip » indiqua à Singer qu'un SMS venait d'arriver sur son téléphone. Il l'ouvrit et y jeta un coup d'œil rapide, déjà prêt à le refermer pour poursuivre la conversation. Pourtant, au contraire, il fixa les quelques mots pendant un long moment, figé comme une statue antique. Sa mine dut interpeller Marbella.

— Ça ne va pas ? s'enquit-elle.

Michael l'entendit à peine. De très loin. Il éprouvait comme un étourdissement.

— Monsieur Singer ? Un problème ? renchérit la Noire.

Il ne répondit toujours pas. Un voile blanchâtre commençait à opacifier son champ de vision. Un vertige s'emparait de sa conscience tout entière, qui tournoyait comme si sa tête allait se détacher. Il parvint malgré tout à se lever.

— Excusez-moi, je dois partir, lâcha-t-il.

— Mais...

Singer chemina jusqu'à la porte, la démarche hésitante, puis sortit de la maison sous les yeux inquiets de Marbella. Sa migraine gagnait en intensité. Un sentiment de panique l'étreignit, en lieu et place du vertige. Il frôlait la perte de contrôle, comme habité par un diable malfaisant.

Le cœur dans les tempes, il franchit le portillon et plongea dans son SUV, jetant au passage son portable sur le cuir du siège passager. Sur l'écran, on pouvait toujours lire les quelques lignes invraisemblables envoyées par Alison :

Mike, je sais ce que tu as fait, j'ai tout découvert. C'est toi qui as organisé tout ça. Tu as besoin d'aide. Rends-toi, appelle-moi ou fais quelque chose. Mais ne reste pas seul.

DEUXIÈME PARTIE

CHAPITRE 38

421 East Bay State Street, Alhambra, Californie
Samedi 2 juillet 2016, 9 h 57

Leon jeta un œil à son portable, qui vibrait bruyamment sur le bureau, entre un cendrier farci de mégots et une ramette de papier. Il fronça les sourcils, appréciant peu d'être dérangé en plein travail. *Le* hacking *est un art qui se pratique dans la concentration.* Selon l'interlocuteur, le rasta répondait ou non. Là, c'était Alison, donc il n'y avait pas de problème. Il attrapa l'iPhone et prit l'appel.

— Hello, Alison ! Comment...

Elle le coupa en ordonnant de façon autoritaire :

— Branche-toi sur ma GoPro, Leon, tout de suite !

— Quoi ? Qu'est-ce que tu...

— Fais ce que je te dis, branche-toi sur ma GoPro !

— Euh... oui, OK.

En deux ou trois clics, il se connecta à distance à la caméra portative de Kostas. Le fonctionnement utilisait Internet et le réseau téléphonique. Ils employaient ce procédé quand elle tournait un reportage et souhaitait que

Leon la guide en direct. Il se synchronisait sur la GoPro, devenait ses « yeux » secondaires et lui transmettait des indications sur la configuration des lieux, sa localisation précise ou les éléments tirés de la vidéosurveillance.

— Voilà, c'est fait, dit-il.

— Tu as allumé le micro aussi ?

Il s'exécuta, sans comprendre ce qui arrivait. Pourquoi ces directives brutales ? Pourquoi cette nervosité inhabituelle dans la voix de son amie ?

— C'est fait... Mais qu'est-ce qui se passe, bon Dieu ?

— Je vais t'expliquer. Tu as le son et l'image, c'est bon ?

Le *hacker* tourna la molette de ses enceintes.

— Parle, dit-il.

— Tu m'entends ?

Le son résonna en écho, s'échappant à la fois de l'écouteur et de l'ordinateur.

— C'est bon pour le son. Et aussi pour le visuel, ajouta-t-il en observant les images que la GoPro lui montrait, à savoir un escalier en bois dans une maison ou un appartement.

— Parfait. Je raccroche, on parle avec la GoPro.

— OK.

Leon tira vers lui son propre micro. Il interrogea, désorienté :

— Mais qu'est-ce qui t'arrive ? Je nage complètement, là.

Elle répondit d'une voix métallique, essoufflée, moins nette qu'avec le téléphone :

— Il faut que je filme, que je mette tout ça dans la boîte !, lança-t-elle.

— Quoi ? rétorqua Leon, toujours dans le brouillard.

Perturbé, il ralluma un joint qui patientait sur le bureau.

— C'est lui le tueur, il nous a tous bernés ! Il a tout monté ! s'écria-t-elle.

— Mais qui ?

Leon perçut la panique dans la voix de Kostas.

— C'est Mike ! C'est lui qui a tué les jumelles, le toubib, tout le monde !

— Quoi… Mais… Tu délires complètement !

Leon n'en croyait pas ses oreilles. Il se demandait s'il vivait cette séquence dans la réalité, ou si la *skunk* provoquait chez lui des hallucinations.

— Non, c'est la vérité, continua Kostas.

— Tu es chez Mike ?

— Oui, je suis au bureau. Mike est sorti. C'est fou… Fou, fou, répétait-elle.

Le rasta n'aimait pas voir Alison dans cet état de tension.

Il ne la reconnaissait pas. Elle pétait les plombs.

— Essaie de te calmer et raconte-moi.

— D'accord, je vais essayer.

L'image vibra quand elle retourna la caméra pour filmer son propre visage. Leon put voir son air paniqué, sa respiration nerveuse et les tics qui secouaient ses paupières. La découvrir ainsi avait quelque chose de saisissant. D'effrayant. Ce roc, cette fille d'ordinaire robuste semblait dépassée par la situation.

— Alors, que se passe-t-il ? demanda Leon.

— Je suis tombée sur des feuilles manuscrites rangées dans son bureau. Il a tout noté sur Ashley Olsen, absolument tout. Son emploi du temps, ses habitudes, le plan de sa maison. Et il y a des infos sur sa sœur Mary-Kate. Sur les jumelles Barbi, aussi.

— Et alors ? Il a dû réunir de la documentation pour votre enquête.

Kostas parut retrouver en partie ses esprits :

— Non, il y a bien plus que ça. Attends.

Elle se rendit dans la pièce qui leur servait de lieu de travail. Leon suivait l'image tremblotante, qui sautait à chaque pas. Elle s'approcha d'un bureau, au niveau d'un recoin protégé par des cloisons de Plexiglas.

— Regarde ça, dit-elle en filmant l'environnement direct du clavier et de la souris.

Elle manipula du bout des doigts – mains gantées de latex, elle avait eu ce réflexe – plusieurs liasses de papiers au format A4. Leon aperçut en gros plan une feuille en haut de laquelle on lisait : *Objectif = Ashley Olsen. À tuer par balles. Date prévisionnelle = 27 juin.*

Sur une autre feuille, une liste se déroulait : *Paul Diaz. Robert Curtis. Christopher Alaimo. Gary McKinney. Richard DePalma. Samuel Smith. Keith Drago. Bryan Lawrence. Peter Schwartz. Dennis Pizzuto. Eric Kove. Trevor Weathers.* Mais un seul nom, mis en évidence par de multiples cercles tracés au stylo bille, ressortait : celui de Samuel Smith. Leon eut un frisson, prenant pour la première fois au sérieux ce qu'Alison lui rapportait. Cette liste ressemblait à une série de cibles parmi lesquelles on aurait désigné Samuel Smith. Alison le devança avant qu'il n'expose sa théorie :

— Il a cherché un pigeon. Il a fait une liste de candidats et il a choisi Smith pour lui faire porter le chapeau.

Mentalement, Leon approuva.

— En tout cas, c'est son écriture, remarqua-t-il, estomaqué.

— Oui, je sais bien que c'est son écriture…

Elle lui montra les feuilles suivantes, zoomant sur le texte. La voix de la rouquine chevrota :

— Et regarde la suite.

Le rasta se concentra sur les notes. On y voyait les pattes de mouches de Michael, si caractéristiques, qui s'étalaient sur plusieurs pages. Il capta une partie du texte, au hasard : *Samuel Smith = meilleur profil. Histoire difficile (filles = jumelles mortes à la naissance fin 90). Dépressif. Suicidaire. Asocial. Coupé de sa famille. Pas d'amis → plus facile. Vit seul dans une maison des quartiers sud. Adresse = 10523 Gorman Ave → faire recherches en + Récupérer dossier de police.*

Les mains du *hacker* tremblaient à présent. Il tira une profonde bouffée, espérant sans y croire que ça le calmerait. *En période de tempête, quand il s'agit de retrouver la paix intérieure, le shit produit souvent l'effet inverse.* Il relança :

— C'est dingue… Zoome sur la page à côté, demanda-t-il.

— OK, dit-elle en s'exécutant.

En haut, il était écrit *STEPHEN BARR*. Au-dessous, Singer avait rédigé une fiche signalétique détaillée. Il y avait tout depuis sa naissance jusqu'aux semaines précédant sa mort. Des données de toutes sortes. Comptes bancaires. Codes des interphones. Habitudes. Passions. Famille. On retrouvait aussi une fiche très fournie à propos de la femme de Barr, dont son emploi du temps. On lisait cette mention : *épouse tous les mardis à son club de cartes → agir un mardi soir*. Ces deux derniers mots étaient soulignés.

— Montre-moi d'autres pages, dit le *hacker*.

Elle éparpilla davantage la liasse.

— Qu'est-ce qu'on va faire, Leon ?

Sa voix était toujours mal assurée.

Leon ne reconnaissait pas la solide Kostas.

Le choc était rude. Pour elle, comme pour lui.

— J'en sais rien… J'en sais rien…, souffla-t-il.

Il en perdait ses mots. Il observa un papier intitulé *DIVERS*. Les informations compilées sous le titre apparaissaient sous forme de liste. Parmi elles, Leon lut :

– *carte de visite sur corps (attirer attention sur moi + côté mythique)*
– *faire vidéos + auto-envoi*
– *soigner déguisement (bouc/maquillage noir/fringues)*
– *varier armes (balles/couteau → + mystérieux)*
– *laisser Boris négocier avec Levin*
– *voir placements financiers existants*

La liste n'en finissait plus. Sa poitrine se comprima. La sensation de malaise était bien réelle. Il préféra ne pas en lire davantage. Il ne sut que dire, désarçonné, se contentant d'une question bête dont il avait déjà la réponse :

— Tu as vraiment trouvé ça chez lui ?

Kostas retourna la caméra pour se filmer elle-même. Toujours cette mine livide et heurtée. L'ex-fliquette n'en menait pas large face au bouleversement en cours.

— Oui. Je te l'ai dit. Dans un tiroir du bureau.

— Mais les flics ne les ont pas trouvés, ces foutus papiers ?

— J'en sais rien, putain !

Elle avait crié. Leon essaya de l'apaiser :

— Calme-toi, Alison. On va réfléchir.

Elle prit une grande inspiration, puis parla :

— On pourrait même croire qu'il l'a fait exprès.

— Pourquoi ?

— J'ai accès à son bureau et c'est dans ce tiroir qu'il me laisse des trucs. C'est comme une sorte de parapheur, si tu veux. Un tiroir qu'on partage.

— OK, OK, OK...

Leon tentait de faire le point, le cœur toujours au galop.

— Je vais régler ça avec lui, finit-elle par dire.

— Comment ça ?

— Je vais lui parler et essayer de comprendre. Il a des migraines ces derniers jours, il est fatigué. Il n'est pas dans son état normal.

— Tu vas appeler la police ?

Elle laissa planer plusieurs secondes. Ses yeux trahissaient le trouble, mais aussi la volonté de croire que tout ceci n'était qu'un sketch et que la police n'avait rien à faire là.

— Non. Pas encore. Je veux déjà le voir en face.

— Bien. Tu veux que je vienne ? Ou alors tu passes chez moi et on l'appelle ?

— Pour l'instant, je reste ici. Je l'attends.

— Il doit venir ?

— Peut-être. En tout cas, il est au courant, je lui ai écrit.

Leon recracha un gros nuage de fumée et demanda :

— Tu lui as envoyé un message ?

— Un SMS. Par réflexe. Sur le coup.

Leon pensa que ce n'était peut-être pas la meilleure chose à faire. L'impulsivité pousse souvent à la faute.

— Rappelle-le. Parles-en directement avec lui.

— Je vais le faire, répondit Kostas.

Leon voulait lui proposer de contacter Singer lui-même, pour évoquer cette folie de vive voix et essayer d'y voir plus clair. Dans son esprit épuisé par sa nuit de travail et la fumette, il y avait encore la place pour une autre version, une explication cohérente qui mettrait Mike hors de cause. Mais c'était l'effet trompeur du cannabis qui autorisait un tel espoir. Le cerveau rationnel du *hacker* lui envoyait un tout autre message : ces documents manuscrits respiraient l'authenticité. Ils sonnaient vrais, terriblement vrais. Peut-être recelaient-ils une vérité sur Michael : son ami jouait double jeu. Les questions pleuvaient dans l'esprit de Leon. Mike souffrait-il d'un mal psychiatrique ? Hébergeait-il au fond de lui une personnalité maléfique ? Leon songeait à une facette inconsciente, invisible, une sorte de miroir obscur reflétant les ténèbres de son âme.

La voix de Kostas le tira de ses pensées.

— J'entends une bagnole.

Elle orienta à nouveau la caméra devant elle et s'approcha de la fenêtre du hall d'entrée. Leon put voir à travers la vitre le Q7 de Mike, qui se garait le long d'un grillage.

— Il arrive, commenta Alison. On va s'expliquer.

— Sois prudente… Je ne sais plus quoi penser, souffla Leon, stupéfait.

— Ça va aller. Je suis encore flic, même si j'ai rendu ma carte. Je vais démêler ce putain de sac de nœuds.

— D'accord.

Les états d'esprit de Leon et Kostas évoluaient au fil des minutes. Leon, plus solide au départ, se liquéfiait et perdait son assurance, là où Alison paraissait regagner en lucidité.

— Je coupe et je pose la caméra, dit-elle. Mieux vaut la jouer en douceur. Je te contacte après.

— J'attends ton appel, dit Leon.

L'image se figea, puis l'écran devint noir.

Connexion terminée.

Il se renversa dans son fauteuil et ferma les yeux. Puis il attrapa un joint déjà roulé dans un paquet de cigarettes. Il l'alluma en imaginant le délire total que représentaient ces feuilles. Les battements de son cœur ralentissaient, mais sans pour autant retrouver leur rythme de croisière. Leon n'appréciait pas les émotions fortes.

Il se redressa et voulut revoir la vidéo de Kostas. Son ordinateur enregistrait tout quand Alison et lui parlaient par l'intermédiaire de la GoPro. Il se repassa la séquence sur le grand écran qui occupait tout un pan de mur. Incrédule, il réécouta la voix affolée de Kostas. Il eut de la peine pour elle. Puis, il découvrit à nouveau les abominables notes, froides et brutales, rédigées de la main de Mike.

Il regarda cette page intitulée *DIVERS* et sur laquelle figuraient des pensées ou des actions planifiées. Il mit le film en pause pour compulser la liste plus précisément. Une espèce de pense-bête doublé d'un mode d'emploi. Il relut certaines des mentions, telles que *faire vidéos + auto-envoi*, *soigner déguisement (bouc/maquillage noir/fringues)*, ou encore *varier armes (balles/couteau → + mystérieux)*.

Tout un programme.

Un vrai petit guide du manipulateur.

Soudain, son cœur se remit à battre tel un tambour de fanfare. Ce fut comme si un glaive le traversait de part en part. Paralysé, il fixait ces quelques mots qui lui avaient échappé la première fois :

– en cas de soupçons, tuer Alison

CHAPITRE 39

Santa Ana Freeway, Los Angeles, Californie
Samedi 2 juillet 2016, 10 h 51

Leon roulait dans un taxi depuis une demi-heure. Le *hacker* n'avait pas le permis de conduire. Direction la maison de Mike, à West Hollywood, pour rejoindre Alison. Le taxi était rapidement arrivé devant chez lui et Leon avait sauté dedans, indiquant sans attendre :

— Bonjour, 8923 Dorrington Avenue, West Hollywood.

— C'est parti, avait répondu le chauffeur, un Latino à casquette d'une trentaine d'années.

Leon avait posé deux billets de 100 dollars sur le siège avant.

— Pour vous si on fait vite.

— Pas de problème, avait répliqué le type, l'œil brillant.

— Mais prudemment quand même, OK ?

— Tout ce que vous voulez.

Leon avait senti son dos se plaquer contre le siège sous l'effet de l'accélération. Il voulait savoir ce qui se tramait chez Mike sans perdre une seconde. Tout cela le dépassait. Une partie de son esprit se perdait dans un trouble complet, plombée par la drogue et la fatigue. À cette heure-là, normalement, il était couché. L'autre partie surnageait, cherchant des pistes, des réponses, retournant sans cesse les composantes du problème.

La Chrysler traçait sa route sur la voie rapide à hauteur de Chinatown. Le chauffeur enchaînait les dépassements par la gauche et par la droite en utilisant au maximum la largeur du Freeway. Il tenait à sa récompense.

À quatre reprises, Leon avait tenté de joindre Alison, mais son portable était coupé. Pas étonnant. Il l'imaginait déconnectée, entièrement tournée vers sa conversation avec Mike. Cela lui correspondait bien, mais ne rassurait pas Leon pour autant, car il y avait ces mots entraperçus parmi les notes du journaliste : *en cas de soupçons, tuer Alison.* La formule ouvrait des portes effrayantes, mais Leon gardait en tête la phrase de Kostas : *Je suis encore flic, même si j'ai rendu ma carte.* Elle connaissait le boulot et avait toute compétence pour gérer l'entrevue. À ce sujet, Leon n'avait aucun doute.

Au fond, cette situation l'arrangeait un peu. Elle lui évitait d'appeler la police. Il avait failli s'y résoudre à plusieurs reprises, étudiant cette possibilité chaque fois qu'il échouait à contacter Alison, avant de renoncer. Il n'aimait pas les flics et détestait devoir s'en remettre à eux. Trop de mauvais souvenirs. Trop de corrompus dans leurs rangs. Et il se rappelait aussi les paroles d'Alison quand il avait proposé de faire appel à eux : *Pas encore. Je veux déjà le voir en face.* Il attendrait donc d'arriver là-bas et aviserait sur place.

Il questionna le chauffeur :

— Il y en a encore pour longtemps ?

— Dix grosses minutes et ça devrait être bon. Vous voulez que j'accélère ?

— Non, non, ça ira comme ça. Merci.

— OK.

L'autre se reconcentra sur sa conduite. La voiture poursuivait sa progression au cœur de la ville. Tout autour, L.A. s'étirait, déroutante et dense, mêlant tours de verre, édifices bétonnés, pavillons et palmiers, unis en une étrange palette bombardée de soleil.

Leon ressentait un malaise inhabituel, qui s'accentuait au fil des minutes. Un malaise pas seulement lié à Kostas et à Mike. Cela, il parvenait encore à le gérer. Le problème concernait plutôt sa sortie brutale de chez lui, imprévue. Pour la plupart des gens normaux, quitter son logement et prendre un taxi constituait une routine réalisable sans gros efforts. Pour Leon, il en allait différemment. La dernière fois que le *hacker* – cet ermite noctambule – avait franchi le seuil de sa porte pour pointer le nez dehors remontait à... (Il évalua mentalement la date.) Quatre mois. Environ. Inimaginable pour 99,9 % de la population de cette planète.

Voilà quatre mois qu'il n'avait pas quitté son nid enfumé. Il se faisait livrer les courses, il n'avait pas besoin de sortir. Et quand cela s'imposait, comme à cet instant, la transition atteignait des sommets de brutalité. *On ne se réinsère pas aisément dans la multitude de ses semblables après une période d'autarcie aussi longue. On encaisse en pleine face la promiscuité du monde.* Panique, angoisse et affolement, voilà les émotions qui ferraillaient dans les nerfs du rasta. Sentir les gens bouger, vivre, bouillonner autour de lui, voir rayonner toutes ces couleurs, cette lumière, ces éléments en mouvement l'aiguillonnaient à un tel point que sa seule envie était de faire demi-tour pour réintégrer sa tanière.

— Vous avez un problème ?

Leon avait fermé les yeux, oppressé. Il les rouvrit et vit le chauffeur qui le dévisageait dans le rétroviseur. Il lui répondit :

— Non, non, tout va bien. Merci.

— Vous êtes pâle. Vous êtes malade ? Je roule trop vite ?

Un diablotin, dans le cerveau de Leon, l'incitait à commander la course suivante : *Finalement, faites demi-tour, je rentre chez moi.* Mais Leon parvint à faire taire le démon.

— Non. Continuez comme ça.

— OK. C'est vous le chef !

Leon jeta un œil à travers la vitre. Voitures par centaines. Camions. Bitume. Gaz d'échappement. Moteurs. Bruit. Son horizon vomissait la fureur de la route, de la ville, du monde suffocant dont il aimait se tenir à l'écart. Il inspira profondément. Méthode apte à atténuer son stress et son malaise. Tout ceci ressemblait méchamment à un *bad trip.* Mais pas un trop gros. Il avait connu pire, surtout dans sa jeunesse quand il apprivoisait le chichon.

Il inspira à nouveau. Il recommença l'opération une dizaine de fois. Le chauffeur, l'air préoccupé, louchait vers lui dans le rétroviseur. *Quel drôle de zigoto j'ai chargé*, devait-il penser. Leon se motiva et tenta une diversion pour ne plus bloquer psychologiquement. Il recolla au sujet, passant en revue les informations aperçues dans la documentation de Mike.

Il se rappelait avoir lu la formule : *carte de visite sur les corps (pour attirer l'attention sur moi)*. Il en concluait – si Mike était bien l'auteur de ces lignes – que le journaliste avait provoqué volontairement son implication dans cette affaire de crimes en série. L'objectif apparaissait en filigrane : l'argent. Non seulement Mike avait tué, mais son plan l'intronisait acteur secondaire du scénario, sans doute pour intégrer le jeu, rester maître de celui-ci et en tirer le plus grand bénéfice. Les notes confirmaient cette thèse : *voir les placements financiers existants* ou *laisser Boris négocier avec Levin*. Elles jetaient un éclairage sur l'appât du gain qui animait son ami.

Sur les lieux des forfaits, Mike avait poussé le perfectionnisme jusqu'à utiliser du maquillage noir pour se grimer et ressembler à Smith. Au vu des mots employés (*soigner déguisement, bouc, maquillage, fringues*), il tenait à ce que l'illusion fonctionne. Il variait aussi les modes opératoires (*balles/couteau*). Peut-être voulait-il attirer l'attention et créer une dimension mythique autour des meurtres.

Mike avait dû passer du temps à trouver le bouc émissaire idoine en la personne de Samuel Smith. Son histoire et sa personnalité contenaient probablement la matière la plus riche et la plus prometteuse pour monter ce stratagème. Il avait réuni un maximum d'informations sur les jumelles ciblées, sur Barr, sur sa femme. Un travail de documentation titanesque, pour les éliminer ensuite en toute sécurité. En journaliste expérimenté, il connaissait les méthodes pour rassembler une telle masse de renseignements.

— On y est dans deux minutes, annonça le chauffeur de taxi, tout sourire.

— Ah… d'accord, fit Leon, surpris en pleine réflexion.

— J'ai été assez rapide ? Les 200 dollars sont pour moi ?

— Les quoi ?

Leon, hors sujet, se souvint alors de sa promesse : les deux billets déposés sur le siège du passager pour que le type fasse au plus vite. Opération réussie.

— Oui, c'est pour vous, confirma le rasta.

— Merci, chef !

Il attrapa les billets et les glissa dans sa poche. Le compteur annonçait 48,30 dollars. Jolie plus-value. Leon l'avertit :

— Ne me laissez pas devant le 8923. Je veux descendre un peu avant.

— On y est presque alors.

Le taxi avança sur San Vicente, puis il bifurqua sur Dorrington Avenue, la rue de chez Mike. Beau quartier. Belles haies. Belles résidences. Beaux matériaux. Belles couleurs. Belles architectures. Belles voitures. Belles fleurs. Beaux palmiers, orangers et oliviers bien verts, car arrosés à foison pour passer un été serein et résister à la canicule.

Michael avait choisi l'opulence, la tranquillité, la société fréquentable et friquée.

Ils traversèrent une voie perpendiculaire : North Robertson Boulevard.

— Je peux vous laisser ici, à l'angle.

— Il reste combien à faire à pied ?

Le chauffeur de taxi regarda son GPS et donna une estimation :

— Je dirais deux cents mètres. Sur l'écran, c'est à peu près la quinzième maison sur la droite.

— Approchez-vous encore. Trois maisons avant, ça suffira.

— D'accord, dit-il, le regard toujours plus suspicieux.

Le taxi progressa et ils finirent par stopper près d'une maison à la façade en stuc blanc, parée d'une pelouse coupée ras et parsemée d'arbres fruitiers.

— Voilà, dit le gars.

— C'est le 8923 ?

Le chauffeur fronça les sourcils, comme s'il avait un demeuré à l'arrière de son taxi.

— Non, on est trois maisons avant, comme vous venez de me le demander, monsieur. Vous avancez à pied sur le trottoir de droite et ce sera la troisième résidence.

— Oui, excusez-moi.

Leon planait totalement. Le stress. Plus le shit. Plus la fatigue. Plus cette affaire surréaliste. Désorientation absolue. Le jeune Latino se retourna et le regarda franchement :

— Vous voulez que j'appelle un médecin, monsieur ? Vous vous sentez bien ?

— Non, ça va. Merci quand même.

— Vous savez où vous allez ? Vous savez pourquoi vous venez là ?

Leon reprit un peu ses esprits avec ce début de conversation.

— Oui, bien sûr que je sais pourquoi je suis là. Quelle question…

— Vous avez l'air bizarre, c'est tout. Si je vous demande ça, c'est parce qu'on voit un paquet de conneries dans mon métier. Regardez : un de mes collègues a pris la semaine dernière un gars comme vous, un peu perdu. Le client voulait aller à son agence bancaire. Pas de souci. Mon collègue l'y a emmené. Et quand il est descendu de la voiture, il a sorti un flingue long comme ça (il fit un geste des deux mains), en pleine rue, pour aller braquer la banque. Vous imaginez…

Leon avait écouté le récit.

— Pas d'inquiétude, je ne vais braquer personne.

— Très bien. Et merci pour le pourboire.

— Pas de quoi. Salut.

Leon sortit de la voiture et se retrouva sur le trottoir, debout, tout seul comme un con. Il devait offrir un contraste certain avec le décor. Dans ce quartier cossu, qui comptait son lot de familles américaines bien comme il faut, enracinées dans le conservatisme (par ici, ça voterait Trump à l'automne), un rasta de son espèce avec le *total look* bermuda-tongs-chemise hawaïenne-dreadlocks-yeux défoncés, et de surcroît à pied, allait rapidement se faire remarquer.

L.A. l'impressionnait pour ça. C'était la seule ville du globe où marcher dans la rue pouvait paraître suspect et vous amener directement chez les flics. Dans ce temple mondial de l'automobile, où celle-ci était reine au point que toute la cité s'organisait autour d'elle, les piétons pouvaient par endroit attirer l'attention et se voir signalés au 911. Fou, mais réel. Année après année, les trottoirs de certains secteurs diminuaient en largeur au gré des aménagements, pour finalement disparaître du paysage.

Alors, avec son allure dans ce quartier de riches, une patrouille de police pouvait survenir dans la minute. Il tira son portable de sa poche et appela Alison. Toujours aucune réponse. Il avança et passa devant la première maison. Encadrée de haies, mais visible. La deuxième ne l'était pas. Juste un haut portail flanqué de remparts végétaux. Puis, la troisième, où il aperçut le numéro peint sur le rebord du trottoir : 8923. On y était.

L'endroit correspondait. Il se souvint de ce qu'il avait vu grâce à la GoPro de Kostas. Le Q7 de Mike qui s'arrêtait derrière une clôture, dans l'allée. La configuration était bien celle-là et le 4x4 ne semblait pas avoir bougé. Il y avait aussi la voiture d'Alison, sa Honda Civic, garée un peu plus loin sur Dorrington. Leon sortit à nouveau son portable. Contacta Alison. Pas de réponse.

Il irait donc voir de lui-même.

CHAPITRE 40

8923 Dorrington Avenue, West Hollywood, Californie
Samedi 2 juillet 2016, 11 h 12

Depuis l'allée, Leon distinguait l'ensemble de la résidence par-dessus la clôture. Une maison spacieuse aux façades gris ardoise, à bardage en pin et aux boiseries blanches. Style Cape Cod. Un portillon en gardait l'accès. Le *hacker* sonna. Pas de réponse. Leon insista, en vain. Il ressentit une légère inquiétude. Il enjamba la clôture, se disant là encore qu'un voisin suspicieux, en le voyant, pourrait bien alerter la police ou la société privée responsable de la surveillance. Il marcha sur le chemin gravillonné jusqu'au perron.

Il carillonna deux fois. Mais personne ne vint ouvrir.

Nouveaux coups de fil sur les portables d'Alison et de Mike.

Il n'avait pas osé appeler ce dernier jusque-là.

Aucun d'eux ne décrocha.

Le rasta fit le tour de la maison pour essayer de jeter un œil à travers les fenêtres. Il put juste apercevoir l'intérieur d'une chambre inoccupée et une partie de l'espace de travail des deux journalistes. On pouvait y voir du matériel informatique, de la paperasse et deux bureaux séparés par du Plexiglas.

— Alison !

Il avait crié en regardant par la porte-fenêtre.

— Mike !

Toujours aucune réponse.

Il revint à hauteur de la porte d'entrée et appuya sur la poignée. Le battant s'ouvrit et il pénétra dans le hall, avançant de quelques pas. Le rangement et la décoration tranchaient avec son taudis pollué et sans cachet. Se confronter à un autre intérieur le dérouta. Il n'avait pas l'habitude. Mais sa surprise ne dura pas. L'anxiété, la tension et un début de panique prirent le dessus.

— Mike ! Alison !

De nouveau, le silence pour seule réponse.

Leon déambula dans les pièces du rez-dc-chaussée. Il visita le salon, visible depuis l'extérieur (moins bien rangé, on sentait qu'on y travaillait, que la pièce vivait), une cuisine, deux chambres, une salle de bains et le garage, où aucun véhicule n'était garé. Après un tour sommaire, qui ne révéla aucune présence, il eut l'idée d'aller voir le bureau où Kostas avait trouvé les notes manuscrites incriminant Michael. Elles étaient là, impitoyables, étalées près du clavier de l'ordinateur.

Non, je n'ai pas rêvé. Tout ça est bien réel.

— Mike ! Alison !

Il décida de s'attaquer à l'étage et grimpa l'escalier en colimaçon. Le rasta savait que le journaliste se réservait tout le premier niveau. Une nouvelle fois, il fit chou blanc. Personne. *Mais nom de Dieu, où sont-ils passés ? Peut-être partis faire un tour à pied.* Les deux avaient dû s'éloigner pour discuter au calme.

Le stress monta d'un cran.

Il redescendit l'escalier.

Colla de nouveau son portable contre son oreille.

Numéro d'Alison. Puis celui de Mike.

Ses deux amis semblaient s'être évaporés.

Pourtant, leurs voitures étaient toujours là.

Il retourna inspecter le garage, où il n'avait fait qu'un passage rapide. La pièce était la seule sans véritable aménagement. Sol et murs de ciment brut. Tuyauterie et compteurs électriques apparents. Étagères branlantes où s'amoncelait un important fourbi. Au milieu du garage, il y avait une commode posée sur du papier journal taché de vernis. Mike, à ses heures perdues, aimait se vider l'esprit et se passionnait pour la restauration de mobilier ancien.

Leon remarqua alors une porte, entre une échelle appuyée contre le mur et un établi encombré de vieux bagages. Une porte étroite, en aluminium. Sûrement une cave ou un cellier. Il n'avait vu aucune pièce de ce genre jusqu'ici.

Leon s'en approcha. Actionna la poignée.

La porte s'ouvrit facilement.

Il identifia le début d'un escalier qui plongeait tout droit dans l'obscurité. On ne discernait que les premières marches, éclairées par le néon du garage. Au-delà de la troisième, les ténèbres dévoraient le passage. À tâtons, Leon détecta un interrupteur sur la gauche, juste après la porte. Il appuya dessus et un second néon tremblota, pour se stabiliser en jetant des éclats blancs sur les profondeurs du pavillon. La lumière révéla l'impensable.

Le rasta ne parvint même pas à crier.

Sa seule réaction fut précisément une absence de réaction.

Son corps se tendit, se bloqua, refusa de bouger.

Leon était face à l'escalier, debout, les yeux emplis d'horreur.

Dans la pente du mince couloir, une couleur dominait. Le rouge. La couleur du sang. Un sang pourpre. Sur les marches. Sur la rampe. Sous forme de gouttelettes ou de giclures. Et l'odeur… Une odeur ferreuse, forte, prégnante, qui lui donnait la nausée. Les remugles le tirèrent de son hébétude, le bousculèrent, le firent grimacer et, finalement, se mouvoir. Il recula.

Mais le choc n'était pas lié qu'au sang.

Au bas de la pente, il y avait bien pire.

Alison, dans une sinistre posture, façon poupée de chiffon, gisait sur le sol de la petite plate-forme en ciment qui marquait la fin de l'escalier. Sa tête reposait le long du mur. Ses bras, ses jambes et son corps étaient positionnés suivant des angles anormaux, suggérant une chute brutale. *Peut-être déjà morte… Putain. C'est pas vrai. C'est pas vrai. C'est pas vrai…*

— Alison !

Il pensait avoir crié, mais non. Sa voix portait à peine, ses cordes vocales anesthésiées par la violence de la scène. Son retrait en ermite ne l'habituait déjà plus au contact de ses semblables vivants. Alors, ses semblables blessés... ou morts...

La chaleur qui le traversait se changea soudain en un froid aigu. Le grand renversement. Il connaissait ce phénomène. Une expression lui revint. Elle avait déjà résonné en lui quelques minutes plus tôt. *Bad trip*. Il devait rebondir. Faire quelque chose. Au moins, analyser la situation.

— Alison...

Son timbre avait encore perdu en puissance.

Presque un murmure. Une plainte.

Réveille-toi, nom de Dieu. Réveille-toi. Qu'est-ce qu'aurait fait Bob dans un moment pareil ? Il se serait bougé le cul. Alors, bouge-toi le cul. Et vite. Aide Alison et appelle les flics, cette fois. L'injonction ne suffisait pas. Une incantation sans écho, sans effet.

Il observa son amie, couverte de sang. Son visage blême exhibait une trace rouge qui coulait à la commissure de ses lèvres. Ses yeux bleus, ouverts, semblaient vides, orphelins de toute vie ou de toute émotion. *La mort,* pensa Leon, *la mort.* L'hémoglobine, brillante sous le néon blafard, imprégnait son corps. Poitrine. Ventre. Membres. Ses vêtements en étaient imbibés. Sur son jean, le fluide avait pris une teinte sombre, presque noire.

Leon ressentit comme un vertige.

— Alison !

Cette fois-ci, sa voix avait gagné en décibels. Il se réveillait. Ses neurones redémarraient. Il put même se faire une remarque : *Si les deux voitures sont là, si Mike n'est dans aucune des pièces et que Kostas est ici, peut-être morte, il y a des chances pour qu'il soit l'auteur de tout ça et qu'il soit planqué là, en bas.* Ses soupçons se matérialisèrent aussitôt après, sous différentes expressions.

D'abord, il y eut un mouvement, vif, rapide, inattendu, qu'il n'eut pas vraiment le temps d'identifier, ni même de localiser précisément, au bas de l'escalier.

Ensuite, un bruit. *Plop-plop*. Il connaissait ce double déclic. Il l'avait déjà entendu, dans un tempo identique. Même en cet instant crucial où Leon comprenait que tout basculait, son esprit travailla pour lui révéler l'origine de ce souvenir. Il sut. Le bruit trouvait son écho dans la vidéo du meurtre de Barr, quand le médecin se faisait tirer dessus avec une arme équipée d'un silencieux.

Enfin, une douleur. Une souffrance inédite, ressemblant à l'effet d'une pointe métallique s'enfonçant dans sa poitrine. Il n'était pas loin du compte, puisque deux projectiles de calibre 9 mm venaient de traverser son thorax.

Le choc le terrassa, lui coupa le souffle. Ses jambes cédèrent et il s'effondra en avant, jugeant que le mal produit par la chute (et par ses os qui se rompaient) n'était pas grand-chose comparé à l'impact lancinant des balles. Au terme d'un plongeon spectaculaire jusqu'au bas des marches, son visage heurta le corps écarlate de Kostas. Au moment où il réalisa qu'il baignait dans le sang de son amie, un interrupteur dans sa tête décida de passer en position *off*.

Des résidus électriques continuèrent à crépiter entre ses neurones.

Puis le circuit complet, toute la machine s'éteignit pour de bon.

Accident industriel. Imprévu.

Définitif et sans retour.

TROISIÈME PARTIE

CHAPITRE 41

7776 Torreyson Drive, Los Angeles, Californie
Dimanche 3 juillet 2016, 10 h 06

Bip-bip-bip-bip-bip-bip-bip…

La sonnerie du boulot…

Sean Madden ouvrit un œil et attrapa le portable qui se manifestait sur sa table de nuit. Il aimait faire la grasse matinée le dimanche matin. Un rituel. D'autant qu'il avait travaillé sur ses procédures une partie de la nuit, dont celle du « *Tueur de jumelles* ». Mais si on le contactait un dimanche, c'est qu'il s'était passé quelque chose de sérieux.

— Allô ?

Voix pâteuse. Timbre éraillé.

— Bonjour, Sean. Lieutenant Flanagan à l'appareil. Je vous réveille. Désolé.

— Aucun problème, je vous écoute, répondit Sean, portable à l'oreille, les yeux à nouveau fermés.

— Vous allez être obligé de rappliquer.

— Une nouvelle affaire ?

En plus de ses dossiers en cours, Sean assurait la permanence du week-end. Si un cadavre « tombait », c'était pour lui et Carlos Gomez, l'autre moitié du tandem.

— Non, dit Flanagan. Du neuf sur « l'homme en noir ».

Intéressé, Sean se redressa et reconnecta ses cellules grises. Le lieutenant enchaîna :

— Un appel est arrivé sur le 911 ce matin. Un type qui n'a pas voulu donner son nom. Il disait que la porte d'une maison de son quartier était grande ouverte depuis la veille et qu'elle était restée comme ça toute la nuit. Il trouvait bizarre que ce soit encore le cas ce matin. Même topo pour le portillon d'accès à la propriété, ouvert en grand depuis hier.

— Bon. Et c'est quoi, la chute ?

— La chute, c'est que la baraque est celle de votre pote Michael Singer, le fouille-merde de service. Une patrouille s'est rendue sur place. Visite de sécurité et tout le bazar. Résultat, personne. Mais du sang partout. Aucun corps, seulement les traces d'une boucherie, comme si on avait traîné des macchabées jusqu'à la porte pour les sortir de la maison.

— Nom de Dieu, souffla Sean, déjà debout et en train de se diriger vers la salle de bains.

— Comme vous dites. On vous attend sur place.

— Directement là-bas ? Vous avez avisé Gomez ?

— Gomez vient d'arriver au bureau, je vais lui parler. Il ira ensuite sur les lieux. Le *coroner* est en route. La scientifique aussi. Foncez sur place et faites-moi un point dès que vous en savez plus. J'ai déjà le maire et le chef de la police sur le dos, et le *District Attorney* commence à s'exciter aussi. Il ne manque plus que la presse et les télés, et le niveau d'emmerdements sera maximal. Un bon dimanche se profile. Faites ça bien, Sean.

— C'est noté, lieutenant. C'est quoi l'adresse, déjà ?

Sean l'avait dans son bureau, mais cela lui éviterait de chercher.

— 8923 Dorrington Avenue, West Hollywood.

— Bien. J'y cours.

Sean prit une douche rapide, s'imaginant Flanagan en train de s'arracher les cheveux. Comme tout le monde, le chef pensait que l'affaire du « *Tueur de jumelles* » avait trouvé son épilogue avec la mort de Smith. Jusqu'ici, le dossier était globalement bouclé et il ne restait qu'à éclaircir les détails, puisqu'on avait le tueur, le mobile et les preuves de son implication dans les meurtres. Mais cette histoire de sang et de corps déplacés au domicile d'un témoin comme Singer pouvait à nouveau tout remettre en question.

Madden avala une tasse de thé vert à la menthe et sortit de chez lui. Il vivait dans une maison-concept peu assortie au quartier. Appelée la *Chemosphere* – ou résidence Malin – et classée monument historique, la bâtisse ressemblait à une soucoupe volante à base octogonale, sise au sommet d'un pylône en béton de dix mètres de haut. Cette architecture tenait au fait que le terrain, au dénivelé important, ne permettait pas d'imaginer un autre système pour exploiter la parcelle. Mission accomplie. La résidence Malin – du nom du premier propriétaire – résistait aux décennies, aux précipitations et aux séismes.

L'inspecteur grimpa dans son funiculaire privé – une autre particularité de la *Chemosphere* –, qui le déposa en bas sur le parking, situé au niveau de la route. Il fit démarrer sa Crown Vic banalisée, quitta son paradis de verdure – avec vue panoramique sur la vallée de San Fernando – et attrapa Mulholland Drive. Il en suivit les boucles serrées jusqu'à Laurel Canyon, route de crêtes non moins sinueuse qui dominait le bassin de Los Angeles. La Ford poursuivit à travers les collines d'Hollywood, où alternaient canyons sauvages peuplés de coyotes, paysages broussailleux et résidences de stars ultra-sécurisées.

Il fallut quinze minutes de cet itinéraire champêtre pour parvenir à West Hollywood. Sean roulait au pas dans les zones pavillonnaires de Melrose Avenue. Il localisa l'adresse de Singer en apercevant, aux abords de celle-ci, deux voitures pie, gyrophares en action, le fourgon du *coroner* et un 4x4 de la scientifique. Il ne vit pas la voiture banalisée de Gomez, qui devait être en chemin ou garé du côté ouest de la rue.

Il laissa sa Ford en retrait et finit le trajet à pied. Les flics en tenue avaient coupé la circulation. Bonne initiative. Des agents surveillaient le ruban de non-franchissement, où les badauds commençaient à zoner pour tenter de comprendre ce qui se tramait. Journalistes et autres indésirables n'allaient pas tarder à débouler.

Sean exhiba sa plaque, puis se baissa pour passer sous le cordon.

— Inspecteur Sean Madden, Section Homicides du LAPD.

— Bonjour. Mon collègue a le registre, là-bas.

Comme le voulait l'usage, un policier se chargeait de noter les noms des personnes pénétrant dans le périmètre. Obligation réglementaire et excellent moyen d'éclaircir les choses en cas de pollution de la scène. Madden se fit inscrire et aperçut Carlos devant la porte d'entrée de la maison.

— Hey, Carlos !

Sean s'engagea dans l'allée, emprunta le portillon et marcha jusqu'au perron. Il salua Carlos, qui discutait avec des techniciens en combinaison grise.

— Salut, Sean, répondit celui-ci.

— Tu t'es garé dans le coin ?

— À l'angle de Dorrington et d'Almont. Ce sera plus facile pour repartir. D'ici une heure, ça va grouiller de monde et ces connards bloqueront les bagnoles. Tout ça pour faire des *selfies* et des vidéos. Quelle bande de trous du cul !

— Garde ton calme, Carlos.

Le gros policier ricana, puis demanda :

— Tu veux un beignet ou du café ? J'ai pris ça en venant.

Il montra un sac en papier contenant les beignets et un carton supportant des gobelets de café.

— Non, ça va. Merci.

Carlos n'oubliait jamais d'acheter sucreries, pâtisseries ou burgers, habitude qui expliquait la trentaine de kilos en trop qui colonisaient son cul, son ventre et ses cuisses. Son allure générale n'en était que plus surprenante : un gros bonhomme en costume, de type indien, à queue de cheval et cheveux rasés sur les côtés. Une espèce d'Apache endimanché qui serait trop allé au McDo.

Sean, sportif et athlétique, refusait systématiquement les douceurs qu'il lui proposait. Ç'aurait été le meilleur moyen de céder à la malbouffe, un fléau dans lequel le gros Carlos se vautrait à longueur de temps.

— Alors, qu'est-ce qu'on a ? demanda Sean.

— Les deux gars du *coroner* étudient les traces à l'intérieur, juste pour confirmer que ça correspond bien à des corps humains. Flanagan a préféré les faire venir, mais nos techniciens ont l'expertise pour déterminer ça. Le *coroner*, c'est pour les morts. Là, il n'y a pas de corps, pesta Gomez.

— Tu es bien nerveux, ce matin.

— Je voulais être tranquille, aujourd'hui. Bosser sur mes dossiers et rentrer chez moi à midi. Là, on en a pour la journée. Fait chier.

— Dis-toi que beaucoup de flics voudraient être à ta place.

— C'est vrai.

— Bon… Tu me le fais, ce topo ?

— Ça arrive.

Il feuilleta son calepin d'un œil aiguisé. Quand il devait rendre compte à Madden ou à sa hiérarchie, Carlos se remémorait les éléments au préalable pour ne rien oublier. Il se lança dans un exposé chronologique des événements :

— À 8 h 52, un type appelle le 911 pour dire que c'est *opération portes ouvertes* dans une résidence du quartier.

Elle lui paraît désertée et ouverte aux quatre vents depuis la veille. Inhabituel et bizarre, selon lui.

— Flanagan a parlé d'un appel anonyme. On n'a aucune idée de son identité ?

— Non. Numéro masqué. Les recherches sont en cours pour le faire identifier. Ça pourrait être un voisin.

— Ensuite ?

— Une patrouille arrive ici à 9 h 26. Les trois collègues voient la porte ouverte, ils appellent à l'intérieur. Rien. Ils font le tour de la maison et essaient de mater par les fenêtres. Personne. Ils interrogent au passage un voisin, James Dennehy, qui bouquine dans le jardin de la maison d'à côté. Il n'est au courant de rien. Il connaît Singer, mais ne l'a pas vu depuis deux ou trois jours. Il n'a rien remarqué de suspect. Il ne voit d'ailleurs pas le portillon et l'entrée de chez Singer depuis chez lui. Les collègues finissent par entrer et découvrent de larges traces de sang au sol, sur plusieurs mètres. Comme deux corps humains qu'on aurait traînés.

— On est sûr qu'il s'agit de corps humains ?

Madden gardait en tête les nombreuses affaires de découvertes d'ossements ou de sang qui se dégonflaient d'un seul coup quand on établissait qu'il s'agissait d'animaux. Sauf que, là, on se trouvait dans la maison de Mike Singer, pas chez un chasseur collectionnant les trophées sur sa cheminée et empilant de la chair fraîche dans son congélateur. Singer n'était pas n'importe qui. Il enquêtait sur des affaires de meurtres et avait déjà failli se faire descendre l'année précédente à cause de sa trop forte exposition[1].

Carlos répondit à la question de Sean :

— C'est confirmé par les légistes du *coroner*. (Carlos pointa la maison de son index.) Là, ils finissent de prendre des notes et font des photos, mais ils sont déjà sûrs de deux choses. Premièrement, ce sont bien des corps humains, au nombre de deux, qu'on a baladés à travers la maison il y a moins de vingt-quatre heures. Deuxièmement, on les a déplacés depuis la cave. C'est là qu'ils étaient, l'un à côté de l'autre, en bas de l'escalier.

— On aurait donc deux homicides.

— Et qui pourraient correspondre à Singer et à son assistante. Singer vit seul ici, mais ses bureaux y sont implantés et ils y travaillent à deux.

— On a essayé de les appeler ?

— Oui. C'est moi qui m'en suis chargé. J'ai appelé plusieurs fois. Répondeur.

— Il faut continuer à essayer régulièrement. Toutes les dix minutes.

— Je le ferai. J'ai demandé aussi des investigations sur leurs véhicules et leurs lignes téléphoniques.

— Parfait.

— Sinon, pour finir l'histoire, la patrouille a fait appel au commissariat de West Hollywood. Un inspecteur, réactif, a signalé l'affaire à la permanence de la Section Homicides. Tu sais tout.

---

1. Voir *Étoile morte*.

Sean hocha le menton en embrassant l'environnement du regard. Il interrogea :

— On a quoi comme effectifs à disposition ?

— Quatre équipages de trois qui tiennent le périmètre. Des motards sont en route pour réguler la circulation. Wasson et Newman ont aussi été rappelés.

— Il va falloir plus de monde pour garder le périmètre. Et on doit l'élargir pour nous faciliter la tâche. Ça va grouiller de monde d'ici un moment.

— J'appelle des renforts, dit Gomez.

Madden s'avança dans le jardin et regarda dans la maison à travers la porte d'entrée, en veillant à ne pas dépasser la limite marquée au sol par une bande de papier blanc. Au fond, il aperçut les deux hommes du *coroner*. Il donna d'autres instructions à Gomez :

— Dès qu'ils auront fini, tu fais intervenir nos techniciens de scène de crime. Je vais charger Wasson et Newman des constatations. On n'a pas les corps, donc on doit assurer un maximum. On n'a pas droit à l'erreur.

— Je sais...

— Nous, on va s'occuper de l'enquête de voisinage. Tu peux commencer, je te rejoins. Avant, je dois appeler Flanagan pour faire le point.

— D'accord.

Sean insista sur l'absence de cadavres :

— S'ils se sont fait buter et qu'on n'a pas les corps, on a de quoi bosser pendant des jours.

Carlos ouvrit de grands yeux fatigués et ajouta :

— Et la presse va ramener ça au *Chemosphere*, que ce soit lié ou non… Allez, à tout de suite.

Il s'éloigna en marchant jusqu'à l'avenue.

Depuis le jardin coupé de la rue par une haie, Sean ne voyait pas ce qui se déroulait sur Dorrington. Il emboîta le pas à son partenaire afin d'aller prendre la température. Il constata que l'affluence augmentait derrière les bandes jaunes. Curieux maladifs. Voisins inquiets. Joggeurs de passage. Il aperçut un premier duo journaliste/caméraman en train de tourner ce qui devait être un reportage en direct. *Bordel de merde ! On n'est jamais tranquilles…* Puis il repéra une deuxième équipe… et une troisième. Plus loin, les camions de régie surmontés de paraboles et frappés des logos de chaînes de télévision étaient bien là. Il ne manquait plus que les hélicoptères.

L'inspecteur soupira. Aucun moyen de bénéficier du moindre répit. L'enquête commençait à peine, et ces rapaces rôdaient déjà dans l'œil du cyclone malgré le soleil, déterminés à affronter la canicule pour arroser les chaînes d'information de directs sans intérêt.

Sean alla à la rencontre du policier en tenue le plus gradé :

— Élargissez le périmètre. Trente mètres de plus.

L'agent et ses équipiers commencèrent à faire reculer les indésirables. Sean se rendit du côté ouest de la rue et donna la même instruction, puis il revint à l'abri de la haie dans la propriété de Singer. Il composa le numéro de Flanagan. Son chef décrocha immédiatement :

— Je vous écoute, Madden.

L'inspecteur lui fit un compte rendu exhaustif de l'ambiance et des investigations lancées. Le supérieur valida et proposa :

— Vous voulez que je rappelle du monde ? Vous avez besoin de quelque chose ?

En fait, Sean comptait lui demander beaucoup de choses.

— Oui. Il faudrait rappeler deux équipes d'inspecteurs.

— Deux ?

— Oui, mais pas ici. Au LAPD. Une, déjà, pour s'occuper de l'environnement de Kostas et de Singer. Il faut tout éplucher les concernant dans l'hypothèse où l'on n'arriverait pas à les contacter.

— D'accord. Wasson et Newman avaient avancé là-dessus. On s'appuiera sur ce qu'ils ont déjà fait.

— Et la deuxième équipe doit travailler sur la téléphonie, l'appel anonyme au 911 et la vidéosurveillance. On prendra le relais quand on aura fini ici. Il faudrait aussi lister toutes les disparitions inquiétantes signalées ces dernières heures.

— Autre chose ?

— Oui. Si vous pouviez activer le labo pour qu'ils analysent les traces ADN aujourd'hui... Je voudrais les résultats dans la journée.

— Dans la journée ? Un dimanche ?

— Je sais bien. Mais il faut qu'on sache à qui appartient ce sang. Vous l'avez dit vous-même, le proc' et le chef de la police sont déjà en train de vous harceler. Et la presse débarque en force. On doit avancer.

Sean entendit son chef soupirer au bout de la ligne.

— Vous avez raison. Vous me tenez au courant ?

— Dès que j'en sais plus. Et si vous pouviez dire à Wasson et Newman de se bouger… Ils vont s'occuper des constatations dans la maison. Nous, de l'enquête de voisinage et de la recherche de témoins.

— OK. À plus tard.

CHAPITRE 42

8923 Dorrington Avenue, West Hollywood, Californie
Dimanche 3 juillet 2016, 11 h 39

Sean fit quelques pas dans l'allée, l'air soucieux, réfléchissant à ce qu'il aurait pu oublier, ce qu'il faudrait encore faire, ou aux liens à établir avec la masse de données sur l'homme en noir qu'il stockait dans sa mémoire. Depuis que Flanagan lui avait confié la direction de l'enquête, Madden avait longuement analysé le dossier sous tous les angles. Il en connaissait chaque conclusion, rapport d'expertise, témoignage, plan, chronologie, biographie et scène de crime. Les photos annexées formaient sous son front un diaporama infini.

Il rejoignit l'avenue. Les flics en uniforme avaient réussi à élargir le périmètre et le troupeau de charognards se tenait à distance. On respirait enfin. Sean vit Carlos en pleine discussion sous le porche de la maison d'en face, une demeure aux tons pastel dans le style méditerranéen, avec colonnes et pierres apparentes. Il conversait avec un couple de sexagénaires.

L'inspecteur les rejoignit et Gomez fit les présentations :

— Voici M. et Mme Rutherford.

Sean les salua d'un geste du menton. Carlos compléta :

— Inspecteur Sean Madden, responsable de l'enquête.

— Bonjour, dit l'homme.

— Bonjour, inspecteur, fit la femme.

Les Rutherford étaient des bourgeois distingués et à l'air courtois. Lui portait des vêtements de golf. Sean se dit qu'à cette heure-ci, il devait tout juste en revenir. Sa femme était vêtue de façon plus décontractée : pantalon de velours et bottes en caoutchouc aux pieds. Elle tenait à la main des gants de jardinage. Sean l'imagina équipée d'un sécateur, en pleine taille des rosiers omniprésents autour d'eux. Carlos la questionna :

— Madame Rutherford, pourriez-vous répéter vos déclarations ?

— Oui, dit-elle.

Elle se racla discrètement la gorge et poursuivit :

— Hier après-midi, je jardinais ici. (Elle montra un massif multicolore, en bordure d'avenue.) C'est mon passe-temps, je m'occupe de notre jardin tous les jours. Je n'ai pas spécialement prêté attention à la maison de M. Singer, mais je me rappelle avoir vu sa voiture, le SUV blanc.

Sean l'interrompit :

— Vous connaissez M. Singer ?

— Un petit peu, oui. C'est le seul locataire du quartier, mais j'ai eu l'occasion de discuter plusieurs fois avec lui. Un homme charmant. Très poli.

— D'accord. Vous avez donc aperçu son véhicule ?

— Oui, comme toujours. Il se gare le long de sa clôture, dans le chemin, juste en face. Je sais que c'est sa seule voiture. Quand elle est là, il est chez lui. Et inversement. Quand je suis sortie, en début d'après-midi, elle était garée à son emplacement habituel. Mais je me rappelle que le coffre était ouvert.

— Vous avez pu voir ce qu'il y avait à l'intérieur ?

— Non. Et c'est justement ce qui m'a étonnée. Sa voiture était garée en marche arrière.

— Il se gare en marche avant d'habitude ?

Mme Rutherford approuva d'un geste de la tête. Son mari, un homme racé à la voix rauque de fumeur, donna des précisions :

— Tout à fait, inspecteur. C'est toujours l'arrière du 4x4 qu'on voit d'ici. On connaît bien ce gros SUV, un Audi Q7 blanc. On a l'habitude de l'avoir en ligne de mire.

Mme Rutherford reprit :

— Là, il s'était garé en marche arrière, le coffre vers le fond de l'allée.

— Je vois. Et coffre grand ouvert, alors ?

— Oui, mais pas très longtemps. Je me souviens qu'un peu plus tard, la voiture n'était plus là. Mais ça a attiré mon attention, car je n'ai pas l'habitude de la voir de face.

— Il était quelle heure ?

— Je ne sais pas, répondit la brave dame. Je suis désolée. Depuis que je suis à la retraite, je ne regarde jamais l'heure, je profite de la vie. Sans stress. Elle n'est pas restée longtemps le coffre ouvert. Elle est vite partie, c'est tout ce que je peux dire.

— C'est déjà très bien, commenta Gomez.

— Oui, confirma Madden. Votre témoignage est essentiel. Est-ce qu'il y a autre chose qui vous revient ? Un autre élément inhabituel ? Un détail que vous auriez remarqué ? Une personne que vous auriez vue ?

Le couple laissa passer quelques secondes. Puis ils secouèrent tous deux la tête en signe de dénégation.

— Navré, mais non, dit M. Rutherford.

Carlos conclut l'entretien :

— Merci. Nous prenons note de tout ça et nous vous recontacterons dans les prochains jours. Il faudra signer vos déclarations. Bonne journée.

— Euh... Est-ce qu'on pourrait savoir ce qui se passe ? osa Mme Rutherford.

— Pas pour le moment. C'est confidentiel, dit Sean.

— Je suis sûr que la presse vous renseignera très vite, ajouta Carlos.

Les Rutherford hochèrent la tête et les inspecteurs quittèrent le perron.

— Tu comprends la même chose que moi ? demanda Sean.

— Oui. Quelqu'un a enfourné les macchabées dans le coffre de la bagnole.

— Exact. En plein jour. J'espère qu'on aura quelque chose à la vidéosurveillance. (Sean tira son iPhone de sa poche.) Je vais appeler le central pour faire signaler le véhicule par radio à tous les équipages.

Ils avaient à présent une première idée du mode opératoire.

On avait tué deux personnes à l'intérieur de la maison.

On avait traîné les cadavres jusqu'au-dehors.

On les avait chargés dans le coffre du 4x4.

Mais demeuraient deux questions essentielles.

Qui était mort ?

Qui avait tué ?

CHAPITRE 43

100 West 1st Street, Los Angeles, Californie
Mardi 5 juillet 2016, 11 h 50

Madden n'avait dormi que trois heures en deux jours.

Gomez et lui, depuis la découverte le dimanche matin de la résidence ensanglantée de West Hollywood, n'avaient quasiment pas cessé de travailler. Les autres inspecteurs, Wasson et Newman en tête, ne s'étaient pas beaucoup reposés non plus. La Section Spéciale Homicides, en ébullition comme rarement, voyait ses enquêteurs mettre en suspens leurs affaires en cours pour ne se consacrer qu'à celle-ci, dont le retentissement médiatique traversait les frontières.

Le chef du LAPD, Charles L. Beck, s'apprêtait à donner une conférence de presse à midi dans la grande salle du *Police Administration Building*, en compagnie d'huiles de la police, de la mairie et du bureau du *District Attorney*. Objectif annoncé : communiquer sur l'affaire du « Tueur de jumelles », relancée en profondeur depuis dimanche. Ce rendez-vous marquait la fin d'une phase. On arrivait au premier bilan de la salve d'investigations diligentées en urgence par la SSH.

Sean et Carlos prirent place dans les derniers rangs, là où se positionnaient en général les policiers désirant assister à la conférence. La salle, située au sixième étage du *building* et baptisée « espace William H. Parker », se remplissait progressivement. Les huissiers ne tarderaient pas à bloquer l'accès quand les trois cent cinquante places assises, plus une centaine debout, seraient occupées.

— C'est la cohue, fit remarquer Carlos.

— C'est la première fois que je vois ça, répondit Sean.

Devant eux, un parterre de professionnels, dont la plupart devaient avoir campé dans la rue de Singer pendant deux jours, s'étirait jusqu'au podium à vingt mètres de là. Toute la sphère médiatique, locale et nationale, excitée telle une chienne en chaleur, s'était rassemblée pour connaître les derniers développements. Presse, chaînes de télévision, radios. Reporters indépendants. Chroniqueurs judiciaires. Faits-diversiers. Correspondants étrangers. Personne ne manquait. On s'installait. On s'agitait. On discutait. D'un œil éteint, Sean observait tous ces vautours, carnet ou enregistreur à la main.

— Je suis crevé, dit-il.

— Moi aussi, mais on va pouvoir respirer un peu.

Madden soupira :

— Dire que j'ai failli être invité à monter sur le podium avec eux…

— Sérieux ?

— Oui. Quand j'ai remis le rapport à Flanagan tout à l'heure, il m'a demandé si ça me dérangeait d'y aller avec lui et Beck pour représenter le LAPD.

— Tu as dit « non » ?

— Ça m'emballait pas du tout. J'ai une tronche de zombie, en plus. Il comptait sur moi pour répondre si jamais il était coincé par une question. Mais il a lu le rapport et ça a dû le rassurer.

Sean esquissa un sourire. Gomez fit de même et demanda :

— Il a vu qu'on avait bien bossé et qu'il avait déjà toutes les pièces en main ?

— Je pense. Il a dit que ma présence ne serait finalement pas nécessaire.

La veille, Sean et Carlos avaient travaillé au LAPD jusqu'à deux heures du matin. Puis ils étaient revenus aux aurores, à six heures, afin d'achever leur synthèse en vue de la conférence.

— Tu es mieux ici qu'en tenue d'honneur sur l'estrade pour répondre à ces journaleux.

Madden ricana :

— C'est sûr.

Soudain, il y eut des éclats de voix. Les deux inspecteurs se retournèrent.

— On ferme. La salle est complète, il n'y a plus de places ! répétait un huissier. On ferme. Ne poussez pas ! N'insistez pas !

Des flics en uniforme fermèrent la double porte au nez de malheureux scribouillards condamnés à rester dehors.

La salle était comble.

— Il est quelle heure ? demanda Madden.

Gomez regarda sa montre.

— Presque midi. En général, ils sont pile à l'heure.

La lumière déclina côté salle. À l'inverse, les projecteurs jetèrent une lumière vive sur l'estrade et le podium qui la surmontait. Les derniers arrivés se fondirent dans la compacité de l'assistance et le silence gagna les lieux.

Les VIP arrivèrent depuis un côté de la scène. Ils prirent place les uns à côté des autres, en rang d'oignons. Six personnalités. Leurs noms figuraient sur des cartons posés devant eux, mais les deux inspecteurs se trouvaient trop loin pour pouvoir les lire. Sur la gauche, deux hommes en costume devaient appartenir au bureau du *District Attorney*. Sean connaissait seulement la « numéro un », Jackie Lacey, première femme afro-américaine à occuper les fonctions de procureur du comté – elle n'avait apparemment pas fait le déplacement –, et son adjoint, John K. Spillane, absent également. Sean interrogea Carlos à voix basse, lui qui était toujours au courant de tout :

— Lacey n'a pas bougé son cul. C'est qui, les deux types, à gauche ?

— Des adjoints. Le plus vieux, c'est John Neu, le chef du bureau des investigations. L'autre, c'est Joey Esposito, des opérations spéciales.

Ensuite, il y avait le grand chef du LAPD, Charlie Beck, et leur patron, le lieutenant Jerry Flanagan, à la tête de la Section Spéciale Homicides. Enfin, un homme et une femme très élégants, en pleine force de l'âge, complétaient le groupe.

— Et les deux à droite ? demanda Madden.

— Monica Koretz et Harold Krenshaw, des adjoints au maire.

— Tu es incollable.

Sean observait les six intervenants, dont certains ne prendraient peut-être pas la parole. Il y avait beaucoup d'affichage dans ce genre d'opération. Sur la table blanche dressée devant eux, des micros par dizaines, frappés des logos de toutes les chaînes et radios possibles, des plus connues aux plus exotiques, formaient un étrange amas. Sur les côtés de l'estrade, des caméras numériques sur trépieds, une vingtaine, tenues en mains par des techniciens aux aguets, évoquaient des mitrailleuses et des canons prêts à faire parler la poudre.

Charlie Beck salua l'assistance et fit une présentation des acteurs, avant de rappeler les grandes lignes de la conférence. Puis il laissa la main à Flanagan, généralement doué pour la prise de parole en public. Le solide Black, charismatique tant par ses épaules de footballeur – c'était un ancien sportif de haut niveau – que par son aisance à l'oral, en vint rapidement au sujet. Silence de cathédrale. Midi pile.

— Vous savez que, depuis deux jours, les services du LAPD enquêtent sur un nouveau volet de l'affaire dite du « *Tueur de jumelles* ». Avant les événements survenus samedi et dimanche derniers, largement couverts par vous tous avec plus ou moins de justesse et de sérieux, nous disposions d'un certain nombre d'éléments nous permettant d'affirmer que l'auteur de ces meurtres était le nommé Samuel Harry Smith. Je vais résumer en quelques mots ce que nous savions à propos de cet individu.

Carlos se pencha vers Sean et chuchota :

— Putain, il va nous faire un rappel...

— Eh ouais, c'est bien son style.

Flanagan exposa les données :

— Les investigations menées avaient permis d'établir que Samuel Harry Smith, quarante-six ans, était l'auteur des cinq meurtres commis par le suspect surnommé « l'homme en noir ». Les victimes étaient Stephen Barr, médecin, Sia et Shane Barbi, mannequins, Ashley Olsen, actrice, et le garde du corps de cette dernière. La perquisition au domicile de Smith avait permis de retrouver les armes utilisées, une lettre d'adieu rédigée avant son suicide par pendaison, les vêtements et accessoires qu'il portait lors des crimes, ainsi que des notes manuscrites dans lesquelles il exprimait son mal-être et son projet meurtrier.

» Selon nos conclusions et celles des profileurs, Samuel Smith, père de jumelles prématurées et décédées à la naissance en 1996, avait développé une maladie mentale de type psychose le poussant à s'attaquer à des sœurs jumelles. Par ce processus, Smith poursuivait un triple objectif. D'abord, éliminer Stephen Barr, qu'il considérait comme le responsable initial de son malheur. Ensuite, soulager sa douleur personnelle en supprimant des jumelles ayant pu vivre, contrairement à ses propres filles. Enfin, médiatiser son histoire et, par là même, obtenir la sensation artificielle de faire renaître sa progéniture.

» Il est nécessaire à ce stade de préciser le rôle d'une tierce personne, qui n'apparaissait pas comme déterminant au départ. Il s'agit d'un journaliste portant le nom de Michael Singer. Cet homme, connu dans le milieu de la presse dite *people* à Los Angeles, nous intéressait dès les premières heures de l'enquête à cause d'une carte de visite à son nom découverte près du corps de Stephen Barr. C'était également le cas sur le corps de l'une des victimes suivantes. Et dans le même temps, Michael Singer recevait des films vidéo des meurtres tournés par le tueur lui-même. Nos services en concluaient que Samuel Smith avait jeté son dévolu sur un journaliste *people* pour « exciter » le monde de la presse, attirer l'attention d'un paparazzi susceptible de relayer les faits et, finalement, médiatiser cette série de crimes.

Il y eut un peu de brouhaha dans la salle.

— On va nous attaquer là-dessus, murmura Gomez.

— Oui, ils sont prévisibles, ces fumiers.

Carlos prit une voix et un air niais :

— Vous aviez le coupable sous le nez et vous n'avez rien fait...

La plaisanterie n'amusa pas Sean :

— C'est si facile pour eux de refaire le match après coup...

Flanagan poursuivit :

— Je vais maintenant aborder la partie concernant les événements plus récents, et davantage entrer dans les détails. Dimanche dernier, à 8 h 52, un individu a contacté le 911 pour signaler une habitation suspecte à West Hollywood, dont les portes étaient ouvertes depuis la veille et donnaient une impression d'abandon. Je précise d'emblée qu'à ce stade, nos investigations techniques n'ont permis d'établir ni l'identité de l'appelant, ni la localisation de l'appel, ni le type d'appareil utilisé.

» Une patrouille s'est rendue à l'adresse indiquée, le 8923 Dorrington avenue, qui correspond au domicile de Michael Singer. Nous y avons découvert des traces de sang, abondantes, dont l'analyse prouve que deux personnes ont été agressées dans la cave de l'habitation, probablement dans la journée du samedi 2 juillet. Les cadavres – si l'on part du principe que les victimes n'ont pas été seulement blessées – ont ensuite été transportés jusqu'à la porte d'entrée, puis chargés l'un après l'autre dans une brouette jusqu'à un véhicule de type Audi Q7 garé à proximité. Il s'agissait du véhicule de Michael Singer.

Nouveaux chuchotements dans la salle W. H. Parker. Au premier rang, une flopée de photographes multipliait les clichés, et les flashs blanchissaient en rafale la face noiraude de Flanagan.

— Le premier point important est l'identité des victimes, que nous avons pu établir de façon formelle par l'analyse des ADN contenus dans le sang retrouvé sur la scène de crime. Les prélèvements réalisés ont confirmé la présence de deux ADN. Les recherches comparatives permettent de conclure que les personnes agressées – et peut-être bien tuées – sont, d'une part, la nommée

Alison Kathy Kostas, née le 26 juillet 1970 à Santa Clarita, Californie, assistante de Michael Singer, et, d'autre part, le nommé Leon Gregory Nash, né le 11 février 1982 à Portland, Oregon, informaticien et ami de Michael Singer et d'Alison Kostas.

» Concernant Leon Nash, qui n'apparaissait pas dans la procédure jusqu'à maintenant, nous avons pu bénéficier du signalement effectué la veille par un chauffeur de taxi. Ce chauffeur a déclaré au commissariat de West Hollywood avoir eu comme client un individu suspect, à l'air malade et désorienté. Il a précisé avoir pris en voiture cet homme – identifié comme étant Leon Nash – au 421 East Bay State Street, à Alhambra, à 10 h 19 le samedi matin. Il s'agit du domicile de Leon Nash – dont les activités d'informaticien, par ailleurs, font actuellement l'objet d'investigations distinctes par une autre brigade du LAPD. Le chauffeur de taxi a ensuite déposé Nash à proximité du domicile de Mike Singer à 11 h 10.

» La téléphonie confirme exactement cet itinéraire. Son téléphone et les relais activés attestent que Leon Nash s'est rendu chez Singer. Son appareil a ensuite cessé d'émettre, activant une dernière borne à proximité des lieux. Pendant son trajet en taxi, Nash a tenté de joindre Kostas à de nombreuses reprises, tombant systématiquement sur la messagerie.

» L'analyse du portable de Kostas, maintenant. Le listing des appels et la géolocalisation permettent d'établir les faits suivants. Kostas a contacté Nash à 9 h 57. L'appel a duré 2 min 21 s. La borne activée est celle se trouvant près de chez Singer. Il est probable qu'elle l'ait joint depuis la maison. Son smartphone a cessé d'émettre par la suite.

» Passons au portable de Mike Singer. Le journaliste a reçu un SMS de Kostas à 9 h 56. La personne qui était avec lui à ce moment-là, une jeune femme qui s'appelle Marbella Jones, raconte qu'il est parti en catastrophe à la suite de la réception d'un SMS. Le bornage prouve qu'il est rentré chez lui. Le téléphone a continué d'émettre pendant trois heures environ. Les relais démontrent qu'il a quitté la maison en début d'après-midi pour se diriger vers le centre-ville.

Le lieutenant Flanagan se redressa, semblant temporiser. Puis il finit par indiquer au parterre de journalistes :

— Bien. Je vais maintenant laisser la parole à monsieur John Neu, magistrat et chef du bureau des investigations exerçant aux côtés du *District Attorney*.

Sean dit à Gomez :

— Ils se partagent le boulot, finalement.

— Flanagan a été bon, commenta son collègue.

Les deux flics se concentrèrent sur le nouvel orateur. John Neu devait avoir autour de la soixantaine. Il était un peu déplumé au niveau capillaire, ses cheveux bruns tirant sur le gris. Maigre et austère, il dégageait néanmoins une impression d'expérience et d'assurance naturelle. Le genre d'homme dont on devine, dès les premiers mots, qu'il va assurer. Sean enviait cette facilité, lui qui n'aimait pas spécialement s'exprimer en public.

John Neu testa le micro officiel en le tapotant de deux petits coups de doigt. Un geste mécanique qu'il paraissait bien connaître. Il hocha la tête, l'air satisfait, et commença son exposé :

— Bonjour à tous. Dans l'affaire qui nous intéresse, un scénario se dessine. Le voici. Alison Kostas, seule chez Michael Singer, a contacté ce dernier par SMS. Il est aussitôt parti pour la rejoindre. La minute suivante, elle a téléphoné à Leon Nash, qui, décidant également de se rendre sur les lieux, a commandé un taxi et est arrivé plus tard chez Singer. Les portables de Nash et de Kostas ont été coupés par la suite, mais pas celui de Michael Singer. Nous pensons qu'il a tué Alison Kostas dès son retour chez lui, puis qu'il a fait de même avec Leon Nash quand ce dernier est arrivé. Il a ensuite chargé les cadavres dans sa voiture avant de quitter sa résidence et de se rendre dans un lieu encore indéterminé.

John Neu fit une pause, comme pour donner plus de poids à ce qu'il allait ajouter. Il discourait sans aucune note devant les yeux, contrairement à Flanagan. Il maîtrisait son affaire.

— La perquisition au domicile de Michael Singer nous a beaucoup appris. D'abord sur les meurtres des jumelles, ensuite sur le mobile de la double exécution de Leon Nash et d'Alison Kostas.

— Le grand secret va être révélé, s'amusa Carlos.

— Oui. Au moins, cette fois, personne n'a balancé l'info avant.

— Nous pouvons vous dire que Samuel Smith n'est pas le Tueur de jumelles. Par ailleurs, les éléments recueillis nous permettent de penser que « l'homme en noir », donc l'auteur des cinq premiers meurtres et de ces deux nouveaux homicides, est le journaliste Michael Singer.

Il y eut comme un ronflement dans l'espace W. H. Parker. Un bruit de fond – mêlant timbres offusqués et surpris –, qui alla en s'amplifiant. On entendit même une voix qui osa railler publiquement les enquêteurs :

— Vous vous êtes fait avoir comme des amateurs !

Quelques rires éclatèrent.

— Ça y est, ça commence, dit Carlos.

Madden ne rebondit pas, contrarié.

C'est Charlie Beck, le chef du LAPD, qui tapa du poing :

— S'il vous plaît ! Je vous demande un peu de calme. Il s'agit d'une conférence de presse et vous en connaissez tous le principe. Vous interviendrez après, lors des questions.

La mise au point ne produisit pas entièrement l'effet escompté.

— Si le calme n'est pas rétabli, nous devrons interrompre la conférence et nous compléterons les informations par l'intermédiaire d'un communiqué de presse, sans séance de questions.

Le vacarme finit par s'éteindre. Le représentant du bureau du procureur, John Neu, qui ne paraissait pas le moins du monde perturbé, poursuivit ses explications en reprenant exactement là où on l'avait interrompu :

— La perquisition chez M. Singer a permis la découverte d'éléments que je vais maintenant lister. De nombreux documents manuscrits, écrits de sa main, établissent que Singer a inventé et monté de toutes pièces cette histoire de « *Tueur de jumelles* ». Il a choisi Samuel Smith parmi plusieurs profils d'individus asociaux, qu'il avait préalablement identifiés, pour en faire un faux tueur et élaborer une psychose sur la base de son histoire personnelle, particulièrement originale et cruelle dans le cas de Smith.

» Nous avons aussi retrouvé le même genre d'effets que chez Smith, à savoir des vêtements et accessoires – lunettes, fausse moustache, fausse barbe –, et également du maquillage noir attestant que Singer se grimait en individu afro-américain pour commettre ses forfaits. Les silhouettes des deux hommes étant comparables, et les produits et déguisements utilisés par Singer de bonne qualité, le rendu a, semble-t-il, fonctionné. Tout ceci a été découvert dans des sacs de sport dissimulés dans une trappe du plafond, condamnée, laquelle n'avait pas été vérifiée par nos services à la suite du meurtre de Stephen Barr.

Nouveaux chuchotements dans la salle.

Qui moururent vite, après un geste du doigt de Charlie Beck.

John Neu enchaîna sur les motivations :

— Le mobile de Michael Singer nous paraît être l'appât du gain. Ce journaliste-paparazzi, dont le niveau de vie est déjà confortable, aime l'argent et s'est montré capable, dans le cadre de son activité professionnelle, d'un manque d'éthique évident pour s'enrichir au détriment des célébrités qu'il pourchasse. Il roule en voiture de luxe, porte des vêtements de marque, mange dans des restaurants trois étoiles. L'enquête de personnalité et d'environnement actuellement menée par le LAPD révèle que c'est un homme d'argent, et ce depuis des années. Tout porte à croire qu'il a voulu réussir le « coup » de sa carrière pour se mettre définitivement à l'abri financièrement, en organisant ce plan assez machiavélique, il faut bien le reconnaître.

Flanagan continua après s'être éclairci la gorge :

— M. Singer a déposé des éléments de preuve au domicile de Samuel Smith pour le faire accuser et rendre plausible cette affaire de meurtres de jumelles. Cela explique qu'on ait retrouvé son ADN, en plus de celui de M. Smith, sur les couteaux et vêtements saisis lors de la perquisition. Michael Singer est sans doute l'auteur du journal intime initialement attribué à Smith, dans lequel il avouait, décrivait et justifiait ses meurtres. Il est aussi à redouter, même si nous devons encore travailler sur ce point, que Smith ne se soit pas suicidé et ait été tué par Michael Singer.

» Revenons, un instant, sur les motivations du double meurtre de Leon Nash et d'Alison Kostas. Nous pensons que l'assistante a eu des doutes quant à la possible implication de Singer. Elle a fait part de ceux-ci à l'intéressé, mais aussi à son ami Leon Nash. La réponse de Singer a été foudroyante, et sûrement bien au-delà de ce que Kostas devait imaginer. Nash est mal tombé en se présentant chez Singer au même moment, et a aussi fait les frais de ce scénario impitoyable. Tout ceci n'était pas prévu, Michael Singer ne pensait sans doute pas être démasqué au moment où l'affaire semblait terminée avec la mort de Samuel Smith. Le double meurtre et la disparition des corps ont été assurément de l'improvisation.

Flanagan fit une courte pause. On approchait de la fin de l'intervention. Il parut se souvenir de quelque chose et ajouta :

— Un dernier point sur le facteur financier. Dans son opération de revente d'informations aux médias, Michael Singer aurait empoché un montant proche du million et demi de dollars grâce à ces meurtres en série. (Il y eut quelques sifflets et commentaires dans la salle.) Au moment où je vous parle, nos équipes travaillent sur ce qu'il a pu advenir de cet argent, car nous avons constaté que l'intégralité de ces fonds a disparu des comptes de M. Singer.

Charlie Beck conclut la séquence :

— Voilà les éléments que les services du LAPD et du bureau du *District Attorney* voulaient vous communiquer. À présent, nous sommes disponibles pour répondre à vos questions.

CHAPITRE 44

Greffe du bureau du District Attorney
Comté de Los Angeles, Californie

Retranscription de conférence de presse
Le 05-07-2016 – Séance de questions

Dossier DAO/LAPD/SSH
Référence : 2016/SSH/72

12 h 18 – Question : Est-ce que vous pourriez nous en dire plus sur Leon Nash ? N'avez-vous détecté aucun signe de vie le concernant, ou concernant Alison Kostas ? **– Los Angeles Daily News**

Réponse du lieutenant Jerry Flanagan : En l'état, nous ne sommes pas en mesure de vous communiquer davantage d'éléments sur la personnalité de M. Leon Nash. Nous pouvons seulement vous dire qu'il est un ami de Michael Singer et d'Alison Kostas, et qu'il travaille à son compte comme informaticien. Je vous rappelle aussi que nos services s'intéressent à ses activités, qui font en ce moment l'objet de vérifications. Sur les possibles signes de vie de Kostas et de Nash, je peux vous affirmer qu'il n'y en a pas. Aucune activité téléphonique n'a été relevée depuis samedi, de même qu'aucun mouvement bancaire. Ni l'un ni l'autre n'est retourné à son domicile, et le véhicule de Kostas n'a pas bougé de la rue où vit Singer. Leurs proches et leur famille, pour ceux qui ont été identifiés et contactés, n'ont pas reçu de nouvelles postérieurement à samedi matin. Nous n'avons rien repéré non plus auprès des taxis ou des transports en commun. Le pire est malheureusement à craindre pour Leon Nash et Alison Kostas. La question suivante, s'il vous plaît.

***12 h 20 – Question : Sur la possible fuite de Michael Singer, que pouvez-vous nous dire concernant les mesures prises pour essayer de le retrouver ? Lancez-vous des recherches à l'international ? –* The San Diego Union-Tribune**

Réponse de M. Joey Esposito, assistant du District Attorney *: Nous diligentons actuellement un dispositif de recherches important pour retrouver la trace de M. Singer. Nous ne pouvons pas, pour des raisons de sécurité et d'efficience, évoquer précisément ce plan. Néanmoins, vu la gravité des faits, vous imaginez bien que le retrouver constitue une priorité absolue. Les moyens déployés sont à la hauteur de l'enjeu, je peux vous le certifier. Ensuite, pour répondre à votre seconde question, il comprend effectivement un volet international. Les fugitifs du profil de Singer sont capables d'organiser un départ à l'étranger. Le facteur limitant dans* *une cavale est souvent le côté financier. Mais, dans le cas de Singer, celui-ci dispose d'une manne financière telle qu'il pourrait se soustraire à nous durablement.*

***12 h 22 – Question : Vous avez expliqué que M. Michael Singer avait chargé les corps dans son véhicule. Comment en êtes-vous certains ? Avez-vous des témoins ? Singer a-t-il été vu ?* – Los Angeles Times**

Réponse du lieutenant Jerry Flanagan : Personne ne l'a vu directement charger les corps dans la voiture. En revanche, les ADN des deux disparus ont été découverts dans une brouette présente dans le jardin. Nous avons relevé des traces de roue allant de la porte d'entrée au lieu de stationnement du SUV de Michael Singer. La profondeur des sillons observés sur le chemin est parfaitement compatible avec les transports successifs de deux corps dans la brouette. Nous avons aussi les témoignages de deux voisins rapportant que le Q7 était garé en marche arrière, avec le coffre tourné vers le portillon. Ceci est un détail important, car Singer se gare systématiquement en marche avant dans cette allée, donc dans le sens inverse. Il est probable qu'il ait opéré ce changement pour faciliter la manœuvre de chargement. Ces témoins affirment aussi avoir aperçu le véhicule avec le coffre ouvert en début d'après-midi. Question suivante.

12 h 24 – Question : Vous avez parlé de l'appel au 911 mentionnant la maison de Singer. Est-ce que vous pourriez revenir sur les investigations menées à ce sujet et

***qui n'ont pas abouti ? Qu'avez-vous découvert ?* – San Francisco Chronicle**

Réponse de M. John Neu, assistant du District Attorney *: Les recherches réalisées sur cet appel n'ont pas permis de localiser l'appareil utilisé. Il pourrait s'agir – j'utilise le conditionnel – d'une communication lancée à partir d'un téléphone portable crypté, peut-être depuis Los Angeles. Nous n'avons pas de garantie sur ce point et les investigations se poursuivent. Il peut arriver, pour des raisons techniques complexes que je ne développerai pas ici, qu'on ne puisse pas obtenir d'éléments intéressants pour l'enquête sur la base d'un appel téléphonique. Question suivante, s'il vous plaît.*

***12 h 26 – Question : Pourriez-vous revenir sur la situation financière de M. Singer ? Le traçage des virements bancaires et l'aide que peuvent vous fournir les établissements financiers vous permettent-ils de dégager des pistes intéressantes ?* – The Wall Street Journal**

Réponse de M. Charlie Beck, chef du LAPD : Cette partie de l'enquête demeure pour l'instant confidentielle, nous ne pouvons rien vous communiquer de plus. Vous serez informés de toute évolution sur ce volet quand ce sera possible. La question suivante, s'il vous plaît.

12 h 27 – Question : Je voudrais revenir à Michael Singer, notamment sur les cartes de visite déposées sur les scènes de crime et les vidéos des exécutions. Quelle est

votre interprétation sur ces éléments ?* – Jornal do Brasil, *Rio de Janeiro, Brésil

Réponse de M. John Neu, assistant du District Attorney *: Michael Singer, par ses actes calculés, s'est directement projeté au cœur de l'enquête. En laissant ses cartes de visite, il était certain d'être personnellement impliqué. De la même façon, en tant que suspect faisant l'objet d'interrogatoires par la police, il se trouvait en position d'observer au plus près le travail d'investigation et l'évolution de l'affaire. Tout ceci est naturellement lié à son objectif final, à savoir s'enrichir. En filmant les meurtres et en revendant ces enregistrements diffusés ensuite sur Internet, M. Singer a amassé des centaines de milliers de dollars. Être à la source de ces crimes lui assurait une avance déterminante sur ses concurrents journalistes.*

***12 h 29 – Question : Qu'en est-il de la responsabilité pénale de Singer ? Sera-t-il accessible à la sanction pénale ? A-t-il agi avec discernement, en possession de ses moyens, ou avec une conscience des faits abolie ou atténuée ?* – The New York Times**

Réponse de M. Joey Esposito, assistant du District Attorney *: La dimension psychologique aura bien entendu une importance capitale dans le traitement de cette affaire. La question pourrait en effet concerner le discernement de Singer. Nos premières investigations laissent penser qu'il n'était pas complètement dans son état normal ces derniers temps. Des premières recherches sur son profil, il ressort que Michael Singer se sentait régulièrement déchiré entre la* *volonté de se réorienter vers une activité de documentariste plus noble que le journalisme* people, *et le désir de demeurer dans cet univers lucratif lui permettant de vivre dans le luxe. Ces meurtres peuvent-ils constituer la manifestation paroxystique d'un conflit psychologique qu'il n'est pas parvenu à trancher ? Nos investigations, auxquelles participent des agents spécialisés dans les profils criminels, doivent nous permettre d'avancer sur ce terrain-là.*

12 h 32 – Question : Sur le premier volet de l'enquête, celui des jumelles, nous savons que de nombreux jumeaux et jumelles célèbres, qui mènent pour la plupart une carrière dans l'industrie du spectacle à Los Angeles, ont pris des précautions pour leur protection physique. Des policiers du LAPD participent parfois à ces dispositifs de surveillance. Allez-vous les maintenir ? Ces jumelles et ces jumeaux courent-ils encore un risque ? – **Vanity Fair**

Réponse du lieutenant Jerry Flanagan : L'intégralité de ces mesures de sécurisation est maintenue. Si Michael Singer s'en tient à son plan d'origine, il n'a, à première vue, pas de raison particulière de s'attaquer de nouveau à des jumeaux, puisque son objectif d'enrichissement est atteint. Néanmoins, face à la fragilité probable de sa personnalité et à son caractère imprévisible, conserver les mesures prises s'avère nécessaire. Je lance d'ailleurs un appel. Tous les jumeaux et jumelles célèbres désirant se faire connaître auprès de nos services sont invités à le faire sans délai. Ils pourront bénéficier de conseils ou de l'assistance d'effectifs du LAPD, ou du Los

Angeles Sheriff's Department. *La question suivante, s'il vous plaît.*

12 h 35 – Question : M. Samuel Smith est une victime dans cette affaire. Avez-vous eu des contacts avec sa famille ?* – Libération, *Paris, France

Réponse de M. Charlie Beck, chef du LAPD : Nous avons bien entendu effectué les recherches nécessaires et nous sommes en lien avec la famille de M. Smith, comme avec les familles de l'ensemble des acteurs de cette affaire. Pour ce qui est de M. Smith, il est clair qu'il n'était aucunement impliqué dans ces meurtres. Il a effectivement joué le rôle de bouc émissaire, rôle que lui a attribué Michael Singer.

***12 h 36 – Question : Ne craignez-vous pas justement d'être mis en cause par les familles des victimes ? Ne doit-on pas vous reprocher d'avoir trop peu étudié l'hypothèse d'un Mike Singer impliqué dans ces homicides dès le départ ?* – The Dallas Morning News**

Réponse de M. Joey Esposito, assistant du District Attorney *: Les services du LAPD, de même que les services du* District Attorney, *ont accompli et continuent d'accomplir les actes d'investigations adaptés à un traitement judiciaire efficace de cette affaire. Tous les moyens sont engagés pour y parvenir, et les citoyens de cette ville peuvent avoir toute confiance en leur police pour qu'elle mène à bien les missions qui lui sont confiées. Toutes les pistes, tous les indices, tous les témoignages sont analysés et exploités dans* *les règles de l'art afin que la lumière soit faite. Question suivante.*

***12 h 38 – Question : Depuis le début de l'affaire, de nombreuses fuites ont permis à des médias de communiquer des informations en temps réel sur le déroulement de votre enquête. D'où viennent ces fuites ? Y a-t-il une ou plusieurs taupes dans vos effectifs ?* – The Washington Post**

Réponse de M. Charlie Beck, chef du LAPD : Nous n'avons pas de commentaires à faire sur ce point. Les seules sources d'information fiables sont nos communiqués et conférences de presse. Tout autre renseignement qui pourrait circuler est sujet à caution, particulièrement les dépêches alarmantes de certains journaux ou sites Internet à scandale, qui ont répandu plusieurs contre-vérités. Les extrapolations, les raccourcis ou les polémiques artificiellement entretenues ne doivent en aucun cas perturber l'enquête. Chacun d'entre vous doit faire preuve de sang-froid et analyser les faits avec la lucidité nécessaire. La question suivante, s'il vous plaît. Plutôt des questions sur l'enquête et les investigations, si vous le voulez bien.

12 h 40 – Question : Vous éludez la question qui vous a été posée. Vous ne pensez pas avoir raté le coche ? Vous aviez la carte de visite du tueur sur la première scène de crime et vous n'avez rien à dire là-dessus ? Concrètement, s'il était avéré que des erreurs ont été

***commises au cours de l'enquête, des têtes tomberaient-elles au LAPD ? –* Chicago Tribune**

Réponse de M. Harold Krenshaw, adjoint au maire : Je vais répondre à cette question. M. Eric Garcetti, maire de Los Angeles, que je représente aujourd'hui, accorde un intérêt tout particulier au travail effectué par sa police. M. Garcetti souhaite qu'elle soit irréprochable dans ses méthodes et qu'elle travaille en bonne intelligence et avec compétence. La municipalité de Los Angeles accorde sa totale confiance au LAPD et à ses services d'enquête spécialisés, qui sont à la pointe en matière de technologies et de savoir-faire investigateurs. Il est encore trop tôt pour savoir si certains points de l'enquête auraient pu être traités différemment, ou si d'autres options existaient dans la façon de se rapprocher de la vérité. Néanmoins, des organes de contrôle et de vérifications internes existent, et ceux-ci sauront fonctionner si cela s'avère pertinent. Si des irrégularités venaient à être mises au jour, monsieur le maire prendrait bien évidemment les dispositions utiles en matière de management.

12 h 43 – Question : Monsieur Krenshaw, j'ai deux questions pour vous qui représentez M. Garcetti. Ou plutôt, j'ai une information à vous communiquer et une question à vous poser. D'abord, l'avocat de la famille Olsen vient d'annoncer à l'instant sur Twitter qu'il lançait une action en justice contre la police de Los Angeles, au prétexte que le tueur était connu dès le départ et que vos services n'ont pas su le neutraliser, et ainsi éviter les

meurtres suivants. D'où ma question : nous connaissons tous ici le fiasco de l'affaire O. J. Simpson qui a ridiculisé la brigade criminelle de L.A. dans les années 90. Alors, doit-on aujourd'hui redouter que le scandale de l'affaire Samuel Smith, un homme noir assassiné injustement à cause de l'inertie de la police, puisse être plus retentissant encore ? – **Us Weekly**

Réponse de M. Charlie Beck, chef du LAPD : Nous n'avons rien à déclarer à ce propos. Bien, mesdames et messieurs, ce sera tout pour aujourd'hui. Nous vous remercions pour votre présence, votre attention et vos questions. Vous serez tenus informés de l'heure du prochain point presse.

CHAPITRE 45

100 West 1st Street, Los Angeles, Californie
Mardi 5 juillet 2016, 13 h 10

— Putain... Ils ont commencé fort, ces enfoirés.

Gomez acceptait mal les attaques frontales subies par le LAPD un quart d'heure plus tôt. Les deux inspecteurs avaient maintenant regagné leur bureau et débriefaient la conférence de presse. Si Madden s'était préparé un thé, Carlos ne pouvait ni boire ni avaler quoi que ce soit. Il était furieux que l'on remette en cause son professionnalisme et ses compétences.

Sean le rassura :

— Ils peuvent bien remuer la merde autant qu'ils le veulent, les investigations ont été bien menées. Avant qu'on soit saisis de l'affaire, Wasson et Newman ont vérifié l'alibi de Singer pour le meurtre de Barr, et ça tenait la route. Et il y a le coup de la carte de visite... C'était si gros que n'importe quel flic aurait pris ça avec des pincettes... Quand la pression retombera, tout le monde sera d'accord là-dessus.

— Ça ne les empêchera pas de nous traîner dans la boue et de caricaturer la situation.

— C'est le métier qui veut ça. On finit par s'habituer.

Gomez et Madden avaient respectivement trente-cinq et trente-sept ans. Le second bénéficiait d'une plus longue expérience à la Section Spéciale Homicides et avait plus souvent dû supporter « l'essoreuse » médiatique. Gomez, avachi sur sa chaise de bureau, rebondit sur un point :

— Et à propos de l'alibi de Singer, justement, la fille du bar, où ça en est ?

Madden, également assis dans son fauteuil, expliqua :

— Wasson l'a réentendue. Il l'a bousculée un peu et elle s'est mise à cafouiller. Il la soupçonne d'avoir touché un chèque de Singer pour lui fournir un alibi. Il pense qu'elle va craquer.

— OK. Elle est toujours là ?

— Oui. Elle goûtera à nos cellules tant qu'elle n'aura pas craché le morceau. On ne prend plus aucun risque. Au moindre doute, on place en rétention. Instruction de Flanagan. Qui l'a lui-même reçue de Charlie Beck.

— Au moins, c'est clair.

Sean termina de boire son thé et interrogea Gomez, qui consultait ses mails :

— Du neuf sur les perches qu'on a lancées ?

Depuis lundi, on diffusait des avis de recherches au nom de Michael Singer dans tout le pays. Il en allait de même pour Alison Kostas et Leon Nash, même si les chances de les retrouver en vie étaient quasi nulles. Depuis la veille, leurs visages et un résumé de l'affaire atterrissaient dans les boîtes mail de tous les policiers du pays. On arrosait aussi toutes les administrations. Le privilège de cette diffusion de masse ne concernait que les dossiers prioritaires, ce qui était le cas ici. Le FBI et ses puissants moyens de communication se chargeaient de transmettre les signalements.

Gomez parcourut sa messagerie :

— Non, rien.

— Espérons que ça finisse par venir.

— Tout a été lancé ?

— Ouais. Taxis. Aéroports. Gares. Ports. Péages autoroutiers. Sites de covoiturage. Motels… Les avis de recherche circulent partout et la mairie y a même fait inscrire une récompense de 50 000 dollars.

Gomez tiqua :

— Ah bon ? Quelle bande de connards dans cette mairie… Tu te rappelles ce qu'a dit l'adjoint devant les journalistes ? Le message était clair : s'il faut virer quelqu'un pour l'exemple, on le fera…

— Oui, j'ai bien compris. Mais on n'en est pas encore là.

— Tu es optimiste, fit remarquer Carlos.

— Oui, car on n'est pas si mal. On a plein de choses à faire. Leurs téléphones sont toujours surveillés. Si quelqu'un les rallume, on sera au courant. Idem pour le portable de Singer. Idem pour leurs comptes en banque. Tous leurs proches et leurs amis sont sur écoute. Et les avis de recherche commencent à essaimer à l'étranger via Interpol si jamais Singer voulait changer d'air. On fait tout ce qu'il faut, on n'a rien à se reprocher.

Gomez se renversa contre le dossier de sa chaise et toisa Sean.

— Putain, comment tu peux être aussi sûr de toi ?

— J'ai consulté des avocats. Je leur ai tout donné. Ils ont tout étudié. Pour eux, c'est des conneries de journalistes. Et rappelle-toi que les premiers enquêteurs sont Wasson et Newman. Ils ont géré l'alibi de Singer et nous, on nous a saisis après.

— C'est vrai. Et tes avocats sont sûrs de leur coup ?

Non seulement ils sont sûrs de leur coup, mais ils sont les meilleurs avocats de la ville pour ce type de litiges administratifs, pensa Sean. Il les payait des milliers de dollars par jour de travail. L'inspecteur, en dehors de son métier de policier, était l'unique héritier d'une riche famille d'industriels. À la mort de ses parents, quand il avait treize ans, un exécuteur testamentaire lui avait annoncé qu'il percevrait, à sa majorité, la fortune léguée par ses géniteurs. L'argent lui était revenu, comme prévu. Aujourd'hui, 15 millions de dollars fructifiaient sur ses comptes bancaires. Personne de son entourage ne le soupçonnait. Sean vivait sa vie de simple flic, discrètement, en dormant sur un matelas de billets.

Il répondit :

— Oui, ils sont sûrs. Le seul truc qui m'intéresse, c'est de coincer Singer.

— En attendant, pour moi, c'est repos.

— De même. Sieste.

Flanagan leur avait donné leur après-midi. L'un comme l'autre avaient besoin de sommeil après ces trois jours d'investigations intenses, menées quasiment sans pouvoir dormir. Ils réglèrent les affaires courantes et prirent congé tous les deux. Ils se donnèrent rendez-vous au même endroit pour le lendemain matin. Le lieutenant Flanagan les tiendrait au courant si quelque chose d'important survenait dans la journée.

Sean descendit au garage du *Police Administration Building* et grimpa dans sa Ford Crown Vic. Il démarra, quitta le sous-sol et remonta Broadway jusqu'à l'entrée d'autoroute la plus proche, située à hauteur du mémorial militaire de Fort Moore, où le LAPD participait parfois à des cérémonies commémoratives. Il s'engagea sur Hollywood Freeway, ensoleillé, et se laissa porter par le flux des véhicules. Ses yeux commencèrent à se fermer. Il s'administra des claques sur les joues et s'exclama pour lui-même :

— Oh ! Pas le moment de dormir, tu conduis !

Sean alluma la radio. Un peu de musique pourrait le maintenir éveillé. Il écoutait généralement 100,3 FM The Sound, une station connue à Los Angeles pour diffuser des classiques rock. Il reconnut aussitôt le tube *My Sharona* de The Knack. Sean adorait sa ligne de basse anthologique, taillée pour ne plus quitter le cerveau. Il chanta à pleine voix les paroles finales afin de lutter contre le sommeil :

Oooooooo-oooh, my Sharona !
Oooooooo-oooh, my Sharona !
Oooooooo-oooh, my Sharona !

— *Et maintenant,* annonça une voix féminine, *il est l'heure du flash d'information de 13 h 30. Nous retrouvons Sydney Bernstein, en direct du siège de la police de Los Angeles, pour faire le point sur cette affaire de meurtres qui secoue la ville depuis quelques jours.*

— *Oui, Melissa, je me trouve devant le bâtiment du LAPD, où une conférence de presse vient de se terminer. Il y avait beaucoup de monde pour écouter les responsables de la police et du bureau du procureur ce midi, si bien que tous les professionnels des médias n'ont pas pu accéder à la salle. J'ai pour ma part...*

— Eh merde ! j'en ai assez supporté, s'exclama Sean en coupant la radio.

Il attrapa sa pochette de CD et chercha un *son* bruyant susceptible de le réveiller. Son choix se porta sur *Chaos A. D.* des Brésiliens Sepultura, l'un de ses albums de métal préférés.

— C'est mieux que les infos, souffla-t-il.

Il remonta Hollywood Freeway en direction du Nord-Ouest et sortit quinze minutes plus tard au niveau du col de Cahuenga, au cœur des monts de Santa Monica. La Ford atteignit Mulholland Drive, dans les collines résidentielles de Hollywood Hills. Puis, ce fut Torreyson Drive, courte voie tout aussi préservée et boisée, où se trouvait la *Chemosphere*, sa maison d'architecte. Il se gara sur le parking au bas du pylône, grimpa les marches qui escaladaient la pente – prendre le funiculaire lui aurait demandé plus de temps – jusqu'à l'arrière de la « soucoupe volante », puis emprunta la passerelle métallique pour rentrer chez lui. Il n'avait qu'une idée en tête : se coucher. Il fila dans sa chambre, puis ôta en vitesse son pantalon et sa chemise avant de plonger sous les draps.

Il ne parvint pas à s'endormir tout de suite, comme souvent dans ces cas-là. Il décida de regarder un film sur son écran géant en attendant. Madden vouait une passion aux années 80 en matière de cinéma. Il voyait et revoyait les mêmes fictions à longueur d'année. Il appréciait la naïveté, les imperfections, et le savoir-faire approximatif et touchant de cette époque. Il opta pour *Body Double*, son film culte, dans lequel la *Chemosphere*, sa propre maison, jouait un rôle essentiel. C'est en découvrant ce thriller obsédant, à l'âge de dix ans, qu'il s'était juré d'y vivre un jour. Un vœu exaucé grâce à la fortune de ses parents disparus.

— C'est parti, murmura-t-il en lançant la lecture.

Il connaissait le film par cœur. L'effet soporifique ne se fit pas prier. Cinq minutes plus tard, Madden sombrait. Ce fut un bon sommeil. Il ne se réveilla pas une fois, ce qui lui arrivait pourtant souvent pendant les enquêtes difficiles.

La sonnerie de son iPhone lui fit ouvrir un œil cinq heures plus tard.

— Fait chier…

Il soupira, tapota sur la table de nuit, et réalisa que son portable devait toujours être dans une poche de son jean, sur le sol, à quelques mètres.

— Oh, je rappellerai…

Il se rendormit. Le téléphone sonna encore. Une minute plus tard. Ou dix. Ou cinquante. Sean l'ignorait. Tiré de ce sommeil abyssal et réparateur, le policier ne savait plus où il en était, complètement désorienté.

— Nom de Dieu… ça recommence…

Il se leva et marcha jusqu'à son pantalon froissé jeté au sol. Il arriva trop tard, la sonnerie s'arrêta. Deux appels en absence figuraient sur l'écran, dont les pixels luisaient dans la pénombre de la chambre. Deux appels de Flanagan.

L'inspecteur se rhabilla et fila jusqu'à la cuisine, de l'autre côté de la *Chemosphere*. Il traversa son salon orienté Nord-Est, où une immense baie vitrée, courbe et panoramique, ouvrait sur une vue extraordinaire. Au premier plan, en contrebas, s'élevaient les résidences voisines, aussi originales les unes que les autres, accrochées aux canyons luxuriants. Au second, on apercevait la vallée de San Fernando, qui se déployait sur des kilomètres jusqu'à l'horizon. Sean y jeta un œil, ne se lassant jamais du spectacle. Le soleil baissait et les rayons du soir polissaient les toits et les collines d'un glacis orangé. La fin du jour dévoilait une palette mêlant le rose, le jaune et le violet, spectre habituel dans le ciel crépusculaire *angeleno*.

Madden se servit un verre d'eau gazeuse, reprenant doucement ses esprits. Cette sieste lui avait permis de se retaper. Il se sentait prêt à repartir. Il regarda sa montre : 18 h 26. Puis il composa le numéro du lieutenant Flanagan. Le chef décrocha au bout de deux sonneries :

— Merci de rappeler, Madden.

— Je vous en prie. Que se passe-t-il ?

— Il va falloir que vous rappliquiez au commissariat. On a du boulot pour la soirée.

— On a du nouveau ?

— Pas sur ce qu'on espérait. Vous avez suivi la presse ?

— Non, je dormais. Vous m'avez réveillé.

— On a reçu un coup de fil de Harvey Levin, le patron de TMZ, il y a une demi-heure environ. Je l'ai pris personnellement en ligne. Il m'a dit qu'il allait publier dans les minutes à venir un article important qui devrait relancer l'enquête. Il n'a pas menti, l'article vient de tomber.

— Et alors ? Ça dit quoi ?

— Je vous laisse le découvrir et vous préparer. Et vous nous rejoignez tout de suite. Cette fois, on va aller coffrer Levin chez lui pour qu'il s'explique. Pas de pitié.

— J'arrive.

— On vous attend. J'appelle aussi Gomez.

— OK.

Les deux enquêteurs raccrochèrent. À peine le policier se réveillait-il que la machine investigatrice redémarrait et l'embarquait dans ses rouages. Pas une seconde de relâche à la SSH.

Il s'installa sur un tabouret du salon, au bar, face à la vue panoramique. L'obscurité gagnait du terrain et les maisons, les immeubles, les tours, l'éclairage urbain et les phares automobiles s'illuminaient les uns après les autres. La vallée se transformait en un gigantesque champ de lucioles scintillant dans la nuit.

Madden ouvrit un ordinateur portable et se connecta à Internet, se demandant ce que le site *people* avait pu publier pour que Flanagan fasse revenir tout le monde à sept heures du soir. Il n'eut pas à chercher longtemps, le titre explosif barrait la première page :

AFFAIRE DU TUEUR DE JUMELLES
MICHAEL SINGER N'EST PAS LE MEURTRIER

CHAPITRE 46

AFFAIRE DU TUEUR DE JUMELLES
MICHAEL SINGER N'EST PAS LE MEURTRIER
2016-07-05 18:11 by TMZ staff
!! EXCLUSIVITÉ !! !! EXCLUSIVITÉ !!

Une nouvelle fois, TMZ *vous offre, en totale exclusivité, des informations inédites sur la mystérieuse affaire des meurtres commis par celui qu'on appelle « l'homme en noir ». Ce fait divers, qui terrifie les jumeaux et jumelles de Los Angeles autant qu'il passionne les foules, fait la une de nombreux titres de presse depuis une quinzaine de jours.*

S'il n'est plus besoin de revenir sur les grands axes de l'affaire, dont la plupart des médias américains, mais aussi étrangers, se sont emparés, les récents développements sont importants : les services de police ont annoncé aujourd'hui, lors d'une conférence de presse électrique dans les locaux du LAPD, que l'auteur des huit meurtres était le photographe-paparazzi Michael Singer.

Selon le LAPD, le premier coupable désigné, Samuel Smith, ne serait qu'un bouc émissaire. Les meurtres auraient été commis en réalité par Michael Singer, qui aurait engrangé une fortune en revendant ses propres informations sur l'affaire. En théorie, TMZ ne communique pas sur les montants investis dans le cadre de ses activités. Mais, aujourd'hui, nous pouvons confirmer que les sommes perçues par notre ex-informateur sont importantes.

Il ressort des constatations du LAPD que l'assistante du journaliste, Alison Kostas, ainsi qu'un ami des deux paparazzis, Leon Nash, ont été agressés, voire tués, au domicile de Singer. Les corps n'ont pas été retrouvés. Singer aurait été démasqué par Kostas. Et, dans sa dynamique meurtrière, il aurait exécuté cette dernière et Leon Nash, deux témoins directs de sa culpabilité.

Aujourd'hui, TMZ garantit ne plus avoir aucun contact avec Michael Singer. Nous avons indiqué à la police que nous ne connaissions pas la localisation de cet ancien collaborateur. Cependant, TMZ n'en reste pas moins désireux de rechercher la vérité et d'obtenir de nouvelles informations. C'est ainsi que nous disposons de renseignements exclusifs, que les services de police eux-mêmes ne possèdent pas encore.

Ce soir, sur la base des déclarations d'une source sérieuse, TMZ est en mesure de vous communiquer les faits suivants : Michael Singer n'est pas l'individu qui a assassiné Stephen

Barr, Sia Barbi, Shane Barbi, Ashley Olsen, son garde du corps et Samuel Smith. Nous pouvons aussi, sans certitude cependant, émettre des doutes sur le fait que Mike Singer vive toujours et qu'il soit bien l'auteur des meurtres de Nash et de Kostas. Si nous ne pouvons pas certifier ces deux derniers points, le premier est vérifié : Michael Singer n'est pas l'homme en noir.

Par conséquent, les conclusions établies jusque-là par la police sont erronées. TMZ se doit d'être précis dans l'information qu'il vous livre. Ainsi, nous vous dévoilons pourquoi cette nouvelle version des faits est la bonne et ne fait pas de doute : la source qui nous a contactés est, de façon certaine, le Tueur de jumelles. Notre informateur est l'homme en noir, et ce n'est pas Michael Singer.

TMZ va même plus loin. Bientôt, nous vous révélerons qui est l'homme en noir. Ce dernier nous a accordé une longue interview. Nous vous la livrerons en deux parties, publiées de façon rapprochée. Vous saurez alors, grâce à TMZ, qui est le « Tueur de jumelles ».

CHAPITRE 47

1134 North Doheny Drive, Los Angeles, Californie
Mardi 5 juillet 2016, 20 h 14

— Police ! Ouvrez cette porte, monsieur Levin !

Les services de police du LAPD intervenaient en force au domicile de Harvey Levin, le *boss* de TMZ. Une vingtaine d'agents avait pris position autour de sa maison. Non pas que l'on craigne un danger particulier avec ce patron de presse inoffensif. C'était plutôt la fuite de l'intéressé que l'on redoutait. Par ailleurs, hypocritement soucieux de préserver sa vie privée, « l'emmerdeur de stars » numéro un aux États-Unis s'entourait en permanence de cinq à six agents de sécurité.

— Ouvrez, monsieur Levin ! Ou on enfonce la porte !

Dès leur arrivée aux abords de la villa, Sean, Carlos et le groupe d'appui avaient eu affaire aux colosses de Levin. Les *bodyguards* ne s'étaient pas gênés pour s'interposer physiquement et interdire l'accès de la propriété aux forces de l'ordre, refusant d'ouvrir le portail. Aux grands maux, les grands remèdes. Les policiers de la section d'intervention

– des agents bien équipés qu'on pouvait situer à mi-chemin entre les hommes du SWAT et les patrouilles de commissariat – avaient maîtrisé les quatre gorilles. Gomez avait ordonné qu'ils soient embarqués. *Ça leur apprendra à respecter la police et à rester à leur place, à ces trous du cul*, avait expliqué l'inspecteur. D'autres effectifs étaient entrés en passant par les propriétés mitoyennes afin de réussir l'effet de tenailles.

Finalement, la porte s'entrebâilla.

Gomez et un policier équipé d'un bouclier la poussèrent brutalement et découvrirent que c'était Levin lui-même qui venait ouvrir. Carlos l'interrogea sans ménagement :

— Y en a d'autres, de tes molosses, dans la maison, où ils étaient tous dehors ?

Levin, saisi par l'étonnement, ne répondit pas, hésitant.

— Je te demande s'il y a d'autres malabars de ce genre dans la maison !

Il montra à Levin l'un des interpellés, la tête en sang et le nez broyé, menotté au sol et maintenu par deux types en tenue d'intervention.

— Euh... non... Mes agents sont tous dehors... pour la surveillance...

— Ils sont en état d'arrestation pour violences sur agents de police et entrave à une enquête judiciaire. Vous vous croyez au-dessus des lois, Levin ? Vous pensez que la police ne peut pas venir vous chercher chez vous si elle veut vous interroger ?

— Si, mais...

Gomez le coupa. Il le fit se retourner et le plaqua contre un mur de l'entrée.

— Vous êtes en état d'arrestation aussi.

Le Latino lui passa les menottes – en serrant – et Levin grimaça.

Madden le questionna :

— Vous êtes seul dans la maison ?

— Oui.

— Pas de chien d'attaque, style pitbull ?

Un paranoïaque comme Levin était du genre à posséder un cerbère à poils ultra-agressif, capable de vous sauter à la gorge au détour d'un couloir.

— Non.

— Pas d'objet dangereux sur vous ?

— Non.

Carlos lui palpa les poches.

— Bien.

Sean donna des directives aux autres policiers. Ils étaient venus à quatre inspecteurs de la SSH, plus six agents enquêteurs du LAPD appelés en soutien, sans compter la colonne d'assaut. Première étape : la perquisition. Les policiers se répartirent dans les différentes pièces de la maison. Sean, Carlos et Levin se mirent à l'écart dans la cuisine.

— Vous pouvez me desserrer les menottes, s'il vous plaît ?

Gomez accepta. L'autre était docile. Sean demanda :

— Vous savez pourquoi on est là ?

— L'article sur l'homme en noir ?

— Oui. Il va falloir nous en dire un peu plus.

Levin ne semblait pas très sûr de lui. Beaucoup moins, en tout cas, que lorsqu'il paradait dans les médias ou dans ses multiples émissions de télévision. Il interrogea :

— Que voulez-vous savoir ?

— Tout. On veut tout savoir sur vos sources. Les cachotteries ont assez duré. D'ailleurs, si vous souhaitez faire appel à un avocat, c'est le moment. On vous emmène au commissariat central. Vous allez y passer la nuit, au minimum.

Levin n'affichait pas le sourire habituel. Bronzé, bien rasé, vêtu d'un jean bleu et d'une élégante chemise noire, tout rappelait sa touche, sa marque de fabrique, mais l'assurance et le maquillage en moins.

— Je veux aviser mon avocat, oui.

Il tira de sa poche un smartphone, que Carlos lui arracha des mains.

— Mais... qu'est-ce que...

— Le portable, on le garde pour l'instant. Il est saisi. Vous avez d'autres téléphones ?

— J'en ai trois, oui... Mais comment j'appelle mon avocat ?

— Ils sont où, les deux autres téléphones ?

— Ailleurs dans la maison, sûrement.

— Ils vont être saisis aussi.

Levin n'en croyait pas ses oreilles.

— Pour votre avocat, dit Carlos, on va relever le numéro dans votre répertoire et je vous prêterai un appareil neutre pour l'appeler. Ou mieux : vous ne dites rien jusqu'au commissariat et vous passerez le coup de fil de là-bas, d'un poste fixe, en privé.

— Pourquoi prenez-vous mes téléphones ?

— On n'aimerait pas que vous fassiez le ménage dedans, c'est tout. D'un coup de doigt, c'est vite fait d'effacer des choses sur ces petites machines. Et après, c'est plus dur pour nous de les retrouver. Vous comprenez ?

Levin avala sa salive, inquiet.

— Mais je n'ai rien fait...

Madden lui lut les droits Miranda :

— Vous avez le droit de garder le silence. Si vous renoncez à ce droit, tout ce que vous direz pourra être retenu contre vous devant une cour de justice. Vous avez le droit de bénéficier de l'assistance d'un avocat dès maintenant et pendant vos interrogatoires. Si vous n'en avez pas les moyens, un avocat vous sera commis d'office et gratuitement. Durant chaque interrogatoire, vous pourrez décider à n'importe quel moment d'exercer ces droits, de ne pas répondre aux questions qui vous seront posées ou de ne pas faire de déclarations. Monsieur Harvey Levin, avez-vous bien compris les droits que je viens de vous énoncer ?

— Oui, c'est bon.

— Pour l'avocat, qu'est-ce que vous préférez ?

— Je l'appellerai de là-bas. Je vous préviens, j'ai plusieurs avocats parmi les meilleurs de la ville. Vous regretterez ce que vous avez fait.

— Des menaces, déjà ?

Carlos ricana. Il s'adressa à Madden et à deux policiers en tenue, debout à quelques mètres :

— Messieurs, vous êtes témoins de cette tentative d'intimidation.

Ils acquiescèrent.

— Monsieur Levin, cet épisode sera versé à la procédure.

— Ça va, ça va, excusez-moi.

Sean fit un geste du menton à Carlos et ils se mirent tous deux en retrait.

— Nous, on va remonter Levin, dit-il. Et on va laisser Wasson et Newman finir la perquisition. Ils en ont pour un bon moment, vu le nombre de pièces.

La résidence de Levin, un joyau à dix millions de dollars, ressemblait davantage à un manoir qu'à une maison. Commandé sur plans à la convenance et au goût de *Sa Majesté* Levin, l'endroit attirait l'œil tant par la modernité des équipements – tout paraissait numérique et connecté – que par le soin accordé à la décoration. Sean avait remarqué que Gomez, amateur de *design*, d'architecture et d'art contemporain, louchait par moment de-ci de-là, l'air séduit.

— OK. Je vais le dire aux autres, répondit Carlos.

Il s'éloigna et Madden emmena Levin jusqu'à leur Ford, en dehors du domaine. Ils n'avaient pu garer les voitures près de la maison, les vigiles ayant maintenu les portails automatiques fermés. La dizaine de véhicules, gyrophares tournants, patientait à l'extérieur dans la pénombre de Doheny Drive. La propriété ressemblait à un fort militaire. En la traversant, Sean remarqua des objectifs de caméras et des capteurs de présence sur les pelouses. Il y avait une vigie dans un coin, avec une vision à trois cent soixante degrés, où pouvaient tenir deux personnes. La presse parlait aussi de dispositifs anti-drones dans le parc du millionnaire.

Sean et Levin prirent place dans la voiture, à l'arrière, sous le regard attentif de deux policiers en uniforme. Le pire aurait été que Levin s'enfuie à cet instant. L'inspecteur avait enroulé une serviette autour des poignets menottés du paparazzi, celui-ci l'ayant imploré de ne pas le laisser à la vue de tous avec les bracelets. Magnanime, Madden avait accédé à sa requête.

— Comment ça va se passer pour la suite ? demanda Levin.

Il donnait l'impression de vouloir s'enfoncer dans son siège.

— Vous allez voir votre avocat et on va vous auditionner.

Il hocha le menton, puis lança, agacé :

— Bon, on décolle quand ?

Il venait d'apercevoir un vieux voisin en face, dans son jardin, qui regardait vers lui. Le patron de TMZ se recroquevilla, honteux, séquestré dans cette voiture de police.

— Bientôt, patience, dit Sean.

— Qu'est-ce que vont penser les gens qui me voient ici ?

Madden s'autorisa une petite attaque, rictus aux lèvres :

— La plupart des gens pensent déjà que vous faites de la merde. Que vos activités et votre mentalité sont de la merde. N'ayez pas peur pour votre réputation.

Sonné, piqué, l'autre garda le silence. Sean reprit :

— Vous vous inquiétez de ce que pensent les gens des stars dont vous dévoilez la vie privée ? Non. Alors cette fois, c'est votre tour.

À l'inverse de la première salve, Levin sembla se moquer de la remarque. Il était question des autres, donc il s'en moquait. Cet homme n'avait aucune empathie.

— Le public aime connaître la vie des stars, je n'y peux rien, déclara-t-il.

La réponse était automatique, sans sincérité, fade.

Gomez finit par arriver. Il glissa sa grosse silhouette derrière le volant.

— On peut y aller, dit-il en fermant la portière.

— C'est parti, confirma Sean, qui resta à l'arrière avec Levin afin de le surveiller.

Ceci constituait une précaution élémentaire lors d'un transport à deux équipiers. Un policier devant, un policier derrière. Interdit de laisser un suspect seul dans votre dos, menotté ou non.

Carlos démarra. Il remonta Doheny Drive, traversa Sunset Boulevard et fila tout droit jusqu'à Wilshire et la Cienaga. À Culver City, il s'engagea sur Santa Monica Freeway. En théorie, il leur fallait une bonne demi-heure pour regagner Downtown depuis West Hollywood. Avec sirène, gyrophare et vitesse à l'avenant, ils mettraient deux fois moins longtemps. Sur l'autoroute, où les milliers de phares rouges s'alignaient à l'infini dans l'obscurité, on s'écartait sur leur passage.

— Inutile de vous cacher, se moqua Carlos en regardant Levin dans le rétroviseur.

— Comment ? répondit ce dernier, semblant vouloir paraître minuscule.

— Vous essayez de vous planquer derrière. De vous faire tout petit. Mais c'est la nuit, on roule vite, personne ne peut vous reconnaître. Détendez-vous.

Carlos se mit à rire de bon cœur. Puis il reprit :

— Vous faites moins le malin qu'à la télé, hein ?

Il rit encore plus fort.

— Votre avocat, c'est qui ? demanda Madden.

— J'en ai plusieurs.

— On a compris. Les meilleurs de Californie. Qui voulez-vous contacter pour cette fois ?

— Bob Harrelson.

— C'est noté.

Ils achevèrent le trajet en silence. La Ford pénétra dans le centre-ville dominé par les *buildings* de verre, où brillaient encore des centaines de fenêtres allumées. Sur les trottoirs, des types en costumes et des femmes en tailleur, pour la plupart cadres dans les établissements financiers de Downtown, fumaient des cigarettes ou flirtaient devant les clubs lounge. *Afterwork time*. La faune du soir commençait à sortir, avec son lot d'individus louches mi-chômeurs, mi-dealers, de femmes sexy dont on ne savait pas toujours si elles étaient des prostituées ou non, et de clochards au rendez-vous pour zoner et mendier.

Ils parvinrent au *Police Administration Building* et gagnèrent le parking du sous-sol, après s'être identifiés auprès des agents du poste de contrôle. Ils trouvèrent une place libre près de l'ascenseur – c'était toujours mieux d'éviter de parcourir des kilomètres à pied avec un interpellé – et remontèrent au rez-de-chaussée où ils présentèrent Levin aux plantons chargés des cellules.

Ils l'enregistrèrent, le fouillèrent, remisèrent ses effets personnels dans un casier et lui offrirent une place dans l'une des geôles. Levin devrait composer avec, sur sa gauche, dans la cellule mitoyenne, un type aviné qui ronflait après s'être vomi dessus et, de l'autre côté, un vieil Arabe qui n'avait rien trouvé de mieux à faire que de sortir son sexe devant une école primaire, en fin d'après-midi.

— On reviendra vous chercher, lança Carlos, amusé, tandis que la porte de Plexiglas se refermait sur un Levin dans ses petits souliers.

— À plus tard, compléta Sean.

Ils montèrent dans leur bureau et se préparèrent un café – pour Gomez – et un thé vert chinois – pour Madden. Puis ils s'installèrent sur le canapé. Dans le couloir de la SSH, de nombreuses lumières étaient allumées. On travaillait avec ardeur dans les bureaux, exclusivement sur l'affaire du *« Tueur de jumelles »*. Une fois par an environ, une affaire prenait une telle ampleur qu'il fallait mobiliser beaucoup de monde.

Carlos annonça :

— J'espère que ce connard va nous apporter quelque chose.

— Il faut déjà découvrir ce qu'il a trafiqué avec Singer jusque-là. Il écrit (Sean saisit une page imprimée sur laquelle figurait l'article de TMZ) : *Nous pouvons confirmer que les sommes perçues par notre ex-informateur sont importantes*. Et : *TMZ* garantit ne plus avoir aucun contact avec Michael Singer. Je veux savoir ce qui les lie exactement. Il doit y avoir un contrat ou un accord juridique quelconque. Il faut caractériser leur relation.

Madden but une gorgée de thé. Carlos demanda :

— Tu crois à son bordel ? Singer innocent ?

— Non. Pour moi, Singer est derrière ces meurtres, même si c'est étonnant quand on le connaît un peu. On a beaucoup trop d'éléments à charge contre lui. Mais comme la sagesse nous impose de toujours douter et de nous remettre en cause, on va tout passer au crible. C'est la base.

— Admettons que Singer soit innocent. On doit essayer de dissuader Levin de publier le nom du vrai tueur. Si ce qu'il raconte est véridique, bien entendu.

— S'il a prévu une telle annonce sur son site, il ira jusqu'au bout. Surtout avec son avocat qui va le mettre en confiance. Tu crois qu'il renoncerait ?

— Non, c'est vrai.

— On va déjà essayer d'éclaircir quelques points. Il a traité avec Singer et Kostas, et il a diffusé les vidéos des meurtres. C'est assez pour qu'on lui pose des questions et qu'on lui mette la pression.

Gomez, pensif, indiqua :

— Ce type est si puissant dans les médias, si riche que son truc est possible.

— Quoi ?

— Que le tueur l'ait contacté. Et qu'on se soit plantés. Connaissant Levin et les scoops qu'il a déjà publiés dans le passé, c'est possible.

— On va réfléchir. Tout mettre à plat avec Flanagan et les autres. Et voir ce que donnent les recherches qu'on a lancées. Un article de presse reste un article de presse. On doit garder notre sang-froid, en s'appuyant sur ce qu'on a déjà fait.

Carlos évoqua le lendemain :

— Flanagan et les chefs sont sur les nerfs, Wasson m'en a parlé tout à l'heure. Il paraît que ça chauffe. Ils préparent une communication de crise si jamais le nom d'un autre tueur est publié.

— Normal. Jamais on n'a vu autant de médias sur une affaire. Imagine la secousse si ça arrive.

— On sera emmerdés aussi.

— On n'en est pas encore là. On reste calmes, dit Sean.

Sean sentait Carlos nerveux. Pourtant, quand une situation difficile impliquait les médias, la règle d'or demeurait simple. Temporiser. S'appuyer sur les éléments concrets déjà réunis. Éviter à tout prix de se laisser déborder par ses émotions. Et, surtout, faire preuve d'esprit critique et de recul.

Flanagan entra à cet instant :

— Levin est au chaud ?

— Il est en bas, répondit Sean.

— Bien. Quel avocat ?

— Robert Harrelson.

— Merde. Pas le plus facile.

— On en a vu d'autres, dit Carlos.

Le grand Black prit un air sérieux, debout dans l'encadrement de la porte :

— Vous me tenez au jus quand vous commencez l'interrogatoire.

— OK, acquiesça le Latino.

Madden questionna leur patron :

— Vous avez du nouveau ? Qu'est-ce qui se décide ?

Flanagan vint s'asseoir avec eux.

— Rien de neuf en ce qui concerne les investigations pour retrouver les disparus. Wasson m'a appelé à l'instant de chez Levin. Rien de notable dans la maison. Ils ont saisi les ordinateurs et tout ce qui possède une mémoire numérique. Les services techniques vont se mettre là-dessus.

— Et pour demain, si TMZ annonçait quelque chose ?

— Je sors de visioconférence avec la mairie et le bureau du procureur. On a calé différentes choses et listé les options possibles en fonction de ce qui se passera.

— C'est-à-dire ?

— Je ne peux pas en parler. Et vous n'avez pas besoin de savoir. Concentrez-vous sur Levin. Il faut que ce type crache ce qu'il a dans le ventre.

Carlos demanda :

— Et vous, lieutenant, quel est votre avis ? Sean pense que Singer est notre homme. Moi, j'en suis moins sûr.

— Je suis sur la ligne de Madden. Levin est peut-être doué dans son job, mais rien ne l'arrête quand il s'agit de gagner du fric. Il est capable de tout pour sauver sa poule aux œufs d'or, même de travestir la vérité ou de jouer avec nous.

Flanagan fit une pause, puis lança :

— Wasson a fait une estimation de ce que l'affaire lui a rapporté. Vous savez à combien ça s'élève ?

Carlos agita la tête en signe de dénégation.

— Combien ? demanda Sean.

— Dix fois plus que ce qu'il a déboursé. Il a payé environ 1,5 million de dollars à Singer. Il en a touché presque quinze en revenus publicitaires, abonnements et valorisation financière.

Gomez siffla entre ses dents :

— On a un super riche dans les geôles de rétention.

— Vous l'avez dit. Bon, je vous laisse travailler.

Flanagan se leva. Sean et Carlos firent de même.

— Allez, on va chercher Levin, annonça Madden.

CHAPITRE 48

100 West 1st Street, Los Angeles, Californie
Mardi 5 juillet 2016, 22 h 36

Harvey Levin, comme les inspecteurs le prévoyaient, retrouvait de sa superbe. L'appel passé à Bob Harrelson, un ténor du barreau de Los Angeles spécialisé dans les affaires avec les stars, puis son entretien avec lui, dès son arrivée, l'avaient regonflé psychologiquement. Son sourire de nacre typiquement californien entrouvrait à nouveau ses lèvres fines, et seule sa chemise, débraillée et débordant de son jean, dérogeait à son style soigné habituel.

Madden s'adressa à l'avocat :

— Bien. Est-ce que vous avez des remarques à formuler avant le début de cet interrogatoire ?

Harrelson, un barbu au poil roux, courtaud, la cinquantaine, laissa passer un temps comme s'il cherchait ses mots. Un artifice d'orateur pour faire peser davantage son propos :

— Mon client tient à dénoncer les conditions de rétention exécrables qui sont les siennes. Il déplore aussi la violence avec laquelle il a été interpellé à son domicile.

Carlos leva les yeux au ciel, l'air affligé.

— Vous listerez vos remarques par écrit, dit Sean.

— Ce sera fait.

— Autre chose ?

— Pour ma part, non, dit l'avocat.

— Monsieur Levin ? relança Madden.

— Maître Harrelson a tout dit. Qu'on en finisse, je veux rentrer chez moi. Et je suis disposé à vous parler, de toute façon.

Carlos prit la parole :

— Bonne nouvelle. Pour ce qui est de rentrer chez vous, il va falloir être patient.

Le face-à-face opposant les duos Madden/Gomez et Harrelson/Levin pouvait commencer. Les quatre hommes se tenaient de part et d'autre d'un bureau métallique, scellé au centre de la salle d'interrogatoire. Autour d'eux, on retrouvait l'habillage caractéristique d'un tel lieu. Au sol, du carrelage gris. Sur les murs, un revêtement capitonné. Dans le fond, un miroir sans tain. La climatisation assurait un petit 17 °C. Ambiance fraîche sous les néons. *Un suspect qui claque des dents est toujours plus vulnérable et disposé à parler.*

Madden commença l'interrogatoire de manière tout à fait classique :

— Présentez-vous : nom, prénoms, date de naissance, profession.

— Harvey Robert Levin, né le 2 septembre 1950. Je suis producteur de télévision, juriste, journaliste et patron du site Internet d'information TMZ.

— Quels liens vous unissent au nommé Michael Singer ?

— Michael Singer est un paparazzi notoire sur la place de Los Angeles. Je le connais depuis plusieurs années, j'ai souvent travaillé avec lui. C'est un bon professionnel. Je peux même considérer que c'est un ami. Il récolte des scoops et me les revend. Je les publie ensuite. C'est un correspondant extérieur à TMZ. J'ai mes propres équipes et mes propres sources, mais je travaille aussi avec des indépendants.

— Quand avez-vous vu Singer pour la dernière fois ?

— Je ne sais plus exactement. Ça devait être autour du 25 juin. Je l'ai reçu chez moi avec son avocat dans le cadre de la signature d'un contrat.

— De quel contrat parlez-vous ?

Bob Harrelson intervint :

— Je signale dès à présent que certaines clauses des contrats conclus par M. Levin n'ont pas vocation à être révélées ici.

Carlos soupira, et tout le monde l'entendit.

— Répondez à la question, monsieur Levin, dit Madden.

— Pas de souci, les grandes lignes de cet accord ne sont en rien confidentielles. Ce contrat concernait l'homme en noir. Michael possédait une vidéo des meurtres des jumelles Barbi. Tournée par le tueur et envoyée par lui, d'après ce que Mike disait. Il me l'a proposée et je l'ai évidemment achetée. J'en ai profité pour réserver aussi l'exclusivité de toutes les informations qu'il pourrait réunir sur cette affaire.

— Vous avez payé cher ?

— Oui. J'avais déjà donné les chiffres à vos collègues. J'ai payé cette vidéo 550 000 dollars. Mais c'est un faible investissement par rapport à ce que ça m'a rapporté.

— Donc, c'est à ce moment que vous avez vu Singer pour la dernière fois ?

— Oui. C'est la seule fois qu'on s'est vus récemment, d'ailleurs. Pour la suite, j'ai traité avec son avocat, maître Boris Aliev. Vous devez le connaître, lança Levin à son propre conseil.

— Un collègue concurrent, mais un ami, confirma Bob Harrelson, rictus aux lèvres.

Harvey Levin poursuivit :

— Voilà où j'en suis avec Singer. Je n'ai plus de contact avec lui.

— Vous avez lâché combien pour le reste ?

— Les deux autres vidéos qu'il m'a vendues ?

— Oui.

— Pour celle des meurtres de Barr et d'Olsen, 300 000 dollars. Pour celle de la maison et du corps de Samuel Smith, 800 000 dollars.

Carlos, bon en calcul mental, résuma :

— Singer a touché au total 1,65 million de dollars.

— C'est bien ça, confirma Levin.

— Ça pourrait expliquer qu'il ait tout monté. Vu l'opération financière, ça peut se justifier. On sait que ce type aimait l'argent à s'en rendre malade.

Levin se composa un large sourire :
— Sauf que ce n'est pas lui le tueur.
— Qu'est-ce que vous en savez ? demanda Carlos.
Levin reprit son sérieux. Son énervement initial n'était plus de mise. Bob Harrelson avait dû le rassurer, mais aussi lui conseiller de se tenir tranquille. Il expliqua calmement :
— Tout est dans l'article. Tout y est résumé. Je sais que Singer n'est pas coupable parce que le vrai tueur a contacté TMZ. Par téléphone. Il m'a tout raconté, et la retranscription de cette interview va faire l'objet d'une publication. Je l'ai payé pour ça, c'est un contrat comme tous les autres. Vu les détails qu'il m'a donnés, je sais qu'il est le tueur et que ce n'est pas Michael Singer. Je suis sûr de moi.
La tirade fit son effet. Sean et Carlos se figèrent l'espace d'une demi-seconde, mais Gomez retrouva ses esprits et enchaîna avec une question :
— Et alors, qui serait ce soi-disant tueur ?
Levin secoua la tête, intransigeant :
— Vous ne le saurez pas avant la publication. J'ai payé cher pour avoir ce tuyau. Vous croyez que je vais refiler l'information à l'œil comme ça ? Vous délirez !
Madden intervint :
— Mais c'est une enquête judiciaire, bon sang ! On cherche le tueur, et vous dites le connaître, alors aidez la police, bordel de merde. Donnez ce nom !
Harrelson s'interposa :
— M. Levin ne vous le communiquera pas. D'une part, comme il vous l'a annoncé, vous l'apprendrez par l'intermédiaire de son site d'information. D'autre part,

M. Harvey Levin est engagé contractuellement avec la société qui représente les intérêts de la personne que vous appelez « le tueur ».

Carlos ouvrit de grands yeux :

— Une société qui représente ses intérêts ? Qu'est-ce que c'est que ces salades ?

— La personne se présentant comme l'auteur des faits a revendu en exclusivité sa confession à M. Levin. À cette fin, nous avons traité financièrement avec une société basée à l'étranger. Nous avons viré les fonds sur un compte selon leurs instructions. Cette société est la partie contractante figurant sur les papiers. L'accord s'élève à plusieurs millions et comprend différentes clauses, dont l'interdiction pour les deux parties de révéler des informations avant la publication sur TMZ.

Levin précisa :

— Et nous respecterons cette clause à la lettre, je préfère vous avertir tout de suite. Je respecte toujours ce que je signe, en particulier quand je débourse une telle somme.

— Combien on vous a pris pour l'interview ? fit Carlos.

— Vous n'êtes pas obligé de répondre, précisa Harrelson.

Levin approuva d'un signe de tête.

— Je sais, mais ça ne changera rien. J'ai payé 2 millions, inspecteur.

Les deux policiers ne réagirent pas. Levin continua :

— Et cet entretien ne sortira que sur mon site. C'est pour ça que cet interrogatoire ne vous aidera pas beaucoup. Je ne révélerai rien maintenant. Une fois publié, je pourrai toujours vous expliquer l'affaire en détail, si vous voulez en savoir plus. Mais là, non.

Il sourit, d'un air à la fois amusé et désolé, en ajoutant :

— *Business is business, my friends.*

Madden vit que Carlos commençait à s'échauffer dangereusement à côté de lui. Le gros Latino-Américain opta pour la stratégie de la menace, mais l'un comme l'autre savaient que la bataille était déjà perdue :

— Vous faites de la rétention d'informations, ce qui entrave le bon déroulement de l'enquête. Vous vous mettez dans la merde, Levin, vous y pensez ? Il y a des risques judiciaires à faire ça.

Harrelson rétorqua :

— Pas vraiment, non. Cet aspect ne nous inquiète pas. D'abord, parce que la liberté d'informer et le secret des sources en matière de presse sont des principes fondamentaux qu'il sera toujours possible d'invoquer. Ensuite, parce que M. Levin s'est engagé et que personne ne pourra le forcer à violer les conditions de ce contrat, pas même la police. Enfin, et surtout, parce que votre enquête ne s'en trouvera pas bouleversée. Les choses sont figées, tout est fini.

Sean et Carlos en perdaient leur latin. Le premier demanda :

— « Les choses sont figées, tout est fini » ? Vous pouvez préciser ça ?

Levin se lança :

— Le tueur a fini ce qu'il avait à faire. Il m'a tout expliqué et vous comprendrez en lisant l'interview.

— Nom de Dieu ! lâcha Carlos. Vous possédez la clé de cette affaire et vous ne dites rien. Des gens sont morts, putain de merde !

Le patron de TMZ prit une grande inspiration et déclara calmement :

— Je vous répète que ça ne changera rien. Vous connaîtrez son nom bientôt et vous pourrez faire toutes les vérifications que vous voulez. Mais plus tard... Je vous comprends, ça doit vous emmerder de voir un site Internet résoudre une affaire à votre place. En fait, ça va emmerder surtout vos supérieurs qui seront devant les caméras et passeront pour des cons.

Il s'arrêta.

— Qui vous renseignait au début ? demanda Madden.

— À quel moment ?

— Vous avez annoncé presque en direct la mort de Shane Barbi. Et pareil pour sa sœur Sia. Comment avez-vous fait pour savoir ça ? Qui vous rencardait ?

Harrelson, les yeux malins, rappela :

— Harvey, vous n'êtes pas obligé de répondre, vous le savez.

— Je sais, Bob, je sais. Inspecteur, j'ai fait comme je fais toujours. Je donne un billet à la bonne personne, au type un peu faible qui aime le fric, et j'ai mes infos. Ça marche aussi chez les flics, il y a des balances chez vous. Évidemment, je ne révélerai aucun nom. Secret professionnel. Protection des sources.

Carlos revint sur la dernière publication de TMZ :

— Vous affirmez dans l'article avoir des doutes sur le fait que Mike Singer vive toujours et qu'il soit l'auteur des meurtres de Nash et de Kostas. Qu'est-ce que vous voulez dire ?

— Je vais faire usage de mon droit à ne pas répondre à cette question.

Levin ricana. Harrelson l'imita.

— Huit meurtres. Mais ça vous fait rire, commenta Gomez.

Ils cessèrent.

— Au niveau éthique, vous vous sentez à l'aise ? lança Sean. Vous réalisez les horreurs que vous avez publiées à grande échelle ? Les familles des victimes ont pu voir ces vidéos.

Harrelson répondit, fronçant ses sourcils roux :

— L'éthique n'a rien à voir avec ça, inspecteur.

— C'est l'avocat qui parle, dit Madden.

Levin se redressa sur sa chaise, genre sûr de lui :

— Écoutez, messieurs. Je vais résumer ma position. Je ne dirai rien pour l'instant et, même si j'encourais un risque judiciaire, je préférerais honorer mon contrat et rentabiliser mon investissement. Je crois que ça ne sert à rien de poursuivre cet interrogatoire. Je vous informe que je ne souhaite plus répondre à vos questions et que je ne ferai plus de déclarations. Cette décision entraîne *de facto* la fin de l'interrogatoire, c'est exact ?

Carlos répliqua :

— En effet. Rendez-vous au prochain, alors. Les heures en cellule vous aideront à réfléchir et à voir la situation différemment.

Bob Harrelson prit la parole :

— Je ne le crois pas, non. Mon client ne va pas rester plus longtemps ici et il dormira chez lui ce soir.

Carlos eut un rire gras.

— Vous êtes procureur, vous ? C'est vous qui décidez ?

L'avocat retira ses lunettes et se massa les yeux. Puis il regarda Carlos.

— Je dois vous expliquer quelque chose. Notre cabinet est déjà en contact avec le bureau du *District Attorney*. Quand je suis entré ici, la discussion avançait et l'accord était quasiment trouvé, il ne restait qu'à fixer le montant de la caution. M. Harvey Levin ne dira rien ce soir, c'est TMZ qui s'en chargera. Le *District Attorney* a intégré ce fait et il prépare déjà la suite. Pour ce qui concerne mon client, le paiement immédiat de la caution va lui permettre de rentrer chez lui. D'ailleurs, et c'est l'une des conditions de notre accord, tant qu'il sera retenu, TMZ ne publiera rien. Vos supérieurs et les services du *District Attorney* ont compris qu'il n'y avait pas d'intérêt judiciaire à le maintenir ici. Au contraire.

— Vous rêvez ! s'exclama Carlos.

— Non, inspecteur Gomez. Cet interrogatoire est uniquement réalisé pour la forme, histoire de justifier la rétention judiciaire et de faire bonne figure. Mais tout est déjà réglé. Dans vingt minutes, M. Levin est dehors.

Carlos décréta :

— En attendant, votre client va repasser en cellule.

— Comme vous voulez, fit Harrelson.

— Il faut que je récupère mes affaires, de toute façon, dit Levin.

Les inspecteurs se levèrent. Les deux autres firent de même. Madden accusait le coup, mais il faisait le nécessaire pour ne pas le montrer. Une grande lassitude pesait sur ses épaules. Cette affaire était pourrie. Il y avait, de temps à autre, des dossiers merdiques. Celui-ci en faisait partie. Impression de ne rien contrôler. De ne pas savoir où aller. De ne pas voir les pistes se dessiner aussi clairement que les autres fois.

— Carlos, tu le raccompagnes en bas ?

— OK.

Les quatre hommes sortirent de la salle d'interrogatoire. Bob Harrelson se dirigea vers la machine à café et indiqua à Sean :

— Je suis ici si jamais vos supérieurs veulent me voir. Normalement, c'est prévu.

Madden acquiesça et fila jusqu'à l'ascenseur. Il parvint à l'étage de la SSH et se rendit aux toilettes pour se passer de l'eau sur le visage. Coup de chaleur. Excès de stress. Il se regarda dans le miroir. Sa tête lui paraissait encore plus étrange que d'habitude. Ses cheveux blancs, héritage d'une dépigmentation précoce, constituaient déjà une curiosité, mais, avec les yeux rougis par la fatigue, Madden avait tout du vampire ou du zombie infecté par un virus.

— Oh, la gueule..., souffla-t-il.

Il fit plusieurs mouvements d'inspiration-expiration, tout en s'aspergeant avec l'eau froide du robinet. Un inspecteur déboucha de l'une des cabines. Le type ne se lava pas les mains. Un gros dégueulasse. Il aperçut Sean à moitié courbé sur le lavabo et lui lança :

— Ça va, Madden ? Un problème ?

— Non, non, ça va. Merci, Bradley.

Le gars sortit. Sean finit par se redresser.

Il s'épongea la figure et retourna dans son bureau.

CHAPITRE 49

100 West 1st Street, Los Angeles, Californie
Mardi 5 juillet 2016, 23 h 04

Sean renonça à se préparer un thé. Pas besoin d'excitant. Déjà trop de tension. S'il y avait bien une chose qui ne lui ressemblait pas, c'était de subir un coup de mou, lui le solide et intelligent Sean Madden – en tout cas, les autres le percevaient ainsi. Mais, cette fois, le manque de sommeil et cette parodie d'interrogatoire, ajoutés à la confusion générale, mettaient à mal sa résistance.

— Alors, Sean, tu as vu Flanagan ?

C'était Gomez qui entrait dans la pièce.

— Flanagan ? Non. Pourquoi ?

— À propos de cette histoire d'accord entre le procureur et le LAPD.

— Tu es passé à son bureau ?

— Oui. Personne.

Carlos observa son ami, assis sur le sofa :

— Un coup de barre ?

— Oui. Ça va passer.

Gomez vint s'asseoir en face de lui.

— Sûr ?

— Oui... Mais, putain...

Quelques secondes s'écoulèrent.

— Quoi ?

— Je ne sais plus quoi penser.

— De l'affaire ?

Sean opina, les yeux dans le vague, regardant par la fenêtre.

— Tu veux mon avis ? demanda Carlos.

— Vas-y.

— Cette salope de Levin dit vrai. Son truc sonne juste et son avocat est crédible. Je crois que cette enquête est difficile parce qu'on nous prend pour des cons depuis le début.

— Comment ça ?

— Quelqu'un s'amuse avec nous. Tire les ficelles. Si tu regardes bien, tout ce bazar ne ressemble à rien de ce qu'on connaît habituellement. Des cartes de visite pour attirer l'attention sur quelqu'un. Des vidéos des meurtres sur Internet. Des transactions qui se chiffrent à des millions. Levin et TMZ, qui officialisent les découvertes avant nous, quasiment en temps réel... Tout est surréaliste, là-dedans. On pourrait finir par croire que le tueur est aux premières loges pour balancer les tuyaux.

Madden eut un petit rictus :

— L'homme en noir serait un flic ?

— Pourquoi pas ? La clé de ce truc, en tout cas, c'est l'argent. J'en suis certain.

Le lieutenant Flanagan entra à cet instant :

— Vous venez dans mon bureau ? On va faire un point.

Les deux flics emboîtèrent le pas à leur patron. Le bureau de Flanagan se trouvait tout près, à l'angle du couloir. Un désordre peu coutumier y régnait. La paperasse mal rangée, les tableaux Padex couverts de notes, les vêtements de rechange sur une chaise, les signes de repas pris à même sa table en acajou… Tout cela illustrait cette période floue et tendue pour tous, même pour lui. On pouvait dire sans exagérer que Flanagan dormait au boulot. Les pressions qu'il encaissait en tant que chef de la Section Spéciale Homicides dépassaient les niveaux habituels.

Madden et Gomez faisaient face au Black, assis derrière son bureau. Il annonça :

— Bon. Levin va sortir, un accord a été trouvé avec le procureur.

— Libéré sous caution ? demanda Carlos.

— Oui.

— Combien ?

— Un million. Le montant a été réglé en direct, conformément à l'arrangement trouvé. Levin n'a pas le droit de quitter Los Angeles et doit déférer à toute convocation.

Madden s'interrogeait sur la suite :

— D'accord. Et maintenant, on en est où ? On fait quoi ?

— On reste calmes, déjà.

Jerry Flanagan prit une inspiration. Il recula dans son fauteuil, puis grimaça, l'air éprouvé. Derrière lui, le mur et une vitrine exhibaient ses diplômes et ses trophées sportifs universitaires. Il indiqua :

— Il y a deux choses à faire. La première, c'est de continuer à travailler sur les pistes qu'on a commencé à suivre. On a des indices, des témoignages, des hypothèses, des éléments probants qui plaident en faveur de la culpabilité de Singer. On va pousser ces pistes au maximum. Levin peut affirmer ce qu'il veut, on ne se laisse pas déstabiliser. On continue le job.

Madden adhérait à ce discours, même si le doute commençait à l'assaillir. À cet instant, il réalisait combien Flanagan, mentalement, était plus fort que lui. Le chef, un roc, croyait en ses intuitions et ne vacillait pas. Carlos voulut en savoir plus sur Levin :

— Et TMZ, ils ont prévu de le publier quand, leur scoop ?

— Je viens de m'entretenir avec l'avocat de Levin. Ils publieront leur article dans les deux heures, sans plus de précision. Harrelson m'a dit qu'il nous aviserait un peu avant, pour ne pas nous prendre de court.

— Très beau geste, merci à eux, ironisa Gomez.

Flanagan toussota, puis ajouta :

— La deuxième chose à faire, c'est de se préparer à la possibilité que TMZ sorte vraiment quelque chose. Rien n'est jamais impossible. Je hais les théories du complot et toutes ces conneries, mais, si Levin dit vrai, ça voudra dire qu'on a été manipulés. Selon ce qu'il publiera, on s'adaptera.

— Et vous ? Vous croyez à un autre tueur ?

— Non... Vous voudriez qu'on soupçonne qui ? On n'a aucun autre suspect.

— Le parquet et le grand chef se préparent ? demanda Madden.

— La communication est en cours d'élaboration, oui. Toutes les possibilités sont étudiées. Beck et le *District Attorney* sauront réagir en conséquence.

Flanagan n'en dit pas plus et changea de sujet :

— Et sur les recherches en cours, vous avez appris quelque chose ?

— Aucun retour après la diffusion des avis de recherche. Rien de déterminant sur les analyses techniques et scientifiques réalisées chez Singer. D'autres résultats doivent arriver.

— Et les auditions de témoins ? La géolocalisation ? La téléphonie ?

— Wasson et deux agents continuent de travailler sur l'emploi du temps de Singer. Ils auditionnent des témoins. Ses alibis sont fragiles, ça sent le bricolage. Niveau géolocalisation, les téléphones n'ont pas été rallumés. On attend encore d'autres résultats de téléphonie.

Carlos enchaîna :

— Pour résumer, aucune trace de Singer, Kostas ou Nash. Silence complet.

Flanagan se leva. C'était toujours le signe chez lui que l'entretien se terminait.

— Bien. Espérons que ça bouge, dit-il.

— Vous voulez qu'on poursuive ce soir ici ?

Le chef agita vivement la tête de gauche à droite :

— Non, non. Vous pouvez rentrer chez vous, tous les deux. Allez dormir. C'est vous qui avez le plus donné depuis trois jours. Je vais me débrouiller avec les gars qui restent ici. Les autres vont revenir de la perquisition et je ferai un point avec eux vers minuit. Si quelque chose se passe, je vous fais signe.

Les inspecteurs opinèrent, saluèrent leur chef et quittèrent son bureau pour réintégrer le leur. Madden se laissa finalement tenter par une tasse de thé vert à la menthe et à la fleur d'oranger. Gomez, lui, s'attaqua à deux barres de chocolat qu'il avait achetées au distributeur installé dans le couloir.

Les deux savouraient leurs en-cas respectifs, installés sur le sofa.

— Il a l'air crevé, le chef, dit Gomez.

— Oui. Comme nous. Dur, dur.

Carlos regarda son ami comme une bête curieuse.

— Qu'est-ce qui se passe ? demanda Madden.

— La tronche que tu te paies... Va te coucher.

— Je bois mon thé et je me casse.

— Pareil pour moi.

Ils discutèrent quelques minutes, recapitalisant un peu de sérénité et de tranquillité d'esprit, savourant ce sentiment de lâcher-prise quand on sait qu'une journée de travail s'achève et qu'un autre chapitre s'ouvre, plus personnel. En peu de temps, Madden eut le plaisir de ressentir un léger mieux. Un poids en moins. Gomez, lui aussi, semblait apprécier de parler d'autre chose. L'un et l'autre n'avaient pas décroché du sujet depuis dimanche matin. Un marathon, tant judiciaire que mental.

L'accalmie fut de courte durée. Un quart d'heure après les avoir libérés, Flanagan refit surface. Il débarqua dans leur bureau et annonça :

— Levin vient d'appeler.

Les deux hommes, surpris, se reconnectèrent au dossier :

— OK, dit Carlos. Et alors ? Ils vont sortir l'article ?

— Il nous a dit qu'ils le publiaient dans cinq minutes.

Sean et Carlos, portable en main, se connectèrent à TMZ.

Il était précisément 23 h 34.

Ils n'eurent pas à attendre longtemps.

L'article tomba à 23 h 36.

AFFAIRE DU TUEUR DE JUMELLES
L'INTERVIEW ET LE NOM DU VRAI TUEUR
PARTIE 1/2

CHAPITRE 50

AFFAIRE DU TUEUR DE JUMELLES
L'INTERVIEW ET LE NOM DU VRAI TUEUR
PARTIE 1/2

2016-07-05 23:36 by Harvey Levin

!! EXCLUSIVITÉ !! !! EXCLUSIVITÉ !!

TMZ publie ce soir de façon exclusive le premier de deux articles exceptionnels. Dans ceux-ci, vous découvrirez l'interview que nous a accordée le « Tueur de jumelles », qui a choisi TMZ pour lever le voile sur son identité. Cet entretien événement sera l'occasion de divulguer qui se cache derrière les meurtres du médecin et des jumelles, mais aussi de Leon Nash, Samuel Smith et Alison Kostas. En accord avec lui et afin de ménager le suspense, nous ne révélerons son nom que dans la deuxième partie de l'interview, dès demain. Restez connectés ! Sachez enfin que TMZ travaille en toute transparence vis-à-vis des services de police, qui sont informés de ces publications.

TMZ : Bonjour. Merci d'avoir choisi TMZ pour vous exprimer. Par quoi voulez-vous commencer ? Que voulez-vous dire aux lecteurs de TMZ ?

L'homme en noir : C'est moi qui vous remercie. Je tiens à vous dire que cette tribune va me permettre de raconter tout ce que j'ai réalisé jusque-là. Je vais expliquer le pourquoi et le comment en détail. C'est le marché que j'ai passé avec vous. Je vais aussi faire tomber quelques mythes et rétablir la vérité. Tant de choses ont été racontées qu'il est nécessaire de corriger les erreurs commises par les médias, mais aussi par la police.

TMZ : À quelles erreurs faites-vous allusion ?

L'homme en noir : Parlons déjà de l'identité du coupable. La police a indiqué dernièrement que le journaliste Michael Singer était le « Tueur de jumelles ». Je peux vous affirmer qu'il n'en est rien, Michael Singer n'a tué aucune des victimes attribuées à « l'homme en noir ». Plus largement, Michael Singer n'est pas un criminel. Je suis l'auteur de chacun de ces homicides.

TMZ : Pourquoi avoir exécuté toutes ces personnes ?

L'homme en noir : La réponse est simple. Pour l'argent. J'ai inventé le mythe de « l'homme en noir » pour susciter un fort engouement médiatique et en récupérer les bénéfices financiers. Sur ce point, je dois avouer que les retombées vont au-delà de mes espérances. Je n'ai travaillé qu'avec vous, TMZ, et les sommes que vous m'avez versées sont généreuses. Je vous en remercie.

TMZ : Comment est née cette idée de mettre en scène des jumelles ? Quel est le rôle de Samuel Smith, cet homme au passé douloureux, qui apparaissait dans un premier temps comme le coupable ?

L'homme en noir : J'ai voulu dès le départ inventer une histoire qui offrait un gros potentiel médiatique. J'ai dû construire un tueur et une psychose. J'ai cherché dans la population de Los Angeles une série d'individus dont les profils pouvaient permettre de créer un scénario puissant et susceptible d'intéresser le public. J'ai découvert l'histoire de Samuel Smith, cet homme dont les filles jumelles, des prématurées, étaient mortes à la naissance. Depuis, Smith avait sombré, devenant un ermite dépressif et alcoolique. Il était parfait. Idéal pour jouer le rôle d'un psychopathe.

TMZ : L'idée des jumelles vous paraissait intéressante ?

L'homme en noir : C'était génial ! En découvrant Samuel Smith, ce thème des jumelles s'est imposé. Je sentais que cet univers pouvait passionner le public. Dans l'imaginaire collectif, ces êtres absolument identiques ont un côté fascinant, personne n'y est indifférent. En créant un mystère autour de jumelles, une mythologie, je savais que j'avais peu de chances de me tromper.

TMZ : Pourquoi avoir choisi les jumelles Barbi ? Puis les jumelles Olsen ?

L'homme en noir : J'ai choisi des célébrités pour faire encore plus de buzz. Les jumelles Barbi ont été des stars dans les années 90. Des stars sur papier, des cover-girls *juste bonnes à montrer leurs fesses, mais des stars. En m'attaquant à ces icônes très artificielles, je maximisais les chances de réussir. Regardez Paris Hilton ou Kim Kardashian. Ce sont des stars de rien, et des millions de blaireaux suivent leur actualité ! Les sœurs Olsen, elles étaient encore plus connues que les Barbi. Tout le monde se souvient des deux fillettes de la série* La Fête à la maison. *En frappant des célébrités, je gagnais en couverture médiatique. Et il était facile de trouver des jumelles connues à Los Angeles.*

TMZ : Vous avez laissé la carte de visite de Michael Singer sur deux scènes de crimes. Pourquoi avoir fait ça ?

L'homme en noir : Il y a plusieurs raisons. Je savais que Michael Singer était un paparazzi en vue à Los Angeles. En laissant ses cartes de visite, j'ai d'abord voulu attirer son attention sur l'affaire, pour ensuite l'inciter à travailler dessus et à la médiatiser. C'était un bon moyen de faire monter la sauce. Idem pour les numéros inscrits sur les fronts.

TMZ : Oui, les fameux numéros : pas de symbolique particulière ?

L'homme en noir : Aucune, c'était purement fonctionnel. Là, encore, j'ai voulu ajouter un peu de piment aux meurtres. Le tueur en série, dans la culture populaire, est souvent celui qui laisse une signature sur ses scènes de crime. J'ai trouvé efficace de marquer le front de chacune des victimes. Ce détail, comme le fait de choisir des jumeaux, a vraiment fonctionné. Ces éléments ont été plébiscités sur les réseaux sociaux, si l'on considère le nombre de réactions, de partages ou de discussions. Sur TMZ, je pense que vous avez aussi pu mesurer le dynamisme incroyable du public autour de cette mise en scène.

TMZ : Vous n'avez jamais redouté de vous faire arrêter ? Les services du LAPD ont souvent souligné le peu de précautions que vous preniez.

L'homme en noir : Au contraire, je multipliais les précautions. Chaque exécution se passait rapidement et j'étais prudent en me rendant sur les lieux, puis en repartant. Je minutais mes interventions et mes trajets avec précision. Je changeais souvent de véhicule, en faisant ce qu'il fallait avec les plaques d'immatriculation. Me faire prendre n'a jamais été une crainte.

TMZ : Nous savons que vous vous déguisiez en Samuel Smith pour lui ressembler sur les scènes de crime. Comment procédiez-vous ? Racontez-nous aussi la mise en scène dans sa maison. Le suicide, le journal intime...

L'homme en noir : En effet, j'ai utilisé des accessoires pour prendre l'apparence d'un homme qui pouvait ressembler à Samuel Smith. Cela faisait partie du plan. Je savais que je pouvais être vu. Je devais être vu, même. C'était important pour donner corps au tueur et à l'histoire. J'avoue que ça m'a amusé de me déguiser. Pour le journal intime, je l'ai bien entendu rédigé moi-même. J'indiquais dans celui-ci que Smith était dépressif, malade, et qu'il ne pouvait s'empêcher de tuer pour soulager sa douleur et venger le sort de ses filles. Il suffisait de laisser ces notes en évidence, de même que les armes utilisées, en y déposant son ADN, pour que l'illusion soit parfaite.

TMZ : Vous avez donc tué Samuel Smith et maquillé sa mort en suicide ?

L'homme en noir : Tout à fait. Smith était affaibli, alcoolisé et accro aux médicaments. Sa résistance a été inexistante. L'opération ne m'a pas posé de problèmes. Pendant tous les actes que j'ai dû accomplir, le plus délicat était de ne pas laisser de traces. La police a fait d'énormes progrès depuis trente ans, que ce soit en matière d'empreintes digitales, d'ADN ou d'investigations techniques. Pour réussir ce que j'ai fait, il a fallu que je prenne en compte cette évolution.

TMZ : Dans ce cas, on peut se demander pourquoi, aujourd'hui, vous vous exposez de cette façon. Nous sommes ravis de votre choix, mais quand même étonnés. Vous vous affichez de façon spectaculaire sur TMZ, le site le plus suivi dans son genre. Et vous vous mettrez encore plus en danger quand vous révélerez votre nom.

L'homme en noir : Il y a plusieurs choses à répondre. D'abord, j'ai imaginé cette cascade de péripéties pour faire le buzz. Pour que ça prenne de la valeur et me rapporte quelque chose, il fallait que ça touche le public à très grande échelle. Par sa nature même, ce projet devait m'exposer. Il ne pouvait pas fonctionner différemment. Il fallait que je joue le jeu. C'est la même chose aujourd'hui avec cette interview. Tout ceci fonctionne uniquement parce que des millions de désœuvrés viennent cliquer sur votre site ou achètent de la presse à scandale.

TMZ : On dirait que vous n'avez pas beaucoup de considération pour les lecteurs de TMZ et ce qu'on pourrait aussi appeler « votre public ».

L'homme en noir : Le grand public n'est pas très fin, il faut se l'avouer. Il aime l'outrance, la polémique. Il aime ce qui pue, ce qui fait du bruit, ce qui est grossier. C'est aussi pour ça que je devais me mettre à son niveau avec une mise en scène brossée au gros rouleau, sans subtilité et spectaculaire. Dans un autre registre, d'autres l'ont compris... Regardez Donald Trump : de quoi est faite sa campagne ? Il attaque les homos, les handicapés, les femmes, les immigrés, les musulmans, les familles endeuillées, en insultant et blessant à tour de bras. C'est un torrent d'abominations qu'il déverse dans les oreilles de ce que vous appelez le « public ». Du jamais vu dans un grand pays comme le nôtre. Et vous savez quoi ?

TMZ : Non. Dites-nous.

L'homme en noir : Trump sera élu. Simplement parce qu'il aura dit ce que des millions d'Américains veulent entendre : des absurdités risibles, des mensonges, des promesses intenables, mais qui leur font du bien. Trump est brillant dans ce rôle de bouffon populiste.

TMZ : *Vous êtes dur. Le public n'est pas si stupide que ça. Nous avons beaucoup d'estime pour nos fidèles lecteurs, à TMZ. Et ils sont reconnaissants d'être informés.*

L'homme en noir : Votre plaidoyer est touchant (rires). Mais je pense que vous n'y croyez pas vous-même. TMZ se place dans le créneau qui rapporte en gavant les gens avec la tambouille qu'ils réclament. Pour se détendre, à la fin de la journée, l'Américain de base a besoin d'écouter ou de regarder des conneries. C'est ça, la réalité des masses populaires en 2016. Ce que veut le clampin moyen, c'est du populisme, de la polémique, de la désinformation. J'en ai eu marre de voir ça et de ne pas avoir ma part du gâteau.

TMZ : *Qu'est-ce que vous entendez par là ?*

L'homme en noir : J'en ai eu assez de constater combien la connerie humaine pouvait rapporter gros, et combien j'étais bête de ne pas en profiter. La stupidité des gens est un marché immense. Autant y croquer. On n'a qu'une vie, et la mienne est déjà bien avancée. Je savais qu'avec une histoire sanglante, des people, *un suspect noir, un mystère autour de jumelles, des vidéos insoutenables, des coups de théâtre et j'en passe, je réussirai à faire de l'argent.*

TMZ : *C'est Michael Singer qui a perçu les premiers versements de TMZ pour les vidéos des meurtres. Vous a-t-il aidé ? Quelle a été votre gestion financière ?*

L'homme en noir : Michael Singer ne m'a pas aidé, il n'a été qu'un pantin dans cette affaire, même si ce n'était pas prévu au début. Je l'ai utilisé, comme Smith. Il a reçu les fonds sur ses comptes pour la vente des vidéos. L'ensemble lui a rapporté plus de 1,5 million de dollars. J'ai dû faire le nécessaire pour récupérer cet argent par la suite. Pour cette interview, nous avons trouvé un accord dont je me permets de citer ici les termes : 2 millions de dollars en échange de mes confessions complètes. Sur le plan financier, l'opération me rapporte au total plus de 3 millions de dollars. C'est un succès.

Fin de la première partie de l'interview exclusive de l'homme en noir.

Dans la seconde partie, vous découvrirez son identité.

Pour le merchandising et les produits dérivés, cliquez ici.

CHAPITRE 51

100 West 1st Street, Los Angeles, Californie
Mardi 5 juillet 2016, 23 h 39

Sean et Carlos relevèrent la tête de leurs portables en même temps. Dans leurs mimiques, la perplexité dominait. Carlos commença :

— Il y a que dalle, là-dedans !

Madden opina, regardant à nouveau le texte :

— On n'apprend rien. Le type raconte qu'il est le tueur, que Singer est innocent, qu'il a trouvé une histoire de fous pour amuser le public et se remplir les poches... Mais c'est tout.

— Et on n'a aucune explication sur la maison de Singer et les trois disparitions.

— C'est peut-être prévu pour demain. En attendant, on ignore pourquoi Singer serait innocent. On n'a que des mots, pas d'éléments matériels pour étayer ça.

— C'est ce que je te dis, il y a que dalle.

Madden relisait l'article en diagonale. Il commenta :

— Il nous parle du fric que ça rapporte, du déguisement, des précautions qu'il a prises, de Smith, alias le pigeon de service... Il nous fait tout un blabla sur le public, on a presque droit à ses états d'âme sur la fin.

— Une psychanalyse en direct, railla Gomez.

— Il dit aussi qu'il n'a pas peur d'être arrêté.

Sean fit une pause, puis ajouta :

— Ces pseudo-explications reprennent ce qui a été cité en conférence de presse ou dans les médias. On a juste une espèce d'enrobage en plus. On pourrait même penser à une fausse interview, il n'y a aucune preuve de ce coup de fil reçu par Levin. Il a très bien pu faire écrire ce truc.

Carlos fit « non » de la tête :

— Je n'y crois pas.

— Pourquoi ?

— TMZ recherche la crédibilité. Ils publient des infos poubelles, mais les dépêches sont vraies. Ils veulent se poser en concurrent sérieux de la presse traditionnelle. Ils ont leurs informateurs, leurs journalistes. Ils réalisent des enquêtes, des reportages. Ils suivent des affaires comme celle-ci de près. Pas le genre à inventer une interview. Levin aurait plus à y perdre qu'à y gagner.

Sean finit de boire son thé, puis lança :

— On n'a plus qu'à attendre la suite de l'*interview*. (Il insista sur ce mot d'une manière ironique.) En ce qui nous concerne, ça ne change rien. Nos pions sont placés, on temporise.

— OK. On verra demain. On a juste à patienter.

Madden ne répondit pas et relut l'article. Il ne savait pas ce qu'il était préférable d'espérer : un deuxième article sans intérêt, qui ne remettrait pas en cause leur thèse principale et leurs soupçons sur Singer, ou une véritable résolution de l'affaire – différente de la leur, tant pis – avec un autre nom et de quoi boucler l'enquête et passer à autre chose. Pour le savoir, ils devraient attendre.

— En tout cas, Levin sait tenir son public en haleine, ajouta Carlos.

Sean releva les yeux et acquiesça :

— Oui. La fréquentation de son site va exploser.

— Ses revenus aussi. C'est un malin.

CHAPITRE 52

100 West 1st Street, Los Angeles, Californie
Mercredi 6 juillet 2016, 8 h 57

Madden n'avait pas réussi à dormir.

Il s'était retourné à maintes reprises dans son lit, sans trouver le sommeil. À son réveil, il avait pris une douche en mode comateux.

La nuit durant, contrarié, il avait plusieurs fois zieuté son portable pour vérifier si TMZ n'avait rien publié d'autre. Il gambergeait. C'était la première fois qu'un dossier lui glissait des doigts au point qu'il faille s'en remettre à la presse. Le délire absolu. Infernal. La suite de son enquête, malgré les efforts fournis par son équipe et lui-même pour faire avancer les choses, dépendait en partie d'un site de potins comme il les haïssait.

Il quitta la *Chemosphere*, grimpa dans sa voiture, puis roula mécaniquement en écoutant la radio. Sur la plupart des stations, les flashs d'informations commentaient le coup de tonnerre provoqué par TMZ la veille. Avant de partir, Madden avait zappé sur les chaînes de télévision.

La même agitation les secouait. L'une d'elles titrait : *Le « Tueur de jumelles », le mystère demeure.* Une fièvre épidémique se répandait dans la ville et bien au-delà. L'article avait fait exploser la température. Ambiance surréaliste et venimeuse. Ébullition à tous les niveaux. Télé. Internet. Journaux. Police. Mairie. Justice. Un tsunami déferlait, n'épargnant personne.

Sean parvint à Downtown et pénétra dans le sous-sol du *Police Administration Building.* Il gara sa Crown Vic sur le parking clairsemé, puis monta dans l'ascenseur. À ses côtés, dans la cabine, se tenait Andy Verdon, un vieil inspecteur qui ne travaillait pas sur l'homme en noir. Un type sympa, qui prit des nouvelles :

— Je suis de près ton affaire, dit-il. Sacré truc. Tu t'en sors ?

— On essaie.

— Vous avez avancé depuis hier soir ?

— Pas vraiment. Merci de t'intéresser.

Madden n'avait pas envie de divulguer quoi que ce soit, même à un collègue qu'il savait honnête. Il quitta l'ascenseur et marcha jusqu'à son bureau. Carlos était déjà arrivé.

— Salut, l'ami, bien dormi ? T'as l'air cramé, lança Gomez.

Sean soupira :

— Pas fermé l'œil. Et toi ?

— Dormi trois, quatre heures. C'est suffisant.

— Ça t'énerve pas, tout ce bordel ?

— Je me suis fait une raison. Quand une enquête part mal, elle reste foireuse jusqu'au bout. Ce bourbier prendra fin tôt ou tard. Demain est un autre jour.

Madden se prépara du thé. Il s'installa derrière son PC et consulta ses mails, tasse fumante à la main. Un rituel quotidien. Il ajouta quelques mentions sur la page en cours des « formulaires 51 », ces chronologies papier sur lesquelles les enquêteurs consignaient les actes réalisés : appels passés, décisions prises, transports vers tel ou tel lieu, interrogatoires, contacts avec le *District Attorney* ou les médias... L'ensemble était précisément horodaté, régulièrement complété et souvent rempli d'abréviations et de raccourcis. Dès qu'une page était entièrement noircie, l'un des inspecteurs entrait les données dans un formulaire informatique appelé « formulaire 51 ». Ainsi, tous les acteurs du procès pénal pouvaient avoir accès à une synthèse claire et complète du travail policier réalisé pendant l'enquête.

Madden arriva précisément à la fin d'une page.

— Déjà la page 77 des « 51 », commenta-t-il.

— Et sûrement pas la dernière, renchérit Carlos.

Sean renseignait les rubriques informatiques quand Flanagan entra dans la pièce. Il salua les deux inspecteurs et leur serra la main.

— On peut se voir un moment dans mon bureau ? On va faire le point.

Les deux policiers acquiescèrent et emboîtèrent le pas à leur patron.

Le téléphone de bureau de Madden sonna à ce moment-là.

— Je vous rejoins, lança-t-il à ses collègues.

Il s'installa derrière son PC et décrocha.

— Allô ?

— Bonjour, inspecteur Madden. C'est le standard.

— Oui, bonjour.

— J'ai un appel pour vous, de l'extérieur.

— Je vais le prendre. Qui est-ce ?

— La personne ne s'est pas présentée, elle voulait vous parler directement.

— Très bien, passez-la-moi, je vous prie.

— D'accord, inspecteur.

Il y eut quelques bips dans l'écouteur.

— Allô, dit Sean.

— Bonjour, inspecteur, fit une voix déformée.

— À qui ai-je l'honneur ?

La voix métallique, asexuée, répondit :

— Je suis le tueur. L'homme en noir.

CHAPITRE 53

LAPD/Section Spéciale Homicides
Dossier : Contre X – Homicides Barr/Barbi/Barbi/Olsen/Vega/Smith
Référence : 2016/SSH/72

Objet : Rapport de retranscription de l'appel reçu par l'inspecteur Sean Madden le six juillet deux mille seize – Appelant : suspect dit « l'homme en noir »
Date : Six juillet deux mille seize
Rédacteur : Inspecteur Sean Madden – LAPD/SSH

Début d'appel : 10 h 14 min 21 s

Sean Madden – SM : *Allô.*
Homme en noir – HN : *Bonjour, inspecteur.*
— SM : *À qui ai-je l'honneur ?*
— HN : *Je suis le tueur. L'homme en noir.*
— SM : *L'homme en noir ?*
— HN : *Vous êtes le responsable de cette enquête, inspecteur Madden. Je vous demande d'être attentif, car je vais être bref.*

— SM : *Attendez, on se calme… Qu'est-ce qui me prouve que vous êtes le tueur ?*

— HN : *Je ne plaisante pas, monsieur Madden. Écoutez-moi bien.*

— SM : *D'accord. Que voulez-vous ? D'où appelez-vous ?*

— HN : *D'où j'appelle n'a aucune importance. De très loin de Los Angeles, en tout cas. Vous avez lu mes explications sur TMZ. Tout est vrai. Avant de disparaître complètement, je veux vous aider à avancer dans votre enquête. Le jeu m'amuse.*

— SM : *Comment voulez-vous m'aider ?*

— HN : *Vous aimez le film* Body Double *de Brian de Palma, non ?*

— SM : *Euh… oui… Qu'est-ce que…*

— HN : *C'est votre film culte, je le sais.*

— SM : *Et alors ?*

— HN : *Alors, voilà, je vous propose un jeu de piste pour vous permettre de sortir de l'ornière. Où l'Indien veut-il enterrer le corps de Holly dans* Body Double *?*

— SM : *Je le sais très bien. Qu'est-ce que ça va m'apporter ?*

— HN : *Si vous connaissez la réponse, alors vous allez progresser dans vos recherches.*

— SM : *Qu'est-ce qu'il y aura là-bas ?*

— HN : *Vous verrez. Je vous surveillerai, mais de loin (rires). D'une certaine façon, je serai un peu avec vous. La fin de l'interview tombera après sur le site de TMZ.*

— SM : *Je ne vous crois pas. Vous êtes un plaisantin ou un malade.*

— HN : *C'est normal que vous doutiez. Je vais vous donner une preuve. Le SUV qui a servi à transporter les deux corps est garé sur le parking du Taco Bell, au 241 East Compton Boulevard, à Compton. Vous le trouverez là-bas, en espérant que personne ne l'ait volé dans ce quartier pourri.*

— SM : *Qu'est-ce que je dois savoir d'autre ?*

— HN : *C'est suffisant, monsieur Madden. Bonne chance.*

Fin d'appel : 10 h 16 min 04 s

CHAPITRE 54

100 West 1st Street, Los Angeles, Californie
Mercredi 6 juillet 2016, 10 h 16

Sean raccrocha et composa le numéro de Flanagan.

— Un problème, Madden ? On vous attend pour faire le point dans mon bureau.

— Le tueur vient de téléphoner.

— Qu'est-ce que vous dites ?

— J'étais en ligne, là, il y a une seconde. Le standard m'a passé un appel de l'extérieur. C'était le tueur qui nous appelait.

— On arrive.

Peu de temps après, Carlos et Flanagan le rejoignaient.

— Vous êtes sûr que c'était lui ? demanda le grand Black.

— Aucune idée. Peut-être. Il a donné une adresse où il aurait planqué le Q7.

Gomez questionna son acolyte :

— Quelle adresse ?

Sean loucha sur le carnet à spirales où il avait pris des notes.

— Sur le parking du Taco Bell à Compton, au 241 East Compton Boulevard.

— Faites envoyer une voiture là-bas, ordonna Flanagan à Carlos.

Gomez se laissa tomber dans son fauteuil et décrocha son téléphone.

— OK, dit-il.

— Continuez, Madden, lança le lieutenant.

— Il a dit qu'il voulait proposer un dernier jeu de piste.

— Un jeu de piste ? C'est quoi, ces conneries, encore ?

Ce mot familier, glissé au milieu d'une phrase de Flanagan, en disait beaucoup sur sa lassitude. Ordinairement, jamais le *boss* ne se laissait aller au moindre écart de langage. Madden précisa :

— Il m'a parlé du film *Body Double* et d'un lieu, dans celui-ci, où l'on enterre un corps.

Flanagan ouvrit de grands yeux interrogateurs tout en poussant un long soupir.

— D'accord... et ensuite ?

Le Latino, qui venait de passer son coup de fil, intervint :

— *Body Double*, c'est un film où apparaît la maison de Sean, la *Chemosphere*.

Flanagan avait l'air de plus en plus perdu. Gomez ajouta :

— Si c'était bien le tueur, je me demande comment il sait ça.

— Moi aussi, mais on s'en fout, coupa Sean. Il m'a dit qu'on en apprendra plus si je sais où l'Indien enterre Holly dans *Body Double*.

— Et c'est où ? demanda le chef.

— Dans la vallée, à Sylmar, près des aqueducs.

— Vous visualisez l'endroit ?

— Oui. C'est à côté du canal, au pied de la colline, là où les aqueducs se rejoignent.

— Bien. Carlos et vous, vous allez là-bas.

Sean se leva et prit son arme dans un tiroir sécurisé de son bureau.

— Vous voulez qu'on y aille tout de suite ? lança Carlos. Sans attendre de savoir si on a affaire à un mythomane ?

— Oui. On ne perd pas de temps. Je vous tiendrai au courant pour le Q7. En attendant, je vais prévenir les flics de Sylmar pour qu'ils envoient une patrouille et sécurisent l'endroit.

— Normalement, c'est une zone interdite au public, précisa Sean.

— On va jouer la prudence quand même. On risque aussi d'avoir besoin du *coroner* et de la section scientifique. Je m'en occupe. Filez sur place.

Sans perdre de temps, Carlos et Sean s'équipèrent. Pistolet. Gilet pare-balles. Matraque télescopique. Taser. Bombe lacrymogène. Le matériel de base pour être efficaces sur le terrain. Gomez attrapa dans l'armoire forte un fusil à pompe. Ensuite, ils se rendirent au sous-sol en prenant l'ascenseur.

La Ford Crown Victoria sortit en vitesse du parking et déboula sur West 1st Street, devant le *Police Administration Building*. Carlos conduisait, sirène et gyrophare en action. Ils remontèrent Broadway jusqu'à emprunter Hollywood Freeway. Il avait plu des cordes un instant plus tôt et les voies trempées ralentissaient le trafic. L'eau jaillissait par gerbes de sous les roues.

— Quelle mélasse, dit Carlos.

— Fais gaffe à pas nous planter. On ne va pas se tuer pour ça, non plus.

Gomez modéra l'allure, puis demanda :

— Tu connais l'adresse précise ?

— Je vois où c'est à peu près, mais il faut que je cherche l'adresse.

Il tira son iPhone de sa poche et consulta une carte.

— C'est juste à côté de l'autoroute...

Il regarda en détail et ajouta :

— Intersection des boulevards Balboa et Foothill, au bas des collines.

— Mets-le dans le GPS, dit Carlos.

Madden voulait un numéro de rue. Il n'y en avait pas pour cet endroit. Sur Google Street View, il repéra un bâtiment administratif entouré de véhicules en stationnement, juste en face de l'entrée du réservoir. Les bureaux du *Los Angeles County Office of the Assessor*, situés au 3800 Balboa Boulevard.

Madden intégra l'adresse dans le GPS, qui calcula quinze minutes de trajet. Ils continuèrent leur route à vitesse raisonnable. Le soleil ressuscitait et un superbe arc-en-ciel étirait son spectre dans le lointain. Des gouttes résiduelles venaient parfois frapper le pare-brise.

Sur indication de la voix féminine, Carlos prit la sortie de Pasadena. Ils purent de nouveau accélérer, car il n'avait pas plu dans cette région de la vallée. La route était sèche. Ils traversèrent des zones pavillonnaires dessinées à l'équerre, où les maisons de moyen standing se juxtaposaient comme des dominos. Puis, le décor se changea en zone industrielle. Sièges d'entreprises. Centres logistiques. Entrepôts. Autour de chaque complexe, des nuées de voitures s'agglutinaient sur des parkings à ciel ouvert.

Ils débouchèrent enfin sur Foothill Boulevard et le GPS annonça : *« À cent mètres, tournez à droite. Vous êtes arrivés. »*

— Ce sera juste à l'intersection, pas besoin de remonter sur Balboa, dit Sean.

— Exact. On voit l'aqueduc, derrière.

La Ford Vic dut s'arrêter à un stop. En face d'eux, ils aperçurent une courte voie bitumée, qui naissait depuis Balboa Boulevard, de l'autre côté de la chaussée. Au bout, une voiture de police était garée à proximité d'un portail grillagé. Deux agents en tenue attendaient.

— Les collègues sont là, remarqua Carlos.

— Oui, opina Sean en observant le décor.

Au second plan se déployaient des collines pelées, ocre, parsemées de buissons et d'arbres décharnés. Le premier des deux aqueducs, un cylindre blanc large de quatre mètres, filait comme un serpent d'acier depuis le point le plus haut sur des centaines de mètres. Un second tube, plus court, incliné suivant un dénivelé moins raide, descendait aussi jusqu'au bas du relief. Les structures se rejoignaient à ce niveau, en lisière de la ville, puis plongeaient sous l'autoroute pour alimenter la cité en eau.

— C'est ça qui nous apporte la flotte ? demanda Carlos.

— Oui. Tu vois le canal qui longe le boyau, là ?

Une voie d'eau cheminait sur la pente selon un tracé identique à celui du plus gros des aqueducs. Le liquide s'y écoulait par tonnes, bouillonnant, écumant, cascadant à plein volume depuis les hauteurs.

— Oui, je vois.

— C'est là-dedans que meurt noyé le tueur dans *Body Double*. Juste à côté, il y a l'endroit où il veut enterrer l'une de ses victimes.

— OK, dit Carlos.

— Si le tueur dit vrai, il y a quelque chose là-bas.

CHAPITRE 55

Balboa Boulevard, Los Angeles, Californie
Mercredi 6 juillet 2016, 11 h 02

— On y va, dit Gomez.

Il passa le stop et coupa les voies opposées, pourtant prioritaires. Les autres usagers, face au gyrophare et à la sirène, s'arrêtèrent, laissant la Ford s'engager sur l'allée. Les policiers se garèrent près de la voiture sérigraphiée de la police locale. Ils allaient descendre quand l'iPhone de Sean sonna. Flanagan.

— Oui, lieutenant ?

— L'équipage envoyé à Compton vient de confirmer : le 4x4 de Singer s'y trouve bien.

— Vide ?

— Oui, vide. Il y a des traces de sang et les plaques sont fausses. C'est bien le tueur que vous avez eu en ligne, Madden.

— Bon. On va prendre nos précautions.

— Faites attention à vous. Et de votre côté ?

— On vient d'arriver. Je vous tiens au courant.

Ils raccrochèrent. Sean et Carlos sortirent de leur véhicule et abordèrent les patrouilleurs :

— Inspecteurs Madden et Gomez, Section Spéciale Homicides du LAPD, annonça Gomez.

Les deux agents les saluèrent :

— Agents Velasquez et Brunetti, du commissariat de Sylmar.

Deux jeunes types, vingt-cinq ans environ. Un Blanc et un Latino-Américain. C'était ce dernier qui avait parlé. Le second, un gaillard tatoué adepte de la gonflette, prit la parole :

— La salle radio nous a envoyés ici pour une sécurisation. Peut-être une scène de crime, on nous a dit.

— C'est bien ça, acquiesça Madden. Dans le parc du réservoir. Vous êtes là depuis longtemps ?

— Un quart d'heure, répondit Velasquez.

— Personne n'est venu ? Vous n'avez rien remarqué de spécial ?

— Non, rien.

— Vous avez fait le tour ?

— Le tour ? demanda le costaud.

— Oui, pour vérifier les autres entrées, les clôtures.

— Non. C'est par ici qu'on passe pour accéder aux cascades. Tout le reste est fermé avec des palissades à barbelés. Et puis, c'est que des collines, autour. Regardez. (Il fit un geste circulaire du bras.) Il n'y a aucune route, c'est sauvage.

— OK, dit Sean.

— Vous avez parlé de « cascades » ? releva, Carlos.

— Oui, on appelle cet endroit comme ça, à Sylmar. On voit l'eau qui s'écoule de loin dans le canal, on dirait des rapides qui descendent des montagnes. Tout le monde a toujours appelé ça les « cascades ».

— Vous n'êtes pas entrés ?

Velasquez reprit les rênes :

— Non, c'est fermé. Regardez.

Les quatre policiers s'approchèrent du portail grillagé. Les battants étaient fermés par deux gros cadenas. Au-dessus, un large écriteau indiquait : *DANGER – RESERVOIR – NO TRESPASSING.* Carlos observa un instant la serrure, puis questionna les deux agents :

— Vous avez une pince coupante ou un coupe-boulons dans votre bagnole ?

— On a un coupe-boulons dans le coffre, oui.

Sean intervint :

— Avant ça, on peut sûrement se faire ouvrir. C'est la ville qui gère ce réservoir ?

— Oui. Les services techniques de Sylmar, répondit Brunetti.

— Faites-les appeler. Qu'ils envoient quelqu'un immédiatement.

Le flic musclé acquiesça et se dirigea vers la radio de son véhicule.

— On pourrait rentrer direct, insista Carlos.

— Je veux qu'on attende le *coroner* et la scientifique. De toute façon, on a le temps. On a le lieu précis dans la ligne de mire.

— Ah bon ?

Sean pointa du doigt une zone, un peu plus loin, derrière le portail.

— Tu vois la passerelle qui enjambe le canal, là-bas ?

— Oui.

— Tu la franchis, et c'est juste après, le long de la voie d'eau. À l'angle du mur avec la rambarde.

Gomez opina du chef.

— Je vois. Et c'est là que ça se passe, dans ton film ?

— Exactement. Je pourrai te désigner l'endroit au mètre près.

Ils patientèrent un moment. Deux fourgons de la section scientifique arrivèrent. Les experts de scène de crime disposaient du matériel pour creuser la terre avec le soin requis. Le SUV du *coroner* se présenta peu après. Madden et Gomez firent un briefing général. Les services de la ville furent les derniers sur place. Velasquez avait eu le temps de fumer trois cigarettes, s'agaçant en tirant dessus.

— Vous avez mis le temps, lança-t-il au type qui descendait d'un utilitaire frappé du logo LA – DWP (pour *Los Angeles Department of Water and Power*).

— J'étais occupé sur une intervention, s'excusa l'employé.

Madden et Gomez se présentèrent et lui intimèrent d'ouvrir les cadenas. L'employé se saisit d'un gros trousseau de clés, s'exécuta, puis retourna derrière son volant. Fin de mission. Il attendrait près du portail jusqu'à nouvel ordre.

Les véhicules se placèrent en file et la caravane ainsi formée, Gomez et Madden en tête, passa l'entrée pour s'engager sur la route goudronnée. Ils stoppèrent peu après, à hauteur de la passerelle, près du canal débitant des tonnes d'eau par seconde. Les inspecteurs demandèrent à un technicien de les accompagner à pied.

— On ne s'entend plus parler, cria Carlos.

Les deux autres confirmèrent d'un signe de tête. Au grondement des flots diluviens s'ajoutait le vrombissement des voitures qui filaient sur l'autoroute, à une cinquantaine de mètres. Une avalanche de décibels au pied des collines. Ils traversèrent la passerelle pour atteindre l'autre rive. Autour d'eux s'étendait un paysage nu et crayeux aux tons beigeâtres, rappelant le décor d'une carrière de calcaire.

— C'est exactement ici !, cria Sean dans le déluge sonore d'eau bouillonnante.

Il montra un petit espace plat, à l'angle du canal et d'un muret surmonté d'une barrière métallique. Ils firent quelques pas jusque-là et repérèrent ce que Sean pensait découvrir : sur le sol sec et blanchi par le soleil se détachait un rectangle sombre, mordoré, d'un mètre sur deux. *De la terre fraîchement retournée. Une tombe.* Ce furent les mots qui frappèrent l'esprit de Madden.

Le technicien, un jeune type à lunettes, dit quelque chose. Les deux policiers n'entendirent pas et lui demandèrent de parler plus fort.

— Ça a la taille d'un corps, reprit-il en haussant le ton.

— Faites intervenir vos gars pour creuser, ordonna Sean. Gelez les lieux pour faire vos prélèvements et, nous, on sort du périmètre.

Les inspecteurs s'éloignèrent pour revenir près de la colonne de véhicules. Tout le système se mit en branle. Les scientifiques – équipés de combinaisons, masques, charlottes, gants et surchaussures – déroulèrent la rubalise jaune estampillée *CRIME SCENE DO NOT ENTER* dans un rayon de vingt mètres autour du point chaud. À cinq, ils entreprirent de prélever et de signaliser au maximum les indices dans la zone de recherches, déposant des cavaliers numérotés sur le sol et prenant des photos. L'un d'eux réalisait une vidéo. Avec leurs tuniques blanches dans ce panorama lunaire de collines, ils avaient l'air de spationautes échoués dans un désert.

Sean et Carlos, de même que les hommes du *coroner*, patientaient dans leurs véhicules respectifs. L'employé du service des eaux, libéré, avait quitté les lieux. La patrouille primo-intervenante était positionnée devant le portail afin d'interdire l'accès aux éventuels curieux. Mais pour l'instant, personne n'avait tenté d'investir les lieux. L'information n'avait pas encore filtré dans les médias, apparemment. Une bonne heure s'écoula, pendant laquelle Madden fit deux points de situation à Flanagan, qui se chargeait de transmettre les informations au *District Attorney*. Carlos, en écolier appliqué, prenait des notes exhaustives sur les investigations en cours.

Puis, les techniciens commencèrent à fouiller le sol.

Madden sortit de la Ford.

— On peut venir ?, cria-t-il à l'adresse du technicien en chef.

— Oui, mais habillez-vous !, hurla ce dernier pour couvrir le bruit du torrent.

Ils se vêtirent comme les scientifiques. Un médecin du *coroner* fit de même. Le trio passa ensuite sous le ruban et se rapprocha du rectangle sombre, où l'on retirait des couches de terre avec précaution au moyen d'un râteau à dents souples. La dizaine de policiers formait comme un cercle religieux autour de l'hypothétique sépulture. L'opération prenait du temps. On grattait sans gestes brusques afin de ne pas altérer ce qui pouvait être enseveli. On utilisa un sonar pour ausculter les profondeurs. L'appareil indiquait la présence d'une masse, mais la prudence restait de mise, car un simple rocher pouvait aboutir au même effet.

— C'est long, lâcha Carlos à l'oreille de Sean.

Madden opina. Le soleil de mi-journée irradiait les collines. Un genre de sauna en plein air. Tous donnaient l'impression de transpirer comme des boxeurs dans leurs combinaisons, surtout Carlos, dont la surcharge pondérale n'était jamais compagne idéale en pareil cas.

— Je crève de chaud, en plus !, se plaignit-il.

Quand la fosse fut profonde d'un mètre environ, un technicien fit une annonce :

— Je viens de toucher quelque chose.

Ils troquèrent le râteau contre des brosses et des pinceaux. Avec minutie et patience, évacuant les gravats par petites quantités, ils découvrirent ce qui constituait un corps.

— Il est sur le ventre, fit remarquer l'agent.

De nouveau, ils effectuèrent prélèvements, photos, vidéos. Les préalables indispensables avant de sortir le cadavre de son trou. Le légiste descendit et le manipula, puis remonta. Le constat de décès était bien entendu réalisé pour la forme.

— Tu vois sa tête ? demanda Madden.

— Non, on voit que dalle. Il est plein de terre, répondit Carlos.

— Hein ?

Le bruit des cascades couvrait tout.

— Je dis qu'on voit que dalle !

L'un des hommes en combinaison, dans la fosse, cria :

— On a un deuxième corps en dessous !

Madden sentit sa peau se hérisser. L'affaire se dénouait.

Les disparus refaisaient surface.

Prudemment, toujours au ralenti, quatre techniciens saisirent les deux corps – en les bougeant au minimum – pour les exhumer et les déposer près de l'excavation, face contre sol, dans leur position d'origine. Ils prirent des photos. Les minutes s'égrainaient, macabres. Une odeur de mort gifla le groupe.

— Beurk, fit Carlos.

Madden eut envie de vomir. Il se mit à respirer par la bouche et observa les silhouettes au sexe encore indéterminé. Elles évoquaient des statues pompéiennes coulées dans la lave en position ventrale. La terre humide collait à leurs membres et à leurs vêtements. La couleur brune donnait la note générale, mais plusieurs éléments attiraient déjà l'attention. L'un des deux avait les jambes dénudées, maigres. Sean constata qu'il portait un simple short. Il avisa ses cheveux touffus incrustés de boue, qui formaient des amas semblables à des lianes.

Nouvelles photos. Nouvelles vidéos.

Le second corps était davantage enroulé sur lui-même. On ne distinguait pas grand-chose, hormis la silhouette générale et la gangue de glaise qui cristallisait l'ensemble. Atmosphère plombée de funérailles. Gestes lents et cérémonieux. Les policiers de blanc vêtus étudiaient les dépouilles. La scène rappela à Madden une série B des années 80, dont le nom lui échappait, où des scientifiques découvraient des cadavres d'aliens crashés dans un désert.

Le technicien en chef s'adressa à ses gars :

— On va les retourner.

Ils firent pivoter les corps et les placèrent sur le dos, côte à côte. Les rayons du soleil vinrent frapper les visages ternes et heurtés. Cette fois, Sean et Carlos en eurent le cœur net. Ils échangèrent un regard. Il n'y eut pas besoin de mots. Ils comprirent qui était l'homme en noir. Une minute s'écoula, emplie de gravité. Seuls les techniciens parlaient en travaillant, forçant leurs voix pour supplanter le tumulte des rapides.

Un carillon s'éleva de la poche de Sean.

Le policier saisit son iPhone. Il mit plusieurs secondes pour se concentrer sur la liste d'alertes, difficile à lire à cause de la luminosité qui blanchissait l'écran. Ensuite, il cliqua sur le lien TMZ et le titre se révéla :

AFFAIRE DU TUEUR DE JUMELLES
L'INTERVIEW ET LE NOM DU VRAI TUEUR
PARTIE 2/2

Madden revint aux côtés de Carlos.

— Mate ça, dit-il en lui montrant les lignes.

Le Latino détacha son regard des dépouilles et observa la dépêche.

— Ça y est, c'est tombé ?, demanda-t-il comme pour lui-même, sans attendre de réponse.

Il tira son portable de sa poche à son tour, puis chargea l'article.

Les deux inspecteurs commencèrent à lire.

Côte à côte, au pied des collines de Sylmar.

Face aux corps sans vie de Leon Nash et Michael Singer.

CHAPITRE 56

AFFAIRE DU TUEUR DE JUMELLES L'INTERVIEW ET LE NOM DU VRAI TUEUR PARTIE 2/2

2016-07-06 15:37 by Harvey Levin

!! EXCLUSIVITÉ !! !! EXCLUSIVITÉ !!

TMZ publie cet après-midi la suite de l'interview exclusive que nous a accordée le Tueur de jumelles. Celui-ci, dont nous avons pu recueillir les confessions, a choisi TMZ pour lever le voile sur le mystère de « l'homme en noir ». Nous vous proposons, dans cette ultime partie, de découvrir son identité et de quelle manière il est parvenu à captiver le public de façon inédite ces derniers jours.

TMZ : Revenons à Michael Singer. Si l'on vous suit bien, on devine que vous avez organisé la mise en scène de sa culpabilité, comme vous l'aviez fait avec Samuel Smith. Est-ce le cas ?

L'homme en noir : Oui. La première étape était d'inventer l'histoire des meurtres prétendument commis par Smith et de faire monter les enchères autour de cette première « vérité », si j'ose dire. L'histoire devait s'arrêter là, mais j'ai choisi de la prolonger. La deuxième étape a été d'orchestrer un rebondissement inattendu : faire croire que Smith avait été manipulé par le véritable tueur et que celui-ci était en réalité Michael Singer. J'ai présenté Singer comme un assoiffé d'argent coupable aussi des meurtres de Leon Nash et d'Alison Kostas, qui avaient découvert le pot aux roses.

TMZ : En fait, nous comprenons qu'il n'en était rien. Alors, « homme en noir », qui êtes-vous réellement ? Il est temps de passer aux aveux.

L'homme en noir : Je suis Alison Kostas, l'assistante de Michael Singer. C'est moi qui ai tout organisé. Je suis à l'origine de la succession d'événements que vous connaissez, jusqu'à cette interview qui va mettre un terme aux questionnements.

TMZ : Révélation surprenante. Vous avez dit il y a un instant : « L'histoire devait s'arrêter là, mais j'ai choisi de la prolonger. » Qu'est-ce que cela signifie ?

Alison Kostas : Initialement, Smith devait porter le chapeau et le scénario s'achevait à ce moment-là. Les vidéos étaient vendues, les bénéfices assurés ; l'histoire telle que je l'avais prévue se terminait. Mais au cours des derniers jours, j'ai senti que Mike pouvait me démasquer. Il se posait des questions, il hésitait à revendre les images. J'avais pris des précautions, mais peut-être pas assez. Je redoutais qu'il foute tout en l'air, alors j'ai décidé de le supprimer.

TMZ : Vous avez donc prolongé le scénario et imaginé de nouveaux événements ?

Alison Kostas : Exactement, car j'ai compris autre chose : en tuant Singer et en offrant un nouveau chapitre à mon intrigue, je pouvais gagner encore plus d'argent. J'empochais la mise sur deux tableaux. D'un côté, je limitais le risque qu'il me démasque, et, de l'autre, je remettais une pièce dans la machine avec de bonnes chances de gagner plus. D'une pierre, je faisais deux coups.

TMZ : C'est passionnant. De nombreuses questions restent encore en suspens. Dites-nous ce qui est arrivé chez Singer, ces traces de sang, ces deux corps, dont le vôtre, croyait-on, qui auraient été transportés.

Alison Kostas : J'étais chez Singer. Mike était sorti pour un reportage dans les quartiers sud. Depuis plusieurs jours, je préparais un nouveau plan, minuté autant que possible. Je l'ai fait revenir grâce à un texto alarmiste, qu'il n'a pas compris, mais qui l'a beaucoup troublé. Dans ce message, je lui disais que j'avais découvert qu'il était, lui, le Tueur de jumelles. J'ai joué le scénario à fond. Il m'a immédiatement rejointe pour savoir ce qui déconnait. Il a cru que je devenais folle ! Mais lui aussi était perturbé, car j'avais préparé le terrain. Depuis plusieurs jours, je le ramollissais en lui administrant à son insu un cocktail de médicaments.

TMZ : Vous l'empoisonniez ? Dans quel but exactement ?

Alison Kostas : Empoisonné... si on veut, mais rien de mortel. Disons plutôt que je le conditionnais. Je mettais la drogue dans ce qu'il buvait pour le ramollir et torpiller ses chances de me soupçonner. Mike était migraineux, vaseux, mais son flair et son talent risquaient quand même de flinguer mon plan. Alors, j'ai pris les devants.

TMZ : Il était donc drogué quand il vous a rejointe ?

Alison Kostas : Mou comme une guimauve et dans l'incompréhension la plus totale. On a discuté, il ne comprenait plus rien. Mais il a quand même été futé jusqu'au bout, puisqu'il a sous-entendu que j'étais peut-être mêlée aux meurtres. J'ai profité de son état pour le tuer à ce moment-là. Il est parti sans comprendre. Je lui ai injecté du chlorure de potassium, une dose mortelle. Il est mort d'un arrêt cardiaque.

TMZ : Vous n'avez pas eu de difficulté à accomplir ce geste ? Il ne s'est pas défendu ?

Alison Kostas : Il était drogué et affaibli quand il m'a rejointe. Maîtriser Mike n'a pas été difficile. J'avais aussi l'avantage d'avoir été flic. Je savais comment faire.

TMZ : Le « Tueur de jumelles » est une ancienne policière ? C'est un scoop, merci ! On peut dire que vous nous gâtez ! Depuis quand n'êtes-vous plus dans la police ?

Alison Kostas : J'ai quitté la police il y a six mois. Mais si vous le voulez bien, je parlerai de ça après. Je voudrais finir de raconter ce qui est arrivé dans la maison de Mike Singer.

TMZ : Faites.

Alison Kostas : J'avais aussi contacté l'autre personne qui nous aidait dans nos recherches sur l'homme en noir. Leon Nash.

TMZ : Nous connaissons mal ce Leon Nash. Pouvez-vous le présenter ?

Alison Kostas : Leon Nash était un hacker, *comme on dit. Mike lui achetait des scoops. Ils étaient devenus amis. Leon avait aussi fait partie de la police. C'était un surdoué, un homme intelligent. J'ai eu peur des soupçons qu'il aurait pu avoir, alors j'ai décidé qu'il ne devait pas en réchapper non plus. Sa mort allait également servir à faire monter la mayonnaise.*

TMZ : Il y avait du sang dans le couloir de la cave, selon la police : le vôtre et celui de Nash. On doit comprendre que vous y avez répandu votre propre sang ?

Alison Kostas : Il le fallait. Se faire une prise de sang n'est pas difficile. J'étais en train de cacher le corps de Mike au fond de la cave quand j'ai entendu Leon arriver plus tôt que je le pensais. Alors, je lui ai tendu un piège. Je suis restée allongée, immobile, au bas de l'escalier, feignant d'être sans connaissance et blessée. J'ai fait la morte en me barbouillant de sang pour l'amadouer à coup sûr. J'aurais pu faire plus simple, mais je me prenais vraiment au jeu. C'était jouissif de le manipuler. Leon ne s'est pas méfié, et je l'ai abattu à ce moment-là. Il n'y avait pas grand-chose à craindre de lui, comme pour Mike. Il fumait du cannabis en grande quantité. Il n'était jamais dans son état normal et vivait au ralenti.

TMZ : Vous avez utilisé le sang de Leon et votre propre sang. Logistique impressionnante. Vous vouliez faire penser à un double meurtre. Comment avez-vous fait pour qu'on croie à un transport des corps ?

Alison Kostas : C'était une mise en scène facile à réussir. J'ai tiré le corps de Nash dans la maison et j'ai laissé le même genre de traces avec mon propre sang. Un joli montage, très drôle à réaliser. J'ai chargé le premier corps dans une brouette. J'ai fait de même avec celui de Mike. Les cadavres étaient dans des sacs étanches. J'ai déposé les traces de sang – le mien et celui de Leon – dans la brouette. L'illusion était parfaite.

TMZ : Des voisins ont décrit le coffre ouvert de la voiture de Singer. C'est son véhicule que vous avez utilisé ?

Alison Kostas : Tout à fait, c'est son Audi qui a servi à transporter les corps. D'ailleurs, au moment où vous lirez ces lignes, des développements importants seront en cours, si

TMZ respecte ses engagements contractuels et attend mon feu vert, bien sûr (rires).

TMZ : Nous attendrons votre signal, c'est promis.

Alison Kostas : Très bien. En ce moment, donc, le LAPD se trouve sûrement sur le parking du Taco Bell de Compton Boulevard, en train de travailler sur le 4x4 de Singer que j'ai abandonné là-bas. D'autres policiers se sont déplacés au réservoir de Sylmar, dans la vallée, où j'ai enterré les corps de Nash et de Singer. J'avais proposé une énigme à l'un des inspecteurs pour qu'il les localise. Elle était facile, il l'aura résolue. Je lui passe le bonjour par la même occasion. Vos lecteurs peuvent d'ailleurs se rendre sur ces deux sites s'ils veulent voir les forces de police en action !

TMZ : Merci pour cette interactivité. Ça, c'est du journalisme ! Personne ne vous a surprise lors de votre mise en scène chez Mike Singer ?

Alison Kostas : Pour le chargement des corps, j'ai fait la manœuvre déguisée en Samuel Smith. Si on m'avait vue, on aurait aperçu un Black à capuche un peu barbu. Alors oui, on aurait appelé les flics, qui seraient arrivés après coup, mais personne n'aurait compris. J'ai chargé les macchabées et j'ai foutu le camp aussitôt après. Plus tard, j'ai passé un coup de téléphone à la police pour signaler que la maison de Singer avait l'air abandonnée. Il fallait qu'on découvre la scène. Mike et Leon étant des célibataires solitaires, ça aurait pu mettre du temps. Je me suis assurée qu'on ne puisse pas remonter à l'origine de l'appel. Depuis le début, j'ai aussi toujours veillé à modifier le timbre de ma voix avec un transformateur électronique.

TMZ : Vous n'avez pas peur d'être repérée par la suite ? On parle d'avis de recherche dans le monde entier.

Alison Kostas : J'ai amassé énormément d'argent dans cette affaire. Largement plus qu'il n'en faut pour réussir une cavale. À l'heure où je vous parle, vous avez peut-être compris que je ne suis plus sur le territoire américain. J'ai prévu ce plan de longue date. Chaque étape a fait l'objet d'une réflexion précise, y compris ma fuite. Mike, je crois, m'a toujours considérée comme une fille ni bête ni intelligente. Juste normale. Il m'a sous-estimée. Parfois, il m'agaçait à cause de sa vie, de son talent, de son argent. Réussir ça, aujourd'hui, est aussi une forme de revanche par rapport à lui. Paix à son âme.

TMZ : Vous avez souhaité être rémunérée par le biais d'une société* offshore. *Nous avons effectué un virement sur un compte. Les polices ne pourraient-elles pas vous retrouver à partir de ce genre d'indices ?

Alison Kostas : Savez-vous où est domiciliée cette société actuellement ?

TMZ : Non, aucune idée.

Alison Kostas : Nulle part. Cette société n'existe plus. Vous pourriez bien essayer de remonter par l'intermédiaire de la banque émettrice, mais vous ne parviendriez qu'à du vide. Il n'y a plus aucune trace du compte, ni de la société, ni du virement. Et bientôt, les fonds seront tellement fragmentés qu'on ne pourra plus les localiser.

TMZ : Vous savez faire tout ça ?

Alison Kostas : J'ai mis à contribution les connaissances de Leon Nash. En début d'année, je l'ai convaincu de m'apprendre des notions de hacking, *spécialement en montages financiers. J'ai passé des dizaines de nuits avec lui à le regarder détourner des fonds, juste à partir d'un clavier et d'Internet. J'ai tout mémorisé. Comme vous le voyez, j'ai tout prévu très tôt. C'est aussi grâce au savoir-faire de Leon que j'ai pu faire en sorte que le coup de fil à la police ne puisse pas être tracé.*

TMZ : Ce qui est impensable, quand on vous écoute, c'est la facilité avec laquelle vous avez tué deux personnes, Nash et Singer, qui étaient vos amis. N'avez-vous aucune empathie ? Excusez-nous la brutalité de la question, mais n'avez-vous aucune morale ?

Alison Kostas : C'est une très bonne question. Je crois que je n'ai plus beaucoup d'empathie, c'est exact. Il y a toujours eu en moi un fond de violence, quelque chose qui pouvait me faire changer. J'ai vécu de nombreuses années dans la police à côtoyer la brutalité, la rue, la folie. Toutes ces horreurs ont sûrement fini par me taper sur le système. Empathie ou non, Mike et Leon étaient devenus des menaces. Je n'ai pas eu de choix.

TMZ : Vous êtes une ancienne policière. C'est une information qui risque de faire son petit effet chez eux, non ?

Alison Kostas : C'est bien possible.

TMZ : Qu'est-ce qui vous a fait quitter la police ?

Alison Kostas : Principalement l'impression de passer à côté de la vie. Et aussi le ras-le-bol de mon boulot ennuyeux à mourir à la financière. J'ai réalisé qu'à quarante-cinq ans, je n'avais jamais pensé à moi... Et je commençais à vriller professionnellement en étant une informatrice de Singer, donc une traîtresse pour le LAPD. Je me faisais tellement chier que ça m'amusait plus qu'autre chose. À la fin de l'année 2015, j'ai fait une dépression, j'ai dû arrêter de travailler pendant deux mois. Quelque chose s'est cassé dans ma tête à ce moment-là. L'ennui, le sentiment de passer à côté de l'existence, le fait de n'avoir ni mari ni enfant, de ne rien posséder alors que Singer nageait dans le fric... À cause de tout ça, je suis devenue une autre femme. J'en voulais au monde entier et ça a été plus fort que moi. J'ai imaginé tous les moyens pour changer de vie afin de renaître, d'avoir une existence différente. Je crois que je suis devenue malade. Je n'étais plus dans mon état normal.

TMZ : Vous vous êtes alors fait embaucher par Mike Singer...

Alison Kostas : J'ai parlé à Mike de ma volonté de quitter le LAPD. Il m'a tout de suite proposé de travailler avec lui. J'avais les sources, la motivation, le savoir-faire technique et la connaissance du terrain. J'ai accepté, et mon plan a commencé à mûrir à partir de là.

TMZ : Eh bien, la police sait choisir ses agents, entre Nash et vous. Un **hacker** ***véreux et une meurtrière. Beau recrutement ! L'argent du contribuable est bien utilisé. Mais je plaisante, bien sûr. Et les membres de votre famille ? Comment vont-ils prendre ces révélations faites à TMZ ?***

Alison Kostas : Mes parents ne sont plus de ce monde. Je n'ai pas de famille directe ou presque, et je n'ai plus vu personne depuis très longtemps.

TMZ : Je pense que le LAPD aura apprécié cet entretien. Ces informations vont relancer leur enquête et soulever bien de nouvelles questions.

Alison Kostas : Je le pense aussi. Et vous, TMZ, en avez-vous eu pour votre argent ? (Rires)

Fin de l'interview.

Pour le merchandising et les produits dérivés, cliquez ici.

CHAPITRE 57

Greffe du bureau du District Attorney
Comté de Los Angeles, Californie

Retranscription de conférence de presse (extraits)
Date : Jeudi 07-07-2016
John J. Neu – Bureau du District Attorney
Charles L. Beck – Chef du LAPD
Jeffrey S. Gunderson – Chef du FBI (LA)

Dossier DAO/LAPD/SSH/FBI/BC
Référence : 2016/SSH/72

John J. Neu :

« Nous vous avons réunis aujourd'hui pour vous communiquer les derniers développements dans l'affaire opposant l'État de Californie à la nommée Alison Kostas, née le 26-07-1970, à Santa Clarita (CA). Cette dernière est poursuivie des chefs d'assassinats, commis aux mois de juin et de juillet 2016, sur les personnes de Stephen Barr, Sia Barbi, Shane Barbi, Ashley Olsen, Max Vega – son garde du corps –, Samuel Smith,

Michael Singer, Leon Nash, et des chefs d'infractions financières multiples visées dans l'acte d'accusation. »

Charlie L. Beck :

« Hier, vers 10 h 15, la suspecte Alison Kostas a contacté anonymement un enquêteur du LAPD pour lui indiquer un lieu pouvant correspondre à la localisation des corps de personnes disparues le samedi 2 juillet 2016, à West Hollywood. Nos investigations ont permis d'authentifier cet appel, mais les précautions techniques prises par la fugitive ont empêché de remonter à son origine commerciale et géographique.

Les équipes du LAPD se sont rendues hier sur un terrain appartenant à la ville de Los Angeles, à Sylmar, au lieu exact mentionné par Alison Kostas. Les recherches ont permis l'exhumation de deux corps, dont l'identification visuelle par les policiers a été confirmée par une analyse d'ADN : il s'agit des nommés Leon Nash et Michael Singer.

Les autopsies sont en cours de réalisation. Les examens des corps corroborent les modes opératoires décrits par Alison Kostas dans un entretien accordé à un média Internet. Des blessures par balles sont visibles sur le corps de Leon Nash. Ces lésions n'apparaissent pas chez Michael Singer, qui aurait succombé à la suite d'une injection létale selon la fugitive. Les analyses toxicologiques permettront de confirmer ou non cette hypothèse. »

Jeffrey S. Gunderson :

« Sur instruction du bureau du District Attorney, *et après concertation entre les différentes parties, l'antenne*

californienne du FBI est saisie de la suite des investigations. La mise en cause Alison Kostas constituant la suspecte principale, et les charges pesant contre elle s'avérant particulièrement lourdes, des recherches d'envergure internationale, mobilisant d'importants moyens matériels et humains, sont d'ores et déjà diligentées pour retrouver la trace de cette criminelle. »

Charlie L. Beck :

« À la suite d'un dysfonctionnement observé au LAPD concernant la hiérarchie directe d'Alison Kostas quand celle-ci y officiait, le capitaine Philip Hearn a été démis temporairement de ses fonctions de policier. Celui-ci est suspendu pour une période de trois mois. Il sera affecté à la police du port de Long Beach à sa reprise de fonctions. »

CHAPITRE 58

100 West 1st Street, Los Angeles, Californie
Jeudi 7 juillet 2016, 13 h 56

Flanagan rejoignit Madden et Gomez dans leur bureau. Il les salua et leur serra la main. Les trois policiers de la SSH se voyaient en privé pour la première fois de la journée, le chef ayant consacré le reste du temps à préparer le point presse avec ses supérieurs et le procureur.

— On peut discuter un moment ? demanda-t-il.

Les deux inspecteurs acquiescèrent et le trio prit place dans le coin salon. Gomez proposa un café à Flanagan, que celui-ci accepta. Un fait plutôt rare. Il préférait souvent son propre breuvage à base de grains. Gomez, tout en préparant leurs boissons, commença :

— Le FBI reprend l'affaire aujourd'hui ?

— Oui. L'antenne locale récupère la procédure en fin d'après-midi.

— Bon débarras, dit Carlos.

Le grand Black tempéra :

— Bon débarras, oui, mais on y laisse quelques plumes quand même.

— Nous, la SSH, pas tellement, fit remarquer Sean.

Flanagan, élégant dans son costume gris, précisa :

— Pas nous directement, mais le LAPD dans son ensemble. La police est ridiculisée.

— Affaire pourrie, dit Carlos. Personne n'a été bon dans cette histoire.

Il déposa les tasses sur la table.

— Merci, dit Flanagan en saisissant la sienne.

Le patron poursuivit :

— Charlie Beck m'a botté le cul pour la forme, mais on n'a pas vraiment commis d'erreurs. Est-ce qu'on pouvait faire beaucoup plus ? Je ne crois pas. Alison Kostas connaissait nos méthodes et savait comment s'y prendre. C'est un facteur à prendre en considération.

Ces mots firent du bien à Madden. Parfois, le soutien de la hiérarchie le réconfortait. Sean vit dans les yeux de Carlos qu'il éprouvait la même sensation. Les deux policiers se consacraient corps et âme à leur métier. Ils ne comptaient pas les heures passées à traquer les criminels. Cette fois, leur talent et leur travail n'avaient pas suffi à transformer l'essai. La tueuse, bien qu'identifiée, courait toujours.

— Par contre, dit Flanagan, vous avez dû l'entendre à la conférence de presse, le bouc émissaire officiel a été désigné. Décision de la mairie et du grand chef.

— Philip Hearn, le chef de Kostas pour son dernier poste à la financière, rappela Carlos.

— Il aura des comptes à rendre.

— Il a vraiment déconné ?

— Les langues se délient. Beaucoup de gars savaient que Kostas balançait des informations à la presse. Mais c'était lui le chef de service et il n'a rien fait. Il n'a jamais rédigé le moindre rapport pour signaler des doutes ou des dysfonctionnements. Et il a noté Kostas honorablement jusqu'à sa démission.

— Compliqué pour lui, approuva Madden. La traversée du désert commence.

— Mais sa suspension va permettre de calmer le jeu.

— Tant mieux pour nous, dit Carlos.

Jerry Flanagan acheva de boire son café.

— Sur l'affaire, les recherches continuent, mais c'est le FBI qui décidera des nouveaux axes d'enquête. Je sais qu'ils vont étudier de près le volet financier. Levin n'échappera pas à un nouvel interrogatoire par leurs services. Le *District Attorney* veut se le faire, il va tout tenter pour le coincer. Personne n'a envie de le voir s'en tirer aussi facilement.

— Et plein aux as grâce aux meurtres, souligna Sean.

Carlos revint à un sujet plus terre à terre :

— Bon, ça signifie qu'on a jusqu'à 18 heures pour nous mettre à jour et filer un truc propre au FBI ?

— Exact, Gomez. Dites à Wasson et Newman de faire de même. On centralise la procédure dans mon bureau. Les scellés seront réunis sur une table dans le local. Il faut que ce soit nickel. Au boulot.

Les deux flics opinèrent de la tête et Flanagan sortit.

Ils s'exécutèrent et passèrent l'heure suivante dans un silence quasi parfait, studieux, occupés à polir leur dossier. Carlos avait passé un casque sur les oreilles. Sean se reposait l'esprit de la même façon, écoutant de la musique sur ses enceintes d'ordinateur. Une compilation de Leonard Cohen.

Tandis qu'il triait ses rapports et ses documents, Sean songeait à cette affaire hors-norme. Qu'en restait-il au fond de lui ? Un arrière-goût amer, une sensation d'échec et d'impuissance. Rarement Sean avait aussi peu maîtrisé la conduite d'une enquête. Tenir ferme la barre s'était révélé impossible, presque du début à la fin. S'en relèverait-il ? Évidemment. En tirerait-il des leçons ? Bien sûr. Il devrait réviser acte par acte le déroulement de cette affaire. Analyser en profondeur, pour localiser la faille, démonter cette mécanique défectueuse. Les propos rassurants de Flanagan pour justifier leur défaite ne lui suffisaient pas.

Certes, Kostas était maligne, ingénieuse, calculatrice. Sean intégrait le fait qu'il ne l'arrêterait pas lui-même, si tant est qu'un service de police quelconque y parvienne. Peu importait. Il n'en ferait pas une affaire personnelle et saurait rebondir. *Le crime ne cessera jamais. Les flics existeront toujours.*

Vers 15 h 30, Gomez retira son casque.

— Ça te dérange si j'allume la télé ? demanda-t-il à son collègue.

— Non, vas-y.

Carlos se mit à zapper sur les chaînes d'information. Sur la totalité d'entre elles, le soufflé retombait à propos du « *Tueur de jumelles* ». Maintenant que le nom et le visage de Kostas circulaient, le public s'éloignait et semblait se désintéresser de cette histoire. Les médias ne s'y trompaient pas et adaptaient leurs publications. Les sites *people*, notamment, n'exposaient plus l'affaire en première page. La règle était simple. La rentabilité avant tout. Les sujets qui fascinent le public en priorité. Curieuse époque.

Gomez éteignit le poste de télévision après deux minutes et lança :

— À part remuer la merde et faire des sous, ils nous auront pas aidés, ces putains de journalistes.

— Le buzz, Carlos, le buzz…

— Buzz de mes couilles, oui.

Sean pouffa.

Au fil de l'après-midi, en relation avec Wasson et Newman, qui cravachaient aussi de leur côté en triant la paperasse, Carlos et Sean finirent par boucler leur procédure. Les quatre inspecteurs et Jerry Flanagan vérifièrent une dernière fois le bon agencement du dossier, recomptèrent les classeurs et les scellés, puis le chef de la SSH libéra ses hommes. Les agents du FBI avaient du retard, le lieutenant leur remettrait les cartons plus tard dans la soirée. Wasson et Newman ne traînèrent pas. Ils gagnèrent en vitesse l'ascenseur pour rentrer chez eux.

Un étrange silence planait dans le bureau de Carlos et de Sean. Il flottait comme un parfum de défaite, mais Madden y décelait aussi une fragrance de soulagement.

D'autres horizons se profileraient. Gomez attrapa sa veste et prit rapidement congé :

— Je t'abandonne, j'ai un rencard, lâcha-t-il.

— Diana ? demanda Madden.

— Yes, acquiesça Carlos en souriant.

Diana Flores était une technicienne du service informatique. Une Latino-Américaine, comme lui, au caractère plutôt ouvert. Ils couchaient ensemble de temps en temps.

— Bonne soirée.

— À toi aussi, Sean.

Il disparut dans le couloir silencieux de la SSH.

Vingt minutes plus tard, tandis que Madden classait ses mails et s'apprêtait à partir, son téléphone fixe sonna.

— Allô.

— C'est le standard.

— Oui ?

— J'ai une personne en ligne pour vous. Une certaine Alison Kostas.

Sean se figea.

— Euh... Passez-la-moi.

Bip-bip-bip-bip-bip...

— Allô ?

Une voix de femme retentit :

— Merci de me répondre, inspecteur.

— Alison Kostas ?

Petit rire au bout du fil.

— Non, désolée. Je suis journaliste à *People Weekly*, New York. Je me suis permis cette plaisanterie pour réussir à vous avoir en ligne. Accordez-moi une minute, s'il vous plaît. J'aimerais connaître vos impressions après cette enquête mitigée.

— Allez vous faire foutre !

Sean Madden raccrocha, le souffle court.

Enfoirés de paparazzis !